Veit Etzold

SCHMERZ MACHER

Ein
Clara-Vidalis-
Thriller

KNAUR

Besuchen Sie uns im Internet:
www.knaur.de

Originalausgabe Oktober 2018
Knaur Taschenbuch
© 2018 Knaur Verlag
Ein Imprint der Verlagsgruppe
Droemer Knaur GmbH & Co. KG, München
Ein Projekt der AVA International GmbH
Autoren- und Verlagsagentur
www.ava-international.de
Alle Rechte vorbehalten. Das Werk darf – auch teilweise –
nur mit Genehmigung des Verlags wiedergegeben werden.
Redaktion: Antje Steinhäuser
Covergestaltung: ZERO Werbeagentur, München
Coverabbildung: FinePic®, München
Satz: Adobe InDesign im Verlag
Druck und Bindung: CPI books GmbH, Leck
ISBN 978-3-426-52112-0

2 4 5 3 1

Für Saskia

*Das ist nicht tot, was ewig liegt,
bis dass die Zeit den Tod besiegt.*

Howard Phillips Lovecraft

*Er stürzt sie bei Nacht.
Und sie sind zermalmt.*

Hiob

Prolog

Ich bin der Sensenmann, ich bin der Untergang, ich bin der Namenlose.

Ich habe sie alle getötet. Die Männer, um an die Frauen zu kommen.

Es waren nur hübsche Männer, die ich in den Schwulen-Chats gesucht habe. Denn ich benutzte sie, um an die Frauen zu kommen. Um die Frauen zu finden.

Die Frauen zu finden, um sie zu töten.

Die Frauen zu töten, um das Opfer zu bringen.

Das Opfer zu bringen, damit ich nachts wieder schlafen kann.

Denn um den Schlaf zu empfangen, den Bruder des Todes, muss ich selbst töten. Immer und immer wieder.

Mit einem Mord fing es an. Wie bei Kain und Abel.

So war es auch bei mir. Ich war es, der sie getötet hat. Ich habe die einzige Person getötet, die mich jemals geliebt hat.

Vielleicht bringt man nur das um, was man liebt? Weil nur dann der Mord ein wirkliches Opfer ist? Genau so, wie die anderen Opfer wirkliche Opfer waren. Die für sie sterben mussten.

Sie alle waren tot. Sie alle waren lange tot. Ich wusste es. Aber alle anderen dachten, sie würden noch leben. Doch sie lebten nur im Internet weiter. Während ihre Leichen als vertrocknete Kadaver in ihren Zimmern lagen, von Käfern zerfressen, die ihre Flüssigkeit aufgesaugt hatten. Damit sie Mu-

mien wurden. Und weil Mumien nicht riechen, wurden sie nicht entdeckt. Und lebten weiter. Als Tote. Im Internet. In den Chats. In den sogenannten »sozialen« Netzwerken. Ihre digitale Identität lebte viel länger als sie.

Denn heute ist der lebendig, der digital lebendig ist. Selbst wenn er in Wahrheit schon längst tot ist.

Denn es waren gar nicht die Opfer, die dort gechattet haben.

Ich selbst war es. Die enge Vertraute, die mit ihrer besten Freundin Privatnachrichten austauschte. In Wirklichkeit aber sprach sie mit mir. Die Eltern, die gar nicht mit ihrer Tochter mailten, sondern mit mir, dem Killer ihrer Tochter.

Wenn Gott zu euch spricht, werdet ihr sterben. So steht es im Alten Testament. Und alle, die mit mir sprachen, sind gestorben. Wurden zu vertrockneten Mumien, von Käfern zerfressen in ihren Zimmern, während ihr digitales Selbst, wie ein Dämon in der Unterwelt, ohne Körper durch den Cyberspace irrte.

Ich habe die Abgründe des Internets gesehen, die fast noch tiefer waren als meine eigenen. Die Hardcore-Seiten, wo Leute mit Messern zerschnitten werden wollten, die Vore-Seiten, wo sich Menschen gegenseitig aufessen, die Snuff-Movies, wo Menschen vor laufender Kamera zu Tode gefoltert werden. Und die Red Rooms.

Und irgendwann habe ich ihn getroffen.

Ingo M.

Oder besser: wiedergetroffen.

Es gibt kein Erkennen. Es gibt nur ein Wieder-Erkennen.

Denn ich kannte ihn. Kannte ihn, seitdem er mir als Kind seinen dicken, stinkenden Schwanz in meinen Arsch geschoben hatte.

*Ich habe ihn wiedergefunden. Mich als Stricher ausgegeben,
um an ihn heranzukommen. Und mich gerächt. Ihm das Gesicht zerschlagen und ihn dann angezündet. Zugeschaut, wie
er langsam verbrannte. Er konnte sich nur selbst erlösen. Und
das hat er getan.*

»Verbrenne qualvoll oder richte dich selbst.«

Er hat es getan.

*Hat sich mit einem Samuraischwert die Halsschlagader
durchgeschnitten. Ich hätte es gern gesehen. Das Blut, das aus
der Arterie spritzt und zischend auf das Feuer fällt. Wie auf
einem Gemälde.*

*Ich hätte es gern gesehen. Zu gern. Aber ich bin gegangen.
Und habe ihn mit dem Feuer, dem Schwert und dem Tod allein
gelassen.*

Das Feuer vor dem Höllenfeuer.

Vorher habe ich mir seine Geschichte angehört.

Ich habe ihn dazu gebracht, mir alles zu erzählen.

*Ich habe seine Amalgamplomben unter Strom gesetzt, bis er
mir wirklich alles erzählt hat.*

Die meisten Menschen erzählen nicht alles. Die meisten halten immer etwas zurück.

Er nicht. Irgendwann erzählte er mir alles.

Erzählte mir von Claudia.

Claudia Vidalis. Der Schwester von Clara Vidalis.

*Clara Vidalis. Die nur zur Polizei gegangen ist, um den Mörder ihrer Schwester zu jagen. Und die es nicht geschafft hat.
Sie hat ihn gejagt.*

Aber sie hat ihn nicht gefunden. Ich habe ihn gefunden.

Sie hat ihn nicht getötet. Ich habe ihn getötet.

Sie ist immer nur zur Beichte gegangen an jedem 23. Oktober, dem Todestag ihrer Schwester.

Dir, Clara, ging es wie allen anderen.

Auch das steht in der Bibel: »*Auch deine Seele wird ein Schwert durchdringen.*«

Du, Clara, warst zu schwach.

Deswegen musste ich die Wahrheit aus Ingo M. herausbrennen.

Er hat es mir gesagt. Ziemlich schnell sogar. Ein Bunsenbrenner, maximal fünfzehn Zentimeter von ihrem Fleisch entfernt, bringt Leute rasch zum Reden.

Zwischen den Schreien, wenn zischendes Fett neben der Flamme auf den Boden tropfte.

Hat mir gesagt, dass er all die Jungen und Mädchen missbraucht und umgebracht hat.

Hat mir gesagt, dass es mit dem Tod noch nicht zu Ende war.

Dass er bei der Beerdigung dabeistand.

Bei den Trauernden.

Und einmal auch neben Clara Vidalis.

Dass er Fotos gemacht hat. Zu denen er zu Hause onaniert hat. Und manchmal nicht nur zu Hause. Manchmal direkt am Grab. Nachts. Und manchmal, wenn er den Kick wollte, auch mitten am Tag.

Das Sperma von Ingo M., das am Grabstein seiner Opfer herunterlief.

Auch das hat er fotografiert.

Hat es sich zu Hause angeschaut.

Und dazu noch einmal onaniert.

Doch das war noch nicht alles.

Er hat mir gesagt, was er außerdem gemacht hat. Was er außerdem mit den Toten gemacht hat.

Dass er ... noch einmal zu ihnen kam.

Dass er Dinge festgestellt hat.

Dass man an Leichen neue Öffnungen findet. So nannte er das. Dass man auch jenseits der üblichen … Löcher eindringen kann. Weil die Leichen anders sind. Amorpher. Weicher.

Das hat er mir gesagt.

Aber nicht Clara.

Er hat es nur mir gesagt.

Und ich habe es Clara gesagt.

Und jetzt, wo ich weiß, dass auch mich sehr bald die Schwingen des Todes in eine andere Welt bringen werden, dass ich selbst ein Geist oder ein Dämon werde, der körperlos durch die Leere fliegt, werde ich es ihr noch einmal sagen.

Ein letztes Mal werde ich kommen und Clara eine Botschaft bringen, die sie vielleicht in einen neuen Menschen verwandelt.

Oder sie total zerstört.

Die Zukunft ist ein blinder Spiegel.

Ich werde das Licht sein, das die Nebel durchschneidet.

Das Skalpell, das die Wahrheit freilegt.

Der Hammer, der die Spiegel zerbricht.

Auch wenn ich sterbe, es wird nicht zu Ende sein.

Auch aus dem Grab heraus wird man mich hören.

Auch ohne Körper wird man mich fürchten.

Ich bin der Sensenmann, ich bin der Untergang.

Ich bin der Namenlose.

Ich bin bereits tot. Doch das Chaos geht weiter.

BUCH 1

Driving compulsion morbid thoughts come to mind
Sexual release buried deep inside
Complete control of a prized possession
To touch and fondle with no objection
Lonely souls an emptiness fulfilled
Physical pleasures an addictive thrill
An object of perverted reality
An obsession beyond your wildest dreams.

Slayer, »213«[1]

---

1 Von dem Album »Divine Intervention«, 1994; der Song bezieht sich auf das Appartement 213 des Serienkillers Jeffrey Dahmer.

Kapitel 1

Berlin, 31. März 2018, Herz-Jesu-Kirche, Prenzlauer Berg

Clara hörte die Stimme des Priesters, während Sophie und Hermann liebevoll das Kind hielten. Ihr Kind. Ihre Tochter. Ihr Ein und Alles.

Clara und ihr Mann Martin, der im LKA die Leitung für operative Fallanalyse leitete und den alle wegen seiner Faszination für Shakespeare und besonders für den tragischen Helden Macbeth *MacDeath* nannten, hatten sich dazu entschieden, ihr Kind in der Osternacht taufen zu lassen. Der Priester erzählte die Geschichte aus dem Alten Testament. Von dem Todesengel, der in Ägypten umging, um jeden Erstgeborenen der Ägypter zu erschlagen. Die Israeliten aber, das auserwählte Volk, wussten, wie sie sich schützen mussten. Denn der Engel Gottes hatte sie gewarnt. Sie sollten das Lamm schlachten. Das Fleisch essen. Und das Blut aufbewahren. Das Fleisch und das Blut.

Der Priester hieß Wolfgang und war ein Freund von Mac-Death. Er sprach mit ruhiger, sonorer Stimme.

Man nehme etwas von dem Blut und bestreiche damit die Türpfosten und den Türsturz an den Häusern, in denen man das Lamm essen will …

So aber sollt ihr es essen: Eure Hüften gegürtet, Schuhe an den Füßen, den Stab in der Hand. Esst es hastig. Es ist die Paschafeier für den Herrn. Das heißt: Der Vorübergang des Herrn …

Die Paschafeier, das wusste Clara, war der Vorläufer des Osterfestes. MacDeath hatte die Stelle aus dem Alten Testament, Exodus, ausgesucht. Clara fand das zwar nicht unbedingt passend, denn bei einer Taufe ging es schließlich um neues Leben. Und nicht um einen Todesengel, der Kinder erschlug. MacDeath aber hatte sie belehrt, dass das Osterfest *das Fest* der Taufe war. Dass das Paschafest der Israeliten der Vorgänger des Osterfestes war und dass nur aus dem Tod heraus das Leben möglich ist. Vielleicht hatte er damit recht.

Doch Clara musste, wenn es um Tod und Wiedergeburt ging, vor allem an den Tod denken. Sie dachte vor allem an das Kind, das sie verloren hatte. Das Kind, das ein Killer, der sich *Tränenbringer* nannte, ihr aus dem Leib getreten hatte und das nun in einem kalten Grab auf einem Friedhof in Bremen lag. In dem Grab, in dem auch schon ihre jüngere Schwester Claudia Vidalis ruhte.

Bis zum Tag der Auferstehung. Oder für immer.

Gott war der Schöpfer des Universums. Und hatte damit das größte Leid geschaffen, was jemals möglich war. Damit war Gott auch der größte Verbrecher des Universums. Selbst seinen Sohn hatte er im Stich gelassen. *Mein Gott, warum hast du mich verlassen*, hatte Jesus, gefoltert und halbtot am Kreuz festgenagelt, gesagt.

Aber Gott hatte nichts getan.

Der Priester sprach weiter:

In dieser Nacht gehe ich durch Ägypten und erschlage in Ägypten jeden Erstgeborenen bei Mensch und Vieh. Über alle Götter Ägyptens halte ich Gericht, ich, DER HERR.

Das Blut an den Häusern, in denen ihr wohnt, das Blut des Lammes, soll ein Zeichen zu eurem Schutz sein.

Wenn ich das Blut sehe, werde ich an euch vorübergehen.

Und das vernichtende Urteil des Todesengels wird euch nicht treffen, wenn ich in Ägypten dreinschlage.

Claras Blick streifte MacDeath. MacDeath, dem es wieder gut ging, nachdem der wahnsinnige Tränenbringer ihn in den Bauch geschossen und er nur um ein Haar überlebt hatte. Nur weil Clara mit ihrem Finger seine Baucharterie verschlossen hatte, während sie auf dem Boden kniete und das pulsierende Blut an ihrer Fingerkuppe gespürt hatte. Das Blut des Mannes, den sie liebte. Ihr Blick verließ MacDeath und glitt zur Decke der Kirche. Eine riesige Malerei erstreckte sich über das Gewölbe, eine Malerei, die man eher in einer römischen Kirche als in Berlin-Prenzlauer-Berg vermutet hätte. Die Apokalypse mit dem Jüngsten Gericht, mit Christus als Weltenretter und dem Opferlamm. Dem Lamm, das geschlachtet wurde, um den Tod abzuwehren. Damals in Ägypten, dann in der Offenbarung. Und hoffentlich auch in Victorias Leben.

Victoria.

So hieß ihre Tochter.

Sie trug ein weißes Taufkleid und strahlte Clara mit ihren großen, blauen Augen an.

Clara spürte einen Stich im Herzen, voller Freude, doch auch voller Angst. Victoria. Sie war unendlich kostbar. Und unendlich verletzlich. Clara würde tausendmal für sie sterben. Und sie würde tausend Menschen für sie töten, um sie zu beschützen.

Hermann und Sophie traten mit Victoria an das Taufbecken heran.

Das Wasser des Taufbeckens bewegte sich leicht durch einen Luftzug, und das Spiegelbild der Apokalypse an der Decke geriet in Bewegung. Wie der Geist des Herrn, der vor der Erschaffung der Welt über dem Wasser schwebte.

Heute wurde nur der Kopf des Kindes mit Wasser benetzt, aber früher wurden die Täuflinge für einen Augenblick ganz unter Wasser gedrückt. Es sollte den Tod symbolisieren. Dass man sterben musste, um wieder zu leben.

Sterben, um neu geboren zu werden.

Der Priester erhob wieder seine Stimme. »Wisst ihr denn nicht, dass alle, die wir auf Jesus Christus getauft wurden, auf seinen Tod getauft worden sind?« Der Priester wandte sich an Clara und MacDeath, an Sophie und Hermann.

»Welchen Namen haben Sie Ihrem Kind gegeben?«

»Victoria«, antworteten Clara und MacDeath.

Sie schaute auf das Kind. Ihr Kind, das sie mit seinen blauen Augen etwas verwundert, etwas verträumt und vielleicht auch etwas hungrig anblickte.

»Was erbitten Sie von der Kirche Gottes für Victoria?«

»Die Taufe.«

Clara schaute auf das Pult, auf dem das Messbuch lag. Das Pult hatte die Form eines Kreuzes. Der Fuß des Pultes war eine metallene Schlange, die von ebendiesem Kreuz aufgespießt wurde. Es war der Sieg des Engels über den Drachen, der Sieg des Gesetzes über die Schlange, der Sieg Gottes über den Satan.

»Exorcizo te, immunde spiritus, in nomine patris et filii et spiritus sanctus«, murmelte der Priester leise. Es war der *kleine Exorzismus,* wie er Bestandteil von jeder Taufe war. Die Verbannung des Bösen Geistes, damit er den Täufling in Zukunft niemals vom richtigen Pfad abbrachte.

Der Priester wandte sich wieder an Eltern und Taufpaten, während Victoria in Sophies Armen ein leises Glucksen von sich gab.

Dann hob der Priester die Stimme und schaute alle mit durchdringendem Blick an.

»Widersagt ihr dem Bösen, um in der Freiheit der Kinder Gottes zu leben?«

»Ich widersage«, antworteten alle vier, Eltern und Taufpaten. Stellvertretend für Victoria. Claras Blick huschte über die Bänke. Sie sah Kriminaldirektor Winterfeld, der sichtlich gerührt und stolz der Szene folgte. Neben ihm Lisa, eine IT-Expertin aus dem LKA in der Keithstraße. Und daneben Hauptkommissar Deckhard. Bei ihm und Sophie sollten wohl bald die Hochzeitsglocken läuten.

Der Priester sprach weiter: »Widersagt ihr den Verlockungen des Bösen, damit es keine Macht über euch gewinnt?«

»Ich widersage.«

Der Priester hob zur letzten Frage an: »Widersagt ihr dem Satan, dem Urheber des Bösen?«

»Ich widersage.«

Dem Satan widersagen.

Das Böse erkennen.

Konnte man damit das Böse verhindern?

Clara hatte immer geglaubt, dass sie von dem Bösen verschont bleiben würde, wenn sie alle Winkelzüge und alle Perversionen des Bösen kennen würde. Doch würde es ihr am Ende helfen? Würde es sie am Ende schützen? Vor dem Projektil aus einer versteckten Waffe, einem schnellen Messer, einer Explosion?

Vielleicht war es einfach das Beste, gar nichts zu fürchten und sich am Ende überraschen zu lassen. Denn vielleicht passierte dann gar nichts. Nichts Gutes, aber auch nichts Schlimmes.

Nichts zu wissen, konnte ein Segen sein.

Wissen hingegen war ein Fluch.

Der Baum der Erkenntnis war nicht der Baum des Lebens.

Kapitel 2

Berlin, Oktober 2018, Alexanderplatz

Toll«, sagte der Mann im blauen Anzug und schüttelte den Kopf.

Grassoff, der ihm gegenübersaß, musste innerlich lächeln.

Toll sagen und den Kopf schütteln. Das war ironisch gemeint, aber es war dennoch absolut dumm. So etwas passierte den Anfängern, die nicht richtig lügen konnten. Auch dieser Mann war nicht ganz ehrlich. Er lächelte, weil er lächeln musste. Ein echtes Lächeln dagegen baute sich langsam auf, während ein künstliches viel schneller entstand.

Lügen, das wusste Grassoff, war harte Arbeit. Nur wer die Wahrheit ertrug, konnte auch lügen. Doch die meisten verdrängten die Wahrheit. Man musste allerdings erst einmal vom grellen Licht der Wahrheit gegrillt worden sein, um perfekt lügen zu können.

So wie er.

Der perfekte Lügner musste seinen kompletten Körper unter Kontrolle haben. Mimik, Stimmlage, Gesten. Und seine Wortwahl. Er musste sich nicht nur auf das konzentrieren, was er sagte, sondern auch darauf, wie er es sagte. Und er musste eine gute Vorstellungskraft haben. Denn echte Bilder waren im Kopf gespeichert, falsche musste man sich ausdenken. Das machte Arbeit, das kostete Rechenkapazität im Gehirn.

Das menschliche Gehirn hatte, wenn es bewusst Dinge wahrnahm, nur eine Kapazität von 40 Bit pro Sekunde. Nicht gerade viel. Wenn dann noch massiv Daten durch die Leitungen gedrückt wurden, von denen die Hälfte künstliche Bilder waren, die es in der Realität nie gegeben hatte, die man selbst erschaffen musste, weil es sie gar nicht gab; dann merkte ein guter Beobachter irgendwann, dass bei dem anderen etwas nicht stimmte.

So wie hier.

Der Mann hieß Olaf Thomsen und war einer der großen Immobilienhaie in Berlin. Eigentlich, dachte Grassoff, wusste man doch gerade in dieser Branche, wie man richtig log, aber da bestand bei Thomsen offenbar noch Nachholbedarf. Grassoff sollte es recht sein. Je mehr die Menschen von ihm lernen konnten, desto mehr bezahlten sie.

»Ich habe zwei Bauanträge gestellt«, sagte Thomsen und nestelte an seinem Kugelschreiber herum. Sein Haar war schwarzgrau und kurz und schimmerte im Licht der Bürolampe wie eine Stahlbürste. Grassoff hingegen thronte mit seinen hundertzwanzig Kilo auf seinem ledernen Schreibtischsessel, der nicht viel kleiner war als der im Weißen Haus.

»Ich habe beide Male ein Nein erhalten«, fuhr Thomsen fort.

Er hatte die Pläne auf dem Tisch ausgebreitet.

»Ein Nein?«, fragte Grassoff.

»Ja. Ein Nein«, entgegnete Thomsen etwas genervt.

Grassoff lehnte sich zurück. »Schön, dass Sie damit zu mir kommen«, sagte er. »Ich verkaufe nämlich genau das, was Sie brauchen.«

»Was genau verkaufen Sie?«

»Das Gegenteil von *Nein*.«

»Sie verkaufen …?« Die Kapazität in Thomsens Gehirn schien noch geringer als die üblichen 40 Bits zu sein.

»Ich verkaufe ein *Ja*«, sagte Grassoff.

Thomsen brütete einen Moment vor sich hin.

»Ein *Ja* von der Baubehörde?«, fragte er dann.

Grassoff nickte. »Ein *Ja* von wem immer Sie es brauchen.«

Thomsen kniff die Lippen zusammen.

»Muss ich wissen, wie Sie das machen?«

Grassoff lächelte kurz und ließ gleich danach die Mundwinkel wieder nach unten sacken. »Sie schlafen besser, wenn Sie es nicht wissen. Und manchmal ist auch Nicht-Wissen Macht.« Er schaute auf die Pläne. »Sagen Sie mir, was Sie vorhaben.«

»Das ist das erste Projekt«, erklärte Thomsen. »Ein großer Hotelkomplex auf dem Tempelhofer Feld.«

»... das wegen eines Volksentscheids nicht bebaut werden darf«, ergänzte Grassoff.

»... richtig. Und das ist unser Problem.«

Grassoff wusste, was das wirkliche Problem war. Er hatte schließlich seine Hausaufgaben gemacht, anders als diese Immobilienfuzzis, deren Boss Thomsen war. Noch jedenfalls. Ein großer Staatsfonds aus dem Nahen Osten hatte Thomsens Firma Geld gegeben, damit sie es in Berlin investierten. Dass eine derart große Brache wie das Tempelhofer Feld nicht bebaut werden durfte, verstanden die Herren in den Emiraten nicht. Und einer der Managing Directors von Thomsens Firma hatte sich wohl ziemlich weit aus dem Fenster gelehnt und gesagt, dass das alles kein Problem sein würde.

Es war aber sehr wohl ein Problem.

Vielleicht hatte sich irgendeiner aus der Firma sogar zu dem Versprechen hinreißen lassen, dass man dort auch noch einen Privatflughafen eröffnen könnte. Schließlich sei das Gelände ja schon einmal ein Flughafen gewesen.

»Die Senatsverwaltung hat uns gefragt, ob wir nicht lesen können«, erklärte Thomsen.

»Nicht ganz unberechtigt«, gab Grassoff zurück. »Aber keine Sorge. Damit werden wir schon fertig. Was haben Sie noch?«

»Dann ist da noch diese Fläche in Grunewald. Sie gehört dem Land Berlin. Wir wollen die Fläche dem Land abkaufen.«

»Wofür?« Grassoff wusste genau, worum es ging. Aber er wollte es aus Thomsens Mund hören.

»Offiziell für günstige Wohnungen. Dummerweise ist durchgesickert, dass wir dort Flüchtlingsheime bauen.«

»Die Sie dem Land teuer vermieten wollen, habe ich recht? Miese, kakerlakenverseuchte Container ohne funktionierende Trinkwasserhygiene zu horrenden Preisen? Mit *ethnischer Security*, bei der sie einfach einige der Flüchtlinge in schwarze Hemden stecken und ihnen Taschenlampen in die Hand drücken?«

Thomsen wand sich. »Wenn man mit dummen Regierungen zu tun hat, kann man pro Flüchtling viel Geld verdienen. Hat in anderen Bundesländern schon wunderbar geklappt. Und in Berlin, wo alle in der Stadtregierung noch deutlich dümmer als der Bundesdurchschnitt sind, erst recht.«

O ja, das wusste Grassoff. Das konnte man. Und so war es wirklich in Berlin.

»Wie viel?«

»Was meinen Sie?«

»Wie viel Geld kann man machen, verdammt!« Grassoff fragte sich, wie jemand wie Thomsen überhaupt Chef von *irgendetwas* hatte werden können.

»Das wissen wir noch nicht.«

Typisch, dachte Grassoff. Die meisten wussten nicht, was sie wollen. Wie ein Geiselnehmer, der noch nicht weiß, ob er einen Mercedes oder einen Audi als Fluchtwagen will. Oder doch lieber einen Helikopter.

»Was wollen Sie verdienen?«, fragte Grassoff und blickte Thomsen durchdringend an.

Thomsen zuckte die Schultern. »Wir würden so mit fünftausend Euro pro Flüchtling und Monat rechnen.«

Grassoff hob die Augenbraue. »Würden oder *werden?*«

Wie viel Geld will er machen?, dachte Grassoff. Das wusste er nicht. Und das wussten die meisten nicht. Die meisten *wünschten* sich irgendetwas. Doch Wünsche waren Schall und Rauch. Ziele waren das Einzige, was wichtig war. Denn Ziele waren messbar. Wünsche waren Kindergeburtstag.

Thomsen wand sich erneut. »Wahrscheinlich wird das nicht möglich sein.«

Mit Idioten wie dir bestimmt nicht, dachte Grassoff. »So dumm ist die Regierung dann doch nicht?«, fragte er.

»Ein bisschen was davon ist durchgesickert.« Thomsen rückte auf seinem Stuhl hin und her. »Wir haben überlegt, ob wir drohen.«

»Womit?«

»Damit, dass dann der Raum knapp wird. Zu wenig Platz für zu viele Flüchtlinge. Da laut Wahlprogramm der Berliner Regierung niemand ausgewiesen wird, könnte das eng werden. Vielleicht droht Anarchie?«

»Falsche Drohung!« Grassoff schüttelte den Kopf. »Für die Bonzen in ihren gepanzerten Limousinen droht keine Anarchie. Das wird denen egal sein. Wir müssen sie …«, er legte die Hände aneinander, als wollte er eine Nuss knacken. Oder irgendeinem Wesen das Genick brechen, »… wir müssen die Bonzen … persönlich involvieren.«

Thomsen schaute ihn eine Weile an. Dann rückte er ein Stück vom Tisch zurück und blickte auf seine Fünfzehntausend-Euro-Breitling-Uhr.

»Was machen wir nun?«, fragte er. »Können Sie uns helfen?«

»Ja.«

»Und wie?«

»Mit einem Ja.«

»Einem Ja? Von Ihnen?«

»Von ihm.«

Grassoff schob ein Foto über den Tisch und drehte es um, sodass Thomsen es sehen konnte. Thomsen erkannte ihn sofort.

»Wichler«, knurrte er.

»Jochen Wichler«, ergänzte Grassoff. »Senator für Stadtentwicklung und Wohnen. Nah am Bürgermeister. Links, aber nicht blöd.« Grassoff lehnte sich zurück. »Muss einiges unter einen Hut kriegen. Klimaschutz, Smart City, Solar-Hauptstadt, nicht mehr als 30 Prozent vom Einkommen für die Miete von landeseigenen Firmen. Und dann muss er noch ein paar andere Sachen managen.«

»Was denn?« Thomsen war hellhörig geworden.

Doch Grassoff blieb nebulös. »… ein paar seiner Geheimnisse.«

Thomsen blickte ihn an. »Was haben Sie vor?«

Grassoff lächelte. Fast väterlich. »Machen Sie Ihre Deals! Wir … kümmern uns um die Details.«

Thomsen schaute ein paar Sekunden nahezu meditativ auf das Foto. »Ist das alles legal?«, fragte er dann.

»Alles, was legal ist, machen Sie.« Grassoff stand auf. »Alles, was es nicht ist, mache ich.« Er nickte gutmütig, aber es war die Gutmütigkeit eines Kettenhundes, der eine Katze in seinen Zwinger lockt. »Sie bleiben sauber.«

»Hm …«, meinte Thomsen. »Schön wäre, wenn es sich mit legalen Mitteln machen ließe.«

Grassoff schüttelte den Kopf. »Das sind Kompromisse. Kompromisse sind der Tod.«

Die meisten Menschen machten zu viele Kompromisse. Echte Verbrecher waren da anders. Die sagten *Ich knalle dich ab*. Das war klar. Sie sagten nicht *Ich knalle dich nur ein biss-*

chen ab. Das war ein Scheißkompromiss. Ein bisschen abknallen ging nicht, genau so wie ein bisschen schwanger. Er fixierte Thomsen. »Wollen Sie oder wollen Sie nicht?«

»Ja. Ich will.«

»Ein Ja.« Grassoff kniff ein Auge zu. »Genau das werden Sie kriegen!«

Kapitel 3

Berlin, Oktober 2018, LKA 113

Einige Monate waren vergangen.

Clara hatte immer noch die Bilder der Taufe im Kopf, als sie an einem trüben Herbsttag das LKA am Tempelhofer Damm betrat. Sie hatte Victoria kurz zuvor in die Kita gebracht. Die Bilder blieben. Und diesmal waren es schöne Bilder. Bilder, die sie gern sah.

Ihre Tochter hatte sie mit einem seltsam weisen Kinderblick angesehen, als sie sie an der Kita abgesetzt hatte. Beinahe schien es ihr, als habe Victoria gewusst, dass sie es mit bösen Menschen aufnahm.

Ja, Mama fängt böse Menschen, hatte Clara in Gedanken geantwortet. Kinder hatten einen klaren Gerechtigkeitssinn. Der Polizist fing böse Menschen. Und ließ sie nicht mehr gehen. Haft auf Bewährung oder soziokulturelle Relativierung und Beschwichtigung war in deren Wertekanon nicht vorgesehen. Verwunderlich, dachte Clara, dass einige Kinder später trotzdem Richter wurden, die auch die schlimmsten Raubmördern und Vergewaltiger mit einem Jahr auf Bewährung gehen ließen.

Kaum hatte sie die Kita verlassen, hatte sie von Hermann einen Anruf erhalten. Sie solle so schnell wie möglich ins LKA kommen, hatte Hermann gesagt. Spezifischer war er nicht geworden.

Im dritten Stock ging Clara zunächst in die Küche und schenkte sich an der polternden und qualmenden Maschine einen schwarzen Kaffee ein. Keine Milch. Kein Zucker. Besser für die Verdauung und besser für die Figur.

Sie wollte gerade in ihr Büro gehen, als sie sah, dass die Tür zum großen Konferenzraum geöffnet war. Sie sah Hermann. Hinter ihm MacDeath, der einen Ordner in den Händen hielt. Auf dem Tisch einige Akten und eine Menge Fotos mit kaum erkennbaren Motiven, irgendein Mischmasch aus Braun und Grau. Auf einem der Konferenztische saß, ebenfalls einen Kaffee in der Hand, Kriminaldirektor Winterfeld.

»Da ist sie ja«, sagte Hermann.

Clara trat einen Schritt näher. *Hatte sie irgendetwas verbrochen?* Die Szene hatte etwas Tribunalartiges.

»Ja, da bin ich.« Sie sah auf die Uhr. »Bin ich zu spät?«

»Sind Sie nicht«, sagte Winterfeld. »Aber Diven dürfen auch zu spät kommen.«

»Diva? Ich?« Sie legte die Tasche auf einen der Stühle und trank vorsichtig von ihrem Kaffee. War das hier ein Scherz? Ein Dienstjubiläum, das sie vergessen hatte? Ein Spiel mit versteckter Kamera?

Doch Winterfeld blieb ernst. Er nickte nur. »Sie haben einen Fan. Wie sich das für Diven gehört.« Er versuchte, das Tütchen mit dem Zucker, das noch halb voll war, um seinen Finger zu wickeln, und verstreute dabei den gesamten Zucker auf dem Tisch.

Sie haben einen Fan … Clara ahnte schon, dass das sicher nicht so schön war, wie es klang. Vor allem, wenn Winterfeld in diesem irritierenden Ton sprach. Und dann das Wort *Diva* … Das war immer ambivalent.

»Und was für einen Fan?«, fragte Clara, während Winterfeld den Zucker vom Tisch wischte und das leere Tütchen in den Mülleimer warf.

»Ein junges Mädchen.«

»Und was macht dieses junge Mädchen?«

»Es möchte Sie treffen.«

»Und was macht es sonst so?«

»Es zündet Obdachlose an«, sagte Winterfeld tonlos.

Es *zündet Obdachlose an?* Clara hatte sich immer schon gewundert, warum ein Mädchen mit dem Pronomen *es* bezeichnet wurde, das eigentlich irgendwelchen namenlosen Monstern vorbehalten sein sollte. Doch in diesem Fall schien es tatsächlich zu passen.

»Sie zündet Obdachlose an?« Clara hob die Augenbrauen hoch. »Na super. Hatte schon Angst, dass sie gern T-Shirts bedruckt oder Meerschweinchen züchtet.«

»Brandstiftung ist bei Frauen um einiges seltener als bei Männern«, ließ sich jetzt MacDeath zum ersten Mal vernehmen, während er den Ordner auf dem Tisch ablegte. »Meist ist es Rache. Das gemeinsame Wohnzimmer oder der Computer des Mannes wird angezündet. Oder das Innere des Autos. Das Ganze eher auf die leise Art und Weise, nicht mit Molotowcocktails, die durchs geschlossene Wohnzimmerfenster geworfen werden, wie Männer das häufig machen. Bei beiden sind aber oft Drogen oder Alkohol im Spiel.«

»Aber hier sind es ja keine Autos, sondern Menschen?«, fragte Clara.

Winterfeld nickte. »Leider. Feuer als Tatwaffe. Das gibt es bei Frauen noch seltener. Hier schon.«

»Ich fürchte, die Obdachlosen sind noch lebendig, wenn sie angezündet werden?«

Hermann schaute auf einige der Fotos. »Da fürchtest du richtig.«

»Was ist das Motiv?«

»Wissen wir noch nicht«, sagte MacDeath. »Vielleicht Rache? Vielleicht Sadismus? Eine Beziehungstat wohl eher nicht. Die Opfer sind eher ausgewählt worden, weil sie Obdachlose sind. Ihre Spuren musste die Frau dabei nicht verwischen, denn diese Obdachlosen sind wahrscheinlich ohnehin nirgends mehr korrekt gemeldet und werden auch von niemandem vermisst.«

Der Versuch, Spuren zu verwischen, das wusste Clara, war häufig ein Grund, Menschen zu verbrennen. Opfer, die auf andere Art und Weise ermordet worden waren, wurden häufig verbrannt, um die wahre Tat zu verbergen. Wobei die meisten Täter nicht wussten, dass auch nach einem Feuer mit Brandbeschleuniger noch reichlich DNA vorhanden war. Und dass man schon gute zwei Stunden im Krematorium bei 800 Grad Celsius brauchte, bis eine Leiche komplett verbrannt war und alle Spuren vernichtet waren. Inklusive der DNA.

»Hier«, sagte Winterfeld. Er hielt Clara eines der Fotos hin. Das Bild einer Brandleiche.

»Das war ihr Werk. Vor drei Tagen.« Clara schluckte.

Dass es ein Mensch war, war auf dem Foto noch zu erkennen. Arme und Beine waren wie bei einem Fötus angewinkelt, als habe sich das Opfer vor den Flammen schützen wollen. Aber am Ende waren es nur die Muskeln gewesen, die aufgrund der Hitze schrumpften, sich zusammenzogen.

»Von Weinstein sagt, Haut und Unterhautfettgewebe waren so gut wie nicht mehr vorhanden«, ergänzte MacDeath. Clara schaute kurz zu MacDeath und dann wieder auf das Foto, das die verbrannten Reste auf dem Stahltisch in der Rechtsmedizin in Moabit zeigte. Aufgenommen von Dr. von Weinstein, dem stellvertretenden Leiter der Rechtsmedizin, höchstpersönlich. Verkohlte Muskeln hingen an verbrannten Knochen wie die schwarzen Taue eines verbrannten Schiffes. Darmschlingen waren durch die Hitze aus der aufgeplatzten Bauchdecke ausgetreten.

»Wie hat sie das gemacht?« Clara sah nach oben. »Dass sich eine derartige Hitze entwickelt?«

»Mit Ventilatoren. Die haben dem Feuer immer neuen Sauerstoff gegeben. Und es in Richtung dieses armen Kerls gefegt.«

»Hat er dabei noch gelebt?«

Hermann verzog das Gesicht und nickte. »Ja. Die Rechtsmediziner haben Rußablagerungen in den Bronchien gefunden. Der Ruß ist eingeatmet, also aspiriert worden. Das geht nur bei funktionierender Atmung. Er hat noch gelebt.«

Das Böse, dachte sie. Es existierte. Es würde niemals aufhören. Und es würde fast immer gewinnen. Sie dachte an die Worte von der Taufe.

Widersagt ihr dem Bösen, um in der Freiheit der Kinder Gottes zu leben?

Ich widersage.

Widersagt ihr den Verlockungen des Bösen, damit es keine Macht über euch gewinnt?

Ich widersage.

Widersagt ihr dem Satan, dem Urheber des Bösen?

Ich widersage.

Sie schaute noch einmal auf das Foto. Auf die verkohlten und durch die Hitze zusammengeschrumpften Teile des Dünndarms, die aus der aufgeplatzten Bauchdecke hingen. Die leeren Augenhöhlen. Reste des rechten Augapfels waren noch als eine krümelige, schwarze Eiweißmasse vorhanden. Verkohlte Hirnsubstanz quoll aus dem Schädel. Der Mund des Mannes war geöffnet.

Clara legte das Foto auf den Tisch zurück. Dort lagen noch andere Bilder. Detailaufnahmen. Eines von seinem offenen Mund. Selbst die Zähne waren verrußt und die Zungenoberfläche hatte die Beschaffenheit von gekochtem Fleisch.

Das Böse, dachte Clara. Sie dachte wieder an die Taufe. Vielleicht, um das Böse irgendwie zu vertreiben. Vielleicht, um zu verhindern, dass sich dieses Böse jemals irgendwie ihrer Tochter nähern konnte.

Und in dem Moment fragte sie sich wieder das, was sie sich schon immer gefragt hatte: Konnte man in eine solche Welt wirklich ein Kind setzen?

Glaubt ihr an Gott den Vater, den Allmächtigen, den Schöpfer des Himmels und der Erde?

Ich glaube.

Glaubt ihr an Jesus Christus ...

Ich glaube.

Glaubt ihr an den Heiligen Geist, die heilige, katholische Kirche, die Gemeinschaft der Heiligen, Vergebung der Sünden, Auferstehung der Toten und das Ewige Leben?

Ich glaube.

»Sie will Sie sehen«, sagte Winterfeld. »Wie gesagt.«

»Warum mich?«

»Sie hat einiges über Ihre Fälle gehört. Es gibt viele Frauen, die Kriminalermittlungen spannend finden.«

»Ja, aber die lesen Krimis oder Thriller.«

»Die hier ist Fan von den echten Ermittlern. Und sie verbrennt leider Menschen.«

»Und jetzt?«

»Müssen wir zu ihr. Sie hat seit heute drei weitere Obdachlose in ihre Gewalt gebracht.« Winterfeld senkte die Stimme. »Einen hat sie schon mit Benzin übergossen. Sie droht damit, sie alle zu verbrennen, wenn Sie nicht zu ihr kommen.«

»Kann sein, wir kommen und sie verbrennt sie trotzdem«, gab Clara zu bedenken. »Wäre nicht das erste Mal.«

»Stimmt«, sagte Winterfeld. »Aber falls wir die armen Kerle retten können, indem wir zu ihr kommen, sollten wir es versuchen.«

»Und das SEK?«

»Ist schon dort.« Hermann schob einen Stapel Papiere zusammen. »Sie hat bisher einen Obdachlosen mit Benzin übergossen und droht, die anderen sofort anzuzünden, wenn sich irgendein Polizist nähert.«

Clara sah Winterfeld an. »Warum haben die keine Scharfschützen, die die Psychotante einfach abknallen?« Seitdem Clara Mutter war, war sie gegenüber Psychopathen noch viel kompromissloser geworden als ohnehin schon.

»Könnten sie auch«, sagte Winterfeld, »dürfen sie aber nicht. Das ginge vielleicht in Frankreich oder den USA. Aber vergessen Sie nicht: Wir leben in Deutschland. Da müssen erst mal mindestens drei Unschuldige sterben, bevor die Einsatztruppen schießen dürfen. Sie wissen ja, wie lange das damals gedauert hat, bis das SEK endlich bei den G20-Krawallen in Hamburg einschreiten durfte.«

»Kann auch sein, dass die die Bewohner der Schanze erst mal eine Weile haben schmoren lassen, nach dem Motto *Jetzt seht ihr mal, wie sich eure geliebten Randalierer im eigenen Viertel verhalten.*« Das war Hermann.

»Etwas konspirativ, aber wer weiß. In jedem Fall sind in Deutschland Täterleben wichtiger als Opferleben. Und Schuldige höher angesehen als Unschuldige.« Er schaute Clara an.

»Stimmt leider«, sagte die. »Wo ist nun dieses junge Mädchen?«

»In den Ruinen der Beelitz-Heilstätten. Potsdam Mittelmark.«

»Das ist in Brandenburg!«

Winterfeld nickte. »Die Kripo Potsdam weiß eh nicht weiter. Die hat uns den Fall gegeben.«

»Dann fahren wir jetzt dort hin?«

»Richtig. Wir nehmen unser eigenes SEK mit. Die Jungs kennen wir schließlich. Und nehmen die Dame mal hoch.

Wird vielleicht einfacher, wenn ihr Idol dabei ist.« Er hob den Kopf und kniff ein Auge Richtung Clara zu.

»Okay«, sagte Clara. »Ich hole meine Glock.«

Winterfeld konnte es nicht lassen: »Und Ihre Autogramm-karten.«

Kapitel 4

Berlin, Oktober 2018, Alexanderplatz

Grassoff griff zum Telefon. Durch das Fenster seines großen Büros sah er unten Thomsen in ein Taxi steigen. Direkt gegenüber war das Alexa-Einkaufszentrum, ein klotziges, rotes Gebäude, das jedem Diktatorenpalast in Sierra Leone zur Ehre gereicht hätte. Rechts davon der Fernsehturm, der sich wie eine bizarre Blume in den Himmel erstreckte. Das Gebäude der Landesbank Berlin, die einmal die Bankgesellschaft Berlin gewesen war. Das Park Inn Hotel. Weiter hinten die Leipziger Straße mit den berühmten Hochhäusern.

Grassoffs Büro war am Alexanderplatz. In dem gleichen Gebäude, in dem früher Detlev Rohwedder sein Büro hatte. Der Chef der Treuhand. Die Treuhand sollte damals alle staatseigenen Unternehmen der DDR bewerten und privatisieren. Es war ein Büro mit hoher Symbolkraft. Und genau darum wollte Grassoff es haben.

Treuhand, Bankgesellschaft Berlin, Leipziger Straße, dachte er. Berlin hatte dreihundert bis vierhundert Korruptionsverfahren pro Jahr, da fiel seines auch nicht auf. Vor allem, wenn sie ein derart saftiges Ziel hatten wie Jochen Wichler, Senator für Stadtentwicklung und Wohnen. Ein Mann, der gleichzeitig modern und arbeiternah sein wollte und damit von beidem nur das Schlechteste kombinierte.

Er war der Flaschenhals. Der Thomsens Projekt blockieren oder durchwinken konnte. Grassoff wurde dafür bezahlt, dass genau Letzteres passierte. Er hatte sich alle Informationen über

Wichler geholt. Vor seiner Berufung zum Senator hatte Jochen Wichler in einem Architekturbüro gearbeitet. Es war eines der großen Loft-Büros zwischen Mitte und Kreuzberg gewesen, die in allem hip und modern sein wollten und bei dem die Mitarbeiter, wie in Asien, einen RFID-Near Field Communication Chip unter der Haut trugen. Sie wurden den Mitarbeitern von einem Arzt unter die Haut gespritzt. Es hatte Grassoff gewundert, dass die Mitarbeiter das im Datenschutz-hysterischen Deutschland mitmachten, aber offenbar war die dadurch gewonnene Bequemlichkeit einfach zu groß. Denn die Chips eigneten sich zum Türöffnen, Kopierer bedienen und für den Kaffeeautomaten. Keine Schlüssel mehr, die man vergessen haben konnte, keine Karten, die man aufladen musste. Es war alles immer up to date und wurde, im wahrsten Sinne des Wortes, *am Mann getragen*. In Schweden, wo das Architekturbüro sein Hauptquartier hatte, konnte man damit sogar schon U-Bahn fahren oder bei Starbucks bezahlen.

Wichler schien das genauso praktisch zu finden.

Im Senat wusste freilich niemand, dass Wichler noch diesen Chip trug.

Nur Grassoffs Männer wussten es. Und darauf kam es an.

Sie hatten sich im Gedränge bei einer Opernpremiere, wo Wichler mit seiner Frau war, nahe an der Zielperson platziert und auf diese Weise mit einem Lesegerät die Daten von Wichlers Chip gezogen. Damit hatten sie Zugang zu seinem Mac, der noch in dem Architekturbüro stand, da im Senat Windows der Standard war. Während Wichler in der Oper saß, waren sie an seinem Computer in seinem Büro gewesen.

Wer nach Dreck suchte, fand ihn auch irgendwann. Schließlich waren sie in versteckten Winkeln auf Wichlers privatem Mac gekommen. Chats. Und andere Dinge.

Dort fanden sie einige Dinge über Wichler, die die anderen sicher nicht wussten. Die im Senat schon gar nicht.

Was Wichler mochte. Und was er besonders gern mochte.

Die Dinge, die man besonders gern mochte, waren auch oft die Dinge, die man gern für sich behielt.

Mitunter Dinge, bei denen man alles dafür tat, sie ganz für sich zu behalten.

Und die man besser auch für sich behalten sollte.

Das waren die wertvollen Informationen.

Die Informationen, die so wichtig waren, dass sie anderen ein »Ja« entlockten.

Das war die Währung von Grassoffs Firma.

Kapitel 5

Berlin, Oktober 2018, Alexanderplatz

Sie saß gemeinsam mit MacDeath auf der Rückbank von Winterfelds Mercedes. Hermann saß auf dem Beifahrersitz, während Winterfeld den Wagen auf der Avus Richtung Potsdam lenkte. Sie waren gerade auf die Abfahrt Richtung Leipzig und Magdeburg gefahren, und Winterfeld hatte es zum Glück hinbekommen, mal nicht versehentlich auf der Abfahrt Funkturm/Messe abzubiegen und dann umständlich wenden zu müssen. Rechts tauchte kurz die frühere Tribüne für Autorennen auf der Avus auf. Der Polizeifunk knisterte.

Die Ruinen von Beelitz, dachte Clara. In dem Dossier, das die Kollegen aus Potsdam gefaxt hatten, gab es ein paar Presseartikel, in denen es um den Komplex ging.

Bis 1930 war die Heilanstalt eine topmoderne Tuberkulose-Klinik mit tausendzweihundert Betten gewesen, die die damals furchtbar um sich greifende Lungenkrankheit besiegen sollte. Dann kam der Erste Weltkrieg, und die Klinik wurde ein Lazarett. Auch Adolf Hitler war als Gefreiter hier behandelt worden.

Nach dem Zweiten Weltkrieg kamen die Sowjets. Dann kam die Wende, und damit kamen Vandalismus, rätselhafte Morde, satanische Rituale. Menschen, die in irgendeinen fünf Meter tiefen Schacht fielen und erst nach Monaten tot und verwest daraus hervorgezogen wurden.

Clara blätterte weiter durch die Ermittlungsunterlagen.

»Nancy heißt die Dame?«, fragte Clara. »Und weiter? Hier steht *vermutlich Kersting*. Man muss doch wissen, wie die Frau heißt?«

Winterfeld zuckte die Schultern. »Keine Ahnung. Wenn es da nicht steht, weiß ich es auch nicht. Es ist offenbar nicht ganz klar, wer die Eltern waren.«

»Schau mal hier«, MacDeath zeigte auf einen Absatz im Bericht. »Nancy hatte als Baby wohl mehrere Stunden nach der Geburt keinen Kontakt zu Menschen. Imprinting nennt man das, wenn sich Babys die nächste Kontaktperson suchen. Bei Tieren beobachten wir das auch. Gänse sehen zum Beispiel auch leblose Objekte als Eltern an. Kinder machen das indirekt mit den Kuscheltieren.«

»Aber wenn gar keiner da ist …?«, begann Clara.

»Dann ist das hochgefährlich. Solche Kinder werden gefühlskalt und empathielos. Oft können sie die fehlende Nähe und Liebe nur durch Gewalttaten kompensieren. Ähnlich wie bei extremen Masochisten, für die Schmerz die einzige Form von Nähe ist. Es kann aber auch in die andere Richtung ausschlagen. Richtung Sadismus. So wie hier.«

»Können fehlende Nestwärme und Feuer zusammenhängen?« Sie schaute MacDeath an und dachte an die brennenden Obdachlosen.

»Klingt erst einmal seltsam, könnte aber sogar sein«, sagte MacDeath.

»Wie alt ist sie eigentlich?«, fragte Winterfeld.

»Siebzehn«, sagte Hermann, der die Akte vorhin bereits überflogen hatte.

»Mein Gott.«

Es wurden immer mehr Kinder straffällig, das wusste Clara. Terroristen nutzten noch nicht strafmündige Kinder für Terroranschläge. Bei denen sie dann am besten auch noch andere

Kinder in die Luft sprengten. Die *Kindersoldaten*, eigentlich ein Phänomen aus Krisenregionen, kamen langsam nach Deutschland. Und Obdachlose anzuzünden war in Berlin fast schon ein Volkssport geworden, auch wenn diese *Tradition* eigentlich aus den USA kam, wo es oft die *Rich Kids* waren, die reichen Kinder, die sich in bester *American Psycho*-Manier an den Schwächsten vergingen. Mit zwischen dreitausend oder vielleicht sogar zehntausend Obdachlosen in Berlin waren auch genügend Opfer vorhanden. Genau wusste niemand, wie viele es waren, da es keine Meldestelle für Obdachlose gab und die sich dort wohl auch nicht melden würden. Einzig in den USA, wo im Zuge einer umstrittenen Aktion Obdachlose als mobile WLAN-Hotspots unterwegs waren, damit es verbreitet Möglichkeiten gab, ins Internet zu kommen, konnte man ihre Zahl immerhin ein wenig zuordnen. Dafür wurden in Berlin mittlerweile genauso viele angezündet wie beim großen Vorbild jenseits des Atlantiks. Direkt an Heiligabend 2016 hatten sieben junge Männer aus Syrien in der U-Bahn einen Obdachlosen anzünden wollen. Sie hatten die Zeitungen angekokelt, auf denen der siebenunddreißigjährige Obdachlose schlief. War das auch die fehlende Wärme zum Fest der Liebe? Ein U-Bahn-Fahrer hatte dem Mann glücklicherweise mit einem Feuerlöscher das Leben retten können. Die Täter sagten aus, dass sie das Ganze nicht so gemeint hätten, ähnlich wie der Besitzer eines abgerichteten Kampfhundes sagen würde, dass der ja *nur spielen* wollte. Das Problem an Berlin war, dass die Richter hier so etwas glaubten und die Täter meist laufen ließen oder eine milde Bewährungsstrafe verhängten wie auch in diesem Fall. Überall brannten die Ärmsten der Gesellschaft. In Köln starben sie entweder durch Tritte oder durch Flammen oder beides. Im Vorraum einer Sparkasse wurden sie mit Benzin übergossen und angezündet und die Täter nur er-

wischt, weil die Überwachungskamera über dem Geldautomaten alles gefilmt hatte. Die Kamera der Sparkasse. Keine
öffentliche Kamera. Weil der Staat davon ausging, dass seine
Bürger lieber zusammengeschlagen oder angezündet als gefilmt werden wollten.

Clara hatte einiges darüber gelesen. Meist war es Selbsterhö-
hung, wenn man einen noch Schwächeren demütigen, dominie-
ren oder sogar umbringen konnte. In der rechtsextremen Szene
gab es für so etwas sogar einen Namen: *Penner klatschen*.

Doch hier war es eine Frau. Das war eher selten.

Sie war erst siebzehn.

Im Jahr 2001 geboren.

Damals, als Terroristen das World Trade Center in New
York in einem Feuerball aus Flugzeugen und Kerosin und
Menschen zum Einsturz gebracht hatten.

Im gleichen Jahr war Nancy geboren worden.

Die heute Obdachlose anzündete.

Sie agierte allein.

Und sie dachte sich Mechanismen aus, wie das Feuer noch
brüllender, noch vernichtender, noch grauenvoller wurde. Mit
Ventilatoren.

Das Feuer, das vernichtet.

Feuer und Wasser, dachte Clara.

Das Wasser der Taufe.

Ego te baptizo in nomine Patris et Filii et Spiritus Sancti.

*Ich taufe dich im Namen des Vaters und des Sohnes und des
Heiligen Geistes.*

Das weiße Taufgewand. Sophie und Hermann, die das Kind
am Taufbecken hielten.

Clara sortierte ihre Gedanken. Hermann checkte irgendetwas an seinem Smartphone. Sie sah im Rückspiegel, dass sich
sein Gesicht kalkweiß färbte.

43

»Agiert sie wirklich allein?«, fragte Clara.

»Wie man's nimmt.« Hermann reichte das Smartphone nach hinten. »Hier.«

Clara ergriff das Gerät. YouTube war geöffnet.

»Sie hat gerade den ersten der Männer angezündet«, sagte Hermann. »Und filmt das Ganze. Hat die Live-Schaltung aktiviert.«

Clara konnte nicht hinschauen und musste es doch. Das Knistern, die Schreie, das Zucken und Strampeln des gefesselten Mannes, um den die Flammen gierig herumtanzten. Dies fand jetzt statt. Jetzt, in diesem Moment. Sie spürte einen sauren Kloß in der Speiseröhre.

»Der Traffic ist Wahnsinn«, stöhnte Hermann. Und damit meinte er nicht den stockenden Verkehr auf der Avus, sondern die Klickraten des Videos.

Clara schaute auf die Statistik bei YouTube. Schon zehntausend Klicks. Zwanzigtausend. Es ging fast exponentiell nach oben. Dabei brannte der Mann erst seit einer halben Minute.

Plötzlich wendete sich die Kamera.

Man sah ein Gesicht.

Blass. Halblange Haare. Augenringe. Aufgesprungene Lippen. So als würde das Mädchen schon seit Tagen da draußen leben.

Der Mund öffnete sich.

»Clara!«, rief Nancy. Und es geschah genau in diesem Moment. Sie sagte das, während Clara gerade in dem Mercedes auf der Avus saß und in Beelitz der Obdachlose neben Nancy brannte.

»Clara, ich warte auf dich. Und ich bin nicht allein!«

Sie ließ die Kamera an sich herunterfahren.

Und Clara zuckte zusammen.

Nancy war schwanger.

Kapitel 6

Berlin, September 1990

Erst hatte er Tiere gequält.
Dann hatte er sie getötet.

Dann hatte er Menschen gequält.

Und als Nächstes wollte er auch die töten.

Er hatte Frösche aufgeblasen. Mit einem Strohhalm, den er ihnen in den Hintern gestopft hatte. Bis sie platzten.

Dann kamen die größeren Tiere. Und dann die größeren Menschen. Und irgendwann wieder kleinere Menschen.

Kinder waren nicht so kompliziert wie Frauen. Sie fühlten sich nicht so besonders und speziell. Wie die Erwachsenen. Sie waren anders. Sie dachten sich erst einmal nichts dabei. Ließen es geschehen, wenn er sie anfasste. Doch irgendwann mochten sie ihn nicht mehr.

Sie mochten *ihn* nicht und sie mochten *es* nicht.

Manche von ihnen hatte er laufen lassen. Doch bei einigen ging das nicht. Bei einigen hatte er Sachen gemacht, von denen auf keinen Fall jemand erfahren durfte. Von denen die Kinder aber erzählen würden. Denn es hatte den Kindern nicht gefallen, was er mit ihnen gemacht hatte. Und er hatte trotzdem weitergemacht. Denn er hatte gemerkt, dass es ihm Spaß machte. Dass es ihm umso mehr Spaß machte, wenn die anderen nicht wollten. Wenn er Macht ausüben konnte gegen den Willen von anderen, dann machte es ihm gleich noch viel mehr Spaß. Wenn die anderen keinen Spaß hatten, dann hatte er Spaß. Es hatte ihn erregt. Und er hatte weitergemacht.

Die Kinder wollten nicht.

Er machte trotzdem weiter.

Die Kinder würden davon erzählen.

Also mussten sie weg.

Für die Spiele hatte er den Bunker.

Die Kinder ließ er verschwinden. Irgendwann würden sie gefunden. Es war egal.

Vor ihrem Tod schaute er in ihre Augen. Trank die Tränen der toten Kinder.

Er versuchte, etwas in ihren Augen zu erkennen. Kurz bevor sie starben. Doch da war nichts. Keine Angst, kein Schrecken, kein Blick in eine andere Welt. Nur Leere. Zwei gallertartige Bälle aus Protein. Mehr nicht.

Leere.

So leer wie der Blick von Ingo M.

Kapitel 7

Berlin, Oktober 2018, Beelitz-Heilstätten

Winterfelds Mercedes fuhr durch eine Pfütze. Brackiges Wasser spritzte nach oben, bevor der Wagen zum Stehen kam.

Ein Kollege aus Potsdam begrüßte ihn bereits. »Ludwig, Hauptkommissar«, sagte der. »Kommen Sie mit.« Zwei Polizisten standen an seiner Seite. Einer hatte irgendwo einen Pappbecher mit Kaffee auftreiben können. Clara fragte sich, wo. Einen Kaffee könnte sie jetzt auch gut gebrauchen. Hauptkommissar Ludwig war in Zivil, blaues Hemd, Seemannspullover und darüber ein etwas abgerissener Anorak. So sahen fast alle Kommissare in Berlin aus, mit Ausnahme von Bellmann und Winterfeld. Die Ermittler in Zivil, die immer in Anzug und Krawatte unterwegs waren, gab es auch nur in den US-Krimiserien.

Sie betraten das Gelände. Die Gebäude von Beelitz waren verfallen, die bröckelnden Wände voll mit Graffiti, darunter ein Hakenkreuz und mehrere Pentagramme. Die Fenster zugenagelt, zersplittert oder nur noch leere Öffnungen. Pfützen und Schmutz überall.

Wolken waren aufgezogen, und Regen tropfte an den grauen Fassaden herunter und durch die Dächer. Sie sah aufgerissene Stellen, wo Diebe Metall aus den denkmalgeschützten Wänden gerissen haben. Schmutzstarrende Kacheln, Tüten auf dem Boden, Bierdosen, Reste von Lagerfeuern und Spritzbesteck.

In Internetforen gab es viele Postings, die behaupteten, dass es hier spukte, die behaupteten, dass sich Türen von Geisterhand öffneten. Dass es Gespenster gäbe. Und dass man aus dem früheren OP-Bereich Stimmen und Schreie hören würde. Dass die, die bei den OPs gestorben waren, hier als Untote herumspuken würden. Mit aufgeschlitzten Leibern, aus denen die Innereien heraushingen.

»Was müssen wir wissen?«, fragte Clara.

»Sie will Sie sehen«, sagte Ludwig und schlug den Kragen von seinem Anorak gegen den Regen hoch.

»Das wissen wir. Was noch?«

»Sie hat den nächsten Obdachlosen gefesselt und mit Benzin übergossen. Sie hat mehrere Benzinfeuerzeuge griffbereit und droht damit, den armen Kerl auch sofort in Brand zu setzen.« Er schüttelte den Kopf. »Sie hat sogar einen Ventilator angeschlossen. Mit einem benzinbetriebenen Generator.«

Clara blickte sich um. Die Männer vom SEK, die im zweiten Wagen mitgefahren waren, verteilten sich auf dem Gelände.

»Können wir sie erschießen, bevor sie den Mann anzündet?«

»Kommt drauf an, wie schnell wir zum Schuss kommen.« Ludwig kniff die Lippen zusammen. Er wusste, was es, gerade in Berlin, für einen Papierkram gab, wenn ein Polizist im Einsatz einen Menschen erschoss. Auch wenn dieser Mensch gerade einen anderen angezündet hatte. Das wollte sich kein Ermittler antun. »Dann müssten wir noch chemisches Löschzeug holen. Dann vielleicht.« Er blickte in den Regen. »Es kommt noch eine Sache hinzu.«

»Nämlich?«

»Sie hat eine Schusswaffe.«

»Claaaraaaa!«, schrie Nancy.

Sie stand in einem blau gekachelten Raum, der einmal ein OP gewesen war. Die riesige Deckenleuchte hing noch über dem Tisch. Daneben ein Stuhl. Neben dem Tisch der seltsame Ventilator mit dem ratternden Generator. Und auf dem Tisch – ein Mann. Der Kopf von Alkohol gerötet, Kabelbinder an den Händen. Wahrscheinlich hatte sie den armen Mann abgefüllt und dann gefesselt. Schnapsflaschen lagen auf dem Boden. Der Mann gab röchelnde Geräusche von sich.

»Hilfe, Hilfe, Hilfe!«, schrie der Mann, als die Beamten sich näherten. Nancy grinste nur. Geknebelt hatte sie ihn nicht. Warum auch? Hier war es eh egal, wer wie laut herumschrie, die Polizei war schon da, und wahrscheinlich geilte Nancy das Geschrei sogar auf.

Und es würde sie wahrscheinlich noch mehr aufgeilen, falls der Mann anfangen sollte, zu *brennen*. Feuchtigkeit glitzerte auf der Kleidung des Mannes. Benzin. Clara roch den scharfen Gestank auf vier Meter Entfernung. Der Mann blinzelte, die Augen vom Benzindampf gerötet.

In einer Ecke ein verkohlter Kadaver mit glimmender Asche. Es war der Leichnam des Mannes aus dem YouTube-Video. Das Video, das jetzt bei hundertfünfzigtausend Klicks war.

Schuld und Unschuld.

Leben und Tod.

Clara musste wieder an die Taufe denken.

Der Allmächtige Gott hat dich von der Schuld Adams befreit und euch aus dem Wasser und dem Heiligen Geist neues Leben geschenkt.

In der Taufe bist du eine neue Schöpfung geworden und hast, wie die Schrift sagt, Christus angezogen.

Nancy hingegen hatte Leggings und eine alte Adidas-Jacke angezogen. Sie stand dort, eine hagere Gestalt, und ließ die

Zähne aufeinanderklappen wie ein bizarrer Nussknacker. »Claaaraa!«, rief sie noch einmal, mit einer Stimme, als wollte sie eine Katze anlocken. Ihre Zähne waren faulig und wahrscheinlich bereits locker. Wie es aussah, war sie auf Crystal Meth wie so viele andere. Hatte sicher tagelang nichts gegessen und nichts getrunken. Und fühlte sich euphorisch und stark. Denn Crystal Meth manipulierte das Belohnungssystem im Gehirn. Endorphine, Dopamin, Serotonin. Man glaubte, Bäume ausreißen zu können. Auch wenn man nicht so aussah. Denn durch den Mangel an Nährstoffen und Kalzium faulten die Zähne und lockerten sich. Schweiß glitzerte auf Nancys Stirn, ganz so als wäre auch sie mit Benzin übergossen. Und gewiss hatte auch sie einen bitteren Geschmack auf ihrer Zunge. Wie immer bei Crystal.

»Claaara!«, rief Nancy noch einmal. Clara blickte auf Nancys Bauch. Sie war mit Sicherheit im sechsten bis siebten Monat schwanger. *Verdammt, warum hatte ihr das vorher niemand gesagt?*

In einer Hand hielt Nancy eines der Benzinfeuerzeuge. In der anderen eine … Glock.

»Ja, Clara, ich habe auch eine Glock!« Clara registrierte sofort, wie Nancy die Waffe langsam auf sie richtete. »Macht uns das nicht ähnlich?«

Sie richtete die Waffe auf Clara.

War sie geladen? Clara wusste es nicht.

Konnte Nancy schießen? Clara wusste es nicht.

Würde sie treffen? Mit nur einer Hand? Clara wusste es nicht.

Nancy hob das Feuerzeug, entzündete die Flamme.

»Was soll ich zuerst machen?«, fragte Nancy, grinste kalt und hielt Feuerzeug und Waffe ein paar Zentimeter nach oben. »Feuern oder … Feuern?«

Kapitel 8

Berlin, Oktober 2018, Autofahrt auf dem Kurfürstendamm

Jochen Wichler fühlte sich von etlichen Widersprüchen bedrängt. Alles musste gleichzeitig unter einen Hut gebracht werden: Solar-Hauptstadt, mehr Steuern, mehr Gerechtigkeit, mehr Einnahmen, aber auch mehr Kosten. Mehr städtischen Wohnungsbau, obwohl die Stadt kaum mehr Grundstücke und auch keine Immobilien hatte, da alles schon vor Jahren zu Schleuderpreisen verkauft worden war. Mehr Wohnungen also und mehr Investitionen. Und all das ohne Mieterhöhungen. Und steuerneutral. Jedenfalls in den unteren Lohngruppen. Wobei in den höheren Einkommensgruppen eh kaum etwas zu holen war, denn die hatten ihren Hauptwohnsitz selten in Berlin.

Lauter Widersprüche.

Genau wie er selbst.

Er hatte eine Tochter.

Eine Frau hatte er daher auch. Laut Imagevideo des Senats führten sie *eine glückliche Ehe.*

Und jetzt war er zu einer anderen Frau unterwegs. Er hatte die Empfehlung im Internet bekommen. Der Eingang zum »Studio« der Frau befand sich neben dem Haus Cumberland am Kurfürstendamm. Wichler hatte seinem Fahrer nichts gesagt, er war mit seinem privaten Wagen hierher gefahren und hatte in der Tiefgarage in der Leibnizstraße geparkt. Der Eingang zum »Studio« führte durch eine fiktive Anwaltskanzlei. Es sollte ja niemand mitbekommen, wer tatsächlich in das »Studio« ging.

51

Er hatte sich gefragt, warum er in ein solches Studio ging. Warum es solche Studios überhaupt gab. Vielleicht lag es daran, dass die Menschen immer enger in den Städten zusammenrückten. Und je überwachter das Leben wurde, und je weniger Aggressionen und Wünsche wirklich abgebaut werden konnten, umso größere Freiräume erschuf sich die Fantasie.

Lady Roxanne saß vor ihm. Genau so, wie er sie sich vorgestellt hatte. Brünett, vollbusig, die dunklen Haare streng hochgesteckt, dezent geschminkt. Die Augen durchdringend. Nachher würde sie die Korsage tragen. Das hatten sie alles schon vorher besprochen, als er sie von einer der wenigen Telefonzellen, die es noch gab, angerufen hatte.

Sie war absolut professionell. Dieser Eingang ins Studio, den keiner sah, kein auffälliges Parfüm, geruchloses Duschgel im Bad, geruchlose Handtücher.

»Muss ich knien?«, fragte er.

»Erst einmal besprechen wir alles«, sagte die Lady. »Da musst du noch nicht knien. Ich sage dir früh genug Bescheid, wenn es so weit ist.« Sie lächelte kurz, und ihr Busen hob sich.

Er spürte die Erregung. Schaute sich um. An der roten Wand ein Kupferstich.

»Das Berkley-Haus von Theresa Berkley«, sagte Lady Roxanne. »England, 1828. Das erste S&M-Bordell. Eine Menge Adlige und selbst König George IV. gehörten zu den Kunden. Manche zahlten vier Pfund, wenn das Blut auf den Boden tropfte. Fünf Pfund, wenn sie das Bewusstsein verloren.«

Lady Roxanne war der kurze Anflug von Angst in den Augen von Wichler nicht entgangen.

»Keine Angst«, sagte sie. »Ich weiß, dass du eher auf Soft-SM stehst. Und wir haben ein Safeword. Wenn es dir zu viel wird, sagst du das Safeword. Und dann ist Schluss.«

»Was müssen Sie noch wissen?«, fragte er. Und er merkte, wie sich bereits die Faszination und die Vorfreude in ihm steigerten.

»Einiges hast du mir schon gesagt«, sagte Lady Roxanne. Die Lady duzte ihn. Obwohl er Senator war. Und er siezte sie. Denn es war vollkommen klar, dass die Lady gesiezt und der Sklave geduzt wurde. Auch wenn er der Bausenator war. Oder gerade deswegen. »Ich muss wissen, was du für einer bist. Was du magst. Was nicht. Ein bis zwei Stichwörter sind nicht genug.«

»Ich habe ein paar Notizen mitgebracht«, sagte er stockend und nestelte einen kleinen Zettel hervor. Sie schaute den Zettel an, halb belustigt, halb beeindruckt. Er war gut vorbereitet. Kunden, die wussten, was sie wollten, waren oft die besseren Kunden.

»Keine Spuren«, las sie vor. »Das dachte ich mir. Spurenfreie Spiele sind kein Problem.« Sie schaute ihn an. »Wie ist es körperlich?«

»Alles gut.«

»Herzschrittmacher, Diabetes, Epilepsie, Gelenkprobleme? Irgendetwas, was ich wissen muss?«

»Nichts.«

»Du willst die strenge Herrin, die dich erniedrigt und vorführt, aber nicht zu hart ist?«

»Ja«, sagte er knapp. Und wünschte sich, dass sie endlich anfingen. Er hatte sich vorher mit der Thematik eingehend befasst. Er wollte erniedrigt werden, vorgeführt werden, gerne auch geohrfeigt werden. Und er wollte, dass sie am Ende seinen Schwanz in die Hand nahm. Aber all das andere, was manche andere wollten, das wollte er nicht. Denn manche wollten auch von der Domina gewindelt werden, manche wollten sogar in die Windeln scheißen oder sogenannte »Kaviarspiele«. Wollten den »Toilettensklaven« für die Herrin spielen. Die entschärfte Variante war, sich von der Herrin anpinkeln zu lassen. Das wollte er nicht. Auch nicht die Hardcore-Nummer. Er hatte davon in den Foren gelesen. Schneiden, Nadeln, Flagellation, Harnröhren-Dehnung, Strom. Er wollte nur eine strenge, geile, üppige Herrin, die am Ende seinen Schwanz in die Hand nahm.

»Irgendwelche Outfitwünsche?«

»Die ... die Korsage, von der Sie gesprochen haben.«

»Gut«, sagte sie. »Möchtest du, dass meine Brüste aus der Korsage herausschauen?«

Er merkte, wie sein Penis hart wurde. »Ja ... das möchte ich.«

»Gut.« Sie lächelte. »Das dachte ich mir.« Sie zeigte auf ihre Brüste. »Du wirst sie nachher sehen. Richtig sehen. Du darfst sie anschauen. Aber wann du sie anfassen darfst, entscheide ich.«

»Ja.«

»Das heißt *Ja, Herrin!*«

»Ja, Herrin!«

»Wenn du das nachher vergisst, wirst du bestraft, klar?«

»Ja, Herrin!«

»Gut. Dann geh ins Bad und mach dich fertig. Dort findest du alles. Duschgel, Lotion, alles geruchsneutral. Einwegrasierer, Zahnbürste, Mundwasser.« Sie hob ihre Brüste. »Im Bad findest du auch einen Knopf. Wenn du fertig bist, drückst du da drauf. Dann komme ich.« Sie fuhr sich mit der Zunge über die dunkelrot geschminkten Lippen. »Und dann ... gehörst du mir.«

Er ging ins Bad, duschte, cremte sich ein, putzte sich die Zähne.

Er war nackt. Gleich würde sie ihn herausführen. Er war noch nie nackt mit einer Erektion durch ein fremdes Haus gegangen. Einmal war immer das erste Mal.

Er drückte, als er fertig war, mit klopfendem Herzen auf den Knopf.

Kurz darauf hörte er das Klacken hoher Absätze auf dem Flur.

Kapitel 9

Berlin, Oktober 2018, Beelitz-Heilstätten

Langsam ging Nancy einen Schritt nach vorne. Genau einen Schritt.

Nah genug, um Clara mit der Glock zu bedrohen, um in ihr Umfeld einzudringen, dorthin, wo man jeden, der sich nähert, als bedrohlich empfindet. Besonders, wenn er unter Drogen steht und eine Schusswaffe in der Hand hält.

Aber auch weiterhin nahe genug an dem Obdachlosen. Um problemlos das brennende Feuerzeug auf den in Benzin getränkten, gefesselten Mann fallen zu lassen.

Schwarzgraue Wolken zogen über den Himmel und löschten das Licht des Himmels.

Clara sah die Flamme des Feuerzeugs.

Dann sah sie wieder den Taufspruch vor ihrem inneren Auge. Hörte die Worte des Priesters.

Liebe Eltern und Paten: Ihnen wird dieses Licht anvertraut. Ihr Kind soll als Kind des Lichtes leben.

Das Licht in einer dunklen Welt, dachte Clara. Die Nacht war am dunkelsten, bevor es hell wird.

Ihre Tochter war getauft worden. Nachdem Clara sie zur Welt gebracht hatte.

Ihr erstes Kind hatte Clara verloren. Ihr erstes Kind, das noch ein Embryo gewesen war und das jetzt in einem winzigen Sarg in einem Grab in Bremen lag.

Auch Nancy trug ein Kind in ihrem Leib.

Das Feuerzeug flackerte.

Die Taufe. Sterben, um neu zu leben. Sterben, um neu geboren zu sein.

Clara hob ihre Waffe. Auch eine Glock. War das Zufall, dass Nancy auch eine Glock hatte, oder Absicht? Denn sie sagte doch, dass sie ein *Fan* von Clara sei. Fans imitierten ihre Idole. Doch seit wann töteten die Fans ihre Idole? Vielleicht, wenn man dieses Idol ganz für sich haben wollte? Wenn es kein anderer bekommen sollte?

Vielleicht aber war Nancy in Wirklichkeit gar kein Fan, sondern sie hatte in irgendeinem Zeitungsartikel zufällig Claras Namen gesehen und nach einem Grund gesucht, eine Polizistin zu töten. Vielleicht wollte sie eine Polizistin töten, weil ihr das Verbrennen von Obdachlosen zu langweilig geworden war? Weil sie sich noch viel stärker fühlte, wenn sie nicht nur einen hilflosen Obdachlosen am unteren Ende der Nahrungskette verbrannte, sondern einen Vollstrecker des Gewaltmonopols des Staates tötete? Auch wenn es mit diesem Gewaltmonopol nicht mehr allzu weit her war, sonst wäre Nancy längst von den SEK-Scharfschützen erschossen worden. Oder plante Nancy ihren eigenen Tod, einen *suicide by cops*, wie man das in den USA nannte? Die USA, wo es jedes Phänomen, was langsam nach Deutschland schwappte, schon längst gab. Wollte sie so tun, als ob sie einen Polizisten erschießen würde, um dann selber von den Polizisten erschossen zu werden? Damit sie aus dem Leben verschwand, das sie nie gemocht hatte, und die Presse mal wieder einen Grund hatte, die Polizisten als schießwütige, unkontrollierte Terrortruppen darzustellen?

»Hast du die Klicks auf meinem Video gesehen? Vorhin waren es schon hunderttausend«, sagte Nancy mit monotoner Stimme, die Glock noch immer erhoben. Sie hatte den Finger am Abzug. Was ein Profi niemals tat, jedenfalls nicht, wenn er nicht sofort schießen wollte. Profis hatten den Zeigefinger parallel zum Lauf ausgestreckt und erst am Abzug, wenn sie wirklich schießen wollten. Anders als die Schauspieler in den Filmen. Aber Schauspieler in Filmen hatten Kunstwaffen, die nicht versehentlich losgingen, weil ein Finger zu einem Zeitpunkt am Abzug war, zu dem er dort nicht hingehörte. Aber in Filmen war ohnehin alles anders. Die Waffen waren angenehm leise, wenn sie schossen, und einen Rückstoß gab es auch nie.

Doch das hier war kein Film. Das hier war real. Clara wusste, dass die SEK-Leute Nancy im Visier hatten, dass sie jederzeit schießen könnten. Würden sie es tun? Würden sie warten? Sie hatte das Funkgerät im Ohr. War in Kontakt mit dem SEK. Aber würde es helfen? Die Gefahr war groß, dass Nancy jede Kommunikation von Clara mit den Sicherheitskräften mitbekommen und dann erst recht schießen würde.

Dennoch: Im Kugelhagel des SEK sterben.

Kugelhagel ... Sie hörte das Grollen des nahenden Gewitters.

Wäre es nicht das Beste? Wenn Nancy sterben würde? Für sie und für Nancy? Denn was für ein Leben lag noch vor Nancy, die erst siebzehn Jahre alt, schwanger war und bereits zwei Obdachlose verbrannt hatte? Wollte Nancy so sterben?

Hast du die Klicks auf meinem Video gesehen, hatte Nancy gefragt. *Vorhin waren es schon hunderttausend.*

»Jetzt sind es sogar hundertfünfzigtausend«, sagte Clara. Irgendetwas sagte ihr, dass sie weitersprechen musste. Sie musste Nancy von dem armen Kerl auf dem Tisch wegbekommen, musste sie ablenken. Musste um alles in der Welt verhindern, dass noch ein Mensch grausam starb. Sie hatte ihr Funkgerät im Ohr, hörte die Stimmen der SEK-Truppen. Doch alles, was sie selbst sagte, hörte auch Nancy. Eigentlich konnte sie nichts tun. Eigentlich war sie dumm gewesen, absolut dumm, nur in die Nähe von Nancy zu kommen.

»Wer soll zuerst sterben?«, fragte Nancy. »Der oder du?«
Sie wedelte mit der Glock vor ihrem Gesicht herum wie mit
einem Fächer. Nur war es leider kein Fächer, sondern etwas
verdammt Tödliches. »Oder nimmst du mich mit zur Polizei
und erzählst mir deine Geheimnisse?«

»Nancy, legen Sie die Waffe auf den Boden«, sagte Clara.
»Dann erzähle ich Ihnen alles.«

»Und Ihre Waffe?« Blöd war Nancy nicht. Claras Glock
zielte genau auf Nancys Brustbein. Die meisten Polizisten ziel-
ten auf das Brustbein. Nicht auf den Kopf. Beim Brustbein
war die Aufschlagsfläche viel größer. Und selbst wenn sich das
Ziel bewegte, war die Wahrscheinlichkeit zu treffen immer
noch größer als beim Kopf. Clara fiel auf, dass Nancy sie nun
auch siezte, und wertete das als ein gutes Zeichen, als ein Zeichen von Respekt. Mochte es nun wahr sein oder nicht. Sie
hatte Nancy bewusst gesiezt, obwohl das Mädchen sie geduzt
hatte. Sie wollte ihr zeigen, dass Clara Nancy ernst nahm. So
verrückt Nancy war, sie wollte von Clara auf Augenhöhe behandelt werden. Und oft machten solche Kleinigkeiten den
Unterschied aus zwischen einem Einsatz, der gerade noch einmal gut ging, und einem absoluten Desaster.

»Eins nach dem anderen«, sagte Nancy und nickte dazu.

»Erst Ihre, dann meine«, sagte Clara, die Stimme fest und
ohne Zweifel.

»Ach, wirklich?« Nancy hob die Augenbrauen. »Wie wäre
es umgekehrt?«

Nancy, siebzehn Jahre, verunsichert, psychisch krank und
voll bis zur Schädelbasis mit Crystal Meth, hatte ein Selbstbe-
wusstsein, wie es Clara selbst bei harten Strafanwälten und
Konfliktverteidigern nur selten bemerkte.

»Einer muss den Anfang machen«, sagte Clara. »Und das
können nur Sie sein.«

Nancy verharrte einen Moment. Senkte den Blick.

Clara glaubte schon, sie hätte es geschafft.

Doch dann geschah es. Nancy ließ das brennende Benzinfeuerzeug fallen. Fast beiläufig. Als hätte sie gar nichts damit zu tun. Doch das war dem Feuer egal. Das Benzin sog die Flammen bereits auf, bevor das Feuerzeug überhaupt die Fläche berührt hatte. Der Mann verwandelte sich innerhalb von Sekunden in eine liegende, lebende Fackel. Flammen zischten, vermischt mit dem furchtbaren Geschrei des in Todesqualen lodernden und strampelnden Mannes, der ebenso verzweifelt wie vergeblich gegen seine Fesseln ankämpfte.

Clara hörte die Stimmen hinter sich. *Wo ist der Feuerlöscher? Hierher, verdammt! Sie hat eine Waffe ...*

Da wurde es Clara klar. Das SEK hatte Angst, dass sich ein Schuss löste und die Kollegin tötete, wenn sie auf Nancy schossen. Nähern konnte sich Nancy ohnehin niemand, solange sie die Glock erhoben hatte. Also brannte der Mann weiter. Sie war ein Risiko. Und sie setzte ihre Waffen ein. Ohne Kompromisse. Ohne Mitleid. Ohne Zögern. Sie konnte hier nur auf eine Art handeln. Wie in der Taufrede mit dem Paschalamm. Wie im Alten Testament. *Auge um Auge ...*

Clara merkte gar nicht, was sie tat.

Fasste die Glock fester.

Zielte.

Schoss.

Der Schuss traf Nancy nicht in die Brust, sondern in den Bauch. Die Wucht des Aufpralls traf die junge Frau wie ein Vorschlaghammer. Doch einige Sekunden verharrte sie aufrecht. Ungläubig schaute Nancy nach unten, wo sich ein immer größer werdender Blutfleck auf ihrer Jacke bildete. Mit ihrer Hand berührte sie den Fleck und starrte auf das Blut an ihren Fingern, als wäre es das Blut eines Fremden.

Die Baucharterie war getroffen. Kurz darauf begann das Blut hervorzuspritzen. Einige Fontänen landeten auf dem zuckenden, brüllenden und brennenden Obdachlosen und verpufften in den Flammen als roter Nebel.

Nancy sank zu Boden.

Auch Clara fiel auf die Knie.

Nancy aber grinste. Ihre Lippen öffneten sich zu einer jokerartigen Grimasse. Ein Schwall von dunkelrotem Blut schoss aus ihrem Mund hervor. Sie hielt sich immer noch den Bauch. Sank weiter zu Boden.

Nancys Bauch.

Clara hatte ihr in den Bauch geschossen. In den Bauch und in ihr Kind.

Nancy röchelte.

Clara hatte geschossen. Hatte zu schnell geschossen.

Der alte Fehler. Zu schnell am Abzug. Zu gierig. Zu wenig Unterstützung mit der linken Hand. Die Waffe war ausgerissen.

Nancy kippte vornüber. Fiel mit einem schmatzenden Geräusch auf den Bauch und auf den matschigen Boden aus feuchtem Dreck und alten OP-Kacheln. Der Boden unter ihr färbte sich rot. Sie lag in der Lache ihres eigenen Blutes.

Die Glock noch umklammert. Den Zeigefinger mit den schmutzigen Fingernägeln am Abzug.

Clara war nach dem Schuss in Deckung gegangen.

War auf die Knie herabgesunken.

Wie ein Gläubiger vor dem Altar.

Widersagst du dem Satan, dem Urheber des Bösen?
Ich widersage.

Dann wurde ihr klar, was sie getan hatte.

Sie hatte ein Mädchen getötet, das noch ein Kind war.

Und das ungeborene Kind des Mädchens gleich mit.

Zwei Kinder.

Sie hatte zwei Kinder getötet.

Das Wasser der Taufe war die Sintflut, die neues Leben nach dem Tod brachte.

Die Tränen von Clara waren die Sintflut nach dem Tod.

Es gab kein Leben. Es gab keine Hoffnung.

Am Ende blieb nur der Tod übrig.

Es gab keine Wiedergeburt.

Es gab keine Erlösung.

Am Ende siegte immer das Böse.

Donner grollte und Blitze zuckten. Der Regen fiel wie Peitschenschläge auf die Erde.

Clara kniete auf dem nassen Boden.

Die Tränen, die aus ihr hervorbrachen, waren stärker als der Wolkenbruch.

Zwei Kinder, dachte sie nur.

Ich habe zwei Kinder getötet.

Kapitel 10

Berlin, Oktober 2018, Rechtsmedizin Moabit

Sechsundzwanzigste Woche«, sagte von Weinstein.
Dr. von Weinstein war die Woche vorher gerade im Urlaub gewesen und noch brauner gebrannt als sonst, während seine gegelten Haare wieder einen Stich grauer geworden waren. Er nahm seine Designerbrille ab, räusperte sich und setzte sie wieder auf.

»Sechsundzwanzigste Woche«, wiederholte er. Emotionslos, wie er immer war. Mit der gleichen Gleichgültigkeit des Profis, den die Dinge, die andere emotional überfordern, schon längst nicht mehr aus der Ruhe bringen.

Für von Weinstein war die sechsundzwanzigste Woche eine medizinische Information wie jede andere in seinem Job. Für Clara war sie die Zahl des Jüngsten Gerichts.

Clara hatte zwei Kinder getötet. Die Tränen traten schon wieder in ihre Augen. Oder waren noch immer da.

Beide Leichen, Nancy und ihr ungeborenes Kind, lagen jeweils auf einem der Stahltische im Sektionssaal. »Es hätte auf keinen Fall überlebt, auch wenn sie das Kind nicht durchschossen, sondern seine Mutter in den Brustkorb getroffen hätten.«

»Ich habe es *durchschossen?*«, fragte Clara. Sie wusste es, aber sie fragte trotzdem noch einmal nach, während sie die Tränen wegblinzelte. Winterfeld stand neben ihr, nestelte an seiner Krawatte und sagte nichts.

»Haben Sie.« Von Weinstein nickte und kniff die Lippen zusammen. »Aber es hätte, wie gesagt, in keinem Fall überlebt. Sechsundzwanzigste Woche ist viel zu früh für Brutkasten, Inkubator und weiß der Teufel was. Wenn der mütterliche Kreislauf stehen bleibt, haben sie nur zwei bis vier Minuten für einen Notkaiserschnitt, damit das Kind nicht stirbt. Außerdem sind in der sechsundzwanzigsten Woche die Lungen noch nicht reif. Selbst wenn ein Kind unter optimalen Bedingungen von einem Neonatologen in einen Kreißsaal geholt wird und sofort in einen Inkubator kommt, ist es keineswegs sicher, dass es überlebt. Ohne Lungenreifung und als Notkaiserschnitt durch den Notarzt auf dem dreckigen Boden allerdings …«, von Weinstein schaute auf einige der Fotos vom Tatort in Beelitz, die vor ihm lagen, und schüttelte den Kopf, »es hätte keine Chance gehabt.«

Clara hatte die Mutter getötet. Und damit auch das Kind. Das sie zusätzlich noch durchschossen hatte. So etwas nannte man wohl Overkill. Das Kind wäre trotzdem gestorben. Doch Weinsteins Worte trösteten sie nicht.

Der Obdachlose, der auf dem YouTube-Video verbrannt war, lag noch zwei Tische weiter. Der gesamte Saal roch nach verbranntem Fleisch. Lagen Brandleichen auf dem Obduktionstisch, gab es bei den Betrachtern zwei Sorten von Menschen, wie von Weinstein immer sagte. Die, die plötzlich Appetit auf Gegrilltes bekamen, und die, die niemals mehr Gegrilltes essen konnten.

Das Kind hätte so oder so *auf keinen Fall überlebt.* Clara wusste, dass er recht hatte, aber in dieser Stunde machte nicht einmal von Weinstein dumme Witze. Der zweite Obdachlose, den Nancy angezündet hatte, als Clara vor ihr stand, hatte überlebt. Er wurde zur Stunde im UKB, dem Unfallkrankenhaus Berlin in Marzahn, operiert. Die Experten dort, die zu den Besten ihres Fachs gehörten, zerbrachen sich in diesem Moment den Kopf, welche Hautpartien sie bei ihm wohin transplantieren konnten, um dem armen Mann noch irgendwie das Leben zu retten und den Rest seines Lebens noch einigermaßen lebenswert zu gestalten.

Von Weinstein klappte die Akte zu und klemmte sie sich umständlich unter den Arm, während er sich mit einem schnappenden Geräusch beide Handschuhe auszog und sie im Mülleimer verschwinden ließ. »Dann sind wir hier durch.«

Clara war mit dem Thema aber noch lange nicht durch. »Was wird mit dem Kind?«

»Wie immer«, sagte von Weinstein und blickte auf die Uhr. »Es kommt zurück in den Mutterleib. Beide werden gemeinsam bestattet.«

Der Gedanke, dachte Clara, war einfach nur furchtbar. Zurück in den Leib der Mutter, den es niemals richtig verlassen hatte. Dorthin, wo es auch gestorben war. Die Gebärmutter nicht als der Ort, an dem sich das Kind auf das Leben vorbereitete, sondern als organische Grabkammer. In diese Grabkammer kam das Kind zurück, bevor es zusammen mit seiner Mutter in ein größeres Grab kam. Beide tot. In einer Welt aus Dunkelheit und Schweigen.

Die nächste Station war bei Dr. Alexander Bellmann, dem Chef des LKA Berlin.

Clara saß zusammen mit Winterfeld am kleinen Konferenztisch. Winterfeld, weil er ihr direkter Vorgesetzter war. *Zum Glück,* dachte Clara. Denn für sie war Winterfeld um einiges mehr. Mentor, Coach und manchmal sogar eine Art Vaterersatz.

Frau Bories, Bellmanns übellaunige Sekretärin, balancierte ein Tablett mit Kaffee und Keksen an den Tisch heran, während Bellmann, im dunkelgrauen Zweireiher mit kornblumenblauer Krawatte, sie missmutig betrachtete wie eine ungeliebte

Ehefrau, die er ertragen musste, weil es ohne sie nun mal nicht ging. Mit ihr aber auch nicht. Soweit Clara wusste, arbeitete Frau Bories bereits seit siebenundzwanzig Jahren für Bellmann. Dass sie diesen Job mit stoischer Gleichgültigkeit und ohne allzu große Leidenschaft seit fast drei Jahrzehnten abarbeitete, war bekannt. Dass Bellmann ihr fünfundzwanzigstes Dienstjubiläum fast vergessen hatte und erst in letzter Minute noch daran erinnert worden war, war erst recht bekannt. Frau Bories stellte das Tablett ab, verließ den Raum und knallte versehentlich die Tür viel lauter zu, als sie wollte. »'tschuldigung«, rief sie noch. Bellmann knurrte. Frau Bories knallte die Tür verdächtig oft versehentlich zu laut zu, sodass man von Versehen schon gar nicht mehr sprechen konnte. Manche sagten, sie täte das, damit Leute im Gespräch mit Bellmann nicht einschliefen. Denn der Mann hatte, wie so viele Menschen in hohen Positionen, die Tendenz, sich oft zu wiederholen.

»Frau Vidalis, ich mache es kurz«, sagte er, reckte seine spitze Nase in die Höhe und seinen Hals nach vorn, wie ein Geier, der seine Beute inspiziert. Bellmann war kein unfairer Mensch, aber wenn er vor der Frage stand, wen er schützen sollte, sich oder seine Mitarbeiter, dann war es relativ klar, wie die Wahl ausfiel. Und die Presseartikel *Kommissarin erschießt 17-Jährige,* die bereits in den Online-Auftritten der Regionalzeitungen die Runde machten, trugen nicht gerade zu seinem Wohlbefinden bei.

»Sie sind, bis die Sache geklärt ist, vom Dienst suspendiert. Das Ermittlungsverfahren wurde von der Dienststelle für interne Ermittlungen bereits eingeleitet, und bis das abgeschlossen ist, haben Sie, Frau Vidalis, hier nichts zu suchen.«

Winterfeld sprach als Erster. »Wie bitte?«

»Sie haben beide richtig verstanden«, sagte Bellmann. »Die Sache muss geprüft werden. Bis das geschehen ist, sind Sie beurlaubt.« Er sah Clara an. Fast ein wenig gutmütig. »Vergütung bekommen Sie natürlich weiterhin, ebenso Versicherungsleistungen und Pensionsansprüche. Es ist fast so, als wären Sie hier. Nur Ihre Dienstwaffe und Ihren Ausweis müssen Sie abgeben.«

Clara konnte kaum glauben, dass sie es war, mit der Bellmann gerade sprach. Erst jetzt wurde ihr klar, was das bedeutete. Sie hatte noch nicht einmal den Tod von Nancy verdaut, und jetzt kam der nächste Schlag mit dem Vorschlaghammer.

»Wir sind extra nach Brandenburg gefahren, weil diese Nancy mich sehen wollte!« Sie war kurz davor, aufzuspringen.

»Das weiß ich.« Bellmann saß regungslos, hielt mit spitzen Fingern die Kaffeetasse, ohne davon zu trinken.

»Und«, ergänzte Winterfeld, »Nancy Kersting hat damit gedroht, noch mehr Obdachlose anzuzünden, wenn nicht Clara Vidalis höchstpersönlich erscheint. Frau Vidalis wäre, da wir für Brandenburg überhaupt nicht zuständig sind, dazu nicht verpflichtet gewesen. Wir anderen auch nicht. Potsdam ist nicht Berlin. Dennoch haben wir es gemacht. Weil Frau Vidalis und uns allen das Leben von Menschen wichtiger ist als bürokratische Winkelzüge.« *Wichtiger als Ihnen jedenfalls,* hätte er wohl gern angefügt, tat es aber nicht.

»Das weiß ich auch.« Bellmann trank mit spitzen Lippen von seinem Kaffee. »Ihre Einsatzbereitschaft in allen Ehren, Frau Vidalis, und Ihre, Herr Winterfeld, natürlich ebenso. Dennoch muss ich als Leiter des LKAs auch auf die Resultate schauen. Und das Resultat, das wir haben, ist, dass jetzt noch ein weiterer Obdachloser tot ist. Einer ist schwer verbrannt, und Nancy Kersting ist tot.« Er schaute über seine Brille hinweg auf die Unterlagen. »Und ihr ungeborenes Kind auch, wenn ich das richtig sehe.«

Danke für den Schlag in die Magengrube, dachte Clara.

»Das war Notwehr. Sie war bewaffnet!« Clara fühlte die Wut in sich aufsteigen.

»Das weiß ich alles, Frau Vidalis.« Er legte kurz seine Hand auf ihre Hand. Fast väterlich. »Sie wollten das Richtige tun und es ist schiefgegangen. Sie sind noch am Leben. Das ist das Wichtigste. Dennoch müssen wir bei so etwas die Formalien einhalten. Gerade in einer Stadt wie Berlin, wo die Polizei derart gehasst wird, wie dies normalerweise nur in Diktaturen der Fall ist.« Er lehnte sich zurück. »Wie gesagt: Auch bei Notwehr gibt es eine Prüfungskommission des LKAs, die Sie entweder nachher oder spätestens morgen befragen wird. Das Ergebnis sollte in einer Woche feststehen. Eine Formalie. Wenn dann alles geklärt ist, kommen Sie wieder zum Dienst. Ganz so, als ob nichts gewesen wäre.« Er schaute sie an, diesmal noch ein bisschen väterlicher. »Wir wollen es für Sie nicht kompliziert oder schwierig machen, aber wie gesagt, wir müssen die Formalien einhalten! Tut mir leid, aber so ist das nun mal bei Schusswaffengebrauch.«

»Formalien«, knurrte Winterfeld. »Wieso fragt eigentlich niemand, warum eine Siebzehnjährige derart pervers ist, dass sie Menschen lebendig verbrennt? Und mit einer geladenen Glock durch die Gegend läuft? Denn das Ding war geladen!«

»Das ist auch ein Problem.« Bellmann nickte. »Doch erst einmal müssen wir ein anderes Problem klären.«

»Welches?«, knurrte Winterfeld.

»Dass sie tot ist. Und nicht die Erste war, die geschossen hat. Das ist erst einmal unser größeres Problem.«

»Problem?« Winterfeld ließ nicht locker. Und Clara war es recht, dass sie sich nicht allein selbst verteidigen musste. »Sie hat den Obdachlosen angezündet! Reicht das nicht? Und als Nächstes hätte sie auf Frau Vidalis geschossen! Das Mädchen hatte doch eh mit allem abgeschlossen. Hätte Frau Vidalis sie nicht erschossen, hätte sie das selbst gemacht. Das war kein Mord, das war ein indirekter Suizid! *Suicide by cops.* Falls Ihnen das etwas sagt!«

»Bin ja nicht blöd.« Bellmann blickte ihn säuerlich an. »Fakt ist«, fuhr er dann fort, »dass Nancy Kersting tot ist. Und ihr Kind gleich mit. Das können wir leider nicht schönreden.«

Clara merkte, wie ihr erneut die Tränen in die Augen stiegen.

»Ich habe mit ihr geredet«, sagte sie. »Ich dachte, ich könnte sie aufhalten. Stattdessen musste ich sie töten. Weil sie sonst mich getötet hätte. Und den anderen Obdachlosen. Ich habe ein junges Mädchen getötet. Und ihr ungeborenes Kind. Glauben Sie mir, ich weiß, wie sich so etwas anfühlt.«

»Und ich weiß es auch«, sagte Bellmann und erhob sich, ein Zeichen, dass er das Gespräch für beendet hielt. »Ich weiß, was Ihnen selbst vor einiger Zeit passiert ist. Mit Torsten Rippken, dem sogenannten *Tränenbringer*. Und umso mehr freue ich mich über Ihr gemeinsames Elternglück mit Dr. Friedrich.« Seine Stimme wurde ein paar Nuancen freundlicher. »Vielleicht war die letzte Zeit einfach zu anstrengend für Sie.«

»Das heißt also, ich kann jetzt gehen?«

»Ja, versuchen Sie, sich zu entspannen«, sagte Bellmann. »Morgen früh brauchen wir Sie noch einmal hier. Wegen der Untersuchung. Es reicht völlig, wenn wir das morgen machen. Heute sollten Sie sich etwas erholen.« Er ging zur Tür. »Freuen Sie sich doch über eine Woche Urlaub. Eine Woche mit Ihrer kleinen Tochter.«

Clara ließ ein paar Sekunden sacken, was sie gerade gehört hatte. »Ich habe mehr Zeit für meine kleine Tochter …«, begann sie und blickte Bellmann direkt in die Augen, »… weil ich ein minderjähriges Mädchen und dazu noch ihr ungeborenes Kind erschossen habe? Und darüber soll ich mich freuen?«

Sie schüttelte den Kopf. »Bei allem Respekt, aber auf eine derart blöde Idee kommen auch nur Männer.«

Kapitel 11

Berlin, Oktober 2018, Kurfürstendamm
Am Haus Cumberland

Er hatte die hohen Absätze auf dem Flur gehört.
Er war nackt.

Dann sah er sie vor sich.

In der Korsage, genau so, wie sie es abgesprochen hatten. Sah ihre Brüste. Wollte sie anfassen. Sie aber schaute an ihm herunter. Hob die Augenbraue. Etwas abschätzig.

»Ist mein Sklave etwa erregt?«

»J … ja«, stotterte er.

Die Ohrfeige traf ihn völlig unvorbereitet. »*Ja, Herrin,* meinst du wohl!«

»Ja, Herrin!« Seine Erektion wurde noch stärker.

»Habe ich dir erlaubt, erregt zu sein?«

»Nein, Herrin.«

»Warum ist dein Schwanz dann so hart?«

»Weil … weil … wegen Ihnen.«

Wieder eine Ohrfeige. Noch stärker als vorhin.

»Weil … *wegen Ihnen, Herrin!,* meinst du wohl?«

»J … ja, das meine ich, Herrin.«

Sie legte ihm ein Halsband um, daran eine feingliedrige Kette. Damit zog sie ihn hinter sich her.

»Komm mit, Sklave.«

Er trottete hinter ihr her, während ihre hohen Absätze auf dem Parkettboden klapperten. Sie betraten einen großen Raum. An der Decke ein riesiger Kronleuchter. An den Wänden rote Stucktapeten mit filigranen Mustern. Jedes dieser Muster hatte einen dunklen Kristall in der Mitte.

Lady Roxanne ließ sich auf einem der schwarzen Sessel nieder.

»Runter mit dir«, sagte sie.

»Runter …?« Er begriff nicht sofort.

Wieder klatschte eine Ohrfeige. Es brannte. Doch er genoss es.

»Runter auf die Knie, Sklave!«

»Ja, Herrin!« Wichler ging in die Knie.

»Jetzt wollen wir mal sehen, mein Sklave«, sagte die Lady, »was du so kannst.« Sie spreizte die Beine und zog seinen Kopf mit der Kette nach vorne. »Als Erstes wirst du deine Herrin verwöhnen.«

Kapitel 12

Berlin, Oktober 2018, Legende von Paula und Ben, *Südstern*

Clara war nicht sofort nach Hause gefahren.

Es war 17 Uhr. MacDeath war heute damit dran, die kleine Victoria aus der Kita abzuholen. Darum hatte sie noch einen Abstecher in die *Legende von Paula und Ben*« am Südstern in Kreuzberg gemacht. Der Ort, an dem sie einst mit MacDeath etwas trinken gewesen war, bevor sie beide das erste Mal im Bett gelandet waren. Auch wenn Clara damals so viel getrunken hatte, dass sie sich gar nicht mehr an Einzelheiten erinnerte. MacDeath hingegen hatte damals den Überblick behalten. *Wir haben verhütet,* hatte er gesagt, *als Mediziner denkt man an so etwas.*

Irgendwann waren sie dann richtig zusammengekommen. Und einige Zeit später war Clara durch eine Verhütungspanne schwanger geworden. Sie war anfangs nicht sicher gewesen, ob sie das Kind überhaupt wollte, doch das war am Ende egal gewesen. Denn dieses Kind hatte sich der *Tränenbringer* geholt. Nachdem MacDeath und sie dann geheiratet hatten, hatten sie sich beide für ein Kind entschieden. Hatten entschieden, es noch einmal zu versuchen. Und hatten absichtlich nicht verhütet. So war Victoria entstanden.

»Wie immer?«, fragte Turadj, der Barkeeper und Inhaber der Legende, und schaute sie aus dunklen Augen halb fragend, halb gutmütig an.

»Ja, aber einiges davon.« Seit einem halben Jahr stillte Clara nicht mehr, da konnte sie auch einen Whisky trinken. Oder zwei. Besonders an Scheißtagen wie heute. Morgen musste sie ja nur noch wegen der Befragung ins LKA, dann war sie erst einmal *beurlaubt*.

Beurlaubt. Das klang wie eine Mischung aus Ruhestand, Abstellgleis, Elefantenfriedhof und Müllentsorgung. Ihre Waffe hatte sie vorhin bereits abgegeben. Die Glock, die Waffe, mit der sie Nancy erschossen hatte. Nancy, die sie ebenfalls mit einer Glock bedroht hatte. Beide Waffen lagen nun also im LKA. Claras Glock im Schließfach, zusammen mit ihrem Dienstausweis, Nancys Glock in der Asservatenkammer bei den Kriminaltechnikern.

Turadj hob eine Augenbraue, hob dann die Whiskyflasche und schenkte ein. »Sie sagen Stopp?«

»Stopp«, sagte Clara irgendwann. »Ich nehme mir eh gleich ein Taxi und lass den Wagen hier stehen. Bei meinem Glück werde ich sonst auch noch den Führerschein los.« Sie trank einen Schluck und genoss den scharfen Geschmack in ihrem Mund. »Meinen Job bin ich bereits für eine Woche losgeworden.«

»Wie das?«

»Beurlaubt.«

»Klingt nach einem Scheißtag.«

»Klingt nicht nur so.« Sie überlegte einen Moment. »Vorhin Radio gehört? Beelitz-Kliniken?«

»Die Irre, die da erschossen wurde?«

»Das war ich.« Es schien, als würde Clara dieser Satz leicht über die Lippen gehen, aber das stimmte nicht. Sie trank den Whisky in kleinen Schlucken. Turadj fragte nicht weiter nach. Wenn Clara reden wollte, dann würde sie das tun. Falls nicht, half es überhaupt nichts, wenn er weiterfragte. Die Gäste sollten sich bei ihm wohlfühlen. Und nicht ausgefragt werden. Und erzählen würde er von dem, was ihm die Gäste sagten, ohnehin niemandem etwas.

»Damit ist es aber nicht vorbei«, sagte Clara. »Dann kommt die ganze Bürokratie.« Sie trank noch einen Schluck. »Mir wurde auch angeboten, zur Supervision zu gehen, zu irgendwelchen Psychoklempnern vom LKA, die einem dann erzählen wollen, was in der Kindheit alles schiefgelaufen ist. Theoretiker-Trutschen mit Tigerenten und Batikblusen.«

Turadj grinste. »Den Typ kenne ich.«

Clara trank das Glas aus. »Noch einen«, sagte sie und schob Turadj das Glas hin. Nachdem er das Glas aufgefüllt hatte, sprach sie weiter.

»Und gleichzeitig«, sagte Clara, »muss man sich eine Etage höher vor anderen Kollegen dafür verantworten, warum man in einer Notfallsituation mit seiner Dienstwaffe geschossen hat, genauso wie es einem beigebracht worden ist.«

Turadj trocknete ein Glas ab und stellte es in die Vitrine hinter der Bar. »Schöne Arbeitsteilung.«

»Angeblich«, sagte Clara und schaute in die flammende Farbe des Whiskys in ihrem Glas, in dem sich die Kerzen an der Bar mischten, »meinen es alle gut mit einem. Aber am Ende denkt jeder nur an sich selbst. Es ist immer dasselbe in dieser Stadt.«

»Sie wissen ja«, begann Turadj, »wenn Arschlöcher fliegen könnten …«

»… dann bräuchten wir in Berlin gar keinen Flughafen.« Sie trank das Glas aus und legte einen Schein auf den Tisch. »Ich muss zu meiner Familie.«

Sie wohnten inzwischen gemeinsam in MacDeaths hübscher Wohnung nahe dem Monbijouplatz. Demnächst wollten sie sich etwas Größeres suchen. Vielleicht sogar ein Haus. Allerdings hielten beide nicht viel von Gartenarbeiten, und die Einbruchstatistiken bei freistehenden Häusern kannten sie auch.

Daher würde es wohl auf eine schöne Eigentumswohnung in Stadtnähe hinauslaufen. Fast schon spießig, fand Clara. Aber irgendwie auch schön.

Als sie im dritten Stock aus dem Aufzug kam, fiel ihr sofort das Stimmengewirr auf. Und irgendein Hund bellte dort. Es kam – aus ihrer Wohnung. Hatten sie Gäste?

Sie schloss die Tür auf.

Hermann blickte ihr entgegen. Dahinter seine Freundin Anja. Und Schnuppi, ihr kleiner Frenchie, den Hermann und Anja jetzt bereits über zwei Jahre hatten und der Clara fröhlich bellend begrüßte und ihr hingebungsvoll die Hand schleckte.

Hermann grinste. »Der mag einen bestimmten Typ von Hautcreme.«

MacDeath kam ihr entgegen und küsste sie. »Ich dachte, wir zeigen dir, dass wir auf deiner Seite sind. Komm mit!«

Im Wohnzimmer standen Antipasti, Baguette und Wein. Clara hatte schon wieder Tränen in den Augen. Diesmal allerdings vor Rührung. Schnuppi rannte japsend um den Tisch herum in der Hoffnung, dass etwas für ihn abfallen könnte. Die kleine Victoria saß in ihrem aufgemotzten Laufheck, das man heute *Activity Center* nannte, und schaute Clara fröhlich an. Clara nahm die Kleine in den Arm.

»Mama, Baba«, brabbelte sie.

»Mein kleiner Engel, wie geht es dir?«, fragte Clara.

Die Kleine gurrte. In der Hand hielt sie Fips, ihren Kuschelaffen. Der Affe hatte eine rote Latzhose und einen langen Schwanz, den Victoria schon ein paarmal abgerissen hatte. Clara hatte ihn dann notdürftig wieder angenäht. »Meeehr«, ergänzte Victoria jetzt. *Mehr* hieß immer, dass es, in diesem Fall mit der Feier im Wohnzimmer, gern weitergehen konnte. Auch wenn sie eigentlich seit einer halben Stunde im Bett hätte sein sollen. Und dann wieder: »Mama, Baba ...«

»Baba?«, fragte Hermann.

»Ja, sie sagt immer *Baba* statt *Papa*. Besser geht's halt noch nicht«, lächelte Clara.

»Im Chinesischen sagt man *Baba* für *Papa*«, sagte Mac-Death. »Eltern werden offenbar in allen Teilen der Welt fast gleich genannt.«

»Und was heißt *Mama* auf Chinesisch?«, fragte Anja.

»Auch *Mama*.« MacDeath hatte sich irgendwann einmal aus Interesse mit einigen Grundzügen der chinesischen Sprache befasst.

Clara legte die Kleine zurück in ihr Activity Center. Der kleine Frenchie stand davor und beobachtete sie aufmerksam.

»Ihr geht's ja richtig gut, wie es aussieht?« Das war Anja. Hermann und Anja hatten lange versucht, selbst Kinder zu bekommen. Als das aber nicht funktioniert hatte, hatten sie sich einen kleinen French Bulldog gekauft.

»Ja. Sie schläft noch viel, wie das mit einem knappen Jahr halt so üblich ist«, sagte Clara. »Ansonsten ist halt alles sehr aufregend für sie, weil sie jetzt auch in die Kita geht.«

»Schläft sie nachts durch?«, fragte Hermann.

»Ja«, sagte MacDeath.

»Geht so«, sagte Clara und warf MacDeath einen kurzen Blick zu. »Du wachst ja nie auf und glaubst, sie schläft immer durch.«

»Tut sie das nicht?« MacDeath schien ehrlich überrascht.

»Meist schon. Aber manchmal will sie noch kuscheln. Vor allem jetzt, wo sie allein schläft und gleichzeitig die Umgewöhnung mit der Kita kommt.«

»Aber die ersten Monate lag sie auch im Elternschlafzimmer?« Anja hatte sich mit dem Thema ausgiebig befasst.

»Ja«, sagte Clara. »Aber dann war das Beistellbett für sie zu klein.«

»Das ist das Bett, das neben dem Elternbett steht?«, fragte Hermann.

»Ja genau, man stellt es genau neben das Elternbett, meist neben die Seite der Frau. Und ein Baby-Schlafsack ist wichtig, den sie sich nicht über den Kopf ziehen kann. Richtige Bettdecken sind gefährlich. Das geht erst, wenn sie zwei Jahre alt sind. Jüngere Kinder können darunter ersticken.«

»Plötzlicher Kindstod nennt man das«, sagte MacDeath.

»*Plötzlicher Kindstod*«, sagte Hermann und schüttelte den Kopf. »Was immer wir tun, wir landen immer bei unseren Themen.«

»Jedenfalls«, sagte Clara, »schläft sie jetzt in ihrem eigenen Bett in ihrem eigenen Zimmer.«

»Setzen wir uns doch«, sagte MacDeath und schenkte Wein ein. »Und lasst uns von anderen Dingen reden, nicht vom LKA oder Bellmann.«

Hermann ließ seinen Blick über den Tisch schweifen. »Darfst du so etwas noch anschauen?«, fragte er MacDeath. Auf dem Tisch lag eine DVD von dem Film »Im Körper des Feindes – Face/Off« mit John Travolta und Nicholas Cage.

Clara verdrehte die Augen. »Ich habe ihm eigentlich gesagt, dass die Dinger, solange unsere Tochter noch klein ist, in den Keller gehören. Er hat aber noch Schonzeit, solange Victoria noch derart klein ist, dass sie so etwas noch nicht genau erkennt, wenn es hier herumliegt. Außerdem schaut er die Filme nur, wenn sie im Bett ist. Der hier sieht ja noch harmlos aus im Vergleich zu den ganzen Horrorfilmen, die er auch hat dahinten in seinem Arbeitszimmer.«

MacDeath sagte nichts, setzte nur eine unschuldige Miene auf.

»Später wird es aber heißen: K oder K: Keller oder Kunststoffmüll.«

»Ist die Streaming Revolution an euch vorübergegangen?«, fragte Hermann. Hermanns Wohnung war, passend zu seinem Büro, voller Hightech mit superschnellem Internet, riesigem LCD-Fernseher, Playstation, Xbox und extraschnellem PC, auf dem er am liebsten »Dawn of War III« und »Space Hulk« spielte.

»Haben wir schon, aber der hier kostet immer noch ein Heidengeld auf den Plattformen und die DVD hatte ich eh«, sagte MacDeath.

»Na ja, wenn man sich schlau anstellt, gibt es fast alle Filme umsonst.« Hermann grinste.

»Du bist ja wohl nicht so blöd und lädst Filme bei Pirate Bay runter?«, fragte Clara. »Das kann dir bei deinem Job böse um die Ohren fliegen.«

»Nein, so blöd bin ich nicht«, sagte Hermann, »aber wenigstens könnte ich, wenn ich wollte.« Er schaute auf die DVD. »Kenn ich auch, den Film. Ziemlich gut. Hast du dir den angeschaut?«

MacDeath nickte. Clara schaute ihn ungläubig an. »Wenn du noch Zeit zum Filmegucken hast, mache ich ja irgendwas falsch.«

»Wenn du es positiv siehst, hast du jetzt auch eine Woche Zeit zum Filmeschauen.«

»Sehr witzig«, sagte Clara. »So ähnlich hat Bellmann das auch gesagt.«

»Um das mal klarzustellen«, sagte MacDeath, »letzte Nacht konnte ich nicht schlafen. Da habe ich mir eine halbe Stunde von dem Film angeschaut.«

»Der Film war doch gar nicht hier oben.«

»Leider nicht.«

Clara sah MacDeath entgeistert an. »Da bist du extra im Schlafanzug in den Keller gegangen und hast den Film geholt?«

»Klar.« Er grinste. »Du kennst doch die Statistik. Menschen werden nicht vom schwarzen Mann im Keller umgebracht, sondern meist von ihren Angehörigen.«

»Jetzt sag nicht, du bist im Keller sicherer als hier bei mir?«

»Statistisch schon.«

Clara schüttelte den Kopf und wandte sich an Hermann und Anja. »Themenwechsel. Seid ihr zufrieden mit eurem Schnuppi?«, fragte sie. Nachdem sich Hermann und Anja damit abgefunden hatten, dass es mit einem Kind wohl nichts werden würde, waren sie zu einem Züchter aus Brandenburg bei Neuruppin gefahren und waren mit Schnuppi zurückgekommen. Es war ein blauer Frenchie, blau-grau. *Bullies von der blauen Weide* wurde die Zucht auch genannt.

»Ja, sehr«, sagte Anja. »Das ist eine gute Zucht. Hochbeinig, sportlich, die Nase nicht zu platt gezüchtet. Viele der Frenchies haben ja wegen plattgezüchteter Nasen massive Atemprobleme. Man muss nur aufpassen, dass sie nicht zu dick werden.«

Schnuppi hörte seinen Namen und kam angelaufen. Dann setzte er einen enttäuschten Blick auf, als er feststellte, dass er noch immer nichts vom Tisch bekam. Er trottete zurück und legte sich wieder hin.

»Deshalb wird er auch gebarst«, sagte Hermann.

»Er wird was?«

»Gebarst heißt, er kriegt rohes Fleisch und Gemüse«, sagte Hermann. »Und Obst. Ist gut für die Darmflora. Und für die Zähne.«

In dem Moment klingelte es an der Tür. Schnuppi schaute auf und bellte kurz. Offenbar hatte er etwas Interessantes gerochen.

Kapitel 13

Berlin, Oktober 2018, Monbijouplatz

Marc!« Clara traute ihren Augen nicht, als sie die große, kräftige Gestalt mit dem schwarzen Dreitagebart sah. Marc vom SEK war also auch gekommen. Mit ihm hatte sie schon einiges erlebt. Bei Nancy war er dabei gewesen, bei der Erschießung des Werwolfs und damals, als sie die Kellerwohnung des Namenlosen gestürmt hatten.

»Nicht nur Marc«, sagte der und gab Clara ein Küsschen auf die Wange. »Meine bessere Hälfte kommt auch mit.«

»Odin!«, sagte Clara. Marcs Lieblingsschäferhund stand hinter ihm im Treppenhaus und begann schwanzwedelnd, Claras Hand abzuschlecken. Von drinnen war noch lauter das Gebelle von Schnuppi zu hören, der den großen Bruder gleich gerochen hatte. Odin aber hielt inne, blieb absolut still, saß hochkonzentriert im Treppenhaus und ließ sich von Clara streicheln. »Hermann hat seinen Hund auch dabei. Die verstehen sich hoffentlich?«

»Sonst lasse ich ihn im Vorraum. Aber eigentlich ist Odin extrem pflegeleicht. Als scharfer Wachhund kaum zu gebrauchen.«

Sie gingen ins Wohnzimmer.

»Wein, Bier?«, fragte MacDeath. Offenbar wusste er schon, dass Marc auch noch kommen würde.

»Ein Bier geht. Muss leider noch fahren.« Er ließ sich auf die Couch fallen, während er Odin und Schnuppi im Blick behielt. Er trug eine Hose im Militarystyle mit Seitentaschen.

Schnuppi beäugte den großen Schäferhund misstrauisch und bellte noch einmal. Odin aber nahm von dem kleinen Hund überhaupt keine Notiz und hatte bereits Victoria in ihrem Laufheck entdeckt.

»Dem Kind tut er ja wohl nichts?«, fragte Clara.

Marc schüttelte den Kopf. »Er könnte sie höchstens totkuscheln.« In dem Moment hatte sich Odin bereits vor das Laufheck gelegt. Wie ein Tiger zu Füßen von Kleopatra.

»Baba ... Baba«, brabbelte Victoria und schaute das große Tier fasziniert an.

»Baba«, wiederholte Clara und wandte sich an Marc. »Damit meint sie *Papa*.« Sie schaute auf Hund und Kind herunter. »Scheint so, als hätte sie einen zweiten Papa gefunden.«

»Wie gesagt«, sagte Marc, »ich bin zwar Hundeführer beim SEK, aber der hier ist für Einsätze nicht zu gebrauchen.«

»Wofür dann?«

»Kinder bespaßen zum Beispiel.«

»Das ist alles?«

»Nein, etwas mehr schon.« Marc trank von seinem Bier. »Mantrailing, Spurensuche. Der hat die beste Nase in ganz Berlin.«

»Der Hund als bester Freund des Menschen«, sagte Hermann.

»Ja, stimmt.« Er streichelte Odin über den Kopf. »Spürhunde gibt es schon seit der griechischen Antike. Dann waren sie Begleiter für Nachtwächter. Und irgendwann im 19. Jahrhundert gab es die ersten Polizeihunde. Und der hier ...«, er zeigte auf Odin, »... hat eine verdammt gute Nase.« Doch der Hund hatte nur Augen für die kleine Victoria, die den großen Hund fasziniert anblickte und fast schon meditativ vor sich hin brabbelte.

»Ungefähr fünfzig- bis tausendmal so gut wie die menschliche Nase«, sagte Marc. »Manche sagen sogar, eine Million mal so gut. Es gibt Spürhunde und solche für Geruchsdifferenzierung. Der hier gehört zur zweiten Gruppe. Der kann aus hundert verschiedenen Gerüchen den richtigen erkennen. Und er braucht Beschäftigung. Deswegen wohnt er auch bei mir zu Hause und nicht im Hundezwinger.«

»Solche Hunde wollen doch immer bespaßt werden, oder?« Das war Hermann.

»Allerdings. Die haben einen knallharten Jagd- oder Hüte-Instinkt. Manche sogar beides. Odin hat mir schon ein paarmal die Laufschuhe durchgekaut. Das heißt: *Ich will Action.* Sein Essen muss ich ihm immer im Garten verstecken.«

»Tatsächlich?«

»Ja, ich verstecke alles im Garten. Er muss es dann finden. Das heißt konzentrierte Nasenarbeit. Danach ist er erst einmal platt und schläft zwei Stunden. Ansonsten nimmt er einem die Bude auseinander.«

Er blickte nach unten. Die kleine Victoria schob Odin einen angebissenen Butterkeks durch das Laufheckgitter zu.

»Darf der so was essen?«, fragte Clara.

Doch in dem Moment hatte sich der Hund den Keks schon geschnappt und kaute krümelnd vor sich hin. Victoria freute sich glucksend.

»Manchmal schon«, sagte Marc. »Liebe geht halt durch den Magen. Bei Hunden ganz besonders. Und bei meinem erst recht.«

Es war 23:30 Uhr. Die Gäste waren gegangen, und Clara und MacDeath saßen auf der Couch. »Das war lieb mit den Gästen«, sagte sie zu MacDeath und küsste ihn. »Das hat mich echt aufgemuntert.« Marc war vor dreißig Minuten verschwunden, und Victoria schlief schon seit Stunden friedlich in ihrem Bett und gluckste ab und zu im Traum. Wahrscheinlich träumte sie von ihrem großen, vierbeinigen Beschützer.

»Dachte ich mir. Schön, dass es geklappt hat.«

Clara drehte die DVD von »Face/Off« in den Händen. »So einen Mist schaust du dir also an, wenn du nicht schlafen kannst?«

»Das ist kein Mist«, sagte MacDeath. »Nicholas Cage spielt hier den Oberschurken *Castor Troy*. Sein Bruder heißt, wie bei dem antiken Zwillingspaar, *Pollux*. Und John Travolta, der den Polizeichef spielt, lässt sich per Gesichtstransplantation das Gesicht von Castor Troy aufsetzen, um dessen Bruder Geheimnisse zu entlocken.«

»Klingt ein bisschen kompliziert«, sagte Clara. »Hat *Troy* irgendetwas mit Troja zu tun?«

»Ja. Und auch die Namen Castor und Pollux kommen aus der antiken Mythologie.« MacDeath trank noch einen Schluck Wein. »Was mal wieder zeigt, dass es für alle Kinofilme am Ende nur einen Ursprung gibt: die griechische Mythologie.«

»Ich dachte, Walt Disney ... Aber Gesichtstransplantationen ...« Clara schüttelte den Kopf. »Geht so was überhaupt?«

»1997, als der Film in die Kinos kam, war das noch nicht möglich. Aber 2010 ist es in Spanien zum ersten Mal gelungen.«

»Face/Off«, sagte Clara halb zu sich, halb zu MacDeath, »das würde mir auch gut gefallen. Dann erkennt mich wenigstens niemand, nach dem ganzen Scheiß, der heute passiert ist.« Sie sah ihn an. »Morgen wird es noch einmal ernst. Die Befragung durch das LKA wegen Notwehr. Und dann kann ich eine Woche zu Hause rumsitzen. Was mache ich denn dann?«

MacDeath grinste. »Da Victoria ja immer älter wird, könntest du das Video schon mal in den Keller bringen und ganz hinten im Schrank verstecken. Dann muss ich das nicht machen.«

»Blödmann!«

Kapitel 14

Berlin, Oktober 2018, Walter-Benjamin-Platz

Jochen Wichler war wieder draußen auf der Straße vor dem Haus Cumberland.

Und eine Sache war ihm ganz klar: Er musste wieder zu Lady Roxanne. Am besten schon morgen. Oder vielleicht … sogar schon heute? Irgendwann später am Abend? Sie war teuer, dreihundert Euro pro Stunde. Aber das war ihm egal. Er würde sein Haus verpfänden, nur um wieder bei ihr zu sein. Wahrscheinlich würde er auch seine Kinder für sie verkaufen. Er hasste sich besonders für diesen Gedanken. Aber es war so.

Sie hatte ihm versprochen, dass sie noch eine zweite Herrin kannte. Lady Lenore. Sie hatte ihm ein Foto von Lady Lenore gezeigt. Und Wichlers Herzfrequenz hatte sich fast verdoppelt. Vielleicht, hatte Lady Roxanne gefragt, hätte er ja Lust, einmal mit beiden zusammen …

O ja, das hatte er.

Er überquerte den Ku'damm und nahm Kurs auf den Walter-Benjamin-Platz, wo er seinen Wagen in der Tiefgarage nahe der Leibnizstraße geparkt hatte. Walter Benjamin war in Charlottenburg geboren, genauso wie er.

Das Ensemble des Walter-Benjamin-Platzes gefiel ihm. Es war 2000 gebaut worden, vorher hatte die Fläche seit 1900 brach gelegen und war nur als Parkplatz genutzt worden. Jetzt war der Parkplatz unterirdisch. Es war wie bei seinen Begierden. Interessant wurde es erst unter der Oberfläche.

Die Leibniz-Kolonnaden hatte der Architekt Hans Kollhoff entworfen. Wichler hatte schon ein paarmal mit Kollhoff gesprochen und mochte seine Arbeit. Auch dieses Ensemble. Auch wenn der Senat von ihm eigentlich erwartete, dass er Bauprojekte eher verhinderte als förderte. Er ging an dem Italiener vorbei, der gut, aber teuer war, und kaufte sich am Kiosk eine Packung Zigaretten und ein paar Zeitungen. Im Büro, wo immer die Zeitungen lagen, war er heute nicht gewesen und würde auch nicht mehr hinfahren. Eher würde er noch einmal zu Lady Roxanne zurückkehren. Das wären dann zwar sechshundert Euro an einem Tag, aber auch das war ihm egal.

Er ließ seinen Blick über den Platz schweifen, während er nach seiner Parkkarte für die Tiefgarage in seiner Sakkotasche suchte. Auf dem Dach eines Hauses der Kolonnaden gab es einen Kindergarten. Ein privater Kindergarten. Er hatte schon überlegt, dort sein Kind anzumelden, falls sie bald in die Innenstadt ziehen würden, weg aus Kleinmachnow. Er konnte nur hoffen, dass das niemand mitkriegen würde, auch wenn es bei Politikern geübte Praxis war. Von Inklusion, Gesamtschulen und gemeinsam lernen bis zur elften Klasse reden, aber die eigenen Kinder nur in Privatkitas, Schulen und Internaten unterbringen. Gerade seine Partei war berühmt dafür, ständig gemeinsames Lernen an staatlichen Schulen zu predigen, die eigenen Kinder aber allesamt in teure Privatschulen zu schicken. Und vielleicht sollte er mit dem Verkauf des Hauses in Kleinmachnow noch ein wenig warten? Wenn der Flughafen tatsächlich niemals fertig werden würde, was ihm die meisten Experten unter Hand versicherten, würden die Häuserpreise dort wahrscheinlich noch einmal steigen. Denn das Geld würde er brauchen. Für den Privatkindergarten. Aber ganz besonders für Lady Roxanne. Und wenn dann noch Lady Lenore dabei war, wurde es dann doppelt so teuer? Verdammt, dachte er, das hatte er gar nicht gefragt.

»Herr Wichler?«

Plötzlich hörte er seinen Namen direkt hinter sich.

Er drehte sich abrupt um.

Ein Mann mit einem Laptop stand hinter ihm und schaute ihn auffordernd an. Dunkle Haare, grauer Anzug. Adrett, aber irgendwie aufdringlich.

»Kann ich Ihnen helfen?«, fragte Wichler etwas gereizt.

Der Mann lächelte kalt. »Eigentlich wollte ich Ihnen helfen.«

»Womit?«

Der Mann klappte seinen Laptop auf. Ein USB-Stick war eingesteckt.

»Dabei, dass das hier niemand zu sehen bekommt.«

»Was?«

Da lief der Film schon ab. Und Jochen Wichler sah … Jochen Wichler! Kniend auf dem Boden zwischen den Beinen der Herrin Roxanne. Sein Puls stieg auf hundertsechzig, und er atmete, als hätte er gerade den Berlin-Marathon hinter sich. Schmerz pochte urplötzlich gegen seine Schläfen.

»Warten Sie einen Moment«, sagte der Mann gönnerhaft. »Gleich sieht man Sie richtig.«

Dann sah er sein Gesicht, das sich kurz zwischen den Beinen von Lady Roxanne erhob. Den Mund offen, die Zunge sabbernd zwischen den Lippen. Das Hundehalsband, die Kette. Das war er! Jochen Wichler und kein anderer. Das sah ein Blinder!

Gedanken sausten durch seinen Kopf wie Raumschiffe in einer Science-Fiction. Was sollte er tun? Dem Mann den Laptop wegnehmen, den Stick herausreißen, fliehen? Sicher hatte der Kerl noch eine Kopie. Oder zwei. Dennoch: den Mann einfach überwältigen und hoffen, dass es nur diese eine Kopie gab? Nein, zwecklos! Das wäre alles sofort in der Zeitung und würde die Sache noch viel schlimmer machen. Denn er, Jochen Wichler, war jetzt kein einfacher Architekt mehr, der in der Politik ein paar hohe Tiere kannte. Er war jetzt Senator. Und damit war alles öffentlich. Und das, was auf dem USB-Stick war, leider auch. Oder erst recht.

Lügen half nichts. »Verdammt, wie haben Sie das …?«

»Tja, der Raum sah fast leer aus«, sagte der Mann grinsend, »aber die dunklen Kristalle an den roten Wänden, sind die Ihnen aufgefallen?« Der Mann wartete gar nicht erst auf eine Antwort, sondern redete gleich weiter. »Das waren halt keine Kristalle. Sondern Kameras.«

In dem Moment wurde es Jochen Wichler klar, dass das alles nur inszeniert wurde, um ihn erpressbar zu machen. Und er war mitten in eine Falle getappt. Die Frage war nur: warum? Was bezweckte der Mann damit?

»Was haben Sie vor?«, fragte Wichler.

»Die Frage ist doch erst mal, was Sie vorhaben?« Der Mann grinste noch immer und klappte den Laptop wieder zu. »Wollen Sie die Herrin verklagen? Wegen der Kamera? Persönliche Daten und das ganze Geschwafel? Wenn Sie vor Gericht gehen, wird das alles hier erst recht öffentlich. Und Ihre Frau wird das sicher auch nicht gern sehen. Eine Scheidung wird immer teuer. Denken Sie an das teure Haus in Kleinmachnow, das noch gar nicht abbezahlt ist …« Der Mann schaute gelangweilt über den Platz und klemmte sich den Laptop unter den Arm. »Wenn Sie das *nicht* vorhaben, sollten Sie sich vielleicht anhören, was wir wollen.«

»Also«, fragte Wichler ärgerlich und merkte, wie sich sein Puls langsam wieder beruhigte. Er spürte den Schweiß unter seinen Achseln. »Was wollen Sie?«

»Ein Gespräch. Mehr nicht.«

»Wo?«

Der Mann schaute nach oben. »Hier, ganz in der Nähe. Nicht mal drei Minuten zu Fuß.«

Wichler schaute finster drein. »Ich weiß nicht ...«

Der Mann schüttelte den Kopf. »Sie wissen sehr wohl! Denn denken Sie dran: Sie tun schön, was wir sagen. Und all das hier bleibt unter uns.« Er zeigte auf den Laptop. »Denn wenn Sie Ihren Mund aufmachen, machen wir unseren Mund noch viel weiter auf.«

Wichler schüttelte nervös seine Arme aus, so als könnte er den Mann und das, was irgendjemand gerade von ihm aufgenommen hatte, damit loswerden. Doch der Mann blieb dort stehen. Ebenso wie der Laptop, der Film und all das, was Wichler in den letzten anderthalb Stunden getan hatte.

»Okay«, sagte Wichler, »Sie haben mich.«

Kapitel 15

Berlin, Oktober 2018, LKA 113

Clara warf die Tasche in ihrem Büro auf einen der Stühle, versuchte, dabei nicht auch die dampfende Kaffeetasse fallen zu lassen, die sie sich gerade aus der Küche geholt hatte, trank einen Schluck Kaffee und sah auf die Uhr. Noch dreißig Minuten bis zu ihrer Befragung. Sie ließ den Blick über ihr Büro schweifen, das sie jetzt mindestens eine Woche nicht betreten durfte. Schöne Zeitverschwendung, dachte sie. Sie würde …

Da fiel ihr das Paket auf, das auf ihrem Schreibtisch stand. Gestern war es noch nicht dort gewesen. Es musste gerade mit der Post abgegeben worden sein, und Silvia, die Sekretärin, die sie sich mit einer Kollegin teilte, hatte es wohl dort auf ihrem Schreibtisch abgestellt.

Sie schaute auf das Adressfeld.

Hauptkommissarin Clara Vidalis.
LKA. Mordkommission 113.
Tempelhofer Damm.

Die Pakete, die ins LKA kamen, wurden alle auf Sprengstoff geprüft. Sie schnupperte. Nach Mandeln roch das hier auch nicht. Also auch keine Briefbombe. Aber das wäre bei der Sicherheitskontrolle ohnehin aufgefallen.

Dann schaute sie auf den Absender.

Kanzlei Dr. Sven Gassner.
Rechtsanwalt und Notar.
Kurfürstendamm.

Mein Gott, dachte sie, hetzte Bellmann ihr jetzt schon einen Anwalt auf den Hals?

Sie nahm eine Schere und schnitt hektisch das Paket auf.

In dem Paket ein DIN-A4-Umschlag. Gepolstert.

Auf dem Umschlag zwei Worte in roter Farbe, offenbar mit der Hand und einer Art Pinsel geschrieben.

CLARA VIDALIS

Sie schaute auf den Umschlag. Er hatte diese Aura des Grauenhaften. Er war gewöhnlich und schrecklich zugleich. Wie ein Wohnzimmer, in dem ein Mord verübt wurde. Wie ein Schrank, der blutbespritzt war. Wie ein Hammer, mit dem man keinen Nagel, sondern einen Kopf eingeschlagen hatte.

Die roten Buchstaben flammten vor ihr auf. Sagten ihren Namen. *CLARA VIDALIS.*

Irgendetwas stimmte hier nicht. Sie konnte nicht sagen, was, aber es war ihr Instinkt, den sie nicht greifen konnte. Wegen dem sie aber noch lebte. Der Instinkt, der ihr dabei geholfen hatte, einige Fehler nicht zu machen, die einige ihrer Kollegen bereits das Leben gekostet hatten.

Sie öffnete die Schubladen und holte Einweghandschuhe hervor. Dann öffnete sie den Umschlag. Darin ein Brief. Sie las die Zeilen, während sie das Papier mit zitternden Fingern hielt.

Clara Vidalis,
wir haben einiges gemeinsam.
Heute, am 23. Oktober.

Der 23. Oktober! Das war heute. Sie hatte es schon fast vergessen. Am 23. Oktober 1990 war ihre Schwester gestorben. Sie hatte über Jahre hinweg an diesem Tag ihrer Schwester gedacht. War sogar immer an diesem Tag zur katholischen Beichte gegangen, weil sie sich schuldig fühlte. Erst als Victoria geboren war, hatten die Schuldgefühle nachgelassen. Und sie hatte diesen Tag fast vergessen. Doch jetzt traf sie die Erkenntnis wie ein Rammbock. Der 23. Oktober! Sie las weiter.

> Sie haben einen Menschen verloren, der Sie sehr geliebt hat. Und Sie ihn.
> Und ich habe den einzigen Menschen getötet, den ich je geliebt habe.
> Vielleicht macht uns das ähnlich?
> Vielleicht bringt man auch nur das um, was man am meisten liebt?
> Weil nur das einem etwas bedeutet? Der Tod ist immer am schlimmsten für die, die zurückbleiben.

Der 23. Oktober. Die Erkenntnis jagte durch ihr Gehirn wie eine Wand aus Feuer.

Und heute, am 23. Oktober, war das Paket gekommen.

Der Notar war wahrscheinlich beauftragt worden, das Paket so zustellen zu lassen, dass es genau heute, am 23. Oktober, auf dem Schreibtisch von Clara Vidalis landete. Einige Kanzleien boten einen solchen Dienst an.

Das hieß aber auch: Irgendeiner musste das von langer Hand geplant haben.

Jemand, den Clara kannte.

Jemand, der bereits seit einigen Jahren tot war.

Clara spürte, wie ihr kalt wurde. Sie las weiter.

Irgendwann habt ihr mich dann doch erwischt. Aber es war nicht leicht. Denn die, die ihr erst für die Täter gehalten habt, waren keine Täter, sondern meine Opfer. Darum habt ihr mich nicht gefunden. Weil ihr zu dumm wart. Zu naiv. Weil eure Fallen vielleicht bei schwanzgesteuerten Triebtätern funktionieren, die nichts weiter sind als zuckendes, hirnloses Bioplasma. Menschen, die Snuff-Movies schauen oder das, was sie dafür halten, und auf Kataloge von Kettensägenherstellern wichsen.

Bei denen haben eure plumpen Methoden funktioniert.

Aber nicht bei mir.

Denn ich war anders. Größer. Schlimmer.

Ich habe das getan, Clara, was Sie nicht konnten.

Ich habe ihn getötet.

Ingo M.

Ingo M., dachte Clara.

Der Mörder ihrer Schwester.

Sie merkte, dass ihr Hass auf Ingo M. noch immer da war, obwohl Ingo M. seit einigen Jahren tot war. Dennoch brodelte der Hass noch immer in ihr wie kochender Stahl. Damals wollte sie ihn zermalmen, die größten Geschosse in ihn abfeuern, bis nichts mehr von ihm übrig wäre als ein rot gefärbter Nebel.

Und das wollte sie heute auch noch.

Doch nicht sie hatte ihn getötet.

Es war der, der diesen Brief geschrieben hatte.

Der hatte ihn getötet.

Es konnte nicht sein. Aber es war so.

Sie las weiter.

Doch es gibt noch ein Geheimnis.

Ingo M. hat mir *alles* erzählt, aber ich habe *Ihnen* nicht alles erzählt.

> Claudias Grab, das Grab Ihrer Schwester, ist leer. Haben Sie sich mittlerweile getraut, nachzuschauen, ob es wirklich leer ist?

Die Erinnerung griff nach Clara wie eine Galgenschlinge, die sich unbarmherzig zusammenzog. Denn angeblich hatte Ingo M. die Leiche von Claudia ausgegraben. Um es noch einmal mit ihr zu tun. Sie hatte sich niemals getraut, nachzuschauen, ob das Grab wirklich leer war.

Sie las den letzten Absatz.

> Vielleicht reißt diese Erkenntnis wieder alte Wunden auf. Aber für alle Wunden gibt es eine Heilung. Sie werden Heilung finden, wenn Sie den zweiten Umschlag öffnen.
>
> Gehen Sie dorthin. Schauen Sie nach. Und Sie werden sehen, dass Sie nicht allein sind.
>
> Ob Sie das aber tröstet, wage ich zu bezweifeln.
>
> Was auch immer geschieht, es sind zwei Fakten, die weiterhin gelten:
>
> Ich bin bereits tot.
>
> Doch das Chaos geht weiter.
>
> Aus der Hölle,
>
> DER NAMENLOSE

Kapitel 16

Berlin, Oktober 2018, LKA 113

Schauen Sie sich das an!«

Clara war mit dem Inhalt des Paketes in Winterfelds Büro gestürmt.

»Sie glauben, es ist vom Namenlosen?«, hatte Winterfeld gefragt.

Der Namenlose war ein Serienkiller gewesen, der junge Frauen auf sozialen Netzwerken angesprochen und später aufgesucht und ermordet hatte. Um an die Frauen zu kommen, hatte er die digitale Identität von attraktiven Männern angenommen, die er in Schwulen-Chats kennengelernt hatte. Und die er dann ermordet hatte, um an ihre Identität zu kommen. Alle Toten hatte er mumifiziert. Sodass die Nachbarn nicht aufmerksam wurden. Und ihre digitale Identität hatte er in den Netzwerken am Leben erhalten, sodass ihre Freunde und Familien keinen Verdacht schöpften, ja, nicht einmal merkten, dass etwas nicht stimmte.

Zudem hatte der Namenlose von Claras Schwester gewusst. Denn Ingo M., der Mörder von Claras Schwester, hatte es ihm erzählt.

»Von wem soll das denn sonst sein?«, hatte Clara gefragt. »Und genau heute? Am 23. Oktober? Das kann kein Zufall sein!«

Hermann war auch dort gewesen und hatte noch einmal den Film abgespielt. Den Film, den der Namenlose vom Tod Ingo M.s aufgenommen hatte und den er Clara damals per E-Mail geschickt hatte.

Sie schaute gebannt auf den Film. Die verbrannte Leiche. Der Stuhl mit dem Drahtgeflecht. Der Bunsenbrenner. Ingo M.s Körper war nur noch eine verkohlte Oberfläche aus rußigen Kratern, Schründen und Abgründen. Irgendwie erinnerte sie das alles an die toten Obdachlosen von Nancy. Menschliches Fleisch brannte nun einmal wie Paraffin.

»Der wollte es richtig wissen«, murmelte Winterfeld, während der Film lief, für den die Kamera in voyeuristischer Genauigkeit über den verbrannten Körper von Ingo M. fuhr.

Verkohlte Innereien, die wie bizarre Aale aus dem Körper traten, das Hüftgelenk, das freilag, verrußte Knochen, zwischen denen verkohltes Gewebe klebte wie in der Sonne geschmolzenes Gummi. Das Gesäß nur noch ein qualmender, schwarzer Krater.

Es waren die Flammen der Hölle, die Ingo M. auf die richtige Hölle vorbereitet hatten. Auch sein Gesicht war nur noch eine schwarze, zerkrümelte Ruine. Seine Hände nur noch schwarz gebrannte Knochen, an denen Fetzen von verkohltem Fleisch hingen. Eine Identifizierung anhand eines Lichtbilds oder auch anhand von Fingerabdrücken war schon damals unmöglich gewesen. Doch die Spurensicherung und die forensische Genetik hatten damals seine DNA klar zugeordnet. Es war Ingo M.

»Das war aber nicht der einzige Film, den er uns geschickt hat«, sagte Hermann.

Vladimir Schwarz stand auf der Ermittlungsakte. Denn so hieß der Namenlose mit richtigem Namen. In dieser Akte, die mittlerweile geschlossen worden war, war noch eine CD ROM. Eingeklebt in einer Plastikhülle. Darauf mit Lippenstift die zwei perversen Worte. *Viel Spaß.*

Die Erinnerung traf Clara noch einmal wie ein Elektroschock.

Das war die erste Sendung des Namenlosen an sie gewesen. Die CD mit dem Snuff-Movie. Der Mord an Jasmin. Der Namenlose hatte ihr vor laufender Kamera die Kehle durchgeschnitten.

Die schwarze Wimperntusche, die das Gesicht von Jasmin herunterlief.

Die zwei Hände in schwarzen Handschuhen.

Den Satz des Namenlosen, den auch Jasmin sagen musste, bevor sie starb.

Ich bin bereits tot. Doch das Chaos geht weiter.

Ermordet vor laufender Kamera.

Das Blut aus der Kehle, das nicht sofort floss, sondern erst ein paar Sekunden später. Dafür dann aber richtig.

»Wie viele Filme hat uns denn der Kerl geschickt?«, unterbrach Winterfeld, an Hermann gewandt, Claras Gedanken.

»Drei«, sagte der. »Diese CD ROM mit dem Mord an Jasmin, einen Link zu einem Video, das den toten Ingo M. zeigt, und dann seine letzte Botschaft. Da hat er sich selbst die Pulsadern aufgeschnitten, bevor er seine ganze Scheißbehausung mit TNT in die Luft gesprengt hat.«

Auch da lautete seine letzte Nachricht: *Ich bin bereits tot, doch das Chaos geht weiter.*

»Und dann hat er mir einige Tage vorher noch eine Mail geschickt«, sagte Clara. »Als wir dachten, dass Jakob Kürten der Mörder war und Kürten in Wirklichkeit nur ein weiteres Opfer des Namenlosen war.« Sie schaute kurz aus dem Fenster, um etwas anderes zu sehen als die Schrecken auf dem Bildschirm und in der Ermittlungsakte. Die Akte, die eigentlich längst geschlossen war und die dennoch noch einmal zu ihr gekommen war wie ein Untoter. »Der Stil, wie er schreibt, ist derselbe.«

»Einen Nachahmer halte ich auch für unwahrscheinlich«, sagte Hermann. »Wer sollte von dem Fall wissen, und warum sollte jemand den Namenlosen imitieren? Und es gibt durchaus Dienstleistungen von Notaren, die zu einem bestimmten Zeitpunkt etwas versenden. Ähnlich arbeiten ja auch Testamentsvollstrecker.«

»Was will dieser Namenlose, wie hieß er noch …«, begann Winterfeld.

»Vladimir Schwarz«, sagte Clara. Sie zeigte auf die Akte.

»Stimmt, ja«, sagte Winterfeld, »wer lesen kann … also, was will er uns mit diesem Paket sagen?«

»Dass es noch nicht vorbei ist?« Clara zuckte die Schultern. »Das Schlimmste sind aber diese Fotos.«

Sie breitete die Fotos auf Winterfelds Schreibtisch aus.

Es waren Bilder von Beerdigungen. Auf allen Bildern der Beerdigungsgesellschaften war auch Ingo M. zu sehen. Ein Foto davon durchstach Claras Herz wie eine vergiftete Lanze. Es war die Beerdigung von Claras Schwester, Claudia Vidalis, im November 1990 in Bremen. Clara stand dort, neben ihren Eltern. Und ein wenig hinter Clara stand – Ingo M. Sie hatte das damals natürlich nicht gewusst. Aber allein der Gedanke, dass der Mörder ihrer Schwester hinter ihr auf der Beerdigung gestanden hatte, war zu schrecklich.

Sie schauten noch einmal auf den Brief des Namenlosen.

Claudias Grab, das Grab ihrer Schwester, ist leer. Haben Sie sich mittlerweile getraut, nachzuschauen, ob es wirklich leer ist?

»Wie krank muss man sein?«, murmelte Winterfeld. »Die Opfer nicht nur umzubringen, sondern zudem auf der Beerdigung aufzutauchen?«

»Angeblich hat Ingo M. auch noch vor den Gräbern onaniert. Und einige Leichen …«, Clara versagte fast die Stimme, »hat er angeblich ausgegraben, um es noch einmal … mit ihnen zu machen.« Die Tränen schossen ihr wieder in die Augen.

»Das übersteigt fast die Vorstellungskraft«, sagte Winterfeld. »Aber die Frage ist doch die: Wollen Sie ihm wirklich den Gefallen tun und nachschauen, ob das Grab von Claudia leer ist? Denn das wissen wir doch bis heute nicht?«

Clara wusste nicht, was sie wollte. Oder tun sollte. Sie wusste nur, dass sie gestern eine Siebzehnjährige erschossen hatte, die ein Kind im Leib getragen hatte. Sie wusste, dass sie ihre Schwester damals nicht beschützt hatte, wie es eine große Schwester hätte tun sollen. Und sie wusste, dass sie manche Dinge nicht mehr verdrängen konnte. Nicht mehr verdrängen sollte. Zum Beispiel die Frage, ob Claudia wirklich in ihrem Grab war. Oder nicht. Und wenn sie dort nicht war, wo war sie dann? Und wäre es nicht Claras wichtigste Aufgabe, seit achtundzwanzig Jahren, endlich dafür zu sorgen, dass Claudias Leiche gefunden und anständig bestattet wurde? Was hatte sie geritten, diese Aufgabe Jahr um Jahr zu verdrängen und vor sich herzuschieben? Aus Claudia war Victoria geworden, und die Schuld und die Schrecken vom Tod ihrer Schwester waren vor dem Bild dieses wunderbaren Kindes, das Clara geschenkt worden war, verblasst wie die Schatten der Vergangenheit. Doch würde sie, Clara, noch immer sicher sein, dass sie ihr Kind, Victoria, in einer so bösen und perversen Welt beschützen konnte, wenn sie sich nicht einmal traute, Klarheit zu schaffen und ihrer Schwester endgültig die ewige Ruhe zu schenken? Wie würde sie vor sich selbst dastehen, wenn sie einerseits die Schwachen beschützen wollte, aber andererseits vor der Gefahr davonlief? Einer Gefahr, die eigentlich nur eine schreckliche Gewissheit war.

»Ich muss wissen, ob die Gräber leer sind«, sagte Clara schließlich.

»Wir können nachschauen«, antwortete Winterfeld. »Sie sollten sich aber raushalten. Eine Woche sind Sie draußen. Sie haben Bellmann gehört. Und nur wegen diesem Paket würde ich jetzt kein riesiges Fass aufmachen.«

»Aber das Paket ist doch vom Namenlosen?«

Winterfeld nickte. »Wahrscheinlich schon. Wir knöpfen uns nachher mal diesen Notar vor. Es kann durchaus sein, dass der Namenlose das zu seinem eigenen Spaß gemacht hatte. Er wusste doch, wann der Todestag Ihrer Schwester ist?«

»Das wusste er allerdings.«

»Gut. Hermann, wir besuchen nachher mal diesen Notar. Das Ganze muss er ja vor etwa acht Jahren in Auftrag gegeben haben. Ab November 2010 war Vladimir Schwarz tot. Von Weinstein selbst hat ihn nach der Explosion obduziert. Oder besser die Teile, die noch von ihm übrig waren.«

Clara schaute beide nacheinander an. Tränenverschmiert und hilflos. »Was macht ihr jetzt?«, fragte sie.

Hermann legte Clara die Hand auf die Schulter. »Wir schauen erst mal bei genealogy.net nach, kombiniert mit Bild-Erkennung. Dann Online-Recherche bei der Polizei. Melde- und Sterberegister. Vielleicht können wir auch über die Nebengräber und den Namen auf den Fotos etwas herausfinden. Erst einmal hier in Berlin.«

Sie nickte. »Okay.« Ganz zufrieden war sie nicht. Und *okay* war hier eigentlich gar nichts.

Winterfeld stand auf und nahm seine Zigarillos und sein Benzinfeuerzeug. »Wenn es wirklich an die Exhumierungen geht, brauchen wir die Zustimmung vom Staatsanwalt. Die Kapitalabteilung müsste dafür zuständig sein. Und die Familien müssen wir natürlich auch verständigen. Aber es sollte ja im Interesse der Familien sein, dass die wissen, ob ihre Verstorbenen tatsächlich in ihren Gräbern liegen oder sonst wo.«

»Zuletzt«, sagte Clara tonlos, »müssen wir uns Bremen anschauen. Das Grab von … Claudia.«

»Das machen wir gern, Señora«, sagte Winterfeld, »wenn Sie dazu bereit sind. Und natürlich, wenn Sie in einer Woche wieder zurück sind. Jetzt bringen Sie erst mal die Befragung zur Notwehr durch das LKA-Gremium hinter sich, und dann machen Sie sich eine schöne Woche. Für Oktober ist das Wetter ja gar nicht so schlecht. Ihre Tochter wird sich freuen.«

Clara verzog das Gesicht. Die Ermunterung war ähnlich plump wie die von Bellmann. Aber was sollte sie anderes tun?

»Kommen Sie mit«, sagte Winterfeld, »und leisten Sie mir beim Rauchen am Fenster Gesellschaft. Ich gebe Ihnen noch ein paar Tipps, wie Sie gut durch diese Notwehr-Befragung kommen.«

»Haben Sie auch schon mal aus Notwehr jemanden erschossen?«

Winterfeld lächelte gequält. »In dreißig Dienstjahren mit den Monstern wäre es seltsam, wenn nicht.«

Kapitel 17

Bremen, 1990

Es sind nur Gedanken, dachte er. *Doch Gedanken können wahr werden.*

Er verstand den englischen Spruch nur bruchstückhaft, auch wenn er ein wenig Englisch konnte. Aber er mochte den Klang der Worte.

I scream, you scream, we all scream for ice cream ...

Er hatte schon einmal überlegt, sich als Eismann zu verkleiden. Denn Kinder mochten Eis. So würde er bestimmt viele neue kleine Freunde finden. Oder neue kleine Freundinnen.

Hier in dieser Stadt kennt mich niemand. Ich werde hier sein und wieder weg ...

Und in der Zwischenzeit?

Er wusste, dass das kleine Mädchen bei der Musikschule war. Vielleicht spielte sie Flöte? Oder Glockenspiel? Oder Geige? Er würde nachher zuhören. Von außen.

Er wollte bei ihnen sein. Bei den kleinen Freunden und Freundinnen. Wollte sie so sehen, wie sie waren.

Er hatte versucht, Kindergärtner zu werden. Vergebens. Er hatte auch versucht, Bademeister zu werden. Doch sie hatten ihn nicht genommen.

Dann hatte er den Job in dem Kinderheim bekommen. Dort waren sie. All die Freunde und Freundinnen. Manche kamen aus kaputten Familien. Einige hatten Bissspuren am Rücken. Manche hatten keine Eltern mehr. Sie waren allein. Und er war dort.

Sie waren klein. Und trotzdem konnte er seinen Spaß mit ihnen haben. Klein und handlich.

Ihr kleiner Körper war wie seine Hand, die seinen Schwanz umschloss. Nur größer.

Wie eine Gummipuppe, wo er sein Ding reinstecken konnte, nur kleiner.

Jemand hatte mal gesagt, dass er eine tickende Bombe war.

Er hatte versucht, die Bibel zu lesen. Es hatte nicht geholfen.

In Eiswasser zu steigen.

Es hatte nicht geholfen.

Einer hatte einen Test mit ihm gemacht.

Schau auf deinen Schwanz. Und denk an deine kleinen Freundinnen und Freunde.

Schwimmlehrer, Bademeister. Keiner wollte ihn haben.

Wenn dein Ding bei diesen Gedanken hart wird, dann bist du krank.

Vielleicht sollte er sich umbringen?

Aber wie? Sich vor einen Zug werfen, der alles zermalmt? Nein.

Er konnte hierbleiben. Er konnte noch so viel erleben.

Und außerdem waren das Gedanken gewesen. Nur Gedanken

Bis jetzt.

Jetzt waren es Taten.

Nur Taten.

Er schaute auf die Uhr.

In zehn Minuten war die Musikschule vorbei.

Kapitel 18

Berlin, Oktober 2018, Monbijouplatz

Clara stand vor ihrem Kleiderschrank und hätte am liebsten in den Kleiderhaufen gebissen, den sie gerade aussortiert hatte.

Was sollte sie auch tun? Ihre Tochter war in der Kita, und es wäre nicht allzu schlau gewesen, sie jetzt aus der Kita zu holen, nur weil ihre Mama gerade frei hatte. Weil sie für ein paar Tage zwangsbeurlaubt war. Wie sollte sie das auch den Leuten in der Kita erklären? Der Fall mit Nancy war zwar in einigen Internetportalen breitgetreten worden, doch die Presse hatte gemerkt, dass sie bei einer Hexenjagd auf Clara wohl verloren hätte. Eine Frau, die Obdachlose bei lebendigem Leib anzündete und daraufhin eben erschossen wurde – das war für das Gerechtigkeitsempfinden der meisten Leute dann doch in Ordnung. Selbst wenn diese Frau minderjährig und schwanger war. Auch wenn es für Clara, die diese Frau erschossen hatte, gar nicht in Ordnung war.

Also hatte Clara sich vorgenommen, ihre gesamten Kleiderschränke auszumisten. Bei Claras Umzug in MacDeaths Wohnung war die Zeit so knapp gewesen, dass ein Umzugsservice einfach alles von einem Schrank in einen anderen Schrank verfrachtet hatte. Jetzt war vielleicht die Zeit, einmal gründlich aufzuräumen?

Das Problem war nur, dass Clara sich kaum konzentrieren konnte. Alle Blusen, Hosen und Kleider sahen gleich aus. Sollte sie sie behalten? Aussortieren? Der Schrank quoll über, doch eigentlich legte sie nur ein Kleidungsstück von A nach B und dann wieder von B nach A. Oder sie warf alles auf den Boden, damit es wenigstens so aussah, als habe sich etwas verändert.

Sie fühlte sich wie ein Tiger an einer viel zu kurzen Kette. Das Paket von dem Namenlosen, die Bilder von den Beerdigungen, das quälend lange Warten, ob denn die Gräber tatsächlich leer waren. Sie war zum Nichtstun verdammt, konnte niemanden antreiben, sich bei niemandem nach dem Stand der Ermittlungen erkundigen. Sie durfte genau genommen die Kollegen nicht einmal anrufen, denn sie war ja gar nicht im Dienst. Hinzu kam, dass die meisten Nummern auf ihrem Diensthandy und ihrem Dienstlaptop gespeichert waren, und die hatte sie beide ebenfalls abgeben müssen. Schön blöd, wenn man sich voll auf seinen Arbeitgeber verließ und auf dem privaten Handy so gut wie keine Kontaktdaten gespeichert hatte, weil man ja glaubte, dass man eh bis zum Lebensende verbeamtet blieb. Keine Kontaktdaten, außer die von ihren Eltern und irgendwelchen entfernten Freundinnen, die gar nicht in Berlin wohnten.

Wie oft hatte sie sich nach freier Zeit gesehnt, um das zu machen, was sie gern machen wollte. Und jetzt hatte sie die freie Zeit, könnte eigentlich ins Museum gehen, die Wohnung ganz allein für sich genießen, Rad fahren, Sport treiben oder was auch immer. Doch all das funktionierte nicht. Gerade jetzt wünschte sie sich nichts sehnlicher, als beim LKA 113 am Tempelhofer Damm bei der Arbeit zu sein.

So war es schlecht. Und anders war es auch schlecht. Es war wirklich immer schlecht. Wahrscheinlich stimmte es tatsächlich, was Sigmund Freud schon so scharfsinnig gesagt hatte: *Dass der Mensch glücklich wird, ist im Plan der Schöpfung nicht enthalten.*

Sie schaute auf ihr privates Handy. Es war noch ein altes Nokia-Handy, mit dem sie nicht einmal E-Mails checken konnte. Warum auch, wenn sie bei der Arbeit ein Smartphone hatte? Sie schaute auf das Handy. Winterfelds Nummer war eingespeichert. Und die von MacDeath natürlich auch.

Sollte sie sie anrufen?

Oder warten, dass sie sich meldeten?

Sie würden bestimmt noch einige Tage brauchen, bis sie die Gräber identifiziert hatten. Und so lange würde sich niemand bei ihr melden. MacDeath würde sie heute Abend sehen. Sie hatte ihm vorher schon gesagt, dass er alles tun sollte, um den anderen Dampf zu machen. Doch MacDeath war noch beim Profiling von Nancy eingebunden, und das BKA wollte auch eine Studie haben. Alle waren beschäftigt, nur sie stand hier in ihrer Wohnung vor ihrem offenen Kleiderschrank.

Sie war weg von der Bildfläche. Kaltgestellt. Vergessen.

Sie fühlte sich lebendig begraben.

Sie trat wütend den Haufen Blusen zur Seite, der sich bereits auf dem Boden angesammelt hatte, und starrte das Nokia-Handy an. Hypnotisierte es wie ein verknalltes Teenager-Mädchen, das hofft, dass ihr großer Schwarm anruft, weil es sich für eine Frau ja nicht ziemt, den Mann eigenmächtig anzurufen.

Sie schaute, schaute, *hypnotisierte* das Handy.

… und das Handy klingelte!

Die Nummer war von Winterfeld!

Es gehen doch Träume in Erfüllung.

Sie wartete, bis es zweimal geklingelt hatte. Es sollte ja nicht so aussehen, als würde sie zu Hause sitzen und warten, bis endlich das Handy klingelte und ihr Vorgesetzter anrief. Obwohl sie genau das tat.

Dann nahm sie den Anruf an.

»Vidalis.«

»Winterfeld hier.« Er war es tatsächlich.

Ihr Herz schlug, und sie kam sich vor, als wäre sie achtzehn und ihr großer Schwarm würde anrufen.

»Störe ich?«

»Nein. Gar nicht.« Sie überlegte ein paar Sekunden. »Gibt es was Neues wegen der Gräber?«

Winterfeld stutzte kurz. »Der Gräber? Ach ja, äh, nein, noch nicht. Die Kollegen melden sich, wenn sie was haben. Ist gar nicht so einfach, die alle zu finden. Ich frage aber nachher mal nach.«

Warum zum Teufel rufen Sie dann an?

»Es gibt aber gute Nachrichten«, sagte er dann. »Wenn Sie wollen, können Sie gleich wieder anfangen. Sie kommen sozusagen auf Bewährung frei.«

Clara verstand die Welt nicht mehr. »Warum?«

»Wir brauchen Sie. Beziehungsweise Bellmann will Sie dabeihaben. Beziehungsweise nicht nur der, sondern der Innensenator.«

Das wurde ja immer komischer. »Was ist denn nun los?«

»Wir haben einen Toten. Einen hochrangigen Manager vom Berliner Flughafen.«

»Welchem? Dem neuen?«

»Ja, dem neuen. Dem *BER* oder wie immer der jetzt heißt.«

»Hat der Suizid begangen, weil es nicht vorangeht mit der Baustelle?«

»Suizid hat er in der Tat begangen«, sagte Winterfeld.

Clara biss sich auf die Zunge. Manche dummen Witze sollte man für sich behalten. Und gerade sie regte sich immer am meisten auf, wenn Winterfeld, von Weinstein oder auch Mac-Death geschmacklose Witze machten.

»Aber allzu klar ist das nicht?«, fragte Clara.

»Nicht ganz, sonst würden sie uns nicht fragen. Müssen wir uns anschauen. Eigentlich erscheint alles eindeutig, aber aufgrund des BER-Bezugs und der ohnehin miesen Presse hatte die Senatskanzlei Bellmann gebeten, ein Team zu schicken, bei dem er weiß, dass das Ganze diskret behandelt wird.«

»Die Presse war doch gerade wegen dem Tod von Nancy hinter mir her?« Clara schien es, als würde es noch einen weiteren Grund geben, den Winterfeld ihr aber nicht sagte.

»Okay«, seufzte der, »Sie kriegen ja doch alles raus. Die Kollegen unten in Schönefeld mussten den Tod schon der Ehefrau des Toten mitteilen. Und die hat extra gefragt, ob Sie dabei sein können.«

»Wie kam denn das?«

»Sie hat damals das Interview von Ihnen mit Ingo Hoppe bei Radio Berlin gehört, als wir den Tränenbringer gejagt haben. Das hat sie wohl beeindruckt.«

»Jetzt sagen Sie nicht, die ist auch ein Fan von mir.«

»Freuen Sie sich doch!«

»Der letzte Fan wollte mich mit einer Glock erschießen und hat vorher Obdachlose angezündet.«

»Keine Sorge. Frau Künzel hat keine Glock. Und der Brandschutz am Flughafen ist sehr streng. Deswegen geht es ja nicht vorwärts.«

»Sehr witzig. Aber mal im Ernst: Wegen der Frau des Toten soll ich wieder ermitteln?«

»Richtig.« Winterfelds Stimme wurde ungeduldig. »Also: Sind Sie nun dabei? Wir können Sie natürlich nicht zwingen. Sie sind offiziell beurlaubt bis nächste Woche und haben ein Recht auf Ihre Beurlaubung, aber Bellmann würde ...«

»Klar bin ich dabei.« Sie klemmte sich das Handy ans Ohr und schaufelte den Kleiderhaufen mit ein paar Griffen in den Schrank zurück. »Holen Sie mich ab?«

»Machen wir.«

»Und bringen Sie bitte mein Diensthandy mit!«

Kapitel 19

Berlin, Oktober 2018, Baustelle Berliner Flughafen

Jörg Künzel war Ingenieur gewesen und zudem ein ranghoher Manager des Berliner Krisenflughafens BER. Nachdem die Putzfrau ihn in den frühen Morgenstunden erhängt aufgefunden hatte, hatten die Rettungsdienste ihn von der Decke heruntergeholt und danach einen seiner direkten Kollegen verständigt. Der Kollege war Manfred Gerling, der bisher eng mit Jörg Künzel zusammengearbeitet hatte.

Gerling hatte sie am Eingang des Flughafens abgeholt. Er machte keinen Hehl daraus, dass er das gesamte Projekt für ein aussichtsloses Unterfangen hielt. Auch wenn er damit seine Brötchen verdiente.

»Kann durchaus sein, dass sich der Künzel aus Frust umgebracht hat, ohne Scheiß«, hatte er erklärt. »Mache ich vielleicht auch noch, wenn das hier so weitergeht und ich den Absprung nicht schnell genug schaffe.« Mit grauschwarzem, gestutztem Bart, dicker Brille und Augen, die aussahen, als würde ihm alles auf die Nerven gehen, war er einer der Typen, die man in Berlin oft antraf. Er schloss diverse Türen auf und führte Clara, MacDeath und Winterfeld in das Terminalgebäude. Von allen Seiten Geräusche von Bohrern, Hämmern, lauten Stimmen und Mobiltelefonen.

»Wir müssen mit dem ganzen Scheißladen so umgehen, als wäre er in Betrieb«, knurrte Gerling, während sie durch das Terminal liefen. »Alles muss in Bewegung bleiben, sonst rosten die Teile. Seit Jahren geht das so, seit sie 2012 den ersten

Eröffnungstermin verpatzt haben und sogar die Bundeskanzlerin wieder ausladen mussten. Vorher haben sie schon hundert Schwertransporter bestellt, die Idioten, die alles von Tegel aus hierher bringen sollten. Und überall rumposaunt, dass mit Tegel Schluss ist. Von wegen. Auf uns hat natürlich keiner gehört. Ist halt typisch Berlin. Jeder hat eine Meinung, aber keiner hat Ahnung.«

Eine Gepäckwaage an einem Check-in-Schalter stand auf acht Kilogramm, obwohl nichts gewogen wurde. Der Bürostuhl hinter der Theke war leer. Bildschirme und Drucker standen dort in durchsichtigen und mittlerweile stark angestaubten Schutzhüllen herum, so als würde jederzeit jemand kommen und die Geräte auspacken. Doch bisher kam nichts und niemand. Es gab nur Staub, Folien, Leere und verwaiste Schalter.

»Wie bei ›Walking Dead‹«, kommentierte MacDeath.

»Bitte?«, fragte Gerling.

»›Walking Dead‹. Eine amerikanische Zombie-Serie.«

»Kenne ich nicht. Aber der Flughafen hat was Zombieartiges, da hamse recht!«

Sie schauten auf die riesige Leuchttafel, die völlig leer war. Auch ohne WannaCry-Hacker-Attacke wurde hier nichts angezeigt. Weiter hinten die berühmten Rolltreppen, die zu kurz waren und quasi im Nichts endeten, sodass sich Fluggäste trotz Rolltreppen mit ihren schweren Koffern immer noch ein paar Treppenstufen hinaufquälen mussten. Falls es hier jemals Fluggäste geben sollte. Die Lüftung summte. Unten fuhren die Züge hin und her wie Gefangene in einer Zelle, die den ganzen Tag ohne Ziel auf und ab liefen. Das Herumfahren sollte für Zugluft in den Gängen sorgen, damit sich dort kein Schimmel bildete. Der unterirdische Bahnhof mit seinen umherfahrenden Geisterzügen funktionierte wenigstens.

»Das sollte hier Aushängeschild des modernen, wiederver-einigten Deutschlands werden. Pah!« Gerling schüttelte den Kopf und hätte wohl am liebsten ausgespuckt. »Siemens, Bosch, T-Systems, das ist für alle peinlich. Megapeinlich.1993 haben sie mit den Planungen angefangen, 2006 Spatenstich von Wowereit. Abreißen wäre besser. Wird sonst immer teurer. Eigentlich zwei Milliarden, inzwischen über zehn. Wird immer schlimmer. Zwanzig Millionen kostet die Scheißbude den Berliner Steuerzahler im Monat. Und ist jetzt schon zu klein. In der Zeit, wo die hier rumeiern und die Chefs schneller wechseln als die Unterhosen, ist der Mega-Airport in Istanbul schon dreimal fertig. Der schafft neunzig Millionen Flüge im Jahr. Und die Chinesen sind eh viel schneller. Bei denen würde man mit solchen inkompetenten Pfeifen, wie wir sie haben, nur eines machen: sofort erschießen!«

»Und was kommt dann?«, fragte Winterfeld. »Wenn man das abreißt?«

Gerling zuckte die Schultern. »Keine Ahnung. Ein Schwimm-bad, ein Zoo, ein Gotcha-Park, eine Moschee. Weiß der Ku-ckuck …«

»Vielleicht auch nur ein Acker«, sagte Clara.

»Gefällt mir am besten«, sagte Gerling, »da können sie Spreewaldgurken anbauen.«

Sie gingen eine Treppe nach oben.

»Und der Brandschutz?«, fragte Clara. »Was ist damit?«

»Der Brandschutz«, sagte Gerling halb zu Clara, halb zu sich und schüttelte den Kopf. »Der ist ja schon Namensgeber geworden. *Willy-Brandschutz-Flughafen.* Wir nennen den Brandschutz hier *Das Monster.* 2012 ist den Idioten aufgefal-len, dass der Flughafen viel zu klein wird. Von heute auf mor-gen sollte er um die Hälfte größer werden. Das ging dann alles husch, husch. Dumm nur, dass seit dem Flughafenbrand in

Düsseldorf 1996 die Behörden da sehr genau hinschauen. Mehr als zwanzig Kilometer Kabel, die schluderig verlegt wurden, müssen wieder entwirrt werden. Ich kann Ihnen sagen: Das dauert. Irgendwo klemmt's immer noch. Der TÜV rumort und keiner hat einen wirklich brauchbaren Überblick.« Er öffnete im Treppenhaus eine Tür, und sie betraten einen langen, weißen Korridor. »Und dann der Tanz mit der Erneuerung der Baugenehmigung. Der Landkreis Dahme-Spreewald muss da sein Okay geben. Bin mal gespannt.«

»Um welche Gebäude geht es da?«, fragte Winterfeld.

Gerling grinste. »Na, raten Sie mal. Von den vierzig Gebäuden sind neununddreißig fertig. Hotels, Parkhäuser, Büros. Nur eines noch nicht.«

»Hab's verstanden.«

»So«, sagte Gerling. »Und jetzt hören wir auf zu schimpfen.« Er blieb vor einer Tür stehen. »Hier ist Künzels Büro. Und hier ist auch .... er.«

Kapitel 20

Berlin, Oktober 2018, Walter-Benjamin-Platz

Der Mann, der Jochen Wichler gegenübersaß, war groß und bullig. Der Mann mit dem Laptop, der ihn auf dem Walter-Benjamin-Platz angesprochen hatte, saß im Nebenraum. Der bullige Mann hatte ihn wissen lassen, dass *sein Name nichts zur Sache tue,* aber dass sie beide einen gemeinsamen Freund hätten, nämlich den Immobilienentwickler und Investor Olaf Thomsen.

»Gemeinsamer Freund?«, hatte Wichler gefragt und sich in dem großen Büro umgeschaut. Er kannte den Namen und den Mann, denn Thomsen hatte mit ihm wegen ziemlich unrealistischer Immobilienprojekte das Gespräch gesucht.

»Alle sind gute Freunde«, erklärte der Mann, »bis die Miete fällig wird. Jedenfalls möchte mein Geschäftspartner auf dem Tempelhofer Feld bauen. Und er hat einige schöne Projekte für Flüchtlingsunterkünfte.«

Wichler nickte. »Ich kenne die Projekte. Sie werden so nicht realisierbar sein.«

Der Mann hob eine Augenbraue. »Wirklich nicht?«

Wichler wurde klar: Sie hatten ihn in der Hand. Berlin war Hauptstadt der Korruption, er hatte hier schon einiges erlebt. Die GbR Bauherrenmodelle, die besonders steuersparwütige Zahnärzte in Reihe gekauft hatten. Die Steuern waren auf einen Schlag reduziert, weil die Werbungskosten schon während der Bauphase abgesetzt werden konnten. Am Ende brach natürlich alles zusammen. Und diejenigen, die die Modelle erfunden hatten, waren schon längst mit den gezahlten Provisionen irgendwo auf den Cayman Islands. Aber das hier, das war noch eine ganze Spur härter, schmutziger. Und kompromissloser.

»Es soll natürlich nicht ihr Schaden sein«, sagte der bullige Mann gönnerhaft. »Sie bekommen eine sehr ansehnliche *Entschädigung*, wenn sie bereit sind, einmal über ihren Schatten zu springen. Sie müssen lediglich ihre Fraktionskollegen von der Sinnhaftigkeit der Projekte überzeugen. Sie können es natürlich auch so durchwinken, ohne jemanden im Senat oder sonst wo zu fragen. Hauptsache, das Projekt wird realisiert.«

»Und wie soll ich das machen?«

»Ich bin sicher, Ihnen fällt etwas ein. Und sobald wir wissen, dass die Baugenehmigungen vorliegen, können Sie nicht nur Lady Roxanne besuchen. Sondern Lady Lenore wird ebenfalls dabei sein. Oder ganz andere. Wie sie wollen. So oft sie wollen. Und zwar zum Nulltarif.«

Wichler wusste nicht, was er sagen oder tun sollte. Meist besprach er wichtige Dinge mit seiner Frau, aber das würde in diesem Fall wohl kaum möglich sein. Er war allein. Mit seiner Begierde, seinen Lügen und seiner Schuld.

»Eine letzte Frage.« Wichler stand vor Grassoff. Er blickte auf ihn herab, wusste aber, dass es in Wirklichkeit genau andersherum war. »Ist die Anwaltskanzlei wirklich eine Kanzlei? Die vor dem Dominastudio?«

Der Mann nickte. »Da ist sogar ein Notar drin.«

»Ein Notar macht so etwas mit?« Ein weiterer Teil von Wichlers Welt brach zusammen.

»Nicht nur Bausenatoren sind bestechlich«, stellte der Mann fest, und ein Lächeln zuckte über seine Lippen. »Notare auch.«

Als Wichler das Büro verließ, dröhnte ihm der Kopf. Da war Angst, aber auch so etwas wie Vorfreude, zudem der Wille, das Ganze irgendwie zu lösen. Es würde ihm schon etwas einfallen. So wie sonst auch immer. Die linksalternativen Medien und seine Politkollegen würden über ihn herfallen, wenn er das Vorhaben durchwinkte, aber das wäre nichts gegen das, was ihn erwarten würde, wenn die anderen Bilder an die Presse kämen. Und dann würde er vielleicht Lady Roxanne und ihre Freundin nie mehr wiedersehen.

Und das wäre das Schlimmste!

Grassoff griff zum Telefon.

»Hören Sie, Thomsen«, sagte er. »Sie brauchen noch ein wenig Geduld, aber Sie bekommen die Baugenehmigung.«

Grassoff hörte aufmerksam zu. »Ja, sehen Sie?«, sagte er dann. »Sie werden uns wissen lassen, wenn Sie die Genehmigung haben?«

Das war nur Konversation. Grassoff und seine Leute wären die Ersten, die davon erfahren würden. Noch vor Thomsen.

»Und wenn Sie die Genehmigung haben, haben wir unsere Gegenleistung. Bar. Mittlere Scheine. Nicht markiert. Verstehen wir uns?«

Grassoff hörte, was er hören wollte.

Dann legte er auf.

Kapitel 21

Berlin, Oktober 2018, Baustelle Berliner Flughafen

Das Erste, was Clara wahrnahm, war ein penetranter Geruch. Sie hatte ihn schon allzu oft an Fundorten oder Tatorten wahrgenommen.

Jörg Künzel lag auf dem Boden. Den Kopf zur Seite geneigt, die Augen geschlossen. Das Blut sackte bereits nach unten, und auf der unteren Wange hatten sich Leichenflecken gebildet. Am Hals war deutlich die Strangmarke zu sehen. In seiner Hose dunkle, schmierige Flecken. Beim Erhängen leerte sich oft die Blase. Und manchmal auch der Enddarm. Der Strick, mit dem Künzel sich erhängt hatte, ein Hanfseil, lag neben der Leiche auf einer weißen Folie.

Die Spurensicherung war bereits vor Ort.

Auf dem Boden standen nummerierte Spurentafeln, ein 3-D-Streifenlichtscanner stand in einer Ecke und machte dreidimensionale Aufnahmen vom Tatort. Einer der Kriminaltechniker klebte die Kleidung der Leiche ab, um Spuren wie Hautteile, Haare oder Fasern zu sichern.

Künzels Mund stand offen, ein Speichelfaden hing beinahe bis auf den Teppich hinab, und ein Techniker der Spurensicherung wischte ihn mit einem Wattestäbchen auf, das erst in einem Röhrchen und dann in einem Asservatenkoffer verschwand. Eine Kollegin steckte Papierbeutel auf Hände und Schuhe und ein dritter, noch sehr junger Mitarbeiter, der eher nach Skateboard und Hip-Hop aussah unter seinem weißen Papieranzug, tupfte mit einem Grafitpinsel über die Möbel und

Wände, kniff prüfend die Augen zusammen, schüttelte den Kopf hier, nickte da und zog nur manchmal die Klebefolienstreifen heraus, um einen Abdruck zu sichern. Andere Stellen bestrich er mit Lumiscene, einer Flüssigkeit, die unter UV-Licht auch kleinste Blutspuren sichtbar werden ließ. Ein weiterer Mann von der Spurensuche entnahm Proben des Teppichs.

»Die Putzfrau hat ihn gefunden?«, fragte Clara und machte einem der Männer von der Spurensicherung Platz.

»Richtig«, sagte Gerling. »Die hat dann mich verständigt, und ich habe das LKA angerufen. Alle sagen, es wäre ein typischer Suizid.«

»Das kann durchaus sein«, sagte Clara. Dann wurde ihre Stimme fester. »Herr Gerling, Sie haben uns sehr geholfen. Jetzt müssen wir Sie aber bitten, den Raum zu verlassen. Wir werden uns sehr bald mit Ihnen in Verbindung setzen.«

Gerling setzte ein säuerliches Gesicht auf. Am liebsten hätte er wohl mitermittelt. »Alles klar. Melden Sie sich einfach. Meine Daten haben Sie ja.«

»Und bitte nichts an die Presse.«

»An die Arschgeigen? Wegen denen hat sich Künzel doch aufgehängt!« Er zeigte auf den Boden, bevor er den Raum verließ.

Auf dem Boden waren in der Tat Zeitungen ausgebreitet. Einige waren ein paar Jahre alt, andere erst ein paar Tage. Bei näherem Hinsehen fiel Clara auf, dass es in allen Berichten um die Verzögerungen beim Pannenflughafen ging.

Pannen Airport wird nie fertig.

Flug ins Nirgendwo.

Bruchlandung in Berlin.

Bauprojekt ohne Ende.

Wir können alles. Außer Flughafen.

Keiner hat die Absicht, einen Flughafen zu errichten.

Bürgermeister will keinen Eröffnungstermin nennen.
Noch in diesem Jahrhundert?

Clara ließ den Blick über die Zeitungen und den Strick auf der Folie schweifen und blickte dann nach oben. An der Decke verliefen rohe Stahlträger, was dem ganzen Raum wohl einen *industrial chic* geben sollte. Dass sich Menschen daran erhängen, war wohl nicht vorgesehen.

»Hier haben wir schon mal einen Abschiedsbrief«, sagte der Skateboard-Junge mit dem Papieranzug. Er ließ den Brief in einer Klarsichthülle verschwinden und reichte ihn Winterfeld.

»Und hier eine DVD«, sagte der andere, während Winterfeld den Brief überflog. »Steht *Geheim* drauf.«

»Na, das ist doch interessant«, sagte Winterfeld. »Hermann, du hast doch den virensicheren Laptop dabei? Schau doch mal rein.«

Hermann nickte. Er öffnete seine Tasche, holte den Laptop heraus und klappte ihn auf.

»Was steht in dem Brief?«, fragte Clara.

Winterfeld hielt den Brief so, dass beide ihn lesen konnten. Der Brief war gedruckt, offenbar auf dem Computer von Künzel geschrieben und auf dem Drucker in seinem Büro ausgedruckt.

Clara überflog den Brief.

Nicht nur der Eröffnungstermin verschiebt sich immer weiter.
Meinen Job bin ich los. Und auch meine Schulden werde ich nicht mehr bezahlen können.

Clara hielt einen Moment inne. Davon, dass Künzel seinen Job verlieren würde, hatte Gerling nichts gesagt. Aber vielleicht wusste er es auch nicht? Hermann hatte unterdessen die DVD in den Laptop geschoben und startete den Film.

Sie las weiter.

Auch die andere Sache, über die ich nicht reden kann, ist an die Öffentlichkeit gelangt.

Dadurch bin ich entdeckt. Und werde nie mehr ein gutes Leben führen können.

Meine Frau wird sich für mich schämen. Aber sie wird weiterhin gut leben können. Sie und unsere kleine Tochter.

Das Geld meiner Lebensversicherung soll darum auch an meine Frau gehen. Die Versicherungspolice liegt bei meinem Testamentsvollstrecker beim Bankhaus Lübke in Hamburg. Irgendetwas muss ich doch richtig gemacht haben, als ich eine Risiko-Lebensversicherung abgeschlossen habe, die auch bei Suizid zahlt.

Ingrid, es tut mir leid, dass ich kein besserer Mann für dich war. Vielleicht entschädigt dich das Geld.

Sag unserer kleinen Steffie nicht, was ich getan habe. Sag ihr einfach, *der Papa ist weit weg.*

Dein Jörg

Clara schluckte. Es war gleichzeitig ein Abschiedsbrief und ein Testament.

Und da war unendliche Trauer, die aus dem Brief sprach.

Es sah alles nach Suizid aus. Es war alles glasklar.

Versagen im Job. Schulden. Wahrscheinlich ein Haus im Grünen, dessen Kreditzinsen alle Einnahmen auffraßen. Und dann noch irgendetwas anderes. Etwas, das noch viel schlimmer war und das niemand wissen sollte. Etwas, das …

In dem Moment hörte sie ein seltsames Geräusch. Ein Stöhnen. Unmissverständlich. Es kam aus Hermanns Laptop.

Die DVD.

»Schaut euch das an«, sagte Hermann.

Sie versammelten sich alle hinter dem Laptop.

»Das ist Künzel«, sagte Hermann.

»Und die beiden Damen?«, fragte Winterfeld.

»Sicher keine Projektmanagerinnen«, sagte Hermann. »Dazu sind sie zu leicht bekleidet.«

»Künzel ist auch nicht gerade in voller Montur«, bemerkte Winterfeld.

Clara schaute auf den Brief und dann auf den Bildschirm. »Genau das wird das Problem sein.« Sie fixierte die Frauen in dem Film. Die eine blond, die andere rothaarig. »Sind die denn schon achtzehn?« Clara schaute Hermann und Winterfeld an.

»Wenn, dann haben sie sich gut gehalten.«

Kapitel 22

Berlin, Oktober 2018, Kleinmachnow

Ingrid Künzel saß auf der vordersten Ecke ihres Sofas in dem durchaus schönen, aber doch auch spießigen Einfamilienhaus in Kleinmachnow. Es war eines dieser Häuser, die gerade so nicht in der Einflugschneise des sogenannten »neuen« Flughafens lagen und deswegen im Wert vor einigen Jahren ziemlich gestiegen waren. Was aber völlig egal war, da der Flughafen ja ohnehin niemals fertig werden würde. Das bestätigte auch Ingrid Künzel, die sich einige Tränen abwischte und vorher zwei Tassen Tee serviert hatte. Künzel wollte nur mit Clara sprechen, sodass Winterfeld und Hermann draußen bei Winterfelds Wagen warteten. Durchs Fenster und die altmodisch wirkenden Gardinen sah Clara ihren Chef, wie er wieder einmal einen Zigarillo qualmte.

Künzel hatte Clara noch einmal gesagt, wie dankbar sie sei, dass sie bei ihr wäre. Das Interview über den Tränenbringer mit Clara und Ingo Hoppe, das sie im Radio gehört hatte, habe sie in dem Glauben bestärkt, dass bei der Polizei nicht nur »dumme Männer«, sondern auch Frauen und sogar »intelligente Frauen« arbeiteten. Clara wusste nicht recht, was sie darauf antworten sollte. Dummheit gab es geschlechter- und altersneutral.

»Dieser verdammte Flughafen«, stieß Ingrid Künzel hervor und schüttelte den Kopf. »Hat einen Umsatz von knapp 400 Millionen und ist damit eigentlich ein ganz normaler Mittelständler. Aber alle fühlen sich dermaßen wichtig. Als wäre das ein nationales Amt.«

»Ist Ihnen im Vorfeld irgendetwas verdächtig vorgekommen, Frau Künzel?« Clara wollte ihr die Sache mit der DVD noch nicht sagen und erst einmal warten, ob das Thema von selbst auf den Tisch kam. Aber Ingrid Künzel schien davon nichts zu wissen.

»Ich weiß nicht …«, sagte Künzel. »Jörg und ich hatten uns am Ende irgendwie verloren. Wir wollten uns nicht trennen, aber die Flitterwochen waren, wie man so schön sagt, eindeutig vorbei. Jörg sprach, wenn er vom Flughafen sprach, immer von den *drei Blinden.*«

»Den drei Blinden?«

»Ja. Berlin, Brandenburg und der Bund. Denen gehört dieser verdammte Laden ja zu jeweils einem Drittel.«

»Tja, die Blinden führen die Dummen«, stellte Clara fest. »Wie in Deutschland üblich.«

»Und dann diese ganzen Typen dort«, schluchzte Künzel. »Jörg ist mit denen nie klargekommen. Weil er seinen Job ernst genommen hat. Die anderen nicht. Wie dieser eine Technische Geschäftsführer. Der nebenbei noch seine Doktorarbeit geschrieben hat. Sie nannten ihn *Herrn DiDo.*«

»DiDo?«

»DiDo. Er kam Dienstag und ging Donnerstag wieder. In manchen Läden, die nie eröffnet wurden, stehen Kaffeemaschinen, Öfen und andere Geräte, für die die Garantie vor Kurzem abgelaufen ist. Obwohl sie niemals benutzt worden sind.« Sie schaute Clara an. »Alles seine Schuld.«

»Herr DiDo?«

Künzel nickte schluchzend. »Der und viele andere. Jörg sagte immer, dass Großprojekte heute in Deutschland nicht mehr möglich sind. Den Hauptbahnhof, der 2006 fertig wurde, würde es heute so nicht mehr geben. Das hat nur funktioniert, weil Mehdorn sich damals mit dem Architekten angelegt hat, damit das Ding auf Teufel komm raus zur Fußball WM fertig ist.«

»Ihr Mann glaubte überhaupt nicht daran, dass der Flughafen fertig wird?«

»Niemals. Gebaut wird aber trotzdem nach wie vor.«

»Warum eigentlich?«

»Damit es keine Schadensersatzklagen gibt.«

Clara nickte. »Könnte sein.«

»Das könnte nicht sein, das ist so!« Künzels Zustand wechselte von traurig zu wütend. »Alle, die Geld verloren haben, könnten klagen, wenn das Projekt für gescheitert erklärt wird! Alle würden Geld bekommen. Vom Bund. Vom Land. Von den Steuerzahlern. Abgesehen davon könnten auch die Steuerzahler klagen. Die bezahlen den Mist ja schließlich! Das Ding verschlingt bald vierzig Millionen im Monat! Aber nichts passiert! Keiner wird verantwortlich gemacht von denen, die das alles an die Wand gefahren haben.« Sie schlang die Arme um ihren Oberkörper. »Das ist doch wirklich komisch.«

Clara nickte. »Das ist es allerdings.«

Künzel machte eine kurze Pause. »Ich kann Ihnen sagen, warum das so ist.«

»Warum?«

»Wenn irgendeiner zur Verantwortung gezogen würde«, sagte Künzel, »dann ist die Büchse der Pandora offen. Dann gäbe es Schadensersatzklagen Dritter, gerade auch von den Fluglinien. Da ist es besser, alles ruhig zu lassen. Sobald erst einmal etwas zu holen ist, kommen alle.«

»Und deswegen wird der Bau auch nicht abgebrochen?«

»Nein. Es wird weiter gestümpert. Obwohl mein Mann immer davor gewarnt hat.« Sie trank von ihrem Tee und schaute nach unten. »Vielleicht hätte er das nicht tun sollen.«

»Was meinen Sie?«

»Er hätte das nicht zu laut propagieren sollen. Dass man den Bau stoppt. Er …«

Clara hob die Augenbrauen. »Ja?«

Doch Künzel antwortete nichts. »Irgendetwas steckt dahinter«, murmelte sie schließlich. »Irgendjemand.« Sie schaute Clara an. »Er hätte nicht sterben müssen.«

Kapitel 23

Berlin, Oktober 2018, Fahrt nach Moabit

Clara, Hermann und Winterfeld hatten etwa zweieinhalb Stunden am Fundort verbracht. Gespräche mit dem Management, der Spurensicherung, einigen Politikern geführt. Dann noch das Gespräch mit Ingrid Künzel, der Clara am Ende versprechen musste, sie bald wieder zu besuchen. Was sie auch tun würde. Schließlich hatte Ingrid Künzel dafür gesorgt, dass Clara nur einen Tag zwangsbeurlaubt war und jetzt Dienstwaffe, Ausweis, Laptop und Handy wiederhatte.

Die Presse, die von dem Fall irgendwie Wind bekommen hatte, musste auch abgewimmelt werden. Die Leiche war längst in die Rechtsmedizin gebracht worden, und die Obduktion war währenddessen bereits in vollem Gange.

Mittlerweile saßen Clara, Hermann und MacDeath in Winterfelds Mercedes auf der Stadtautobahn in Richtung Rechtsmedizinisches Institut in Berlin Moabit, am anderen Ende der Stadt.

»Berlin ist, neben Köln, die Hauptstadt des Filzes«, knurrte Winterfeld. »Denkt an die Bankgesellschaft Berlin. Die haben Plattenbauten als geschlossene Fonds mit Mietzinsgarantien verkauft. Die haben sie vorher billig den verschuldeten Ost-Kommunen abgeluchst. Dafür gab es Kredite in Höhe von sechshundert Millionen Euro von der Bankgesellschaft Berlin. Und reichlich Schmiergelder für alle, die mitgemacht haben.«

»Und hat das etwas mit unserem Fall zu tun?«, fragte Clara.

»Aber ja. Die Aubis-Gruppe war eine Firmenholding, die den Ost-Kommunen die Immobilien abgekauft hat. Sie hatte Scheinfirmen auf den Cayman Islands. Kurz bevor das Ganze aufflog, weil die Ost-Immobilien den Anlegern nur Verluste brachten, gab es, ganz zufällig, Einbrüche in mehrere Gebäude der Bankgesellschaft. War das Zufall? Für die Ermittler schon. Als die Aubis auspacken wollte, wie alles wirklich abgelaufen war, beging der EDV-Leiter der Aubis Suizid. Auch Zufall?«

»Für die Ermittler schon«, sagte Clara.

»Tja, die waren halt nicht so misstrauisch wie wir. Oder sie waren naiv, wie man es nimmt. Am Ende hat der Sparkassen- und Giroverband die Bankgesellschaft gekauft, für 5,3 Milliarden Euro. Berlin hat 21,6 Milliarden Euro an Altlasten mit übernommen. Doch die Gewinne waren längst woanders. Die Provisionen, Kickbacks und wie man das alles nennt.«

»Und hier könnte es ähnlich sein?«

Winterfeld zuckte die Schultern. »Wenn es zu viel Filz und Korruption gibt und all das kurz davor ist, aufzufliegen, machen das manche Leute nicht mehr mit. Einige plaudern alles aus. Aber die, die zu tief in der Scheiße stecken, nehmen dann den Heldennotausgang. Und bringen sich um.«

»Wobei der Heldennotausgang hier bei Künzel ja noch durch einen Vergnügungspark führte«, sagte Hermann. »Der hat sich schließlich noch mit zwei minderjährigen Frauen verlustiert.«

»Könnte das von irgendeiner übermütigen Feier des Flughafen-Managements kommen?« Das war Clara.

»Exakt«, antwortete Winterfeld. »Solche sogenannten *Incentive Partys* sind ja nicht unbekannt. Auch die Finanzbranche ist dafür berüchtigt. Und bei einem solchen *Ich hab 'ne dicke Hose, bin aber zu blöd zum Geradeauspinkeln*-Projekt wie dem Berliner Flughafen kann es auch durchaus sein, dass die Selbstüberschätzung sehr viel größer ist als die eigenen Fähigkeiten. Und dann gibt es solche Orgien. Oft auch unter Drogeneinfluss, wo die Männer, denn die sind es meistens, gar nicht mehr genau wissen, was sie da eigentlich tun. Und irgendjemand, der irgendetwas gegen einen anderen in der Hand haben will, filmt das dann alles. Irgendjemandem ist dieser Kontrollverlust der anderen gar nicht unrecht. Um etwas in der Hinterhand zu haben.«

»Verdammt perfide«, stellte Clara fest. »Aber passiert häufiger, als man denkt.«

»Passiert sogar sehr häufig. Und bei den ganz armen Schweinen sogar ohne Live-Frauen«, sagte Hermann und steckte seinen Kopf nach vorne Richtung Fahrer- und Beifahrersitz. »Denkt an die Skype-Falle.«

»Wo sich irgendwelche Männer vor der Kamera ausziehen?«, fragte Clara.

»Alles Trottel«, murmelte Winterfeld und schüttelte den Kopf, während er den Wagen auf der Stadtautobahn von Schönefeld aus Richtung Tempelhof auf den Zubringer steuerte.

»Allerdings«, meinte Hermann, »da machen manche eine Facebook-Bekanntschaft. Die wird dann intim, die Dame will, dass beide skypen und sich dabei ausziehen.«

»Da macht die Dame auch mit?«, fragte Clara.

»Klar, das ist ja Teil des Spiels. Das wird dann nur schnell für den Mann zum Problem. Denn sobald die letzten Hüllen gefallen sind, besonders von dem Mann, kommen die Drohungen. Denn während die beiden sich via Skype ausgezogen und besonders der Mann dabei gefilmt wurde, der währenddessen am besten noch einen Haufen Obszönitäten von sich gegeben hat, kommt irgendwann die Drohung: *Entweder du zahlst 5000 Euro per Western Union an dieses Konto in Nige-*

127

ria, Elfenbeinküste oder wohin auch immer. Oder die Nackt-filme von dir, die wir gerade aufgenommen haben, sind ab morgen auf deinem Facebook-Account. Und anderen Netz-werken.«

»Und die Zugangsdaten haben die?«

»Klar. Sie wissen den Facebook-Alias. Alles Weitere kriegen die, wenn er dann mitmacht, auch noch raus.«

»Und die Leute zahlen?«

»Ja. Nur dabei bleibt es nicht. Wenn sie einmal gezahlt haben, müssen sie immer wieder zahlen. Wie bei dieser Ransomware, wo die ganze Festplatte verschlüsselt wird und damit unzugänglich ist und die Hacker ebenfalls immer wieder neu Geld fordern.«

»Irgendwann hält man das nicht mehr aus«, sagte Clara. »Irgendwann ist es vielleicht gar nicht mal das Geld, sondern die Kränkung, die Bloßstellung und man bringt sich um.«

»So könnte es hier sein«, sagte Winterfeld, ließ das Fenster herunter und spuckte ein Kaugummi aus. Wenn er nicht rauchen konnte, was im Auto der Fall war, kaute er mittlerweile ständig Kaugummi. Das Fenster surrte wieder nach oben. »Mal schauen, was uns der Kollege Weinstein gleich erzählt.«

Kapitel 24

Berlin, Oktober 2018, Rechtsmedizin Moabit

Jörg Künzel war nackt, als er auf dem Stahltisch lag. Seine Brust- und Bauchhöhle waren aufgeschnitten worden und auch seinen Schädel hatte man aufgesägt, um sein Gehirn zu entnehmen. Mittlerweile war die Obduktion beendet und einer der Sektionsassistenten mit kahlem Schädel und Tätowierungen an den Armen nähte mit einem dicken Faden die Bauchhöhle zu.

»Suizid also?«, fragte Dr. von Weinstein, der vor der Leiche stand und Clara, Hermann und Winterfeld ansah wie ein Schuldirektor die Pennäler bei der Abiturprüfung.

»Was meinen Sie?«, fragte Clara.

»Erst einmal«, sagte von Weinstein, »haben wir ein starkes Beruhigungsmittel im Blut gefunden. Im Blut und durch die Haaranalyse.«

»Das muss ja nicht dagegen sprechen. Kann man ja nachvollziehen, dass jemand beim Suizid etwas aufgeregt ist«, bemerkte Winterfeld. »Macht man ja nur einmal im Leben.«

»Wenn alles gut geht schon«, sagte von Weinstein.

Clara verdrehte die Augen. »Welches Betäubungsmittel war das?«

»Tavor, ein angstlösendes Beruhigungsmittel, gleichzeitig ein Antidepressivum, verschreibungspflichtig. Wird oft in psychischen Heilanstalten verabreicht.«

»Bonnies Ranch zum Beispiel?«

»Ja.« Von Weinstein nickte. »Professor Marquard ist sicherlich einer der Großabnehmer davon.«

Clara hatte mit Professor Marquard schon einige Male zu tun gehabt. Er war der Leiter der Karl-Bonhoeffer-Nervenklinik, die im Volksmund auch *Bonnies Ranch* genannt wurde und in der die schlimmsten und seltsamsten Monster untergebracht waren, die niemals mehr das Tageslicht erblicken sollten. Jedenfalls nicht außerhalb der Mauern von Bonnies Ranch.

»In hoher Dosis?«, fragte Winterfeld.

»Allerdings. Eigentlich hat er so viel eingeschmissen, dass er danach nicht mehr viel hat machen können. Jedenfalls nicht auf einen Stuhl steigen und sich aufhängen.«

»Schon mal eigenartig«, räumte Clara ein. »Was noch?«

»Zudem«, von Weinstein schaute auf sein Diktiergerät, als könnte er in die aufgezeichneten Protokolle hineinschauen, »war der Manager wegen einer angeborenen Blutgerinnungsstörung und der damit verbundenen Thrombose-Gefahr blutverdünnt. Er nahm Xarelto und Marcumar. Wir haben seine Krankenakte angefordert. Dort stand auch, dass er, aufgrund der Thrombosegefahr, nur im äußersten Notfall fliegen durfte.«

»Interessant«, sagte Winterfeld, »ein Flughafenmanager, der nicht fliegt.«

»Seit wann wird vom BER aus geflogen?«, fragte von Weinstein. »Jedenfalls war er blutverdünnt. Wenn jemand blutverdünnt ist, sieht man Blutergüsse stärker.«

»Zum Beispiel?«, fragte Clara.

»Zum Beispiel hier!«

Jetzt sahen sie es auch. Die roten Stellen an den Oberarmen.

»Ich kann es noch nicht hundertprozentig beweisen«, sagte von Weinstein, »aber ich wette meinen Jahresurlaub, dass das Griffspuren sind.«

Claras Augen weiteten sich. »Dann hat jemand nachgeholfen?«

»Richtig. Es sei denn, er war kurz vorher beim Judotraining gewesen.« Von Weinstein tippte mit seinem Metallstab auf die Oberarme des Toten. Clara verdrehte die Augen über Weinsteins misslungenen Witz.

»Jetzt im Ernst«, sagte sie. »Jemand hat nachgeholfen?«

Von Weinstein nickte. »Irgendjemand hat ihn zuerst betäubt und ihn dann an den Armen in die Schlinge gehoben. Die Blutverdünnung hatten die Mörder aber nicht im Visier gehabt. Die führt dazu, dass wir die Griffspuren an den Oberarmen viel stärker als sonst sehen können. Oder anders gesagt: Ansonsten hätten wir sie vielleicht gar nicht gesehen.«

»Ist er durch Erhängen gestorben?«

»Ja. Das war nicht post mortem. Wir haben Vitalitätszeichen. Einblutungen im vorderen Längsband der Wirbelsäule, sogenannte Simonsche Blutungen, dazu eine Speichelabrinnspur und eine Unterblutung der Strangmarke.«

»Man kann jemanden ja auch bewusstlos aufhängen und er stirbt dann trotzdem durch Hängen«, sagte Clara.

Von Weinstein nickte. »Der Tod kommt zu allen gleich, ob bei Bewusstsein oder bewusstlos. Da wird nicht unterschieden. Vor dem Tod sind alle gleich. Der Tod ist der einzige wahre Marxist.«

Clara schüttelte den Kopf.

»Alle anderen Indikatoren treffen auch zu«, konstatierte von Weinstein, »Zeichen des zentralen Todes, Hirnschwellung.« Er schaute nach hinten auf die Waage, auf dem das Gehirn von Künzel lag. Das Ziffernblatt zeigte 1580 Gramm. »Mehr als der Durchschnitt«, sagte von Weinstein. »Dann noch eine erweiterte Blase mit 430 Millilitern Urin und eine neurogene Lungenüberwässerung. Alles Zeichen des zentralen Todes.« Er schaute die Ermittler an. »Anders als die Blase hat sich der Enddarm von Künzel zum Zeitpunkt des Todes komplett entleert.«

Winterfeld zog die Nase kraus. »Ja, haben wir gerochen.«

Clara überlegte einen Moment. »Die Sektionsbefunde«, erkundigte sie sich dann, »deuten also durchaus auf einen Suizid hin, wenn nicht die Sache mit den Blutungen in den Oberarmen wären?«

»Korrekt. Genau genommen sind das alles Indikatoren, die für ein vitales Erhängen sprechen. Er hat also während des Hängens noch gelebt. Und damit spricht das alles auch für einen Suizid.«

»Und das wäre vollkommen plausibel«, hielt Winterfeld fest. »Das Versagen im Job. Der Flughafen, die Schulden. Und dann noch das Video.«

»Richtig.« Von Weinstein nickte. »Der Suizid wird dadurch vollkommen nachvollziehbar aufgrund der kompromittierenden Hintergründe.«

»Bellmann hat doch selbst gesagt, dass das LKA 113 nur deswegen verständigt wurde, weil die Politik Muffensausen bekam«, sagte Clara.

»So ist es«, antwortete Winterfeld. »Ansonsten hätte der Arzt einen Leichenschauschein ausgestellt und einen Suizid diagnostiziert. Wir von der Mordkommission wären nie benachrichtigt worden, und der Typ wäre jetzt schon im Krematorium, ohne dass jemand die wahren Umstände kennen würde. Und aufgrund des belastenden Materials würde jeder glauben, dass es sich nur um einen Suizid und nichts anderes handeln könnte.«

»Wir wollen den Tag nicht vor dem Abend loben«, sagte von Weinstein. »Aber es ist durchaus wahrscheinlich, dass der arme Kerl sich nicht eigenmächtig erhängt hat.«

Clara und Winterfeld sahen sich an.

»Was meinen Sie?«, fragte Winterfeld.

»Na ja, die Gründe, die für einen Suizid sprechen, sind

schon sehr stark inszeniert. Vielleicht etwas zu stark. So als sollte unbedingt von etwas anderem abgelenkt werden.«

»Was könnte das sein?«

»Ingrid Künzel sagte, dass es noch ein anderes Motiv gibt, diesen Mann verschwinden zu lassen. Um ihn ruhigzustellen. Um ihn zu bestrafen. Oder um für andere ein Zeichen zu setzen«, bemerkte Clara.

Von Weinstein nickte. »Da könnte tatsächlich etwas im Verborgenen liegen. Wir haben nämlich nicht nur die Spuren an den Oberarmen.«

»Sondern?«

»Wir haben auch DNA an dem Hanfseil gefunden. Und zwar nicht nur von Jörg Künzel, sondern auch von einem zweiten Mann.«

»Von wem?«

»Das untersuchen wir gerade. Wenn es jemand ist, der in unseren Dateien ist, kommen wir vielleicht weiter.« Er stemmte die Hände in die Hüften und schaute Richtung Tür, was wohl zeigen sollte, dass das Gespräch für ihn allmählich beendet war. »Ich melde mich, sobald wir die DNA zuordnen können. Und unter uns: Es scheint mir sehr wahrscheinlich, dass bei diesem Suizid jemand nachgeholfen hat. Dass es also gar kein Suizid war.« Er wandte sich an Clara. »Zum Abgleich brauchen wir natürlich auch die DNA von der Putzfrau und von diesem anderen Manager.«

»Gerling?«

»Genau dem.«

Kapitel 25

Bremen, 1990

Die Musikschule war vorbei.
Sie war lange vorbei.

Und sie hatte nicht gesungen. Sie hatte geschrien.

Es war gut, die Opfer zu schlagen. So, wie man manche Tiere vor der Schlachtung verprügelte. Dann wurden sie gut durchblutet. Und schmeckten besser.

Ob ich sie essen sollte?

Nein, ganz ist sie schöner.

Jetzt war sie tot.

Kaltes Fleisch.

Man wird sie finden. Und bestatten.

Doch ich werde wissen, wo sie liegen wird.

Wir werden uns wiedersehen, wir zwei.

So, als wäre sie lebendig.

Für ihn war sie das auch.

Er hatte die Fotos, die Bilder und die Filme.

Er würde nicht alle davon verkaufen. Auf den Filmen, die er verkaufte, musste er die Maske tragen. Doch mit Maske machte es ihm weniger Spaß. Er wollte ganz ... nah bei den Opfern sein. Und das ging ohne Maske besser. Doch wenn er damit Geld verdienen wollte, musste er die Maske tragen.

Man konnte nicht alles haben. Geld oder Spaß. So sagte man es auch in seiner Familie immer.

Nur eine Sache war nicht so toll gewesen.

Das Zeug hatte diesmal nicht richtig gewirkt. Sie hatte es nicht gewollt. Quaaludes. Manche sagten Quaaludes dazu, aber er nannte es Dormutil. Manche Mädchen oder Jungen hatten das Zeug genommen und dann sogar gern seinen Schwanz angefasst.

Sie nicht.

Er musste sie zwingen.

So lange, bis sie sich nicht mehr wehren konnte. Nie mehr wehren konnte.

Er hatte sie besessen. Und er wollte sie weiterhin besitzen. Totale Kontrolle. Vielleicht wollte er sie auch im Tod behalten.

Nekrophilie kann auch Kontrolle bedeuten.

Was nicht mehr lebt, das wehrt sich nicht.

Aber leblos war sie ohnehin viel schöner. Wie eine Statue.

Tote Mädchen, dachte er, *sind die besten Freundinnen.*
Tote Mädchen sagen nicht Nein.

Kapitel 26

Berlin, Oktober 2018, LKA 113

Es war bereits 19 Uhr, als Clara in ihrem Büro saß und auf den Karton starrte wie auf einen verfluchten Schatz. Die Sendung vom Namenlosen. Die Briefe. Die Fotos, die Bestattungen.

Sie hatte bereits mit allen Kollegen darüber geredet. Mit Winterfeld, mit MacDeath, mit Hermann.

Nur Zufall, mach dir keine Gedanken, das wird sich alles klären.

Doch das Thema ließ ihr keine Ruhe. Obwohl ihre Zwangsbeurlaubung schon wieder vorbei war und jetzt ein ganz anderer Fall Priorität hatte.

Sie hatte noch einmal kurz mit Ingrid Künzel, der Ehefrau des toten Managers, gesprochen. Und sie hatte sich den Film von Jörg Künzel noch einmal angeschaut. Mit den zwei Prostituierten, die definitiv minderjährig waren. Wer waren sie? Wo kamen sie her? Sie würden noch einige Menschen in Künzels Umfeld verhören müssen, um hier auch nur einen Schritt weiterzukommen.

Ihr Telefon klingelte. Es war die Nummer von Winterfeld.

»Sie sind auch noch im Büro?«, fragte er.

»Ja. Ich komme hier aber irgendwie nicht weiter.«

»Gut …« Er zögerte. Wenn Winterfeld so zögerte, war das niemals ein gutes Zeichen. »Hören Sie, soll ich vorbeikommen oder kann ich Ihnen das auch am Telefon sagen?«

»Was denn?«

»Ich habe Nachrichten, die Sie möglicherweise verstören könnten.«

Claras Herz schlug. »Worum geht es denn?«

»Soll ich vorbeikommen?«, fragte Winterfeld. Typisch, dachte Clara. Statt einer Antwort kommt eine Gegenfrage. »Wir können uns auch am großen Fenster treffen. Wollte eh eine rauchen.«

»Nun sagen Sie schon. Worum geht es?«

Winterfeld zögerte kurz. »Um das Hanfseil, das bei dem Toten gefunden wurde. Genauer gesagt, um die DNA auf dem Seil.«

»Was ist damit?« Das Herz schlug Clara bis zur Schädeldecke.

»Die Abteilung für forensische Genetik hat das Ergebnis gerade an von Weinstein gegeben. Der hat es mir gesagt, und ich dachte, ich sage es Ihnen jetzt.«

Ich dachte, ich sage es Ihnen jetzt ... Was sollte das heißen? Dass Winterfeld die Botschaft irgendwie abfedern oder erträglich machen wollte, weil er von Weinsteins fehlendes Einfühlungsvermögen kannte? Aber überhaupt, was für eine Botschaft denn?

»Die Spurensicherung hat von insgesamt vier Personen DNA an dem Hanfseil gefunden«, sagte Winterfeld. Er schien allmählich zur Sache zu kommen. »Von Jörg Künzel, was nicht verwunderlich ist.«

»Nein. Was noch?« Clara machte das Warten wahnsinnig.

»Von Manfred Gerling, der hat geholfen, ihn runterzuholen. Das war zwar nicht sehr schlau von ihm, an einem Tatort herumzufummeln, aber wir glauben ihm das erst einmal. Und von einem Mitarbeiter der Rettungskräfte.«

»Und die vierte DNA?«

»Wir haben die DNA mit allen Beteiligten verglichen.

137

Nichts. Dann hat die Abteilung für forensische Genetik die DNA in unsere Datenbank eingegeben. So weit klar?«

»Ja, natürlich! Und?«

»Okay.« Winterfeld atmete kurz aus. »Die DNA ist in den Datenbanken gespeichert. Und Sie versprechen mir, dass Sie ruhig bleiben?«

»Klar. Nun sagen Sie schon!« Sie schlug unruhig die Beine übereinander und hörte ihren Herzschlag in ihren Ohren.

Doch als Clara die Worte von Winterfeld hörte, wurde sie fast bewusstlos.

»Es ist die DNA von Ingo Meiwing«, sagte Winterfeld. »Intern auch genannt: *Ingo M.*«

BUCH 2

Ich nehm dich zärtlich in den Arm,
Doch deine Haut reißt wie Papier.
Und Teile fallen von dir ab,
Zum zweiten Mal entkommst du mir.

Rammstein, »Heirate mich«[2]

2 Von dem Album »Herzeleid«, 1996

Kapitel 1

Berlin, in den Neunzigerjahren

Der Mann streichelte den Kopf des anderen Mannes.
»Ich will dir eine Geschichte erzählen«, sagte der Mann, während er den Kopf des anderen in der Hand hielt. Es war eine Geste der Zuneigung, aber auch der Kontrolle. »In Indien gab es einmal einen Menschen, dessen Bauch immer dicker wurde. Die Ärzte glaubten erst, dass es ein Tumor sei. Wenn es so war, dann war es ein sehr großer Tumor. Ein Tumor, der derart groß war, dass er gegen das Zwerchfell stieß und der Mann kaum noch Luft bekam. Der Arzt nahm ein Skalpell. Stach damit in die Bauchwand. Und es kam literweise Flüssigkeit heraus. Stinkende grünliche Flüssigkeit. Es war ekelhaft anzusehen. Und ekelhaft zu riechen. Sehr ekelhaft. Es war wie ein Wasserfall aus einem verfaulten Grab. Kannst du dir das vorstellen?«

Der andere Mann nickte.

»Der Arzt hat den Magen aufgeschnitten. Er fasste mit seinen Handschuhen hinein. Fühlte etwas. Fühlte Knochen. Und Haare. Doch nicht nur Knochen, sondern noch etwas Glitschiges. Und etwas Festes. Er sagte, *er fühle Zähne. Als ob das Ding ihn beißen wollte.* Kannst du dir das vorstellen? Er konnte in die Bauchhöhle greifen und dort drinnen wollte ihn etwas beißen. Da war etwas in der Bauchhöhle. Oder vielleicht war da auch *Jemand.* Es war ein Tumor, der Zähne hatte. Dann fasste der Arzt tief hinein in die Bauchhöhle. Holte etwas hervor. Etwas mit Haaren, mit Knochen und mit Zähnen. Einen Tumor, der Gewebe hatte. So wie ein echter Mensch.«

Er streichelte dem Mann über den Kopf.

»Er war wie du. Ein Tumor, der ein Mensch hätte werden können. Eine halb vollendete Kreatur mit Zähnen. Voller Schleim, Knochen und verklebten Haaren. So kam er aus der Bauchhöhle heraus. Es war eine Geburt. Aber keine richtige. *Der Andere.* Er war dort, obwohl er dort nicht hingehörte. So wie du.« Er blickte den Mann an. »Viele sind da, wo sie nicht hingehören. Aber sie sind trotzdem da. Und dann muss man mit ihnen … etwas machen.«

Er schaute wieder nach unten.

»So ähnlich ist es auch bei uns. Auch wenn du kein Haufen aus Schleim, Knochen und Haaren bist, so bist du doch nicht anders als dieser lebende Tumor. Niemand will dich. Aber jemand braucht dich. Weißt du, was du bist?«

Der andere Mann schüttelte den Kopf.

Der andere Mann sah ihm in die Augen. »Mein Tumor«, sagte er zu sich selbst, so als würde er ein Gebet sprechen. »Mein Tumor.« Noch einmal. Dann schaute er nach unten.

»Du bist mein Tumor«, sagte der Mann. »Ich habe dich geboren. Und darum gehörst du mir!«

Kapitel 2

Berlin, Oktober 2018, LKA 113

Clara saß auf ihrem Schreibtischstuhl, den Telefonhörer noch in der Hand, und es war ihr, als wäre in ihrem Kopf eine Atombombe explodiert. *Ingo M. war noch am Leben?*

Sie konnte, durfte diesen Schrecken nicht glauben. *Ingo M. lebt?*

Sie dachte an all seine schrecklichen Taten, wie er seine Opfer missbraucht und getötet hatte. Was der Namenlose ihr über ihn gesagt hatte. Wenn der Namenlose recht gehabt hatte, hatte er den Familien ihre Liebsten auch noch ein zweites Mal genommen. Hatte ihre Gräber geöffnet und die Leichen gestohlen. Es war wie ein Film, der plötzlich vor ihren Augen ablief, ein Film, den sie nicht bestellt hatte und der sich nicht stoppen ließ. Darüber die Stimme des Namenlosen, wie die eines Erzählers in einem verfluchten Stummfilm.

Er hat mir gesagt, was er mit ihnen getan hatte, Clara.

Sie sah Ingo M. auf dem Friedhof. Dunkle Nacht, huschende Wolken, die Mondsichel wie ein Skalpell, Schatten überall. Und einer dieser Schatten war Ingo M. Der sich hinkniete. Der Handschuhe trug. Und der zu graben anfing. Der sich durch modriges Erdreich wühlte, einem leichenfressenden Ghul gleich, durch Würmer und Maden, durch verfaultes Holz und rostige Sargscharniere, bis er das fand, was er suchte. Aufgequollene Körper, abgefaulte Lippen, die schwärzlichen Zähne zum Lachen gebleckt, Köpfe wie grinsende Sexpuppen.

143

Er hat mir gesagt, dass die Toten irgendwie anders waren. Man konnte an ganz ungewohnten Stellen in sie eindringen, Clara. Er hat gesagt, sie waren ... weicher.

Clara musste würgen, sie war kurz davor, sich zu erbrechen, und schluckte einen ekelhaften, von Magensäure durchsetzten Brei hinunter.

Einige der Löcher waren schon da. Einige Löcher in den Leichen. Die hatten die Maden schon hineingefressen. Diese Löcher hatte er dann noch etwas erweitert. Mit seinem Ding. Er mochte es, wenn sie eng sind, Clara. Egal, welches Loch. Und egal, ob lebendig oder ...

Sie sah das Foto ihrer Schwester auf ihrem Schreibtisch. Sah kurz wieder die Vision eines Mädchenkopfes mit abgefaulten Lippen (*die tote Sexpuppe*), sah Ingo M., der vor der Leiche stand und sich überlegte, *an welcher Stelle* er eindringen sollte.

Er hat mir gesagt, Clara, dass ihm drei Löcher zu wenig sind ...

Die Worte des Namenlosen tönten in ihrem Kopf, als wäre sie von einem Dämon besessen.

Aber konnte es wirklich sein? War also alles wahr mit ihrer Schwester? War sie wirklich nicht in ihrem Grab? All der Schrecken, von dem sie glaubte, er läge hinter ihr, kam wieder nach oben, stieg langsam nach oben auf wie eine Leiche, die erfüllt von fauligen Gasen nach oben steigt und irgendwann hämisch grinsend die Oberfläche erreicht.

Er wollte noch weitere Löcher machen, Clara ... Er hat es mir gesagt: Er wollte ihren ganzen Körper ... ficken.

Clara spürte Tränen in ihren Augen. Das Grab ihrer Schwester Claudia leer? Ihre Schwester noch als Leiche vergewaltigt. *Das leere Grab,* das klang nach Auferstehung und Jesus Christus, aber jetzt klang es vielmehr nach Vampiren, nach Untoten und am Ende nach ... Exhumierung.

»Clara?« Sie hörte Winterfelds Stimme. Sie hatte gerade mit ihm gesprochen. Der letzte Satz von Winterfeld hallte noch in ihrem Bewusstsein nach. »*Intern auch genannt: Ingo M.*«, hatte Winterfeld gesagt. Dann war bei Clara der Film angegangen. Und sie hatte ganz vergessen, dass sie mit Winterfeld am Telefon sprach. Dass er noch in der Leitung war.

»Aber das …«, sagte sie. »Das kann doch nicht sein.« Trotz all der grauenhaften Bilder, die sie gesehen hatte, war diese Realität dermaßen grausam, dass es so etwas nicht geben durfte.

»Ich weiß, das ist hart«, sagte Winterfeld. »Aber die DNA ist komplett identisch. Irrtum ist ausgeschlossen. Jede DNA ist einmalig.« Winterfeld raschelte mit irgendwelchen Unterlagen. »Ich habe hier den Bericht. Acht nicht codierende Bereiche der DNA wurden analysiert. Hundertprozentige Übereinstimmung.«

Clara kannte das Vorgehen. Es wurden immer die nichtcodierenden Bereiche der DNA untersucht. Alles andere war illegal. Denn mit den codierenden Bereichen konnte man herausfinden, wie groß eine Person war, welche Augenfarbe sie hatte, ihre Hautfarbe und vieles mehr. All das wusste sie. Und damit wusste sie auch, dass es keine Verwechslung geben konnte. Sie wusste aus der Rechtsmedizin, dass ein Gesicht, das man aus demselben Blickwinkel, jedoch mit einem kürzeren Abstand und einem anderen Objektiv fotografierte, anders aussah. Die Proportionen veränderten sich, ein Gesicht konnte schmaler oder plastischer wirken, die Nase größer oder kleiner, die Gesichtstiefe flacher, die Augen kleiner, die Ohren weiter abstehend. Damit konnte man tricksen. Aber hier war es kein Bild. Hier war es DNA. Der genetische Code. Jede Kombination gab es nur einmal. Und hier war es die DNA von Ingo M. Der tot sein sollte, aber lebte.

Clara wusste alles über das Böse. Wie es entstand, wie es sich fortpflanzte.

Täter taten den anderen das an, was sie selbst erlebt hatten. Das Monster Fritzl war als Kind ausgeliefert gewesen und wollte darum als Erwachsener herrschen. Bei vielen Serienkillern war die Stressverarbeitung gestört, die Amygdala, das Panikzentrum des Gehirns, war hyperaktiv. Bei Psychopathen war das Gefühl, bedroht zu werden, immer stärker als bei anderen. Gleichzeitig waren Psychopathen vollkommen angstfrei. Das machte sie so gefährlich.

Aber bei all dem Schrecken, all dem Horror und all den Morden gab es eine Regel, die niemals verletzt wurde. Die niemals verletzt wurde, weil man sie überhaupt nicht verletzen konnte:

Wer tot war, war tot. Und blieb auch tot.

Und wenn er verbrannt worden war und sich vorher mit einem Samuraischwert die Halsschlagader durchgeschnitten hatte, blieb er erst recht tot. Hier aber war es anders. Ingo M. lebte.

»Können Sie das glauben?«, fragte Clara. »Sie haben doch die Leiche gesehen?«

»Habe ich«, sagte Winterfeld knapp. »Und ich habe keine Erklärung.«

Clara sprang auf. Es half nichts, hier herumzusitzen und zu warten, bis der grauenvolle, nicht bestellte Film noch einmal vor ihrem inneren Auge ablief. »Ich komme zu Ihnen. Sind Sie noch ein paar Minuten da?«

»Jetzt schon«, antwortete Winterfeld. »Ich sage den anderen Bescheid.«

Kapitel 3

Berlin, Oktober 2018, LKA 113

Als sich das Team in Winterfelds Büro versammelt hatte und Clara jedem von ihnen in die Augen sah, Winterfeld, Hermann und MacDeath, kam sie sich vor wie einer der dreihundert Spartaner, die im Jahre 480 vor Christi gegen das persische Großreich gekämpft hatten. Claras Großvater, der sich besonders für antike Geschichte interessierte, hatte ihr die Geschichte erzählt. Die Perser hatten eine gigantische Armee, ein Meer aus Menschen und Waffen, fast eine Million Mann stark, heißt es. Und diese Armee wälzte sich von Osten her in Richtung Athen. An der Spitze der bis dahin größten Armee aller Zeiten stand König Xerxes von Persien. Und sein Ziel war klar: die völlige Eroberung und Unterwerfung von dem, was einmal Europa heißen würde.

Heute, dachte Clara, waren sie die Spartaner. Und die riesige, feindliche Armee, das war das Ungewisse. Das Grauen. Das Phantom namens Ingo M., das tot sein sollte, es aber nicht war.

»Also, ihr habt's gehört«, sagte Winterfeld, packte umständlich einen Schokoriegel aus, seine *Nervennahrung*, wie er immer sagte, und blickte MacDeath und Hermann an. »Die DNA ist von Ingo M.«

»Der tot ist«, sagte MacDeath.

»Toter als tot.« Winterfeld schaute Clara an, als würde er schon einen argumentativen Präventivschlag vorbereiten. »Ich habe seine Leiche gesehen. Die Obduktion. Die Verkohlung. Die Brandwunden. Die durchgeschnittene Halsschlagader.

Wir haben damals auch extra von der Leiche die DNA genommen. Ich war in Moabit dabei.«

»Die gleiche DNA, die auch an den Seilen war?«, fragte Clara.

»Genau die. Das zeigt, dass er tot ist. Es ist die DNA eines Toten!«

Clara war wenig überzeugt. »Das kann genauso zeigen, dass er *nicht* tot ist! Die DNA ist an den Seilen. Wie kann die DNA eines Toten an den Seilen sein, vor allem, wenn dieser Tote kremiert wurde? Denn das wurde er doch?«

Winterfeld schaute kurz in die Ermittlungsakte und nickte. »Das wurde er.«

»Wie kommt dann seine DNA an die Seile?« Clara stemmte die Hände in die Hüften. »Wie schafft das jemand, der zwei Stunden bei 800 Grad zu staubiger Asche verbrannt wurde, dass seine DNA Jahre später an irgendwelchen Tatorten auftaucht?«

Winterfeld und MacDeath schauten sich an.

»Eigentlich«, sagte MacDeath und kniff kurz die Lippen zusammen, »eigentlich gar nicht.«

»Ist aber so.« Clara setzte sich auf den kleinen Konferenztisch. »Von Weinstein hat doch die DNA von den Seilen doppelt und dreifach geprüft? «

»Wegen der Brisanz öfter als jede andere DNA-Probe jemals zuvor«, sagte Hermann, »er hat den Genetikern die Hölle heiß gemacht und sich die Probe auch selbst noch dreimal im Computer angeschaut. Hat er mir selbst gesagt.«

»Und wenn von Weinstein sich selbst an den Analysecomputer setzt«, sagte Winterfeld und kaute auf dem Schokoriegel herum, »dann will das schon was heißen.«

Alle schauten sich ein paar Sekunden an. Wie Samurai vor dem Kampf. Nur wollten sie nicht gegeneinander kämpfen, sondern gegen einen gemeinsamen Feind. Einen Feind, den es gar nicht gab, der aber offenbar trotzdem in die Realität eingriff wie ein Geist, der sich materialisiert.

»Was machen wir jetzt?«, fragte Clara.

»Den Täter finden«, sagte Winterfeld. »Wie immer.«

»Den Täter, der tot ist?« Clara saß abwartend lauernd auf der Tischkante.

»Tja, das wird schwierig.«

Schwierig war hier alles. Clara dachte an die Sage von den Spartanern.

Unsere Pfeile werden den Himmel verdunkeln, drohten die Perser den Spartanern vor der Schlacht. *Dann kämpfen wir eben im Schatten*, lautete die überlieferte Antwort der Spartaner.

Dann mussten sie eben auch im Schatten kämpfen. Zu dem werden, was sie jagten.

»Ich weiß, was ich mache«, sagte Clara plötzlich.

»Nämlich?« Das war MacDeath.

»Ich werde ins Archiv gehen und mir einen Haufen Akten anschauen.«

»Jetzt?«, fragte Winterfeld.

»Ja, jetzt! Ich werde wahnsinnig, wenn ich jetzt nichts tue!«

»Was hast du vor?«, fragte MacDeath, als er Clara in der gemeinsamen Wohnung am Esstisch sitzen sah, den Laptop vor sich, eine Menge Unterlagen und Akten um sich herum ausgebreitet. MacDeath schaute auf die Akten, die alle den Vermerk »Vertraulich«, »Verschlusssache« oder Ähnliches führten. »Äh, darfst du die überhaupt einfach so mit nach Hause nehmen?«

»Wenn es keiner verrät schon!« Sie warf ihm einen kurzen Blick zu, der nicht zu hundert Prozent freundlich war.

»Keine Sorge.« MacDeath starrte auf seine Finger, als wollte sie zählen. Zehn. Alle noch da. »Ich meinte ja nur. Es war ein harter Tag. Willst du da nicht mal langsam schlafen?«

»Ich schlafe erst, wenn ich hier was gefunden habe.«

»Was denn?«

Sie klopfte auf die Akten. »Ich habe mir die letzten Fälle geben lassen, wo es um ungewöhnliche Suizide ging. Hier in Berlin. Und im oberen gesellschaftlichen Segment. Wo Leute etwas zu sagen haben. Vielleicht finden wir da was?«

»Das ist wie die Nadel im Heuhaufen. Wer sagt denn, dass du da gerade Ingo M. findest?«

Jetzt musste Clara doch lächeln. »Du hast selbst mal gesagt: Um die Nadel im Heuhaufen zu finden, braucht man erst einmal einen Heuhaufen.«

»Das stimmt.« Er räusperte sich. »Also, ich würde dann trotzdem mal ins Bett gehen. Es ist Mitternacht.« Er schaute demonstrativ auf die Uhr.

»Kannst du ja auch. Aber ich bleibe hier, bis ich was finde.«

»Willst du gar nicht schlafen?«

»Wollen schon. Nur schlafen und recherchieren gleichzeitig funktioniert leider nicht.«

»Kann ich dir helfen?«

»Glaube ich nicht. Wenn du müde bist, schlaf. Falls ich was finde, brauche ich dich morgen fit.«

»Okay. Dann gute Nacht.« Er gab ihr einen Kuss, etwas ungeschickt, wie sie fand, und ging Richtung Schlafzimmer.

Dann wollen wir mal, sagte Clara zu sich selbst. Und sie dachte an einen der Sprüche, der ebenfalls vom Spartanerkönig Leonidas kam: *Schenkt ihnen nichts. Aber nehmt ihnen alles!*

Um kurz nach 3 Uhr morgens schickte sie eine SMS an Winterfeld.

Morgen gleich als Erstes Besprechung mit Team. Habe noch ein paar Leichen gefunden.

150

Kapitel 4

Berlin, Oktober 2018, LKA 113

Ich höre«, sagte Winterfeld, als sie alle im Konferenzraum saßen. Winterfeld, Clara, Hermann und MacDeath.

»Das ist Udo Schilling«, sagte Clara. Sie hatte die meisten der Unterlagen, die sie gestern auf ihrem Computer angeschaut hatte, noch frühmorgens im Büro ausgedruckt. Geschlafen hatte sie vielleicht drei Stunden, war aber trotzdem derart voll Adrenalin, dass sie die Müdigkeit noch eine Weile aufhalten konnte. Irgendwann würde die Erschöpfung kommen, mit der Wucht eines Hammerschlags, aber dieser Zeitpunkt war noch nicht erreicht. Zum Glück.

Winterfeld überflog die Akte. »Banker, richtig?«

»Kremierter Banker trifft es eher«, sagte Clara. »Er ist vor einem Jahr verbrannt worden.«

»Sagt mir was«, sagte Winterfeld. »War da nicht im Vorfeld ein ziemlicher Skandal?«

Clara nickte. »Dazu kommen wir gleich.«

»Hier in Berlin verbrannt?« Das war Hermann.

»Er hat in Düsseldorf und Berlin gearbeitet. Verbrannt wurde er hier. Ruhleben.«

»Das ist ein Riesending, eines der beiden Krematorien der Stadt. Wenn nicht das größte.« Winterfeld wärmte sich die Hände an seinem Kaffee. Die Räume des LKA waren, anders als der Ofen im Krematorium, nachts kaum geheizt, und die Heizungen kamen morgens nur widerwillig in Gang. Auch Clara fröstelte. »Was hat er gemacht?«

151

»Sich aufgehängt. Genauso wie Jörg Künzel. Nur nicht in seinem Büro, sondern an der Türklinke in einem Hotelzimmer am Hauptbahnhof. Und wir können jetzt natürlich keine Griffspuren oder Ähnliches an der Leiche mehr feststellen. Dafür hätten wir ihn vor der Kremierung sehen müssen.«

»Und was hat er vor seinem Tod gemacht?«

Clara blätterte durch die Unterlagen. »Ebenfalls krumme Dinge. Habt ihr schon mal von Cum-Ex-Geschäften gehört?«

»Sind das nicht irgendwelche Tricksereien mit Aktien und Dividendenzahlungen?«, meinte MacDeath. »Haben doch einige Privatbanken gemacht.«

»Nicht nur die. Schilling hat im Auftrag der BWG Bank in Düsseldorf und Berlin Aktienpakete an US-amerikanische Pensionsfonds verkauft. Hier«, sie zeigte auf einen Zeitungsartikel. »Sieben Milliarden Anlagevolumen an einen Fonds in Hartford, Connecticut.«

»Nahe New York«, murmelte MacDeath, der einige Jahre an der Ostküste der USA gelebt und gearbeitet hatte. »Genau wie die Hamptons. Da wohnt der New Yorker Geldadel, der ausschließlich mit dem Helikopter mal eben in die City fliegt. Asset Manager, Hedgefonds und weiß der Teufel was noch alles.«

»Richtig.« Clara nickte. »Der Witz bei diesen Geschäften ist, dass die Aktien dabei Dividenden auszahlen. Das sind Ausschüttungen der Unternehmen an die Aktionäre. Ein Teil davon wurde dabei bereits auf Firmenebene versteuert. Bei den Auszahlungen der Dividenden fallen diese Steuern allerdings noch einmal an.«

»Und?«

»Und deshalb können sich deutsche Anleger, die diese Steuer sozusagen doppelt gezahlt haben, diese Steuer vom Staat zurückerstatten lassen.«

»Und der Typ in den USA?«

Clara blätterte um. Es waren einige Unterlagen vom Dezernat für Wirtschaftskriminalität dabei und einige Gutachten von der BaFin, der Aufsichtsbehörde für Banken. »Das ist der Witz. Der darf es eigentlich nicht. Durch findige Anwälte haben es diese Cum-Ex-Fonds aber hingekriegt, dass auch ausländische Investoren vom Staat Steuern zurückbekommen. Steuern, die sie nie gezahlt haben.«

»Wie viel?«, fragte Winterfeld.

»In diesem einen Fall, bei dem Schilling mitgeholfen hat, waren es vierundfünfzig Millionen.« Sie schaute in die Unterlagen. »Hier.«

»Das haben die tatsächlich gezahlt?« Winterfeld hielt das Papier in der Hand und hob die Augenbrauen. »Finanzamt Düsseldorf? Vierundfünfzig Millionen?«

»Die Gegenseite hatte halt gute Anwälte«, sagte Clara. »Hat alles Schilling vermittelt.«

»Der Staat lässt sich nun einmal gern verarschen«, sagte Winterfeld. »Jeder kleine Angestellte, der sein Zeitungsabo als Werbungskosten geltend machen will, wird doppelt und dreifach durchleuchtet, aber einem Milliardär von der Ostküste schenken diese Idioten mal eben fast sechzig Millionen.«

»Willkommen in Deutschland«, sagte Hermann.

Winterfeld schaute auf die Unterlagen und trank von seinem Kaffee. »Okay, dieser Schilling hat mit seiner Bank, wie hieß sie noch …?«

»BWG Bank. Bank für Wirtschaft und Gesellschaft«, sagte Clara. »Wir kommen gleich noch dazu.«

»Okay. Also der hat mit seiner Bank dafür gesorgt, dass ausländische Investoren vom deutschen Staat Steuern zurückfordern können, die eigentlich nur deutschen Anlegern zugestanden hätten …«

153

»... weil die bereits entweder Einkommensteuer oder Kapitalertragssteuer gezahlt haben, richtig. Dadurch kriegt ein ausländischer Investor Steuern zurück, auf die er keinen Anspruch hat.«

»Und Schilling hat wahrscheinlich ordentlich Provision kassiert?«

»Aber klar. Er hat denen Aktien verkauft, die haben auf die Ausschüttung gewartet und dann die Aktien wieder verkauft. Soweit ich weiß, gibt es danach zwar einen kleinen Kursabschlag, weil die Dividendenausschüttung sich im Kurs niederschlägt, aber das ist wenig im Vergleich zu dem Geld, was sie vom Staat bekommen haben. Und sie können den Kursverlust auch noch mit Gewinnen gegenrechnen.«

»Wie hoch war seine Provision?«

»25 Prozent.«

»Ordentlich.«

»Das ist aber noch nicht alles.«

»Nein?«

»Nein. Er hat diese Rückzahlung nicht nur einmal veranlasst. Sondern mehrfach. Der Schaden ging in die Milliardenhöhe.«

»Und das hat niemand gemerkt?«

»Erst einmal nicht. Vor einem Jahr hat ein großes Nachrichtenmagazin das Thema auf die Frontseite gepackt. Dann eine Reportage über Schilling. Seine Villa auf Mallorca, das ganze Geld auf irgendwelchen Offshore-Konten, seine Geliebte, seine Autos. Die Verbindung zu der Rechtsanwaltskanzlei, die die Deals ausgehandelt hat. Das war wie eine öffentliche Hinrichtung.«

»Als ob jemand wollte, dass er öffentlich hingerichtet wird?«, fragte MacDeath.

»Oder es sollte so aussehen«, sagte Clara. »Es kam jedenfalls alles auf einmal. So ähnlich wie bei Jörg Künzel.« Sie blätterte weiter. »Diffamierung, Bloßstellung und Suizid.«

»Mit dem Unterschied«, sagte Winterfeld, »dass dieser Schilling ja offenbar wirklich richtig was auf dem Kerbholz hatte. Wie groß war der Schaden insgesamt?«

»Insgesamt sind dem deutschen Staat durch solche Geschäfte über die Jahre fünfundzwanzig Milliarden Euro entgangen.«

»Ganz schön viel«, sagte Winterfeld. »Und wie lange hat es gedauert, bis der Staat reagiert hat? Vor allem vor dem Hintergrund, dass er bei jedem, der zweihundert Euro Steuern zu wenig überweist, sofort das Konto pfändet? Zehn Jahre, fünfzehn Jahre?«

»Fünfundzwanzig Jahre«, sagte Clara.

»Vorhersehbar inkompetent«, sagte Winterfeld, während er den Kopf schüttelte. »Gibt es da nicht bald Verjährung?«

»Nein, die haben es ja immer wieder getan.«

»Kann man ihnen nicht verdenken, wenn der Staat sich mit solcher Freude verarschen lässt.« Er nahm die Packung Zigarillos in die Hand und legte sie dann wieder ab.

»Im Mittelalter hätten sie den Typen gleich erhängt wegen Wucher. Und nicht gewartet, bis er sich selbst erhängt.«

»Im Mittelalter war die Mordrate auch fünfunddreißigmal so hoch wie heute.« Das war MacDeath.

»Ist das so?« Winterfeld schaute ihn an.

»Laut Studien ja. Da müssten wir noch mehr Überstunden machen.«

»Tja, Überstunden …« Winterfeld schaute auf die Uhr. »Was machen wir jetzt mit diesen Informationen? Der Kerl hat den Staat verarscht, Geld damit verdient und sich umgebracht.«

»Den Hintergrund überprüfen«, sagte Clara. »Zum Beispiel das Krematorium und die Hinweise des Namenlosen.«

Winterfeld nickte. »Sie haben recht, Señora, wir müssen systematisch vorgehen. Sie kümmern sich weiter um die Akten, Hermann, du nimmst dir noch mal alle Hinweise auf Ingo M. vor, die wir vom Namenlosen erhalten haben. Besonders die Sache mit den leeren Gräbern in Berlin.«

»Und ich?«, fragte MacDeath. Obwohl er sicher ohnehin genügend zu tun hatte.

»Sie achten auf Ihre Frau!«

Clara wollte gerade protestieren, als sie merkte, wie die Müdigkeit von ihr Besitz ergriff. Also warf sie Winterfeld nur einen wenig erfreuten Blick zu und ging.

Kapitel 5

Berlin, Oktober 2018, LKA 113

Als sie zwei Tage später morgens zusammenkamen, waren Claras Augenringe fast schon schwarz. Richtig geschlafen hatte sie die beiden Nächte zuvor auch nicht, obwohl sie nicht bis 3 Uhr morgens nach irgendwelchen Akten gesucht hatte.

»Sie haben meine Anweisung, auf Ihre Frau achtzugeben, nur schlecht erfüllt«, sagte Winterfeld zu MacDeath. In dem Moment piepte Hermanns Handy. Sein Gesichtsausdruck sah nicht erfreut aus.

»Ist jemand gestorben?«, fragte Winterfeld.

Hermann verzog das Gesicht. »Wie man es nimmt.«

»Was ist los?«, fragte Winterfeld.

Hermann druckste herum. »Wir haben ja in den letzten zwei Tagen die Gräber identifiziert, von denen der Namenlose in seinem letzten Brief geschrieben hat.«

Clara merkte, wie ihr Herz ein paar Takte schneller schlug. Sie wusste, dass Hermann und sein Team in den letzten Tagen in Grabregistern gesucht hatten, auf Webseiten wie *grabsteine. genealogy.net* sowie im Melde- und Sterberegister. Sie hatten die Grabsteine auf den Fotos des Namenlosen untersucht und per Bilderkennung mit anderen Fotos verglichen, um darüber etwas über den Ort des Friedhofs, die Nachbargräber und über die Beerdigungsgesellschaften auf den Fotos herauszufinden.

»Wir haben die Gräber identifiziert«, sagte Hermann also. »Die, in denen laut dem Brief vom Namenlosen die Kinder zwischen acht und zwölf Jahren lagen. Evangelischer Friedhof Alt-Schöneberg, Dorotheenstädtischer Friedhof, Friedhof Wilmersdorf, St.-Jacobi-Friedhof und Südwestfriedhof.«

»Und?«, fragte Winterfeld. »Exhumierung?«

Hermann nickte. »Die Kollegen sind seit vier Uhr morgens draußen auf den Friedhöfen gewesen. Eben sind sie mit dem Südwestfriedhof durch, außerhalb Berlins.«

»Südwestfriedhof«, sagte MacDeath, »da liegen Fontane, Gropius, Siemens und Ullstein. Und Friedrich Wilhelm Murnau.«

»Wer ist das?«, fragte Winterfeld.

»Der Regisseur von Nosferatu.«

»Das passt«, sagte Hermann. »Die haben dort gerade eine Exhumierung vorgenommen. Oder eben auch nicht.« Er ließ die Arme hängen und schaute nach unten. Clara merkte, wie er ihren Blick vermied. »Denn exhumieren kann man ja nur, was im Grab ist.«

Clara merkte wieder den ekelhaften, sauren Geschmack in ihrer Speiseröhre und in ihrem Mund. »Das Grab war leer?«

Hermann nickte. »Ja. Und zwar schon seit Jahren.«

»Und bei den anderen?«

»Bei den anderen genauso.«

Die Erkenntnis traf Clara wie ein Stromschlag: Alle Gräber waren leer! Dann war es sicher auch das Grab von Claudia in Bremen! Das leere Grab ihrer Schwester. Sie dachte wieder an die tote Sexpuppe ohne Lippen, die Zähne gebleckt. Dachte an Ingo M., der sich als dunkler Schatten wie ein Ghul in der Nacht durchs Erdreich des Friedhofs wühlte. Über ihm die skalpellartige Sichel des Mondes. Unter ihm seine geliebten Toten.

Es konnte gar nicht anders sein, dachte sie. Claudia war verschwunden. War irgendwo. Aber nicht dort, wo sie ihre letzte Ruhestätte haben sollte.

Noch vor einigen Monaten hatte sie mit dem Priester und Winterfeld vor dem Grab in Bremen gestanden, und sie hatten die Reste des Embryos bestattet, der Teil von ihr, der nicht leben konnte und durfte, weil der Tränenbringer ihr in den Bauch getreten hatte. MacDeath war, nachdem der Tränenbringer ihn angeschossen hatte, noch im Krankenhaus gewesen, also hatte sie allein mit Winterfeld und dem Priester vor dem Grab gestanden. Dem Grab, in das sie den winzigen Sarg hinabließen. Ihr Kind. Den Embryo, den MacDeath aus der Pathologie des Virchow-Klinikums geholt hatte. Ihr Kind, das sie jetzt in das kleine Grab hinabgelassen hatten. In das Grab, in dem auch Claudia Vidalis, Claras Schwester, begraben lag. Jedenfalls hatte Clara das damals noch geglaubt. Sie hatte auf den Spruch auf dem Grabstein ihrer Schwester geschaut. Ein Spruch von Paulus. *Wach auf, der du schläfst, und steh auf von den Toten.*

Ein furchtbarer Gedanke kam ihr: Ihre Schwester war doch schon längst von den Toten auferstanden. Dazu hatte es des Spruchs von Paulus gar nicht bedurft. Ingo M. hatte sie aus dem Grab geholt. Und Ingo M. lebte noch immer. Und er würde noch mehr Leichen aus irgendwelchen Gräbern holen, ein leichenfressender Ghul, der sich durch die Unterwelt grub und den Toten auch noch das Letzte nahm, was sie hatten: die ewige Ruhe. Und vielleicht hatte er auch Claudia noch bei sich. Und tat es mit ihr. Immer und immer wieder …

Sie hatte auf das Grab geschaut, während der Regen zu Boden prasselte und Grabstein, Priester, Sarg und Winterfeld vor einem doppelten Schleier aus Regen und Tränen schemenhaft vor ihr standen.

Aus Staub bist du gemacht und zu Staub wirst du zurückkehren. Bis der Herr dich auferweckt am Jüngsten Tage.

Doch Claudia war kein Staub geworden. Vielleicht war sie das Schlimmste geworden, was man einem Toten zumuten konnte. Die Sexpuppe eines perversen Mörders.

In dem Moment wusste Clara, dass sie wieder nach Bremen musste. Zum Grab ihrer Schwester. Oder sie würde wahnsinnig werden.

»Wir werden die Familien kontaktieren«, sagte Winterfeld, und Clara hörte seine Stimme wie durch einen Schleier, ähnlich dem Schleier aus Regen und Tränen, als sie ihr ungeborenes Kind bestattet hatte. »Die Abteilung 1 Kap der Staatsanwaltschaft Berlin, die Abteilung für Kapitalverbrechen, wird sich darum kümmern ...«

Ingo M.

Sie hatte damals mit MacDeath darüber gesprochen. Damals, als sie weder Freunde noch zusammen noch verheiratet noch Eltern waren. Fetischistische Nekrophile schnitten Teile des Körpers eines Verstorbenen ab. Diese Nekrophilen waren schlimm, aber sie töteten nicht, um Tote zu haben. *Mörderische Nekrophilie* hingegen war am schlimmsten. *Mörderische Nekrophilie,* so hatte MacDeath die Neigung von Ingo M. genannt. Das Töten diente bei ihnen nicht nur der Lustbefriedigung, sondern war Mittel zum Zweck. Bei Ingo M. aber war es beides. Sadismus und Nekrophilie. Ein kinderfressendes Ungeheuer, das auch auf den Leichen noch herumkaute und sie für immer als seine Lustsklaven bei sich behielt. Er war wirklich ein Ghul. Ein leichenfressender und leichenmissbrauchender Ghul.

Clara fixierte ihren Blick auf Winterfeld. Vorbei an dem Schleier aus Trauer und aus Schmerz. Mit einem Mal war alles klar.

»Zwei Dinge möchte ich tun«, sagte sie. »Bei der einen Sache kann ich dabei sein, bei der anderen muss ich es.«

Winterfeld schaute sie an. »Schießen Sie los!«

»Udo Schilling hat sich erhängt. Genauso wie Jörg Künzel.«

»Ja«, sagte Hermann. »Und die Leiche besteht nur noch aus Kohlenstoff, der in alle Winde zerstreut ist. Oder wohin auch immer.«

»Dennoch. Ich möchte, dass wir mit den Leuten in Ruhleben sprechen, ob dort noch irgendetwas vorhanden ist.«

»Haben Sie die Kriminaltechnik gefragt, ob die noch etwas haben?« Das war Winterfeld.

»Denen bin ich seit vorgestern Morgen schon auf den Geist gegangen. Dieser Karton hier«, Clara zeigte auf den Karton mit den Akten, »ist das Einzige, was übrig ist. Vielleicht ist in Ruhleben noch mehr.«

»Sie meinen, irgendwelche Kleidungsstücke oder Ähnliches? Oder was hoffen Sie, dort zu finden?«

»Ich weiß, dass solche Dinge dort aufbewahrt werden. Nicht für die Ewigkeit, aber es könnte sein, dass wir noch etwas finden oder etwas erfahren. Es ist erst ein Jahr vergangen.«

»Und was soll uns das bringen?«

»Der Fall«, sagte Clara, und sie merkte, wie ihre Stimme zitterte, »erinnert mich an Jörg Künzel. Bei Jörg Künzel hatten wir die DNA von Ingo M. Ich muss wissen, ob er auch hier involviert war.«

»Wir können sicher mal nach Ruhleben fahren«, sagte Hermann. »Kein Problem.«

»Gut«, sagte Clara. »Dann fahren wir zwei«, sie blickte Winterfeld an, »nach Bremen. Ich muss wissen, ob Claudia noch in ihrem Grab ist.«

Winterfeld kannte die Geschichte von Clara und Claudia. Er hatte keine Einwände. »Machen wir«, antwortete er. »Hermann, ihr schaut euch mal am besten heute noch das Krematorium an, ob es da einen Zusammenhang gibt. Clara und ich fahren nach Bremen. Die Frage ist nur«, er schaute Clara an, »ob das nicht auch Kollegen machen können beziehungsweise, ob Sie sich das antun wollen.«

Clara kniff die Lippen zusammen. Dann stellte sie klar: »Ich will nicht. Ich muss.«

»Und ich?«, fragte MacDeath.

»Du bleibst hier. Einer muss sich ja um unsere Tochter kümmern.«

Kapitel 6

Berlin, Oktober 2018, Krematorium Ruhleben

Das größte Krematorium Berlins lag in Ruhleben bei Spandau, nahe dem IKEA an der Charlottenburger Chaussee. Doch anders als bei IKEA war hier der zweite Teil der Frage »Wohnst du noch oder lebst du schon« relativ einfach zu beantworten. Und anders als beim Möbelhaus gab es hier auch keine Hotdogs, keine Bälleburgen und keine Köttbullars. Dafür gab es das klotzige Hauptgebäude des Krematoriums, das hinter der Straße *Am Hain* lag und sich in düsterer Silhouette mit großen Schloten gegen den Herbsthimmel erhob. Rauch war nur wenig zu sehen. Dafür sorgte ein ausgeklügeltes Filtersystem aus fauchenden Röhren, das den Staub fraß und den Ruß verschluckte, damit über der Stadt kein schwarzer Rauch der Toten aufstieg. Hinter dem Krematorium lag der Friedhof Ruhleben, eine nicht enden wollende Armada von Grabsteinen, Kreuzen und Monolithen.

Eine einzelne Gestalt trat ihnen auf den Stufen des Haupttores entgegen.

Melanie Seifert, eine der Chefinnen des Krematoriums, empfing Hermann und MacDeath am Eingang. Beide waren angemeldet.

»Gar nicht so leicht, hier wegzukommen«, sagte Hermann, als er die gerade Zufahrtsstraße hinunterschaute, die am Ende rechtwinklig in die Charlottenburger Chaussee abbog. »Ihre Kunden können doch gar nicht mehr weg.«

»Die Kunden nicht«, antwortete Seifert. »Ansonsten ist das Absicht.« Sie trug ein hochgeschlossenes, schwarzes Kleid und hatte die schwarzen Haare streng zurückgebunden, so als würde sie neben dem Management des Krematoriums auch noch die eine oder andere Beerdigung selbst übernehmen. »Spielt eine Rolle bei Großkatastrophen. Wenn es mal einen großen Terroranschlag geben sollte, Bio-Attacken oder eine schmutzige Bombe, kann man die Zufahrtswege hierher gut abriegeln. Es gibt nämlich nur einen.«

»Damit die Angehörigen, die Klarheit über die Toten wollen, nicht panisch werden und hier die Bude stürmen?«

Seifert nickte. »Bei Großkatastrophen kann alles passieren.« Sie schaute sich um. »Die Räume sind riesig. Und leicht zu klimatisieren. Das heißt, wir werden hier auch mit Unmengen von Leichen fertig, können die alle identifizieren lassen, wenn die Identifizierungskommission kommt, bevor die Verstorbenen dann seziert werden. Das ist wichtig, damit sich keine Bakterien ausbreiten. Die Identifizierung muss hieb- und stichfest sein. Anders als zum Beispiel Weihnachten 2004 in Thailand nach dem Tsunami. Da lagen die ganzen Wasserleichen tagelang am Strand herum. Sie können sich vorstellen, wie das gerochen hat. Außerdem macht Fäulnis die Identifizierung nicht gerade einfacher.«

»Sie waren dort?«, fragte MacDeath. »Weihnachten 2004?«

»Ab Anfang Januar 2005 war ich auch dort. Gemeinsam mit von Weinstein. Den kennen Sie auch, oder?«

MacDeath musste kurz grinsen. »Allerdings.«

In ihrem Büro zog Melanie Seifert ein Fax hervor. »Udo Schilling«, sagte sie. »Wurde letztes Jahr am 12. September kremiert. Laut Totenschein war es ein Suizid. Er hat sich in einem Hotelzimmer in Mitte an der Türklinke erhängt.«

164

»Wir haben die Bilder gesehen«, sagte Hermann, »er hat sich sogar vorher die Schuhe ausgezogen und sie säuberlich in die Ecke gestellt.«

»Eine Obduktion gab es nicht?«, fragte MacDeath.

»Nein«, sagte Seifert. »Die Suizid-Zeichen waren wohl zu eindeutig. Möglicherweise hat die Staatsanwaltschaft das auch nicht als Mordmerkmal gesehen. Wenn es das überhaupt war. Und er soll wohl etwas Dreck am Stecken gehabt haben, was plötzlich öffentlich wurde und damit ursächlich für seinen Suizid war?« Seifert hatte den letzten Satz als Frage gestellt und schaute beide an, als könnte sie hier auch noch etwas Neues herausfinden.

»Dreck am Stecken ist gut«, sagte Hermann. »Er hat in ziemlich großem Stil den deutschen Staat übers Ohr gehauen. Und wahrscheinlich wollte irgendjemand plaudern. Dem ist er durch den Suizid zuvorgekommen.«

»Tja«, Seifert zuckte die Schultern. »Dann ist er in diesem Land in guter Gesellschaft.« Sie schaute Richtung Korridor. »Was die Menschen vorher gemacht haben, das sehen wir nur in den Akten. Dafür kriegen wir aber all die neuen Trends mit.«

»Mobiltelefone, die man den Leichen mitgibt?«, fragte MacDeath. »Damit sie dann aus dem Jenseits anrufen?«

Seifert nickte. »Ja. Der Trend kommt wohl aus Afrika. Aber er setzt sich auch hier immer mehr durch. Immer häufiger kommt es bei der Verbrennung des Sarges plötzlich zu kleinen Explosionen. Irgendetwas faucht dann im Sarg, und das ist *nicht* die Leiche.«

»Sondern die Akkus der Mobiltelefone«, ergänzte MacDeath.

»Sie kennen sich aus mit dem Tod«, sagte Seifert. »Aber dieser Ruf eilt Ihnen ja eh voraus.« Sie schaute auf das Fax.

»Sie hatten mich gefragt, wer von den Mitarbeitern bei Udo Schilling zuständig war?«

»Ganz recht.« Hermann und MacDeath nickten.

»Alfons de Groot«, sagte Seifert. »Einer unserer langjährigsten Mitarbeiter. Manche sagen, er sei ein bisschen gruselig.« Sie stand auf. »Er hat gerade zu tun, darum gehen wir am besten direkt zu ihm.«

»Direkt zu den Öfen?«, fragte MacDeath.

»Warum nicht?« Sie kniff ein Auge zu. »Ihnen wird schon nichts passieren. Wir sind ja nicht bei James Bond.«

»Das ist er«, sagte Seifert. Alfons de Groot war etwa einen Meter fünfundsechzig groß, hatte die schwarzgrauen, langen Haare genauso nach hinten gebunden wie seine Chefin, nur dass seine deutlich ungepflegter und strähniger waren. Seine Nase war wie ein Knopf in seinem Gesicht befestigt, und seine Augen sahen aus, als würde er eher in sich hineinschauen als nach draußen.

Ein Sarg aus hellem Kiefernholz lag auf einem der Förderbänder vor dem Ofen. In einem kühleren Raum nebenan befanden sich noch weitere Särge. Aus hellem und dunklem Holz ruhten diese Särge auf eisernen Liegen, während die Verstorbenen auf ihre letzte Reise warteten.

Alfons de Groot murmelte irgendetwas vor sich hin. MacDeath konnte einige der Wortfetzen heraushören.

Hinter den Gräbern aus morschem Gebein,
Da wo Gedanken als Geister erscheinen ...

De Groot verschwand kurz mit federnden Schritten in dem kühleren Raum, aus dem kalte Luft herauswehte. Es konnte dort nicht wärmer als sieben Grad Celsius sein.

MacDeath und Hermann schauten auf die Särge. So wie es reiche und arme Menschen gab, so gab es prächtige und ärmliche Särge. De Groot kam zurück und summte weiter.

Lachen die Toten und trinken den Wein
Den wir vor Schmerz ob Verlusten verweinen.[3]

»Alfons«, sagte Melanie Seifert, »das sind die beiden Herren vom LKA, von denen ich dir erzählt hatte. Sie kommen wegen Udo Schilling.«

De Groot sah auf und vollführte einen etwas umständlichen Diener vor Hermann und MacDeath. Die Hand gab er ihnen nicht, aber darüber waren beide auch nicht traurig.

»Willkommen in der Unterwelt«, sagte de Groot. »Sie sehen, hier ist einiges los. Wie heißt es so schön bei Dracula?«

»*Die Toten reiten schnell*«, unterbrach ihn MacDeath.

»Ah, Sie kennen sich aus!« De Groots Miene heiterte sich auf. »Siehst du!« Er sah seine Chefin an. »Es gibt doch noch Leute, die Bücher lesen.«

»Und überdies die Originalversion«, sagte MacDeath. »Da steht der deutsche Satz übrigens auch drin.«

»Der Satz ist ja auch wahr.« De Groot schaute dem Sarg auf dem Förderband hinterher, der sich langsam Richtung Ofen in Bewegung setzte. »Der hier reitet jetzt auf seine letzte Reise. Nebenan sind zwei Neuankömmlinge. Kommen gerade aus dem Krankenhaus. Einer hat noch alle Kanülen in den Armen, der andere hat noch seine Inkontinenzwindeln um. Bei einem anderen haben sie uns die ganze Bettpfanne mitgeliefert.« Er kniff die Augenbrauen zusammen. »Könnte man denen nicht mal sagen, dass sie ihre Patienten für die letzte Reise etwas auffrischen können?«

3 Text von Kreator: »Fallen Brother« vom Album »Gods of Violence«, 2017

Hermann grinste. »Wir arbeiten nicht im Krankenhaus, aber wir sagen es den Kollegen an der Charité gerne mal, wenn wir sie sehen. Dürfte dem Kostendruck geschuldet sein.«

»Sehr nett von Ihnen. Tja, der schnöde Mammon. Regiert bis in den Tod hinein.« De Groot nickte, mehr zu sich als zu den anderen.

»Der Tod spart ja selber«, sagte MacDeath. »Besonders am Leben.«

De Groots Miene hellte sich weiter auf. »Kompliment, mein Bester! Sie haben Witz! Und das auch noch beim Tod. Das weiß ich zu schätzen.« Er schaute nach hinten in den kühleren Raum, wo offenbar die Leichen aus dem Krankenhaus lagen. »Namensbänder haben sie auch noch an ihren Knöcheln. Sehen alle aus, als wären sie im Sterben geschrumpft. Als wäre auf einmal viel zu viel Haut da für viel zu wenig Körper. An die mache ich mich, wenn ich hier fertig bin. Dann kommen die weißen Totenhemden. Das ist schöner als weiße Inkontinenzwindeln. Ähm, tja, *fast* weiße ... Sie verstehen schon.«

»Danke, ich verstehe sehr gut.« MacDeath verzog das Gesicht. »Sie arbeiten aber nicht immer hier an den Öfen?«

»Nein, wir wechseln uns ab.« Er schaute sich um. »Wer nur an den Öfen arbeitet und sein ganzes Leben lang Leichen in den Schacht schiebt, wird wahrscheinlich irgendwann wahnsinnig. Es gab mal einen, der nur an den Öfen gearbeitet hat, der ist mal selbst in den Ofen gesprungen. Nicht hier, aber in Wien ist so etwas schon passiert. Ist allerdings etwas her.«

Melanie Seifert schaute ihn strafend an. Offenbar war diese Information nicht für die Öffentlichkeit gedacht. De Groot sprach weiter. »Manche von uns trösten auch die Angehörigen. Es ist schließlich die letzte Reise. Das mache ich aber selten. Manche sagen, mir fehlt ein wenig der Respekt vor dem Tod. Ich mache eher die Sachen, die eben auch gemacht werden müssen: die Asche nach künstlichen Hüftgelenken durchsuchen, Herzschrittmacher, Sargnägel.«

»Oder Handy-Akkus«, ergänzte MacDeath.

»Na ja, die gibt es, aber die verbrennen meist komplett. Ebenso wie Goldketten. Die sind unwiederbringlich verschwunden.«

Die Klappe öffnete sich.

»Heute mache ich beides«, sagte de Groot. »Die Vorbereitung und den Ofen. Jeden Morgen um sieben Uhr geht es los. Finde ich selbst ziemlich früh, aber so ist es nun mal. Ofen auf sechshundert Grad anheizen, das ist wie bei einer Zigarre. Die musst du auch richtig anzünden, sonst zieht sie nicht.«

»Kann ich bestätigen«, sagte MacDeath. »Ich rauche auch mal gern eine Zigarre.«

»Der erste Zug ist wichtig«, sagte de Groot. »Nur dass es hier keinen Rotwein dazu gibt.«

»Oder Whisky«, sagte MacDeath.

»Oder Whisky«, sagte de Groot, als könne er sich damit auch gut anfreunden. »Es ist wichtig, dass der erste Leichnam, der hereinkommt, gut brennt, damit die Wärme im Ofen auf einem hohen Niveau bleibt. Und es ist wichtig, dass erst der Sarg brennt und dann der Leichnam. Abgesehen davon behandelt der Ofen alle gleich. Ob arm oder reich. Eine reichliche Stunde lang brennen sie alle.«

»Apropos eine Stunde«, sagte Seifert und trippelte von einem Bein aufs andere. »Ich glaube, Alfons, die Herrschaften haben nicht den ganzen Tag Zeit. Du sagtest, du hättest noch Materialien, die damals nach dem Suizid von Udo Schilling hierhergebracht worden sind?«

Alfons de Groot schaute etwas enttäuscht drein, weil sein Vortrag so jäh unterbrochen wurde. Wahrscheinlich war er froh, jemanden zu haben, der ihm antwortete. Reden tat er, so

169

wie er aussah, vielleicht auch mit den Toten, nur war das immer ein etwas einseitiges Gespräch.

»Ja, habe ich«, sagte er. »Kommen Sie mit in meine Kammer dort hinten.«

»Was waren denn das für Materialien?«, fragte Hermann.

»Keine Sorge. Inkontinenzwindeln waren es nicht.«

Kapitel 7

Berlin, Oktober 2018, Alexanderplatz

Olaf Thomsen saß wieder bei Grassoff im Büro. Jetzt erschien er sehr viel entspannter als zuvor. Richtig lügen konnte er noch immer nicht, das verrieten seine Augen, aber das Lügen hatten ja auch andere, die das besser konnten, für ihn übernommen.

»Vorab per Fax«, sagte Grassoff, »die Baugenehmigung für Ihre Flüchtlingsheime.«

Grassoff ließ das Papier kurz vor Thomsens Augen tanzen, als würde er mit einer Katze spielen, und legte das Papier dann auf den Tisch. »Die BUL haben wir auch noch bearbeitet, damit die keine Zicken macht.«

»Die BUL?« Thomsen sah ihn an.

»Berliner Unterbringungsleitstelle für Flüchtlinge. Dachte, die kennen Sie?« Er blickte auf Thomsen hinunter.

»Äh, klar!« *Schon wieder schlecht gelogen,* dachte Grassoff. *Was kannte der Kerl überhaupt?*

»Laut BUL brauchen Sie sechs Quadratmeter Wohnraum pro Flüchtling.« Er hob fünf Finger der linken Hand und den Daumen der rechten. »Küchen, Bäder, täglich Essen, Wachschutz, Gemeinschaftsflächen. Was Sie alles nur zum Teil haben. Oder gar nicht.«

»Tja …«

»Und der Brandschutz?«

»Den haben wir …«

»Den haben Sie auch nur teilweise«, sagte Grassoff.

»Aber warum auch nicht? Selbst der neue Flughafen hat ja keinen.«

»Wird das teuer?«

»Wollen Sie den Brandschutz nachrüsten oder die BUL schmieren, damit Sie keinen brauchen?«

»Letzteres ist billiger?«, fragte Thomsen.

»Natürlich. Nur etwas kosten wird das in jedem Fall.« Grassoff schaute auf das Papier. Die Sonne schien von draußen durch das Fenster im zwölften Stock. Sein Schatten fiel auf das Gesicht von Thomsen. »Aber wir haben der BUL gezeigt, dass alles da ist. Und dann zahlt sie einen Vorschuss. Damit Sie sich die Ausstattung bequemer leisten können. Der Vorschuss sollte die nächsten Tage auf Ihrem Konto landen.«

»Ich dachte, dieser Vorschuss sei eigentlich nicht mehr vorgesehen«, sagte Thomsen, »hat uns jedenfalls unser Anwalt erzählt.«

Grassoff setzte sich. Der massige Ledersessel knarrte. »Ich würde sagen, mein lieber Thomsen«, Grassoff grinste und lehnte sich zurück, »nach all dem, was Ihr Anwalt alles *nicht* für Sie geschafft hat, ist er nicht mehr Ihr Anwalt.«

Grassoff wusste, dass man in Berlin alles und jeden schmieren konnte. Man brauchte halt immer jemanden, um das Land Berlin davon zu überzeugen, eine Liegenschaft zu verkaufen. Es konnte jemand mit Kontakten sein, der in der Politik hohes Ansehen genoss. Irgendein Ex-Politiker. Oder jemand wie Grassoff, der einen Haufen dreckiger Wäsche von anderen hatte, die er nicht öffentlich wusch, sondern einfach nur zeigte. Oder: der einfach nur damit drohte, die dreckige Wäsche zu zeigen.

Im Berliner Parteiprogramm stand zwar: *Städte sind lebenswert, wenn die Menschen sie mitgestalten können. Es braucht mehr Mitsprache* und so weiter. Doch wenn Grassoff seinen

Marionetten nur *die Instrumente zeigte,* wurden sie alle handzahm. Und genehmigten die schrägsten Projekte.

»Vielleicht haben Sie ja noch eine andere Idee?«, fragte Grassoff dann.

»Was denn?« Thomsen hatte wohl tatsächlich keine Idee.

»Das Tempelhofer Feld. Bevor es bebaut wird, könnten Sie es doch … unterkellern!«

»Unterkellern?«

»Sie bringen Menschen unter, die keiner sehen will. Unter der Erde ist es dunkel. Und die im Dunkeln …«

Thomsen beendete den Satz. »… sieht man nicht.«

Grassoff lächelte und nickte. Wie ein stolzer Vater.

Ein bisschen hatte sein Zögling dann doch gelernt.

Kapitel 8

Bremen, Oktober 2018, Ratskeller

Clara und Winterfeld waren in Winterfelds Mercedes nach Bremen gefahren, um in Ruhe über alles reden zu können. Sie hatten etwa zwei Stunden geredet, während der bullige Wagen über Magdeburg und Hannover Kurs auf die Hansestadt nahm. Clara hatte von ihrer Kindheit in Bremen erzählt, Winterfeld von seiner in Hamburg. »Komisch, dass wir uns sympathisch sind«, hatte Winterfeld gesagt, denn es war ein ungeschriebenes Gesetz, dass Bremer und Hamburger einander spinnefeind sein mussten und auf keinen Fall ein Bremer HSV-Fan oder ein Hamburger Werder Bremen-Fan sein durfte. Clara hatte erzählt, dass sie früher oft in Cuxhaven, Duhnen und Wilhelmshaven am Meer gewesen waren, überhaupt in Ostfriesland und auf den Ostfriesischen Inseln, was Winterfeld wieder mal zu einem seiner Sprüche hingerissen hatte: *Aurich ist traurich, Leer noch viel mehr. Und wen Gott wirklich will bestrafen, den schickt er nach Wilhelmshaven.* »Mit Cuxhaven geht das übrigens auch«, hatte er noch hinzugefügt, »und mit Bremerhaven.« Dann hatte er davon erzählt, dass sie früher, als er Kind war, öfter auf Sylt waren, damals, als das noch bezahlbar war und die Leute dorthin kamen, um zu wandern und zu baden und nicht mit hochhackigen Zweitausend-Euro-Pumps in der Sansibar zu hocken und Champagner zu trinken, für den man eine Stunde Schlange stehen musste. *Wir sind oben*, sagte der Hamburger immer, wenn er nach Sylt wollte, und wer dort richtig etwas auf sich hielt, der nahm sich eine Ferienwohnung und kein Hotel. »Und mit dem Auto müssen Sie fahren«, sagte Winterfeld. »Das ist zwar nervig wegen dem blöden Autozug über den Hindenburgdamm, aber die Bahn von Hamburg aus ist furchtbar, braucht ewig und hält an jedem Kuhdorf, das mit -büll aufhört.«

Irgendwann hatten beide geschwiegen, und Winterfeld hatte irgendeine Sinfonie von Jean Sibelius angeschaltet. Die passte zum Norden, zu Cuxhaven, zu Sylt und zur Strafe Gottes, für die, die er nach Aurich und Wilhelmshaven schickt. Zu diesen romantisch-sphärischen Klängen war Clara allmählich eingenickt.

In der Bremer Innenstadt waren sie von der Hochstraße aus am Bahnhofsvorplatz angekommen, wo Clara wieder aufgewacht war. Der Bahnhofsvorplatz war ein Mischmasch aus Klassizismus und potthässlichen Sechzigerjahre-Bauten, über den sich eine grauweiße Wolkendecke spannte wie ein Zelt. Nahe dem Auto sah sie mehrere humpelnde Bettler, die alle fast identische Krücken hatten, so als würden sie die im Großhandel per Sammelorder mit Rabatt bestellen. *Geht alles vor die Hunde,* hatte Winterfeld geknurrt. *Hier ganz besonders.* Clara blickte sich um. Und sah, dass er recht hatte.

Sie hatten zwei Zimmer im Courtyard Marriott am Hauptbahnhof bezogen, direkt gegenüber der Stadthalle und der Bürgerweide, dem großen Platz, der sich vor der Stadthalle erstreckte. Dort wurden gerade die ersten Karusselle für den alljährlichen Bremer Freimarkt aufgebaut, ein Rummelplatz, den es bereits seit fast tausend Jahren gab und der somit eines der ältesten Volksfeste der Welt war. Clara erinnerte sich an manchen Besuch auf dem Freimarkt, erst mit ihren Eltern und Großeltern, dann mit Freundinnen und Freunden. Vor wilden Karussellen hatte sie nie wirklich Angst gehabt, die größte Mutprobe hatte es ihr als Kind immer abverlangt, in die Geisterbahn zu gehen, bei der ein fast vier Meter großer Totenkopf mit roten Augen rollte und die Gäste zu einer Fahrt in der »Geisterschlucht« aufforderte. Dass gerade Clara, die sich vor der Geisterbahn am meisten gefürchtet hatte, Expertin für Serienkiller geworden war, war ein ständiger Running Gag in Claras altem Bremer Freundeskreis.

Hinter der Stadthalle begann der Bürgerpark mit dem berühmten Parkhotel im Herzen des Parks, das allerdings trotz seiner imposanten Lage nicht so richtig Geld abwarf und daher ständig den Besitzer wechselte.

Das Treffen mit den Kollegen vom LKA Bremen sollte abends im Ratskeller stattfinden. Clara und Winterfeld hatten auf ihrem Weg zum Ratskeller noch einen Blick in den Bremer Dom und dort in den Bleikeller geworfen. Der Bleikeller war der Teil der Krypta, in der man einige mumifizierte Leichen bestaunen konnte. Der Keller hatte seinen Namen von dem Blei, das dort für die Reparatur des Domdaches gelagert wurde. Lange Zeit glaubte man, dass die Leichen durch das Blei zu Mumien geworden waren. Auch Verschwörungen, dass das Blei radioaktiv sei und Mumifizierungen hervorrufe, spukten durch die alte Hansestadt. Schließlich stellte sich aber heraus, dass die Mumien auf natürlichem Wege vertrocknet und damit mumifiziert waren.

Was die Mumien anging, wusste lange Zeit niemand so recht, wer oder was sie waren. Manche glaubten, es wären Dachdecker, bis eine der Leichen im Krankenhaus St. Joseph Stift geröntgt wurde und es herauskam, dass der Mann eine Kugel im Rücken hatte. Es handelte sich offenbar um einen Offizier aus dem Dreißigjährigen Krieg.

Clara hatte sich kurz die Leichen angeschaut und dann schnell den Raum verlassen. Winterfeld war ihr gefolgt. Es war vielleicht keine allzu gute Idee gewesen, sich ausgerechnet in der gegenwärtigen Situation vor der Untersuchung von Claudias Grab irgendwelche alten Leichen anzuschauen.

Nun saßen sie im Bremer Ratskeller unterhalb des Rathauses. Das weiß gestrichene Kellergewölbe war in ein warmes Licht getaucht, und riesige Eichenfässer erhoben sich neben den Tischen bis zur Decke.

Um 20 Uhr waren sie mit zwei Kollegen vom LKA Bremen zum Abendessen verabredet. Das LKA Bremen war das kleinste Landeskriminalamt in Deutschland. Das Hauptquartier der Bremer Polizei, in dem auch das LKA untergebracht war, lag direkt am Wall, dort, wo früher die alte Stadtmauer verlief, am Eingang zum Ostertor-Viertel mit Blick auf die Bremer Kunsthalle. Ein riesiges, leicht verschnörkeltes Gebäude aus dem Jahr 1908, was für die Polizei erst zu klein und dann wieder fast zu groß war. Das Haus hatte zudem die fragwürdige Ehre, dass es Heinrich Himmler, der im Dritten Reich nicht nur Reichsführer SS, sondern auch Chef der Deutschen Polizei war, so gut gefallen hatte, dass er es am liebsten als SS-Hauptquartier genutzt hatte. Und das, obwohl er Münchener war.

Zwei Männer näherten sich ihrem Tisch, einer mit blauem Seemannspullover, der andere mit Tweedsakko. »Otto Adam«, sagte der im Seemannspullover und gab erst Clara und dann Winterfeld die Hand. »Hauptkommissar, LKA Bremen.« Der zweite tat es ihm nach. »Theo Poppken«, sagte der. »Rechtsmedizin Bremen.«

Sie setzten sich.

»Sie müssen uns ein paar Storys aus Berlin erzählen«, sagte Adam. »Hier ist ja auch einiges los, aber was man von euch so hört, setzt dem Ganzen die Krone auf.«

»Tja, würde mir wünschen, es wäre ruhiger.« Winterfeld lockerte umständlich seine Krawatte. »Habt ihr nicht immerhin diese Gesche Gottfried gehabt, die Leute mit Arsen vergiftet hat?«

»Ja, ist aber auch schon fast zweihundert Jahre her«, sagte Adam.

»Die ist doch erwischt worden, oder?«

»Allerdings.« Adam nickte. »An ihr wurde die letzte öffentliche Hinrichtung in Bremen vollzogen.«

»Sieh mal an. Damals herrschten noch andere Sitten.« Winterfeld ließ seinen Blick durch den Ratskeller schweifen. »Aber leerer Bauch ermittelt nicht gern. Was gibt es denn hier Gutes?«

»Ich empfehle den Braunen Kohl«, sagte Adam nach einem kurzen Blick auf die Speisekarte.

Clara sah Winterfeld an. »Das ist Grünkohl. Dazu gibt es noch Pinkelwurst, Kartoffeln, Kochwurst und Kasseler. Und natürlich den Kohl. Den sie nur in Bremen Braunen Kohl nennen.«

»Falsch«, sagte Adam und grinste. »Das ist Brauner Kohl, und überall sonst nennen sie ihn Grünkohl. Was natürlich falsch ist.«

»Aber er ist doch grün?«, fragte Winterfeld.

»Braungrün, wenn überhaupt.«

»Und dazu?«

»Ein Becks.«

Winterfeld sah sich um. »Becks im Weinkeller? Ist das hier nicht einer der ältesten Weinkeller überhaupt?«

»Ja, den gibt es seit 1400. Und der Bremer Ratskeller ist damit eine der ältesten Kneipen der Welt«, sagte Poppken. »Die haben hier sogar den ältesten Fasswein Deutschlands. Ein Rüdesheimer von 1650. Aber zum Braunen Kohl trinkt man in Bremen Bier.«

»Und anderswo auch«, sagte Adam. »Selbst dort, wo sie ihn Grünkohl nennen.«

178

Da Clara und Winterfeld beide unkompliziert gestrickt und wenig futtermäkelig waren, folgten sie den Empfehlungen der Gastgeber. Sie hatten im Vorfeld schon eine Telefonkonferenz mit dem LKA Bremen gehabt, und alles war in die Wege geleitet.

Die Bedienung kam, und Adam gab die Gesamtbestellung auf.

»Kommen wir zum Geschäftlichen«, sagte er dann, »bevor wir zum gemütlichen Teil des Abends übergehen.« Er zog ein Dokument hervor. »Das ist der Eilantrag der Staatsanwaltschaft Bremen, Abteilung für Kapitalverbrechen zur Exhumierung von Claudia Vidalis auf dem Friedhof der Horner Kirche.« Er zeigte ein zweites Dokument. »Und das hier der Eilbeschluss des Gerichts. Wir können morgen früh loslegen. Die Friedhofsverwaltung ist informiert.«

Clara schluckte. Sie war einerseits erleichtert, dass die Klärung unmittelbar bevorstand, aber sie merkte schon, dass sie von dem Braunen Kohl wohl kaum etwas herunterkriegen würde. Auch wenn das eines ihrer Lieblingsessen war, wenn auch ein sehr fettes. Zu groß waren die Aufregung, die Beklommenheit und die Angst.

Die Getränke kamen. Alle stießen mit ihren Becks-Gläsern an.

»Ich hoffe«, sagte Adam, »wir sehen uns einmal wieder unter erfreulicheren Umständen. Aber ein Becks geht immer.«

»Oder zwei«, sagte Poppken und trank. »*Bannig einen hintern Knorpel pulschen,* sagt der Bremer dazu.«

»Apropos«, fragte Winterfeld. »Wann geht es denn los morgen?«

Poppken schluckte sein Bier herunter. »5 Uhr früh.«

»Verdammt«, sagte Winterfeld, »das ist ja gar nicht meine Zeit.« Er wusste, dass das auch nicht Claras Zeit war.

Poppken nickte. »Geht nicht anders. Es dürfen keinesfalls irgendwelche Passanten dabei sein. Aber das kennen Sie ja.«

Winterfeld nickte. »Klar. Hatten wir wohl verdrängt.« Er schaute Clara an. »Wir stellen unsere Wecker, bestellen Weckruf und Zimmerservice, und jeder ruft den anderen an, sobald er wach ist.«

»Ich ruf Sie auch gern an«, sagte Adam. »Muss immer super früh morgens mit dem Hund raus. Sonst fängt der an, ab halb sechs rumzubellen.«

Kapitel 9

Berlin, Oktober 2018, Krematorium Ruhleben

De Groot öffnete die Klappe, während er den Sarg langsam in die Öffnung gleiten ließ. Nur kurz konnte man das brüllende Inferno des Feuers dahinter erblicken, roch für eine Sekunde die stickige Luft. Dann war das Ofentor schon wieder geschlossen und der Sarg samt Inhalt in seinem Inneren verschwunden.

Zwei Stunden würde es dauern, bis aus Sarg und Leiche Asche geworden war. Dann war alles für immer vergangen, bis auf die Asche.

Der alte Spruch, den man immer auf Beerdigungen hörte, er war hier wahrer als überall sonst.

Aus Staub bist du gemacht. Und zu Staub sollst du werden, bis der Herr dich auferweckt am Jüngsten Tage.

Das mit dem Staub war sicher, das mit dem Auferwecken nicht.

Sie durchquerten den Raum, wo einige der billigeren Särge standen. De Groot war mit seinen Anekdoten noch nicht am Ende. »Laut Paragraf 74 Sozialgesetzbuch kann man einen Antrag auf Übernahme der Bestattungskosten stellen, wenn kein Geld da ist. Entsprechend billig sind diese Spanholzsärge aber auch. Und manchmal so dünn, dass man mit dem Fuß reintritt. Und plötzlich in der Leiche steht. Ist mir vor zwei Wochen passiert.«

Hermann hob die Augenbrauen. »Ah ja?«

»Und was komisch ist«, fuhr de Groot fort. »Während die

Särge der Unterschicht immer dünner werden, wird die Unterschicht selbst immer dicker. Und gerade die Dicken, Schweren kriegen die ganz dünnen Särge. Das ist doch komisch.«

»Brennen die Dicken auch länger?«, fragte MacDeath.

»Eben nicht.« De Groot schien sich über die Frage zu freuen. »Die muskulösen, kräftigen Menschen brennen länger als die gemütlichen Dicken.«

»Klar«, sagte MacDeath. »Muskeln brennen länger als Fett.«

»Wenigstens beim Verbrennen«, sagte Hermann, »sind die Dicken schneller als die Schlanken.«

De Groot drehte sich zu ihm um, als würde er Hermann jetzt das erste Mal richtig wahrnehmen. Wobei es bei Hermanns Statur eigentlich schwer war, ihn zu übersehen. »Wow, Sie haben ja auch Humor. Aber ganz wichtig ist: Erst brennt der Sarg. Dann die Haare der Leiche. Dann wird das Körperfett flüssig und zerkocht das Fleisch wie in einer großen Kasserolle.«

»Klingt wie bei Lasagne«, sagte Hermann.

»Oder Auflauf«, sagte de Groot. »Am Ende bleiben verkohlte Knochen, Asche und medizinische Implantate, wie Herzschrittmacher oder künstliche Hüftgelenke aus Platin, die man übersehen hatte. Obwohl ich die eigentlich nie übersehe. Hoppla, wir sind da!«

Sie betraten eine Art Lagerraum, den andere wohl als Rumpelkammer bezeichnen würden. De Groot ging in die Hocke und begann, in einigen Kartons herumzuwühlen, während er leise ein englisches Gedicht vor sich hin murmelte.

»Hear the tolling of the bells, Iron bells!
What a world of solemn thought their monody compels,
In the silence of the night, how we shiver with affright,
At the melancholy menace of their tone.«

»*Bells*«, sagte MacDeath. »*Glocken.* Von Edgar Allan Poe!«

»Das kennen Sie also auch!« De Groot strahlte fast. »Wir könnten Freunde werden.« Er wühlte weiter. »Gleich habe ich sie.« Dann murmelte er weiter.

»*And the people, ah, the people, they that dwell up in the steeple, all alone,*
And who tolling, tolling, tolling in that muffled monotone,
feel a glory in so rolling of the human heart a stone,
They are neither man nor woman, they are neither brute nor human, they are ...«

Er blickte nach oben und schaute MacDeath direkt an. Hermann verdrehte die Augen.

»Na, mein Freund, was sind sie, die *people?*«, fragte de Groot.

»*... they are ghouls!*«, sagte MacDeath lachend.

»Richtig, mein Lieber, leichenfressende Ghule. Wer Ziegen hat, braucht keinen Rasenmäher, wer Ghule hat, kein Krematorium. Wir haben hier keine Ghule, darum habe ich auch noch meinen Job. Zur Belohnung gibt es das!«

Er hielt Hermann und MacDeath eine weiße Plastiktüte entgegen. MacDeath öffnete die Tüte und schaute hinein.

»Das sind die Seile?«

»Mit denen er sich erhängt hat, jawohl!« De Groot nickte eifrig. »Sein Name steht auch drauf.« Tatsächlich stand *Schilling* auf der Tüte.

»Dann haben Sie mehrere davon? Von diesen Tüten mit Stricken?«

»An die fünfzehn Stück.«

»Ein echter Sammler. Gut, hoffen wir, dass sich noch DNA-Spuren daran befinden.« MacDeath schaute de Groot an. »Ähm, waren die Seile die ganze Zeit in dieser Tüte?«

»Na ja, erst mal um den Hals von Udo Schilling gelegt und dann in der Tüte.«

»Wir müssen sie leider beschlagnahmen. Und eventuell müssen wir wegen der anderen Tüten noch einmal wiederkommen, falls wir hier bei diesen Seilen nichts finden.«

De Groots Augen, die sonst in ihn hineinschauten, blickten etwas traurig nach unten. »Das hatte ich befürchtet.«

»Wir werden aber zusehen, dass Sie sie wiederbekommen.«

»Was machen Sie damit?«

»Nur einen DNA-Check. Dabei passiert nichts. Keiner wird sie fressen.«

»Dann gibt es bei Ihnen auch keine Ghule?«

»Wir hatten mal einen Serienkiller, der sich *Der Ghul* nannte.« MacDeath verzog etwas schmerzverzerrt das Gesicht. »Sie müssen sicher nicht fragen, warum. Ansonsten gibt es bei uns auch keine Ghule.«

Hermann zog sein Handy. »Ich rufe schon mal von Weinstein an.«

Kapitel 10

Bremen, Oktober 2018, Horner Kirche

Gegen das Scheißwetter hilft nicht mal ein Zigarillo«, sagte Winterfeld und paffte in die Nacht, die sich noch nicht in den Morgen verwandelt hatte. »Immer dieses Scheißwetter in den Hansestädten. Hamburg war auch nicht besser. Da sind wir in Berlin mit dem Kontinentalklima echt verwöhnt. Dafür ist es im Sommer allerdings immer brütend warm.« Er pustete Qualm aus und stampfte von einem Fuß auf den anderen. Wärmer wurde ihm davon allerdings nicht.

Clara nickte nur. Sie wusste nicht, was sie darauf antworten sollte. Also sagte sie gar nichts. War nur froh, dass Winterfeld hier bei ihr war. Denn die nächsten Stunden würden darüber entscheiden, ob es wirklich ein Phantom gab, einen Geist des Bösen, oder ob die Naturgesetze und die Vernunft siegen würden. Sie war zu lange in ihrem Job, als dass sie sicher hätte sein können.

Die Kirchenuhr der Horner Kirche schlug fünfmal. Clara und Winterfeld standen bereits am Friedhofstor. Die Kirche erhob sich hinter ihnen. Davor eine gigantische Eiche, die ihre Äste wie Krakenarme in den schmutzigen Himmel streckte. Eigentlich hieß die Kirche »Kirche vom Heiligen Kreuz zu Horn«, aber da das den evangelischen Bremern für eine evangelische Kirche zu streng und nicht hippiemäßig genug klang, wurde sie eigentlich nur »Horner Kirche« genannt. Claras Mutter war Deutsche und gehörte der evangelischen Kirche an, Claras Vater, José, kam aus Madrid und war natürlich katholisch. Da er der Gläubigere von beiden war, hatte er Clara und Claudia damals für den Firmungsunterricht und die Kommunion angemeldet, sodass beide katholisch wurden. Da der deutsche Teil der Familie aus Bremen kam, waren hier, auf dem Horner Friedhof, auch Claras Großmutter mütterlicherseits sowie einige Onkel und Tanten bestattet. Und Claudia, die ebenfalls hier aufgewachsen war, auch. Ein evangelischer Friedhof mit einem katholischen Bestattungsritus. Es war immer wieder ein gehöriger Kampf, dergleichen genehmigt zu bekommen. Mit der vielbeschworenen Ökumene war es jedenfalls nicht weit her.

Darüber zerbrach Clara sich indessen nicht den Kopf, sondern allein über die Frage: Lag Claudia wirklich noch in ihrem Grab?

Nach ungefähr fünf Minuten kamen Otto Adam vom LKA und Theo Poppken, der Kollege von der Rechtsmedizin Bremen. Ebenso zwei Männer von der Friedhofsverwaltung, die sich als Schmidt und Westphal vorstellten. Es waren Totengräber, keine Bestatter, beide in Gummistiefeln und Thermosocken, begleitet von einem kleinen Bagger. Ein kurzer Handschlag, zwei, drei Worte, sonst redete keiner. Einer der Männer warf seine glühende Zigarette vor dem Friedhofstor auf den Boden, wobei er peinlich darauf achtete, dass sie außerhalb des Friedhofs landete. Eine Straßenbahn fuhr quietschend an einer Haltestelle gegenüber vorbei, während sich die selten hässliche Fassade des Kaufhauses Lestra in den Morgendunst erhob. Daneben das Café Goedeken's, was wahrscheinlich am meisten an Bestattungsgesellschaften verdiente. Auch die Totenfeier für Claudia hatte hier stattgefunden.

Der Regen prasselte noch immer unbarmherzig auf die durchgeweichte Erde, während sie zu Claudias Grab gingen.

Auch Clara und Winterfeld trugen schwarze Gummistiefel, die sich schmatzend und knirschend auf der nassen Erde des Friedhofs und den grauweißen Kieselsteinen bewegten. Reihen von Grabsteinen ragten aus der feuchten Erde, und Clara musste beim Anblick all der Grabsteine wie so oft an die ausgeschlagenen Zähne eines Riesen denken. Der Wind pfiff kalt und schon winterlich von Norden, schaffte es aber nicht, die schweren Wolken vom dunklen Himmel zu wehen, ohne dass gleich neue Wolken ihren Platz einnahmen. Alte Wolken wurden durch neue Wolken aufgefüllt, genauso, wie es auch immer neue Tote gab und für immer geben würde.

Einige der Gräber waren gerade erst errichtet worden. Blumen und Kränze lagen auf frisch aufgeworfenen Erdhügeln, dazwischen hier und da ein altes Grab mit einem kantigen Kreuz und manchmal sogar ein verwitterter Grabstein mit einer Teufelsmaske oder gar einem Pentagramm. Clara war damals oft auf diesem Friedhof gewesen, hatte am Grab von Claudia gestanden und geweint. Eigentlich müsste jetzt der Moment kommen, wo irgendwo am Horizont ein kleiner erster Strahl der Sonne auftauchte. Doch die Sonne kam nicht. Der Himmel blieb grau und dunkel, der Wind kalt und schneidend und die Erde matschig und nass.

Clara dachte an den Brief des Namenlosen. An die Worte, die sie dort gelesen hatte.

Die Zukunft ist ein blinder Spiegel.
Ich werde das Licht sein, das die Nebel durchschneidet.
Das Skalpell, das die Wahrheit freilegt.
Der Hammer, der die Spiegel zerbricht.
Auch wenn ich sterbe, wird es nicht zu Ende sein.
Auch aus dem Grab hinaus wird man mich hören.
Auch ohne Körper wird man mich fürchten.

Eine Botschaft, aus dem Grab hinaus, die zu einem anderen Grab führte. Und ein Phantom hinter all dem, das sich Ingo M. nannte, das eigentlich tot war, aber dennoch lebte. *Untot.* Bram Stoker, der Autor von Dracula, hatte sich den Begriff *Untot* ausgedacht. Menschen, die tot waren, aber noch lebten und in ihren sterblichen Hüllen gefangen waren. *Auferstehung des Fleisches,* sagte man im Katholizismus. Die Frage war, ob die Alten, Kranken, Verstümmelten und Verletzten wirklich in genau dem Körper auferstehen wollten, den sie zum Zeitpunkt ihres Todes doch endlich losgeworden waren. Immerhin hatten die Toten es hinter sich. Jedenfalls auf dieser Welt. Keine Schreie mehr, kein Schmerz, kein Aufbäumen und kein Blut. Erst kam die Fäulnis. Und dann nur noch eine Mischung aus Schwärze und Schweigen.

»Dann wollen wir mal«, sagte Westphal.

Der Bagger fing an zu graben. Um diese Zeit war noch niemand auf dem Friedhof und das war gut so. Erdhaufen um Erdhaufen sammelte sich auf einer blauen Plane neben dem Grab an. Als Erstes förderte Westphal den kleinen Sarg zutage, in der Claras ungeborenes Kind lag. Sie hätte nicht gedacht, dass sie diesen Sarg je wiedersehen würde.

Dann weiter. Einen Meter fünfzig, einen Meter achtzig. Zwei Meter. Unterkante und Oberkante des Sarges mussten in einer bestimmten Tiefe sein. Ein Meter achtzig bis zwei Meter zwanzig. Das galt fast überall. So wurde es damals im 19. Jahrhundert beschlossen. So wollten es die Friedhofsgesetze der Länder, die für jeden einzelnen Friedhof galten. In Deutschland wurde alles vermessen. Und alles war Ländersache. Auch der Tod.

»Da ist etwas«, sagte Westphal. Claras Herz schlug bis an die Stirnkante. Sie hörte das Pochen in ihren Ohren. Auch Winterfeld beugte sich vor. Taschenlampen leuchteten nach unten. Schmidt stand unten im Grab. »Irgendwelche Planken«, sagt er.

»Das sind die Reste des Sarges«, sagte Westphal. Poppken von der Rechtsmedizin nickte.

Auch Clara sah ein paar Planken zwischen matschigen Erd-klumpen. Schmidt wühlte weiter mit seinen Handschuhen im Grab herum, das Licht der Taschenlampen huschte über die matschige Erde. »Aber da …«, sagte er dann. »Da ist nichts drin!«

Clara hörte die Worte, ohne sie sofort zu verstehen.

Da ist nichts drin.

Sie, Clara, hatte ihr Leben lang den Tod gejagt. Den Tod bestraft. Mit dem Tod gerungen. Und den Tod zu verstehen versucht. Dabei war er kein Feind. Kein Gegner. Kein Schick-sal. Er war einfach nur da. Wenn seine Zeit gekommen war, war er da. Und damit war der Tod eine Konstante, wie es sie im Leben und wohl auch im Tod nicht oft gab.

Der Tod war immer ein Fixpunkt in Claras Leben gewesen.

Der Tod war der Augenblick der Klärung.

Der Augenblick, in dem man die Antworten fand, die man ein Leben lang gesucht hatte.

Der Tod war Klarheit.

Sein Licht war die Dunkelheit. Doch es war ein Licht, das die Schatten enttarnte. Und die Wahrheit hervorbrachte.

Seine Sense zerschnitt die Lügen.

Eine der Lügen war es gewesen, zu glauben, dass die Welt gut war.

Dass es ein Happy End gab.

Dass es keine Mörder gab, die Leichen ausgruben und miss-brauchten.

Es gab das Böse.

Es gab Ingo M.

Nur ihre Schwester Claudia, die gab es gar nicht mehr.

Sie hörte erneut Schmidts Stimme: »Der Sarg ist leer.«

Kapitel 11

Berlin, Oktober 2018, LKA 113

Es war sieben Uhr morgens.

Hermann und MacDeath standen im Vorraum des Sektionssaals des Rechtsmedizinischen Instituts in Moabit. Von Weinstein war eben zur Tür heraus zu einem nächsten Termin unterwegs. Ein hoher Besuch des BKAs und der Identifizierungskommission des Bundes stand an. In Bulgarien hatte es einen ranghohen Regierungsvertreter erwischt, und die Rechtsmediziner der Charité sollten bei der Identifizierung helfen.

MacDeath hielt den Befund in der Hand, den sie gerade vorher von Weinstein bekommen hatten. Er ließ seinen Blick über den Vorraum des Sektionssaals schweifen. An den Wänden waren einige Fotos an eine Pinnwand gehängt. Auf einem waren alle Forensiker mit Atemmasken zu sehen, offenbar wurden Leichen mit ansteckenden Krankheitserregern seziert. *Die außerirdischen Besucher kommen,* stand unter dem Foto. Ein anderes zeigte einen Sektionsassistenten, der einen fußballgroßen Tumor in der Hand hielt.

»Unglaublich«, bemerkte MacDeath. »Er war auch in diesem Fall dabei!« Er schaute auf den Befund aus der Abteilung für Genetik und schüttelte den Kopf. Hermann stand neben ihm und sagte nichts. Er wusste, was diese Information für alle bedeutete. Besonders für Clara.

Hermann öffnete kurz den Mund, schloss ihn, sprach dann aber doch. »Das kann aber gar nicht sein. Der Typ war so tot,

wie es nur geht. Wir beide haben hier gestanden, genau hier!«
Er stampfte mit dem Fuß auf und zeigte auf die Scheibe, hinter der der Sektionssaal begann. »Wir haben hier gestanden und die Leiche von diesem Kerl gesehen. Verbrannt, verkohlt. Mit durchschnittenem Hals. Und dann noch aufgeschnitten, alle Organe entnommen, den Schädel aufgesägt. Ich selbst habe sein hitzefixiertes Gehirn gesehen. Ich. Hier. Und du auch!«

»Ich weiß, ich weiß. Aber es kann keinen Irrtum geben. Von Weinstein hat das wieder mehrfach kontrolliert. Wir waren doch dabei.« MacDeath nahm die Brille ab und putzte sie an seiner Krawatte. »Jede DNA gibt es nur einmal.«

»Was machen wir nun? Wollen wir sie anrufen?« Er schaute MacDeath an.

MacDeath kniff die Lippen zusammen. »Vielleicht besser, wenn sie es von uns persönlich hört, sobald sie wieder hier ist. Dann können wir uns gleich um sie kümmern, falls die Botschaft ...«

In dem Moment klingelte sein Handy. Es war Claras Nummer.

»Clara«, sagte er nur.

»Claudia ...«, sagte die Stimme am anderen Ende. Claras Stimme war voller Tränen. »Das Grab ist leer!«

Selbst MacDeath musste schlucken. Er stellte das Handy auf laut. »Okay«, sagte er nur. Was sollte er auch sonst sagen? Obwohl hier gar nichts okay war. »Ich bin hier mit Hermann.«

»Wo seid ihr?«, fragte Clara. »Es ist erst kurz nach sieben! Ihr fangt doch beide sonst nicht so früh an?«

»Ähm, tja ...« MacDeath vergaß bei all seiner analytischen Schärfe oft, dass man Frauen nicht für blöd verkaufen konnte. Und Clara schon gar nicht. »Wir sind in der Rechtsmedizin.«

Clara sagte zwei Worte. »Udo Schilling?«

»Ja.« MacDeath atmete aus. »Wir waren im Krematorium.«

»Und?«

»Ich würde dir das gern persönlich sagen, wenn du wieder zurück bist.«

»Hör mit diesem Psychoscheiß auf! Der Tag ist eh gelaufen. Dann kannst du es mir auch jetzt sagen und ich bin schneller mit der seelischen Verarbeitung von diesem ganzen Mist durch.«

»Diese Argumentation könnte auch von einem Mann kommen.«

»Jetzt hör auf mit deinen Gender Studies. Was ist rausgekommen in Ruhleben?«

»Alfons de Groot, einer der Mitarbeiter, sammelt Requisiten der Toten. Unter anderem das Seil, mit dem sich Schilling in seinem Hotelzimmer erhängt hat.«

»Und ihr habt bei von Weinstein die DNA auf dem Seil überprüfen lassen?«

»… ja.«

»Und, war sie registriert?«

»… noch mal ja.« MacDeaths Gesicht war ausdruckslos.

Claras Stimme bestand nur noch aus leisen Luftstößen. »Lass mich raten: Es war die DNA von Ingo M. an den Seilen?«

MacDeath schloss die Augen. Es half nichts. Er musste es sagen. Er zählte in Gedanken bis drei. Dann sagte er es.

»Ja. Es war die DNA von Ingo M. an den Seilen.«

Kapitel 12

Berlin, Neunzigerjahre,
Kinderheim der Thomas-Crusius-Stiftung

Ingo M. hatte zwei Dinge bekommen. Zunächst einen Arbeitsvertrag. Er war ab jetzt Pfleger in einem Kinderheim. Dem Thomas-Crusius-Kinderheim. Aber es war egal. Denn für Ingo M. war es vor allem eines: ein idealer »Jagdgrund«, wie er sich selbst sagte. Und er hatte Drogen bekommen. Dormutil. Methaqualon. Er kannte das Wunderzeugs, das manche, vor allem in Amerika, *Quaaludes* oder einfach nur *Ludes* nannten. Er hatte es ja bereits in Bremen zu schätzen gelernt. Es waren Barbiturate. Drogen mit einer euphorisierenden Wirkung. Und bei Kindern, die Ingo M. besonders mochte, die er *anders* mochte als die Menschen, die Kinder nur niedlich fanden, bei Kindern hatte es auch eine aphrodisierende Wirkung. Meistens jedenfalls.

Studenten in den USA nahmen die Ludes zusammen mit Wein. *Luding out* nannten sie das, dreihundert bis vierhundertfünfzig Milligramm Methaqualon mit Rotwein. Und dann begannen die Partys.

Das ging auch bei Kindern. Nur ohne den Wein. Ludes steigerten das sexuelle Empfinden. Die Kinder waren plötzlich bereit, Dinge zu machen, die sie sonst in ihrem Alter nicht machen würden. Und schon gar nicht mit Erwachsenen. Die Kinder fassten plötzlich Teile der Erwachsenen an, und sie fassten diese Teile auch *anders* an. Teile, die sie sonst nie anfassen würden und *auf diese Weise* schon gar nicht.

Ingo M. hatte Filme davon gesehen. Aber diese Filme waren sehr teuer. Zum Glück kannte er jemanden, der ihm diese Filme günstig beschafft hatte. Aber das reichte nicht. Er wollte es selbst machen. Und er wollte es öfter machen.

Der Film war eine schmierige VHS-Kassette. In dem Film war nichts zu sehen, nur ein leerer Raum mit einem Klappbett. Dann zwei Stimmen, die erste war die eines Mannes, die andere war höher, sehr viel jünger und voller Angst.

Was machst du da? Warum ...?

Gute Freunde machen das so. Die fassen sich so an. Und wir sind doch gute Freunde.

Aber das ... du tust mir weh ...

Dann war endlich jemand zu sehen auf dem Bild. Ein Mann mit einer Maske, sodass man sein Gesicht nicht erkennen konnte. Und sein kleines Opfer. Das kleine Opfer ohne Maske. Die Augen voller Panik. Der Kleine sah sich hilfesuchend um. Doch da war keine Hilfe.

Der Film war nur kurz, doch er schien kein Ende zu nehmen. Ingo M. war das nur recht. Andere würden sich zwingen müssen, hinzuschauen, würden den Blick abwenden oder die Augen schließen. Er nicht. Und es würde ohnehin nichts nützen. Denn die Geräusche hörte man trotzdem. Und die waren fast noch schlimmer. Manche würden das, was man hier sah, als derart grauenvoll und ungeheuerlich empfinden, dass sie für einen kurzen Moment daran zweifeln könnten, ob ein Wesen wie der Mensch überhaupt eine Daseinsberechtigung auf dieser Erde hatte.

Ingo M. hingegen konnte damit gut leben. Denn er wusste, dass es auch noch andere Filme gab. Filme, wo die Männer nicht nur Sex mit ihren Lustsklaven hatten. Sondern wo diese kleinen Lustsklaven am Ende getötet wurden. Snuff-Movies mit Kindern. Oder auch Snuff-CP genannt. CP für Child Porn.

Snuff-Movies allein waren schon eine der unheimlichsten Großstadtlegenden des 20. Jahrhunderts, und schon die vage Andeutung, dass es eine Mafia gab, die solche Kunden, die bei normalen Pornos nicht mehr auf ihre Kosten kamen, mit besonders »explizitem« Material versorgte, reichte, um bei fast allen Menschen den nackten Schrecken hervorzurufen. Denn Snuff-Movies, auch »Torture Porn« genannt, waren Filme, in denen Menschen vor laufender Kamera gefoltert und getötet werden, um damit ein Publikum zu unterhalten, das genauso pervers und krank wie vermögend war. Ingo M. kannte die Legenden. Wusste, was die Ermittler, etwa die vom FBI, über solche Filme sagten. Sie seien wie *der Heilige Gral:* »Ständig gesucht, oft diskutiert, aber nie gefunden.«

Doch das stimmte nicht. Denn es gab sie. Was böse war, das gab es immer. Wenn Menschen für bestimmte Perversionen genug zu zahlen bereit waren, dann gab es diese Perversionen. Und Ingo M. gefiel es, dass es sie gab. Denn sie inspirierten ihn. Genau das, was in den Filmen passierte, das wollte er auch tun.

Seine Freunde hatten ihm von zwei Männern erzählt, die gehört hatten, dass in den USA viel Geld für Gewaltpornos gezahlt wurde, bei denen Menschen zu Tode kommen. Die beiden Männer hatten wohl ein abgelegenes Haus in der Nähe von Hagen, dessen Keller sie mit Isoliermaterial und Teppichen ausgekleidet hatten, sodass keine Geräusche nach draußen dringen konnten. Dann hatten sie eine vierundzwanzigjährige Prostituierte auf dem Dortmunder Weihnachtsmarkt entführt. Hatten sie vergewaltigt, gefoltert und schließlich ermordet. Die Leiche hatte die Polizei gefunden, hinter dem Bauernhaus in einem schwarzen Plastiksack verscharrt. Am Ende hatte die Polizei sie allerdings erwischt. Denn die beiden hatten noch eine Prostituierte gefangen, der es aber irgendwie gelungen war zu fliehen. Die Frau hatte die Beamten dann zu dem Haus geführt, und da hatten sie alles gesehen. Den Keller, der mit Teppichen ausgestopft war, das Klebeband, mit dem sie die Opfer gefesselt und geknebelt hatten. Die Werkzeuge. Und den … Film. Der Film war zweieinhalb Minuten lang gewesen. Laut der Polizei das Schlimmste, was die Beamten je gesehen hatten. Angeblich gab es einen Kontakt in den USA, der für diesen Film sechzigtausend Dollar gezahlt hätte.

Das Geld wurde nie bezahlt. Nur der Film war noch da. Diese eine Kopie. Sie lag angeblich noch immer im Giftschrank der Mordkommission Dortmund.

Wie dumm diese Täter waren, dachte Ingo M. *Prostituierte.* Solche Opfer waren viel zu gefährlich. Sie waren erwachsen. Sie konnten fliehen. Sie konnten reden. Sie wurden ernst genommen. Das Umfeld war viel zu unsicher. Viel zu offen. Viel zu wenig abgeschirmt.

Hier war es ganz anders. Hier war es viel besser. Hier in dem Kinderheim hatte er all seine Opfer auf dem Silbertablett. Keiner würde den Kleinen glauben, wenn sie den Mund aufmachen sollten. Denn er war der Boss. Und selbst wenn irgendjemand ihnen glauben würde, es musste erst einmal jemand da sein, der ihnen glauben konnte und wollte. Jemand, dem diese Kinder wichtig waren. Und wer sollte das sein? Die Eltern? In einem Heim für Waisenkinder? Ingo M. musste lachen.

Ingo M. hatte gehört, dass einige Menschen viel Geld für solche Filme zahlten. Grundsätzlich in bar. Das Geld ging dann per Western Union ins Ausland und von dort zurück.

Manche sagten, dass Leute, die so etwas taten, keine Menschen mehr waren. Oder vielleicht gerade doch? Denn waren es nicht gerade die Menschen, die von allen Lebewesen die grausamsten waren? *Löwen töten aus Hunger,* dachte Ingo M., *aber Menschen töten aus Spaß.*

Ingo M. dachte an diese Filme, während er jetzt mit seinen Ludes in dem Kinderheim saß, weit im Süden am Rande von Berlin. Einem Gebäude, dessen schwarze vergitterte Fenster an der Waschbetonfassade wie eine Reihe klagender Totenköpfe aussahen. Alles war genauso reparaturbedürftig wie die Bewohner. Und beide Reparaturen würden wohl niemals durchgeführt werden. Weder an den Bewohnern noch an ihm. Aber Ingo M. fand das nicht schlimm. Das, was an ihm krank war, verschaffte ihm Erregung in einer eintönigen und langweiligen Welt. Warum also sollte er die Krankheit, die vielleicht gar keine war, schlecht finden?

Die Heimleiterin war eine freundliche, alte Dame. Zum Glück würde sie in zwei Wochen in den Ruhestand gehen. Dann hatte Ingo M. freie Bahn. Angeblich, so hatte man es ihm gesagt, war es ein freundliches Heim, in dem es friedlich und geregelt zuging, doch schon am ersten Abend hatte Ingo M. gesehen, dass es anders war. Dass das Recht der Faust und des Stärkeren herrschte. Wenn er hier eingriff und die Kinder auf seine Seite ziehen würde, weil er den Rabauken einfach eine reinhaute, dann würde er schnell *neue Freunde* finden. Denn dann wäre er ihr Beschützer. Das Gute war, dass die Kinder, die oft das Opfer von Schlägern wurden, auch die Kinder waren, die Ingo M. am liebsten als Beute hatten. Es waren die Opferlämmer. Er würde sie beschützen, sodass sie zu ihm kamen. Ob das, was sie bei Ingo M. erwartete, am Ende besser war als die Prügel von den Schlägern, das würden die Kinder dann selbst herausfinden. Für Ingo M. war es mit Sicherheit besser.

Zwei Kinder waren ihm besonders aufgefallen. Ein Geschwisterpaar. Ein Junge und ein Mädchen. Sie waren allein in dem Raubtierkäfig des Heims, getrennt durch meterlange Gänge. Sie hatten tränenüberströmt auf der Terrasse gesessen, wo sich der Regen aus einem endlos grauen, filzigen Herbsthimmel ergoss wie ein Schwall von Tränen. *Tränen im Regen*, hatte Ingo M. gedacht. Er würde die beiden nach ihrem Namen fragen. Und an ihnen *dranbleiben*. Dem Mädchen und dem Jungen.

Besonders der Junge hatte es ihm angetan.

Der Junge, der Vladimir Schwarz hieß.

Kapitel 13

Rückfahrt Bremen–Berlin, Oktober 2018,
A27 Richtung Hannover

Clara saß auf dem Beifahrersitz von Winterfelds Mercedes und bekam kaum mit, wie sie die Hansestadt verließen und auf die Autobahn fuhren.

Claudias Grab ist leer, dachte sie. *Und noch einmal die DNA. In den Seilen der Erhängten. Die DNA des Mörders von Claras Schwester, der schon längst tot sein sollte!*

»Es kann nicht sein«, wiederholte Winterfeld immer wieder. »Ich habe die Brandleiche von Ingo M. gesehen. Hermann genauso. Und auch MacDeath! Der Kerl ist toter als tot.«

Das war die vernünftige Begründung. Doch es gab zwei Begründungen. Die erste war die vernünftige. Die zweite war die, dass Ingo M. noch immer als Zombie oder als was auch immer durch die Welt der Lebenden lief und noch immer mordete. Das war die zweite Begründung. Diese zweite Begründung bediente nicht die Vernunft. Sondern die Emotionen. Und die Emotionen waren um ein Vielfaches stärker. Sie trafen den uralten Teil des Gehirns, der weiß, dass wir Menschen in einer feindlichen Realität leben und ein falscher Schritt uns sofort töten kann. Es waren zwei Dinge, zwei grausame Fakten: Claudias Grab war leer, und Ingo M. lebte noch!

»Es kann nicht sein«, wiederholte Winterfeld regelmäßig. Und redete noch einmal von der Brandleiche, der DNA und dem Zahnstatus.

»Hören Sie, Clara«, sagte er dann, »Sie müssen zur Ruhe kommen. Es kann sein, dass Bellmann Sie sonst für längere Zeit suspendiert. Vor allem wegen des Desasters mit Nancy. Da sind wir wegen Künzel und seiner Frau gut rausgekommen, aber wir müssen jetzt die Nerven bewahren.« Er schaute sie an. »Können Sie kurz das Handschuhfach aufmachen?«

»Was ist da drin? Eine Pistole, um mich zu erschießen?«

»Fast.«

Clara hatte schon eine Plastikdose in der Hand.

»Lorazepam«, sagte Winterfeld. »Habe ich damals mal genommen, als ich in Hamburg das Tütenscheusal gejagt habe.«

Clara kannte den Fall. Das Tütenscheusal war ein pädophiler Vergewaltiger, der kleinen Mädchen Plastiktüten über den Kopf stülpte, während er sich an ihnen verging. Der es genoss, wie ihre Gegenwehr durch den Sauerstoffmangel zunehmend geringer wurde.

Sie schaute benommen auf die Packung. »Das ist doch hartes Zeug. Wird auch bei Schlafstörungen verwendet, oder?«

Winterfeld nickte. »Lorazepam hilft bei kurzzeitigen chronischen Angststörungen und Nervosität. Ist ziemlich hartes Zeug, aber das sind ja hier auch ziemlich harte Umstände.«

»Aber macht das nicht abhängig?«

»Sie nehmen es ja nur jetzt und heute.« Er fummelte an der Stereoanlage herum. »Nehmen Sie zwei davon, und dann schlafen Sie bis Berlin. Wenn Sie wollen, können wir dabei wieder Sibelius hören.«

Clara schluckte die bittere Tablette herunter und spülte mit einem Schluck Wasser nach. Aus der Flasche, die sie gestern auf der Hinfahrt bei der Tankstelle nahe Königslutter gekauft hatte. *Frisch ankommen,* stand auf der Flasche.

»Nichts dagegen«, sagte sie.

Kapitel 14

Berlin, Oktober 2018, Alexanderplatz

Udo Schilling war schon seit einem Jahr kein Problem mehr.

Grassoff schaute das Foto in der Akte an.

Ein wenig traurig war er, denn Schilling hätte kein Problem werden müssen. Er war ein abenteuerlustiger Bursche gewesen. Hatte in den USA reiche, berühmte und wichtige Bankkunden beraten. Menschen, die etwas zu melden hatten. Sogenannte PEP-Kunden, wie es seine Bank nannte. »Politisch exponierte Personen«.

Dann hatte er mitgeholfen, Derivate zu entwickeln. Wenn an den Märkten Wetten gegen die Bank liefen, half Schillings Team dabei, die Produkte so zu strukturieren, dass die Bank immer gewann. Oder jedenfalls fast immer. Nicht schlecht für einen, der eigentlich aus dem Arbeiter- und Bauern-Staat kam, dachte Grassoff.

Vor Jahrzehnten hatte er für Grassoff Devisen geschmuggelt. Und auch Diamanten. In verschiedenen Zahnpastatuben. Hatte dann die Cum-Ex-Geschäfte mitentwickelt. Und damit seinen Kunden Milliarden beschert. Und dem Staat Milliarden weggenommen. Was war der Unterschied, dachte Grassoff. Auch der Staat nahm allen etwas weg.

Staat ist der Name des kältesten aller kalten Ungeheuer. Das hatte irgendwer mal gesagt. Er glaubte, es war Nietzsche. *Was immer der Staat sagt, er lügt. Und was immer der Staat hat, er hat es gestohlen.*

Udo Schilling hatte Grassoff einige der Vorstände der Bank vorgestellt. Und auch einige Ex-Vorstände. Das waren die, die nicht mehr gebraucht wurden. Sie waren in einem Nebengebäude untergebracht, das man bankintern »Sterbezimmer« nannte. Die früheren Vorstandsbüros waren hell und symbolisierten Macht. Im Sterbezimmer war es dunkel. Wie in einem Sarg.

Früher wurden die Vorstände von ihrem Chauffeur in die Tiefgarage gefahren. Von der Tiefgarage ging es direkt mit dem Aufzug ohne Stopp nach oben. Am Schreibtisch war ein Knopf. An der Tür zum Büro zwei Lampen. Man konnte auf den Knopf drücken, und entweder stand die Lampe dann auf Grün oder auf Rot. Stellte ein Vorstand morgens das Licht auf Rot, war er den ganzen Tag ungestört. Die Etagendiener hatten exakte Anweisungen, wie sie sich verhalten mussten, wie die Vorstände ihren Kaffee tranken und wer sein Obst geschnitten haben wollte und wer nicht.

Für die Vorstände im Sterbezimmer hingegen war das Highlight das Bearbeiten der Weihnachtspost. Sie wussten nicht, was sie am Nachmittag eines jeden Tages tun würden, denn Termine hatten sie nicht. Und die lederne Aktentasche hätten sie gar nicht gebraucht, außer um ihr Butterbrot zu transportieren, weil das billiger war, als jeden Mittag in der Frankfurter Gesellschaft zu essen.

Schilling hatte gesagt, dass er, wenn er pensioniert wäre, niemals in das Sterbezimmer gehen würde. Er hätte noch viele andere Pläne, würde Start-ups unterstützen, reisen, eine eigene Beratung gründen. Aber niemals würde er in diesem Sterbezimmer herumsitzen und warten, dass die Zeit vergeht. Doch Udo Schilling, der niemals ins Sterbezimmer wollte, war dennoch im Sterbezimmer gelandet.

Eine Bank, das wusste Grassoff, ging nie an einem Geschäft zu wenig zugrunde, sondern immer an einem Geschäft zu viel.

Und ein Geschäftspartner von ihm ging niemals zugrunde, weil er ein Wort zu wenig sagte. Sondern ein Wort zu viel.

Kapitel 15

Berlin, Oktober 2018, LKA 113

Haben Sie gut geschlafen?«, fragte Winterfeld, als sie das LKA am Tempelhofer Damm betraten. Er hatte während der Fahrt bereits mit den Kollegen telefoniert. MacDeath und Hermann wussten ohnehin Bescheid, dass die DNA von Ingo M. stammte und dass das Grab von Claudia leer war. Clara hatte, aufgrund der Beruhigungsmittel, fast die gesamte Fahrt über geschlafen.

»Ja, ganz gut«, sagte sie. »Gut geht's mir aber trotzdem nicht.«

»Kann ich mir denken. Der Schlaf lässt manches vergessen. Allerdings nur bis zum Aufwachen.«

»Da ist was dran«, sagte Clara. Der Eingangsbereich des LKAs war nass und schmutzig, wie immer, wenn es in Berlin dauerhaft regnete. Mittlerweile war es so, dass bei jedem Gewitter sofort Straßen überschwemmt waren und U-Bahn-Stationen vollliefen und bei jedem kleinen Schauer der Ausnahmezustand ausgerufen wurde. Angeblich waren die Unwetter schuld, doch Clara erinnerte sich recht gut an einige schwere Gewitter in ihrer Kindheit, nach denen nicht sofort der Ausnahmezustand ausgerufen wurde und keineswegs alles überschwemmt war.

Auf dem Gang kam ihnen Hermann entgegen. In der Hand hielt er einen Papierausdruck. »Schaut mal hier«, sagte er.

»Was ist das?«, fragte Winterfeld. »Dein Antrag auf Gehaltserhöhung?«

»Noch besser. Ein Artikel über Udo Schilling und seinen Tod.«

»Berliner Bote?«, fragte Winterfeld und schaute auf das Logo der Zeitung auf dem Ausdruck. »Das ist doch ein ziemliches Sensationsblatt.«

»Hier steht«, fuhr Hermann unbeirrt fort, »dass Udo Schilling früher ein Kombinat in der DDR geleitet hat, das dann schließlich von der Treuhand privatisiert wurde. Ein Teil davon hat die BWG Bank aus Düsseldorf gekauft, und so ist Udo Schilling da reingerutscht. Er war in Düsseldorf, Frankfurt und auch in den USA aktiv.«

»Interessant.« Winterfeld schaute Clara an. »Die Frage ist nur, ob uns das weiterhilft.« Clara zuckte die Schultern.

»Der Artikel ist von Micha Berling, einem der Reporter vom Boten. Der ist da schon seit Jahrzehnten und macht immer solche Storys.« Hermann blickte sich um. »Lass uns mal in die Küche gehen, ich wollte mir gerade einen Kaffee machen.«

»Kaffee«, sagte Winterfeld. »Gute Idee. Nach der langen Fahrt mit den tausend Staus.«

In der Kaffeeküche bedienten sich Clara, Hermann und Winterfeld an der rumpelnden Kaffeemaschine, in der allerdings nur noch eine winzige Pfütze stand, sodass Hermann fluchend neuen Kaffee aufsetzen musste. Das Ganze gestaltete sich umso schwieriger, da der Kaffee auch alle war und Hermann eine neue Verpackung anbrechen musste. Eine von den Verpackungen, die man nur mit äußerster Gewalt aufbekam und deren Inhalt, wenn man sie dann endlich aufgerissen hatte, schnell durch das ganze Zimmer fliegen konnte.

»Also, der Berling ist Sensationsreporter und arbeitet schon seit Jahrzehnten beim Boten?«, fragte Clara, als der Kaffee endlich geöffnet, gemahlen, in der Maschine und fertig gekocht war.

»Genau. Hier …«, Hermann trank von seinem Kaffee und zeigte auf einen zweiten Ausdruck. »Im Moment macht er gerade eine Reihe über Psychopathen. Gestern hat er den früheren Chef von Lehman Brothers porträtiert. Dick Fuld, auch genannt *der Gorilla.*«

»Sieht etwas aggressiv aus.« Clara betrachtete das Foto.

»War er wohl auch. Er hat immer gesagt, dass er die Herzen seiner Feinde herausreißen und sie essen will, solange sie noch schlagen.«

»Was gar nicht geht, wie uns von Weinstein belehren würde«, sagte Clara. »Der Mensch hat dafür das falsche Gebiss. Der kann nur Gekochtes oder Gebratenes essen und schon gar kein festes Muskelgewebe wie das Herz.«

»Der schreibt hier«, fuhr Hermann fort, »dass ein bis fünf Prozent der Bevölkerung Psychopathen sind. Bei denen ist das limbische System kaum aktiv, sie haben ein sehr hohes Selbstwertgefühl, zaudern nicht, bleiben selbst unter Druck cool.«

»Das könnte auch von MacDeath kommen.« Das war Clara.

»Stimmt aber auch.« Hermann schaute noch immer auf den Artikel.

»Hermann«, fragte Winterfeld. »Worauf willst du hinaus?«

»Dieser Berling«, sagte er. »Macht immer solche Themen. Ist ziemlich abgebrüht. Der ist berühmt geworden mit der Reportage über Pinzner in Hamburg.«

»Pinzner«, sagte Winterfeld. »Daran erinnere ich mich. Zu der Zeit war ich Kriminalkommissar in Hamburg. Pinzner war dieser Auftragskiller, der im Gerichtssaal um sich geschossen hat. Hat Wolfgang Bistry, den Staatsanwalt, erschossen. Dann seine eigene Frau, die auch bei der Vernehmung dabei war, und dann hat er sich selbst eine Kugel in den Kopf gejagt.«

»Mit der Story ist Berling bekannt geworden«, sagte Hermann. »Und er hat herausgefunden, dass es Pinzners Frau Jutta war, die die Waffe in den Gerichtssaal geschmuggelt hatte.«

»Das ist ihr ja gut bekommen«, knurrte Winterfeld. »Seit wann ist er denn nicht mehr in Hamburg?«

»Der ist schon seit über zehn Jahren in Berlin.«

»Wunderbar. Wollt ihr den Kerl mal besuchen? Es könnte ja sein, dass er etwas mehr über die Hintergründe zu Schilling weiß.«

»Könnte Sinn machen«, sagte Clara. »Da es ja bei Schillings angeblichem Suizid nicht mal eine Obduktion gab, sieht die Aktenlage hier ziemlich dünn aus.«

Hermann nickte. »Das ist sie allerdings.« Er schaute Clara an. »Hast du Lust, zur Abwechslung mal zur Zeitung zu fahren?«

Clara nickte ebenfalls. »Besser, als hier zu sitzen und nichts zu tun, ist es allemal.«

Kapitel 16

Berlin, Neunzigerjahre,
Kinderheim der Thomas-Crusius-Stiftung

Ingo M. hatte den süßen Jungen im Kinderheim gesehen. *Süß* sagte man eigentlich nur zu Katzen oder ganz kleinen Kindern, und dieser Junge war bestimmt schon zehn. Aber Ingo M. sagte es trotzdem. Der Job hier machte ihm Spaß. Und es gab süße Jungen wie Vladimir.

Ingo M. war jetzt einer der Aufseher im Heim. Menschen, die es gut mit ihm meinten, hatten ihm diesen Job verschafft. Manchmal rutschte ihm schon die Hand aus, denn manchmal spurten die Kleinen nicht. Vor allem die, die nicht so süß waren und die vielleicht nicht das machen wollten, was Ingo M. von ihnen wollte.

Bevor er seine Schicht antrat, schaute er sich immer im Spiegel im Umkleideraum an. Sein Körper wie ein Fass, die Gliedmaßen knochig, die Hände groß. Es waren die Hände, die ihm öfter mal ausrutschten, was aber im Heim niemand schlimm fand. Genau wie Kindergärten und Schulen waren Kinderheime besonders rechtsfreie Räume, in denen das Recht des Stärkeren galt und nur der überlebte, der die Augen offen und den Mund geschlossen hielt. Nicht nur Heimkinder bekamen diesen Schock zu spüren. Auch normale Kinder, die Eltern hatten, die für sie sorgten, wurden, nachdem sie in einem Elysium aus Frieden und Zuneigung lebten, plötzlich fallen gelassen, wenn sie in Kita oder Schule kamen: War es all die ersten Jahre so, als würden sie an unsichtbaren Fäden gehalten, die sie weit oben über der Anarchie und dem Krieg der Menschen hielten, kam eines Tages der Kindergarten oder erst recht die Schule, und dann wurden diese Fäden mit einem Mal durchgeschnitten. Und das Kind fiel, mit verblüffender und grausamer Plötzlichkeit, in einen rechtsfreien Raum, in dem es sich entweder behauptete oder unterging. Auch Ingo M. kannte das aus der Schule. Und er war froh, dass die Schule vorbei war. Denn ihn hatten sie auch ständig gehänselt, hatten seine Tasche ausgekippt, mit nach Kot riechendem Spray besprüht, ihn verdroschen und auf der Toilette eingesperrt. Weil er *anders* war, weil er keine Freundin hatte, weil er immer allein war. Tägliche Prügeleien, Sachbeschädigungen, Hakenkreuzschmierereien auf allen Tischen. Die Achtundsechziger-Lehrer beschwichtigten nur, schritten niemals ein, kümmerten sich um nichts, sagten, dass Druck nur Gegendruck erzeugen würde, und stellten sich grundsätzlich auf die Seite der Gewalttäter. Von all dem langweiligen Stuss in der Schule hatte Ingo M. nur eine einzige, aber dennoch sehr wichtige Sache wirklich gelernt: Um gut zu leben, muss man Täter sein. Nicht Opfer. Das galt für Deutschland ganz besonders.

Mit dem Opferdasein war es inzwischen schon lange vorbei. Jetzt war Ingo M. das Gesetz. Jetzt konnte er tun, was er wollte. Und wer nicht das tat, was er wollte, der bekam seine schweren Fäuste zu spüren. Oder seine Drogen. Oder etwas ganz anderes.

Einnorden nannte er das, wenn er einen der kleinen Heimbewohner zusammenstutzte.

Den kleinen Vladimir mochte er, auch wenn der ihn nicht mochte. Oder gar nicht wahrnahm. Er schien nur wenig wahrzunehmen. Manchmal machte er sich derart unsichtbar, dass man glauben würde, er würde gar nicht existieren.

Ingo M. kam mit einer VHS-Kassette auf ihn zu.

»Willst du ein Ninja-Video sehen?«, fragte er.

Vladimir hatte ihn kurz angeschaut. »Warum nicht?«

Sie saßen dann in Ingo M.s Zimmer. Dort waren auch die Kameras installiert, die die Korridore überwachten. Durch die Tür sah er einen Pfleger mit einem Wagen durch den Flur fahren. Dann schloss er die Tür. Der Fernseher in dem Zimmer stand auf einer kleinen Anrichte. Zwei Bildschirme. Die Kamera aus dem Heim und sein Fernseher mit den Videos. Wo er, wenn er allein war, nicht nur Ninja-Videos schaute.

Um die Nacht zu bekämpfen, muss man ein Teil der Nacht werden, sagte der Hauptdarsteller in dem Ninja-Film, den Ingo M. mit dem kleinen Vladimir anschaute. Die Drogenbarone in dem Film hatten die ganze Familie des Ninjas ausgelöscht. Dann wurde der Ninja selbst von den Bossen gefangen und unter Drogen gesetzt. Er wurde abhängig von dem, was er bekämpft hatte, doch ihm gelang die Flucht. Er lernte einen Ninja-Meister kennen, der ihn zunächst einer kompromisslosen Entziehungskur unterzog und dann zum Ninja ausbildete. Irgendwie erschien es Ingo M., als würde der kleine Vladimir seine eigene Geschichte in diesem Film erkennen. Aber das war Ingo M. egal. Er wusste nur, dass es ein süßer Junge war, den er für sich haben wollte. Den er mit dem Film und ein paar Süßigkeiten anfüttern musste. Und der dann hoffentlich alles für ihn tun würde. Und falls nicht, würden Ingo M.s Fäuste schon dafür sorgen. Denn das hier war ein Kinderheim und damit, genauso wie ein Kindergarten oder die Schule, ein rechtsfreier Raum. Nein, es war *erst recht* ein rechtsfreier Raum. Viel mehr noch als alles andere. Denn hier gab es nicht einmal Eltern, die einschreiten konnten.

In dem Film nahm der Ninja Rache, tötete jedes einzelne Mitglied der Drogenbande, bis er am Ende dem Drahtzieher, dem Drogenboss, gegenüberstand und ihn und seine Leibwächter in einem furchtbaren Zweikampf besiegte. Am Ende bettelte der schwer verletzt am Boden liegende Unterweltboss nur noch um seinen Tod. Der Ninja zog sein Schwert, hob es, während die Hoffnung auf Erlösung in den Augen des Drogenbosses aufblitzte – und rammte es in den Erdboden. Mit den Worten »Harakiri ist nicht nur den Samurai vorbehalten« überließ er den halbtoten Drogenboss seinem Schicksal.

Ingo M. beobachtete Vladimir. Er schaute zitternd vor Aufregung auf den Bildschirm. Es war Ingo M., als ob der kleine Junge den schwarzen Ninja immer noch vor sich sah.

Vielleicht hoffte der Junge auf irgendetwas? Doch das war egal. Hoffnung war etwas für Dumme. Hoffnung und Optimismus waren der Anfang der Enttäuschung. Der Fernseher war nur eine Traummaschine. Dort gab es ein Happy End. Hier nicht. Der Fernseher war nicht die Realität. Die Realität war hier. Das Heim, die vergitterten Fenster, die Kameras, der Flur, über den der Pfleger einen Wagen zog. Die Monitore, die blinkten, das Geschrei in den Schlafräumen, das Chaos in dem Speisesaal, die Dinge, die in den Waschräumen passierten.

Die Realität war hier, wo der kleine Junge noch immer von dem Film gefesselt war. Derart gefesselt, dass er gar nicht merkte, dass Ingo M. ihn die ganze Zeit angestarrt hatte. Und immer näher an ihn herangerückt war.

Kapitel 17

Berlin, Oktober 2018, Redaktionsräume Berliner Bote

Der Berliner Bote war gerade von seinen alten Büroräumen am Alexanderplatz nach Mitte umgezogen und jetzt in einem riesigen Glaspalast untergebracht. Das Gebäude lag nahe dem Checkpoint Charlie. Dort, wo dusselige Touristen den erbärmlich winzigen Verschlag bestaunten, als gäbe es dort ein Weltwunder zu sehen, und sich, ohne Rücksicht auf andere Verkehrsteilnehmer, Smartphones oder Kameras vor den Augen, in alle Richtungen und bevorzugt rückwärts laufend auf der Straße bewegten.

Berling hatte Clara und Hermann unten am Empfang abgeholt und vorgeschlagen, doch in der Cafeteria gemeinsam einen Kaffee zu trinken. Das war einerseits eine nette Einladung, aber es war auch klar, dass Berling kein Interesse daran hatte, Ermittler in sein Büro zu lassen und dort womöglich Dinge sehen zu lassen, die sie am besten gar nicht sehen sollten und die er auch nicht schnell genug wegräumen konnte.

»Man muss sich einfach nur an die Regeln halten«, sagte Berling, nachdem er für alle einen Kaffee bestellt hatte. An den Wänden der Cafeteria hingen Dutzende von Bildern, jeweils die erste Seite des Berliner Boten seit Anfang des Jahres. Daneben Bilder von der Berliner Mauer, François Mitterand, Helmut Kohl, Ronald Reagan, Margaret Thatcher. Fotos vom Alexanderplatz und den großen Demonstrationen im Jahr 1989. Mittlerweile mussten es über zweihundert Bilder sein. Clara überflog die Überschriften auf den ersten Seiten der Zeitung:

Chaosstadt Hamburg.

Parkzonen jetzt auch beim Bürgermeister zu Hause.

Schon wieder Zoff in der Rigaer Straße.

Baby im Müllcontainer gefunden. Hat es bei der Geburt noch gelebt?

S-Bahn-Schubser schubsen jetzt im Team.

»Welche Regeln?«, fragte Clara.

»Man muss sich an die Regeln halten, die einen Artikel zu einem interessanten Artikel machen. Das sind vier. Erst einmal muss die Nachricht neu sein. Fukushima ist explodiert, Kate Middleton hat einen Jungen zur Welt gebracht, Randale überschattet den G20-Gipfel. Das ist interessanter als alte Kamellen.«

»Pinzner erschießt seine eigene Frau im Gerichtssaal«, sagte Clara. »Das war damals auch neu.«

»Sehr gut, Sie haben es gelesen«, sagte Berling. Clara konnte nicht recht erkennen, ob Berling sich darüber freute oder ob es ihn ärgerte, dass die Ermittler diesen Artikel ausgegraben hatten. »Und es entspricht auch der zweiten Regel. Es gibt nämlich einen Tabubruch. Denn alles, was verschwiegen, verheimlicht oder nicht öffentlich gemacht wird, ist per se interessant. Ungewöhnliche sexuelle Neigungen, Affären, schwarze Kassen und so weiter.«

»So ähnlich wie bei Udo Schilling?«, fragte Clara.

Berling lächelte etwas unsicher, dann fing er sich gleich wieder. »Ja, so ähnlich. Schwarze Kassen gab es da auch. Die Leser wollen zudem einen Blick hinter die Kulissen werfen. Das ist die dritte Regel. Dabei sein können, auch wenn man nicht dazugehört. Darum wollen auch alle etwas über irgendwelche Besuche der Queen, Pferderennen in Ascott oder den Wiener Opernball lesen.«

»Wir wollen vor allem etwas über Udo Schilling lesen. Oder hören. Am besten von Ihnen«, sagte Hermann. »Es gibt Vermutungen, dass er besonders aufgrund Ihres Artikels Suizid begangen hat.«

»Wegen meines Artikels?« Berling schüttelte den Kopf. »Ich habe nur geschrieben, was die Spatzen ohnehin von den Dächern pfiffen. Schilling war ein Kombinatsleiter in der DDR. Dann kamen die Wiedervereinigung und die Treuhand. Rohwedder und die ganze Geschichte. Die Bank für Wirtschaft und Gesellschaft in Düsseldorf kaufte das Kombinat, und Schilling wechselte zur BWG. Und dort war er dann irgendwann für diese Cum-Ex-Geschäfte verantwortlich, die den deutschen Staat Milliarden gekostet haben. Das Bescheißen hat er in den USA gelernt. Wieder mal einer der typischen Versuche der Banken, Staat und Gesellschaft zu betrügen. So etwas aufzudecken, kann ja wohl kaum schlecht sein.«

»Angeblich wollte Schilling sich stellen, bevor es zu diesem Artikel kam«, sagte Hermann.

»Tja.« Berling zuckte die Schultern. »Das ist die vierte Regel. Die Gefahr. Man nennt das auch ›Nahbereich‹. Die Einschläge kommen näher, die Explosionen werden heftiger. Schilling wusste, dass es für ihn ungemütlich werden kann. Er war auch schon unterwegs ins Ausland. Hatte sich wohl schon Pässe gekauft. Dann kam der Artikel. Und gleichzeitig kam die Verhaftung.«

»Gleichzeitig?«

»Natürlich. Meinen Sie, die Polizei wartet erst meinen Artikel ab, bevor sie zuschlagen? So viel Macht hat die Presse längst nicht mehr. Und ich schon gar nicht.«

»Als Schilling festgenommen wurde, war er gerade in Berlin?«, fragte Clara. »Ich dachte, er wollte weg? Ins Ausland?«

»Ja. Er war schon auf dem Sprung. Unter falschem Namen in einem Hotel am Hauptbahnhof. Und da dachte er wohl: Ich mach lieber Schluss. Und erhängte sich an der Türklinke.«

»Und schuldig fühlen Sie sich gar nicht?«

»Ich?«, fragte Berling. »Warum? Wir berichten über den Dreck, den die da oben verzapfen. Die sich um alles Mögliche kümmern, nur nicht um den ehrlichen Steuerzahler. Und wenn so ein Typ sich dann umbringt, na und? Er hätte sein Geld ja auf anständige Weise verdienen können, so wie wir auch.«

Clara dachte einen Augenblick nach. »Dennoch«, sagte sie. »Die Ermittlungen waren schon fortgeschritten, bevor Sie Ihren Artikel geschrieben haben. Ebenso die Vorladung der Polizei. Dann kommt die Verhaftung, dann der Artikel, und dann bringt sich Schilling um. Es sieht alles so aus, als müsste es genau darauf, auf diesen Suizid hinauslaufen.«

»Spekulation.«

»Keine Spekulation ist, dass nicht einmal eine Obduktion veranlasst wurde. Das wäre in einem solchen Fall immer passiert. Hier ist es so, als ob das irgendjemand nicht wollte. Da stimmt doch etwas nicht?«

»Tut mir leid, aber ich bin nicht derjenige, der Obduktionen genehmigt. Das macht die Staatsanwaltschaft. Das sollten Sie doch wissen. Fragen Sie die doch!«

Clara musste lächeln. »Das wissen wir auch. Aber es klingt so, als hätte jemand mit viel Einfluss Interesse daran gehabt, dass einiges verschleiert wird.« Sie schaute Berling an. »Und der hätte auch Interesse daran haben können, dass Sie gerade diesen Artikel schreiben. Oder?«

Berling schwieg. Hinter seiner Stirn arbeitete es, so als würde er eine Sache gegen eine andere abwägen.

»Hören Sie, Herr Berling«, sagte Clara. »Wir wollen es Ihnen ganz ehrlich sagen: Von Ihnen wollen wir gar nichts. Wir sind gerade einer großen Sache auf der Spur und müssen nur wissen, ob es noch andere Anreize Ihrerseits gab als nur den, einen spannenden oder reißerischen Artikel zu schreiben.«

»Einen guten Artikel«, ergänzte Berling sofort.

»Von mir aus auch den. Ihre Zeitung wächst, trotz der Zeitungskrise. Das geht wohl nur, wenn Sie gut sind.«

»Sind wir auch.« Er schaute Clara an. »Und wir müssen uns ja wohl kaum dafür entschuldigen, dass wir gut sind. Also, was wollen Sie?«

»Wir müssen wissen, ob da noch etwas war.«

»Noch etwas?« Er schaute sie über seine Brillengläser hinweg an.

»Irgendjemand, der Interesse daran hatte, dass dieser Artikel erscheint, und der vielleicht mit den Folgen des Artikels gerechnet hat?«

Berling war nicht dumm. »Sie wollen mir unterstellen, dass mein Artikel ein Prozessbeschleuniger für einen Suizid sein sollte?«

»Hören Sie, Herr Berling«, sagte Hermann, »wir haben hier eine Art Ursache und Wirkung zwischen Ihrem Artikel, der einer öffentlichen Hinrichtung gleichkommt, und Schillings Suizid. Wir können das hier also auf zweierlei Weise machen.« Hermann spielte jetzt den Bad Cop. »Wir können Sie mitnehmen und vernehmen, genauso wie Schilling das damals passiert ist. Aber ich nehme nicht an, dass Sie das wollen.«

»Mein Anwalt auch nicht.« Berling kniff die Lippen zusammen.

»Oder …«, sprach Hermann weiter. »Wir garantieren Ihnen Straffreiheit, falls Sie irgendwelche krummen Dinger gedreht haben. Nur müssen Sie dann mit der Wahrheit herausrücken.«

Berling wand sich. »Es gab da zwei Fotos, die ich bekommen habe. Ich sollte sie auch in dem Artikel abbilden. Aber das war selbst mir zu viel. Denn es war nicht bewiesen, dass es Berling war, den man auf den Fotos sah.«

»Wer hat Ihnen die Fotos gegeben?«

»Ich weiß es nicht. Ein Mann hat mich auf der Straße angesprochen, mir die Fotos gegeben und einiges an Geld. Egal, ob ich nun die Fotos verwende oder nicht. Der Betrag war der gleiche. Aber das mit den Fotos war selbst mir zu hart.«

»Um wie viel Geld ging es da?«

»Einige Tausend Euro.«

»Keine Sorge, das dürfen Sie alles behalten. Waren das echte Fotos?«

»Ja. Nichts Digitales. So wie früher. Auf Fotopapier.«

»Und was war da drauf?«

»Jemand, der Schilling ziemlich ähnlich sieht. Aber nicht hundertprozentig.« Berling zuckte die Schultern. »Könnte er sein. Oder auch nicht.«

»Und …?«

»Und zwei Kinder. Und er spielt mit ihnen. Und zwar nicht mit Lego oder im Sandkasten.«

Clara kniff die Lippen zusammen. »Dachte ich mir. Und warum sieht man Schilling nicht hundertprozentig?«

»Er hat so eine Art Maske auf. So, als sollte das gefilmt werden. Man kann ihn erkennen, wenn man will. Muss aber wissen, dass er es ist.«

Clara stand auf. »Herr Berling, wir brauchen diese Fotos!«

Berling stand ebenfalls auf und verschränkte die Arme. »Das geht nicht. Das verstößt gegen die Pressefreiheit.«

»Das muss gehen.« Hermann verschränkte ebenfalls die Arme.

»Nein. Ich habe Ihnen einiges gesagt. Mehr als ich müsste. Mehr ist nicht drin. Die Fotos bleiben hier. Das ist Quellenschutz. Die kann ich Ihnen nicht geben!«

»Tja«, sagte Hermann und kratzte sich am Kopf. »Dann sollten Sie jetzt mal mit Ihrem Chef sprechen und ihm erklären, warum die Redaktion jetzt ein halbes Jahr geschlossen bleibt.«

»Wie bitte?«

»Wenn Sie nicht kooperieren, habe ich in einer halben Stunde einen richterlichen Beschluss für eine Hausdurchsuchung. Da Sie uns die Fotos nicht geben wollen, müssen wir sie ja selbst suchen. Wir werden dann also, nach dem richterlichen Beschluss, zwei Beschlagnahmungsteams hier reinholen, die die gesamte Redaktion leer räumen. Alle Ordner, alle Festplatten, alle Computer.«

»Dann kann hier ja keiner mehr arbeiten!«

»Das steht zu befürchten. Dumm ist auch …«, Hermann kratzte sich am Kopf, »… dass wir personell derzeit etwas eng aufgestellt sind. Bis wir also alles, was wir beschlagnahmt haben, auch gesichtet haben, kann das durchaus ein paar Monate dauern.« Er schaute sich um. »Die Frage ist, was Sie in der Zeit mit der Redaktion machen. Vielleicht mit Carloft kooperieren und das ganze Großraumbüro als einen riesigen Parkplatz vermieten?«

Berling starrte Hermann an. Merkte wohl irgendwie, dass er es ernst meinte.

»Okay, verdammt«, sagte er und trottete davon. »Sie kriegen Ihre Fotos.«

Kapitel 18

Berlin, Oktober 2018, Rechtsmedizin Moabit

Das ist echt seltsam«, sagte Dr. von Weinstein, der in Moabit schon wieder höchstpersönlich am Computer saß und auf die bunten Zacken auf dem Bildschirm starrte. So oft wie in den letzten Tagen hatte man ihn noch nie im DNA-Labor gesehen. Laborassistenten und Ärzte liefen in weißen Kitteln geschäftig an ihnen vorbei. Das Labor gehörte der forensischen Genetik, und von Weinstein verirrte sich eher selten persönlich in diese Gefilde, sondern schickte meist seine Assistenten vor. Es sei denn, es gab etwas Ungewöhnliches. Dies war so ein Moment. Er schaute noch einmal auf den Bildschirm und schüttelte den Kopf. »Das passt nicht zusammen.«

Sie hatten die Fotos untersucht. Hatten noch Reste von DNA gefunden.

Die Botschaft war die gleiche gewesen wie vorher. Sie hatte Clara kaum mehr erschüttert, da irgendwann der Moment erreicht war, wo man von dem Grauen nicht mehr überrascht wurde, sondern es als etwas Gewöhnliches annahm. Ähnlich wie es Menschen in Gefängnissen tun, wo sie jeden Tag zusammengeschlagen oder gefoltert werden und sich eher wundern würden, wenn die Tür einmal nicht von den bösartigen Wachen geöffnet wird. Die Wahrheit war so schrecklich wie die Folterknechte, die die Tür zur Zelle öffnen: Die DNA war die von Ingo M. Und da war noch ein Teilfingerabdruck. Von Weinstein hatte gerade die bunten Zacken auf dem Monitor, von denen jede eine Aminosäure im DNA-Profil darstellte,

219

weggeklickt, und auf dem Bildschirm erschien der gesicherte Fingerteilabdruck. Doch dass der stellvertretende Chef der Rechtsmedizin jetzt stutzte, machte auch Clara stutzig.

»Was passt nicht zusammen?«, fragte Clara.

»Hier haben wir den Fingerabdruck. Oder Teilfingerabdruck.« Von Weinstein drehte sich zu Clara und Hermann um. »Auf dem Seil vorher, sowohl bei Künzels Leiche am Flughafen als auch bei Schilling, hatten wir keine Fingerabdrücke. Hier aber schon. Wenn auch nur einen Teilfingerabdruck.«

»Und?«, fragte Hermann.

»Ich habe diesen Teilfingerabdruck in der Datenbank verglichen. Wir haben ja die Abdrücke von Ingo M. gespeichert. Seine Hände sind damals mit das Einzige gewesen, was nicht verbrannt wurde.«

»Da war aber jemand sehr genau, von einer Leiche noch die Fingerabdrücke zu nehmen«, sagte Clara.

Von Weinstein nickte. »Das muss mein damaliger Assistent gewesen sein. Der hat alles ganz genau abgearbeitet.«

»Gut für uns«, sagte Clara. »Und was ist jetzt herausgekommen?«

»Der Fingerabdruck hier auf dem Foto«, sagte von Weinstein, »ist nicht von Ingo M.«

Auf Claras Stirn entstand eine steile Falte. Sie sah Hermann an. Dann von Weinstein.

»Wie bitte?«

»Die DNS ist die von Ingo M. Der Fingerabdruck nicht.« Von Weinstein verschränkte die Arme und rollte auf dem Drehstuhl ein Stück nach hinten.

»Es ist aber die DNS von Ingo M. auf dem Foto?«

»Ja. Aber die Fingerabdrücke eben nicht. Die sind von einer anderen Person.«

»Aber das ist nicht möglich!« Clara verlor allmählich jeglichen Glauben an die Realität.

»Ist aber so.«

»Aber es war doch nur ein Teilfingerabdruck?«

»Richtig, aber der Teilfingerabdruck ist genug Abdruck, um ihn klar dem gespeicherten Fingerabdruck von Ingo M. zuordnen zu können. Beziehungsweise *könnten,* denn er ist nicht von Ingo M. Und wir haben Teile der DNA, und die ist von Ingo M. DNA gibt es nur einmal. Und auch die Knospen in einem Fingerabdruck sind einzigartig, genauso wie die DNA und genauso wie hier.«

Hermann schüttelte den Kopf. »Aber das kann doch gar nicht sein? Es gibt doch alles nur einmal! Die DNA und den Abdruck. Das passt doch alles nicht zusammen!«

Von Weinstein nahm seine Designerbrille ab und rieb sich die Augen. Dann gähnte er. »Ist aber so. Und ja, Sie haben recht: Eigentlich ist es völlig unmöglich. Es passt überhaupt nicht, dass die DNA übereinstimmt und die Fingerabdrücke nicht. Wir haben aber weder Fingerabdrücke von Ingo M. auf dem Seil, noch haben wir die DNA von der Person, von der der Teilabdruck stammt.«

»Die ist nirgends gespeichert?«

»Soweit wir das in der kurzen Zeit abgleichen konnten, nein!« Von Weinstein schüttelte den Kopf.

Clara stand das Entsetzen ins Gesicht geschrieben. »Und von wem ist der Abdruck nun?«

Von Weinstein zuckte die Schultern. »Jedenfalls nicht von Ingo M. Und wir können ohne Tarot-Karten oder Kristallkugel nicht sagen, von wem er ist. Weil er halt nirgends gespeichert ist.«

»Aber dieser Jemand ist jemand mit der DNA von Ingo M.?«

»Richtig.«

Clara merkte, wie die Verzweiflung in ihr aufstieg. »Heißt das, dass Ingo M. einen Komplizen hat?« *Es* schien ihr hier die richtige Bezeichnung zu sein. »Er ist also nicht nur zurück, er hat auch noch einen … Helfer?«

»Das ist die einzige Möglichkeit, die ich sehe. So ungewöhnlich das klingt.« Von Weinstein nahm die Brille ab und rieb sich die Augen. Dann stand er auf und schob den Stuhl unter den Tisch, auf dem das Mikroskop stand. »Denn sonst ist das in der Tat etwas«, sagte er, »was es eigentlich gar nicht geben kann.«

Clara starrte von Weinstein eine Weile unverwandt an. Das klang alles zu seltsam. Zu grauenvoll. Aber auch zu komisch. »Es könnte sein, dass es etwas anderes gibt, lieber Kollege von Weinstein«, sagte sie dann. »Etwas, das eigentlich auch nicht sein kann. Oder sein darf.«

»Nämlich?« Von Weinstein war der scharfe Unterton in Claras Stimme nicht entgangen.

Clara schnaubte. »Die Fingerabdrücke von Ingo M. wurden damals verwechselt und falsch eingelesen.«

Von Weinstein starrte feindselig zurück. »Das ist eine bösartige Unterstellung! Winterfeld war dabei, als wir damals die Abdrücke genommen haben. Und Hermann auch. Nur weil ihr Ermittler nicht weiterkommt, müsst ihr nicht uns zum Sündenbock machen und …«

»Egal«, schnappte Clara. »Vom Spekulieren und Mutmaßen wurde noch kein Täter gefasst.« Mit diesen Worten nahm sie ihre Tasche und lief mit schnellen Schritten hinaus.

Kapitel 19

Berlin, Oktober 2018,
Fahrt von der Rechtsmedizin in Moabit ins LKA 113

Clara und Hermann waren auf dem Rückweg ins LKA und hatten an einem Imbiss an der U-Bahn-Station Turmstraße in Moabit haltgemacht. Clara trank einen schwarzen Kaffee und grübelte unablässig vor sich hin, während Hermann mit Begeisterung eine Currywurst mampfte.

»Er kann nichts dafür«, sagte Hermann. »Von Weinstein ist manchmal ein komischer Kauz, aber er und seine Jungs arbeiten sehr genau.« Er schaute Clara an. »Und das weißt du auch.«

Sie nickte. »Ja, wahrscheinlich schon. Ich weiß nur einfach nicht weiter.«

»Vielleicht müssen wir noch weiter in dem Fall zurück?« Hermann tunkte die Currywurst in sein extra scharfes Ketchup. »Wir reden immer von Ingo M.s Leiche …«

»Wenn das seine Leiche war …«

»Dennoch: Vielleicht sollten wir, genau wie bei Udo Schilling, auch mal schauen, was vor seinem Tod war.«

Claras Augen hellten sich auf. »Du hast recht«, sagte sie. »Wir haben doch damals herausgefunden, dass Ingo M. in einem Kinderheim südlich von Berlin gearbeitet hat?«

»Ja, irgendwo südlich von Mariendorf. Warum?«

»Vielleicht erfahren wir dort, wer dieser geheimnisvolle Komplize sein kann? Falls es ihn überhaupt gibt. Ich denke ja trotzdem eher, dass die Fingerabdrücke damals verwechselt

223

wurden, auch wenn von Weinstein sonst immer einen Topjob macht.« Clara überlegte kurz, ob sie nicht auch eine Currywurst essen sollte, entschied sich dann aber dagegen. »Wir brauchen etwas, auf dem ganz sicher Ingo M.s Fingerabdrücke sind.«

»Und das finden wir im Kinderheim?«

»Keine Ahnung, aber damals war es auch keine schlechte Idee gewesen, dort hinzufahren.«

Hermann kaute andächtig auf seiner Currywurst und tunkte das Brötchen in das Curry-Ketchup. »Damals bist du dort hingefahren, hast den Aufenthaltsort vom Namenlosen herausgefunden und wärst fast umgebracht worden. Die Idee war gut, aber so gut dann doch nicht.«

Das stimmte. Der Namenlose hatte sich im ehemaligen Haus der alten Chefin des Kinderheims im Keller eingenistet und von dort aus seine Tötungszüge erst im Internet und dann in der wirklichen Welt gestartet. Und Clara war ihm dabei in die Quere gekommen und direkt in die Höhle des Löwen spaziert. Zum Glück war sie in letzter Sekunde entkommen, bevor der Namenlose auf die Ermittler aufmerksam geworden war und sich selbst und seine verfluchte Behausung mit einigen Kilogramm TNT in die Luft gesprengt hatte. Clara schlug sich gegen die Stirn. »Genau, das ist es!«

»Was?«

»Wir brauchen seinen Arbeitsvertrag! Dort müssten doch sowohl seine Fingerabdrücke als auch seine DNA drauf sein. So finden wir heraus, ob die Abdrücke verwechselt wurden oder ob Ingo M. einen Komplizen hat.« Sie schaute Hermann an. »Da müsste doch jetzt noch jemand da sein? In dem Kinderheim?«

»Denke schon. Wie hieß der Laden noch?« Er wischte sich den Mund ab.

Clara zuckte die Schultern. »Habe ich auch vergessen.«

»Ich ruf mal im Back Office an.« Er zog das Handy und sprach mit einem seiner Kollegen. Als er fertig war, wandte er sich wieder an Clara.

»Damals hat uns ein gewisser Kosinsky vom Klinikum Marienburg Auskünfte gegeben, als wir die große Suchaktion gestartet haben. Ingo M. war Pfleger oder Aufpasser im Kinderheim der Thomas-Crusius-Stiftung. Kosinsky wusste damals auch, dass gegen Ingo M. diverse Anschuldigungen wegen Kindesmissbrauch und -misshandlung liefen. Was die Sachen im Heim angingen, ist er da aber immer irgendwie gedeckt worden. Jedenfalls gab es kein einziges Verfahren gegen ihn, bis der Namenlose ihn aufgesucht und verbrannt hat.«

»Tja«, sagte Clara und trank von ihrem Kaffee. Es hatte zu regnen begonnen, und zum Glück konnte man sich an dem Imbiss einigermaßen verlässlich unterstellen.

Hermann keuchte. Seine Augen tränten.

»Was? Zu scharf, die Currywurst-Soße?« Clara lächelte.

Hermann nickte und hustete. »Hätte mal nicht die FSK-18-Soße nehmen sollen.«

»Dir kann es doch sonst nicht scharf genug sein.«

»Ja«, sagte er und zerknüllte eine der Servietten. »Das will schon was heißen.« Dann tupfte er sich mit einer anderen Serviette die tränenden Augen ab. »Das Klinikum Marienburg hat vor einigen Jahren das Kinderheim der Thomas-Crusius-Stiftung übernommen. Das alte Gebäude war wohl voller Asbest und ist schon seit Jahren geschlossen.«

Clara blickte nach oben auf den regenverhangenen Himmel und kritzelte ein paar Notizen auf eine Serviette. Die letzte, die Hermann übrig gelassen hatte. »Ja, stimmt, das hat mir Kosinsky damals auch erzählt.« Sie blickte Hermann an. »Die Unterlagen sind aber noch dort? Zu den Angestellten und auch zu Ingo M.?«

»Keine Ahnung. Vielleicht hat sie auch die Stiftung mitgenommen, als die umgezogen sind in das Klinikum.« Er zuckte die Schultern. »Hoffe ich jedenfalls. Damals waren ja noch ein paar Sachen vorhanden. Denn falls das alles noch in der Ruine des Kinderheims liegt, ist es wahrscheinlich längst verschimmelt.«

»Sind denn die Unterlagen zu Ingo M. nicht von uns beschlagnahmt worden?«

»Ich glaube, da hat niemand dran gedacht, als sich der Namenlose selbst gesprengt hat und uns noch, post mortem sozusagen, die Liste mit den weiteren Mordopfern nebst Adresse geschickt hat. Das ganze LKA war aufgescheucht, Bellmann besonders. Ingo M. ist da irgendwie in den Hintergrund getreten. Außerdem war der zu dem Zeitpunkt ja schon tot.«

»Tja, normalerweise müsste es genauso sein. Nur dass seine DNA weiterhin auftaucht. Auch heute noch. Aber was ist hier schon normal?« Clara warf den Becher in den Mülleimer. »Mit anderen Worten: Alles, was mit Ingo M. zu tun hat, ist entweder noch bei dieser Stiftung oder in der Ruine oder weg?«

Hermann blickte dackelartig drein. »Steht zu befürchten.«

»Dann nichts wie los. Wir fahren hin und holen uns die Sachen! Sag im Revier Bescheid, dass die unseren Besuch ankündigen.«

Hermann zog sein Handy, während Clara auf dem Fahrersitz Platz nahm.

»Ist schon in Arbeit.«

Es war nicht Kosinsky, der vor dem alten Kinderheim wartete, sondern Volker Wutnik. Wutnik war Hausmeister des Klinikums und auch für die Überreste des Heims zuständig. Wutnik trug eine Latzhose, die sich über seinen dicken Bauch spannte, und hatte sich bei Clara und Hermann als »VW« vorgestellt.

»Schickt Sie Kosinsky?«, fragte Clara.

»Nee, der ist schon im Ruhestand.«

»Was ist mit Mertens? Dem ehemaligen Direktor?«

»Der war erst in Australien. Auch im Ruhestand. Aber schon seit ein paar Jahren tot.«

»Arbeitet auch noch jemand?«, fragte Hermann.

Wutnik grinste. »Berechtigte Frage. Ich jedenfalls. Und Sie ja auch, wie's aussieht. Also, mit irgendwelchen Leuten kann ich nicht dienen. Nur mit mir.«

»Sie hatten hier vorher auch nichts mit dem Kinderheim zu tun?«

Wutnik schüttelte den Kopf. »Nein, ich bin erst seit zwei Jahren beim Klinikum. Und soll mich jetzt auch noch um den Mist hier kümmern. Die Grundstückseigentümer würden das Scheißheim am liebsten abreißen, aber die Denkmalverwaltung hat da wohl Einspruch eingelegt. Und das zieht sich. Sie wollen aber nicht über Immobilien diskutieren, nehme ich an?«

Clara sah Hermann und dann Wutnik an. »Wir müssen eine Art Arbeitsvertrag eines früheren Angestellten suchen.« Sie wandte sich an Hermann. »Vielleicht finden wir in den Unterlagen noch einen Ansprechpartner, der uns sagen kann, wer der geheimnisvolle Komplize war.«

Wutnik nickte. »Dann tun Sie das doch einfach!« Er zog einen Schlüsselbund hervor und bewegte den Kopf Richtung Eingang. »Wollen wir rein?«

»Sind die Unterlagen hier drin? In der Ruine?« Clara hatte wenig Hoffnung, dass überhaupt noch etwas übrig war.

»Entweder dort oder nirgends.«

Wutnik schloss die Tür auf. »Einen kleinen Teil haben wir mitgenommen und durchgeschaut. Dann vernichtet. Aber der größte Teil von dem ganzen Mist ist hiergeblieben.«

»Das heißt, was nicht hier ist, ist für immer weg?«

Wutnik nickte. »So kann man das sagen, junge Frau.«

Das Kinderheim der Thomas-Crusius-Stiftung hatte schon damals so ausgesehen, als sollte es jeden Tag geschlossen werden. Und mittlerweile wirkte das frühere Heim auf Clara eher wie ein Geisterschloss. Leere Korridore, rostige Fensterrahmen, bröckelnder Putz an den Wänden. Das Ganze erinnerte Clara zudem irgendwie an die Ruinen in Beelitz. Und das waren keine schönen Erinnerungen. Als sie das letzte Mal in diesem Heim war, es mussten auch schon mindestens fünf Jahre her sein, waren immerhin noch ein paar Kinder über die Flure gelaufen und ab und zu eine Schwester oder ein Aufseher. Und jemand anders war vorher auch über diese Flure gelaufen. Hier, dachte sie, hatte Ingo M. gearbeitet. Wobei *gearbeitet* irgendwie das falsche Wort war. Damals hatte sie mit Direktor Mertens gesprochen. Und es war um Vladimir Schwarz gegangen, um den Jungen, aus dem später der Namenlose wurde. Damals ging es um den Namenlosen. Diesmal aber ging es um etwas noch Schlimmeres. Diesmal ging es um Ingo M.

Nachdem sie mehrere Korridore durchquert hatten, schloss Wutnik wieder eine Tür auf. »Da wär'n wir!«

Was Clara und Hermann in dem Raum sahen, waren Regale über Regale mit Ordnern, Kartons und speckig-feuchten Mappen und Papieren. Die Regale erstreckten sich meterlang und meterhoch.

»Das sind die Akten von damals?«

Wutnik nickte. »Wenn Sie Glück haben, sind die Ordner beschriftet.«

»Okay«, sagte Hermann, »das sieht nach Arbeit aus.«

Wutnik drehte sich auf dem Hacken um. »Meine Handynummer haben Sie ja. Sagen Sie Bescheid, wenn Sie durch sind? Dann komm ich rum und schließe zu. Wobei hier eh keiner was klauen würde.«

Wutniks Schritte entfernten sich auf dem Flur.

Clara schaute sich um. »Hermann, denkst du, was ich denke?«, fragte sie.

Der nickte und hob schon sein Handy. »Wir brauchen hier Verstärkung. Ich hole meine IT-Leute, vielleicht kommt Mac-Death auch noch, und die Praktikanten dürften sich auch nicht zu schade sein, hier mal ein paar Ordner zu durchwühlen.«

»Wichtig ist, dass alle Handschuhe tragen. Und Mundschutz. So schimmelig und staubig das hier alles ist. Wir suchen den Arbeitsvertrag von Ingo M. Wir brauchen die DNA *und* die Fingerabdrücke!«

In Hermanns Handy piepte das Freizeichen. Dann nahm der erste der Praktikanten ab. »Lutz, Hermann hier. Willst du mal was richtig Morbides sehen?«

Kapitel 20

Berlin, Oktober 2018, Rechtsmedizin Moabit

Es war bereits Nacht geworden. Clara und die Ermittler hatten mit sieben Leuten in dem verdammten Lagerraum gesessen. Und irgendwann hatten sie den Arbeitsvertrag gefunden. Beziehungsweise Lisa hatte ihn gefunden. Eine Kollegin von Hermann, die ebenfalls in der IT- und Cybersecurity arbeitete und früher einmal Hackerin gewesen war. Nachdem sie aufgeflogen war, hatte ihr das BKA mit einer sehr langen Gefängnisstrafe gedroht. Alternativ, so der Vorschlag, konnte sie für die Gegenseite, nämlich beim LKA Berlin anfangen. Die Entscheidung war Lisa nicht schwergefallen. Hacken für den Staat oder lange Zeit Urlaub auf Staatskosten in engen Zellen und mit schlechtem Essen. Sie hatte zugestimmt. Lisa war perfekt darin, Schwachstellen in Firewalls oder verborgene und verbotene Filme auf irgendwelchen Festplatten zu finden. Und das galt offenbar nicht nur für die digitale Welt. Denn diesen verdammten Arbeitsvertrag, vergilbt, angeschimmelt und komplett analog, hatte sie auch gefunden. Gelblich, feucht, halb zerbröselt. Auch der Name eines Personalverantwortlichen stand auf dem Vertrag. Allerdings kaum zu entziffern.

Regen fiel wie Peitschenschläge auf die Erde, als Clara, Winterfeld und MacDeath in Winterfelds Mercedes die Schranke am Gesundheitszentrum Moabit durchfuhren, in dessen hinterem Geländebereich das Institut für Rechtsmedizin lag.

Was geschah hier, fragte sich Clara. Wer war dieser Geist, der aus der Vergangenheit zu ihr kam und alles wieder hervorwühlte, von dem sie geglaubt hatte, es bereits erfolgreich überwunden zu haben? War es der Namenlose? War es wirklich sein Plan gewesen, Clara noch einmal mit Ingo M. zu konfrontieren, mit dem, was er Claudia angetan hatte, und mit der grauenvollen Tatsache, dass Claudias Leiche verschwunden und das Grab leer war? Die Zeit war gekommen, dass etwas auftauchte, das tief in ihre Vergangenheit gehörte, das unter einer so dicken Decke verborgen war, dass es wahrscheinlich unerkannt geblieben wäre bis zu ihrem Tod. Doch der Schrecken ließ sich nicht aufhalten oder verdrängen. Er ließ sich nicht negieren oder bekämpfen. Er blieb, er terrorisierte und er siegte.

Clara schaute auf ein kleines Passfoto von Claudia, das sie immer im Portemonnaie mit sich trug. Alt, verblasst und abgewetzt. Fast so wie der Arbeitsvertrag, den sie gefunden hatten. Claudia auf einer Brücke, der Himmel mit einem Sonnenuntergang hinter ihr, unter ihr das Wasser. Wie sie da stand, dachte Clara, zwischen den Wolken, erschien sie ihr mehr und mehr wie ein Engel, der sich aus dem goldschimmernden Lauf des Flusses und den vom Sturm getriebenen Wolken erhob, einem Wesen gleich, das vielleicht gar nicht auf diese Welt gehörte, das nur kurz hier auf dieser Welt gewesen war, weil es eigentlich an einen anderen Ort gehörte.

War das der Plan des Namenlosen? Je mehr Clara ihre Vergangenheit erforschen wollte, desto stärker würde das Geheimnis werden, das sie beide teilten, sie und der Namenlose, der wie ein Phantom aus dem Grab heraus sprach. Sie durfte sich nicht einkapseln. Durfte sich nicht isolieren. Musste das Geheimnis weiter mit anderen teilen. Denn ansonsten würde Clara am Ende ihm gehören. Dem Namenlosen.

Sie schaute auf das Foto.

In Claudias Blick war ein wenig Erschöpfung zu sehen, dabei aber auch die Neugier eines Kindes und der Wunsch, all das hier auf dieser großen und rätselhaften Welt zu verstehen. Es war beides in einer Weise vereint, die Claudia das Aussehen verletzlicher Schönheit gab. Claudia stand dort auf der Brücke tatsächlich wie ein Engel zwischen Himmel und Erde, eingetaucht in das goldene Licht der Abendsonne, die sich in Wasser und Wolken spiegelte, wie ein Wesen, das nicht auf diese Erde gehörte.

Am Ende war genau das geschehen.

Am Ende war sie nicht mehr Teil der Erde.

Am Ende war sie zu einem Engel geworden.

Von Weinstein saß wieder am Computer.

»Fingerabdrücke abgleichen am späten Abend. Und das, nachdem Ihre Kollegin mir Schlampigkeit vorwirft.« Er schaute erst Clara und dann Winterfeld an, der gerade wieder zur Tür hereinkam, nachdem er auf einer Art Minibalkon der forensischen Genetik einen Zigarillo geraucht hatte.

»Ich habe mich schon entschuldigt«, sagte Clara.

»Stimmt, haben Sie.« Von Weinstein blickte Winterfeld an. »Dafür schulden Sie mir ein Abendessen«, knurrte er Winterfeld an.

»Wieso ich?«, fragte Winterfeld.

»Weil Sie der Leiter des LKA 113 sind und hier nichts läuft ohne Ihr Okay. Also, Abendessen! Und zwar first class, nicht wieder zum Vietnamesen an der Ecke wie letztes Mal.«

»Beim Vietnamesen geht es schnell, und es gibt viel Gemüse«, sagte Winterfeld. »Das ist gesund.«

»Von wegen. Der, den Sie meinen, ist ein besserer Imbiss, und der gefällt Ihnen, weil er so billig ist. Wenn Sie nicht was springen lassen, dann gibt es Agent Orange!« Das war wieder einer von Weinsteins grenzwertigen Witzen. Diesmal hatte also das Entlaubungsmittel herhalten müssen, das die US-Truppen im Vietnamkrieg eingesetzt hatten, um Späher und Scharfschützen des Vietcong in den Bäumen des Dschungels zu entdecken.

»Was haben wir denn nun?«, fragte Clara.

»Die Fingerabdrücke von drei Personen«, sagte von Weinstein. »Einer ist wahrscheinlich von dem Leiter des Heims …« Er schaute alle an. »Lebt der noch?«

Winterfeld schüttelte den Kopf. »Vor sechs Jahren gestorben. Der war ja in den Neunzigerjahren dort Leiter. Selbst sein Nachfolger ist schon tot.«

»Der Tod siegt am Ende immer«, murmelte von Weinstein. »Einer der Abdrücke ist dann wahrscheinlich von dem Leiter, der andere von Ingo M. Genau wie er in der Datenbank gespeichert ist.«

Clara spürte einen Stich. »Der Fingerabdruck von Ingo M. stimmt also?«

»Natürlich«, sagte von Weinstein. »Auch wenn Sie es nicht glauben«, er warf Clara einen kurzen Blick zu, »wir sind sehr genau mit unseren Daten, da kommen keine Verwechslungen vor. Und da ist noch etwas.«

»Was?«

»Wir haben einen dritten Abdruck.«

»Von wem?« Clara beugte sich über den Bildschirm, als würde sie auf diese Weise schneller etwas finden.

»Ich vergleiche das mal …« Er beugte sich vor und tippte etwas in den Rechner. »Es stimmt also …«, murmelte er mehr zu sich als zu den anderen.

»Was stimmt?« Winterfeld trat auch heran. »Wenn Sie es wieder so spannend machen, gibt es doch nur den Vietnamesen.«

»Wehe.« Von Weinstein wandte den Blick vom Mikroskop. »Der Komplize.«

»Es gibt also doch einen Komplizen?« Das war Clara.

»Wie man es nimmt. Oder den geheimnisvollen Dritten.« Von Weinstein nickte. »Es gibt ihn wirklich. Das sind die gleichen Fingerabdrücke, die auch auf dem Foto von dem Reporter sind.«

»Der Teilabdruck auf dem Foto vom Berliner Boten?«, fragte Hermann.

»Genau der«, sagte von Weinstein, »den haben wir hier auch.«

Clara schüttelte den Kopf. »Der, der angeblich die DNA von Ingo M. hat, aber nicht die Fingerabdrücke? Dessen Fingerabdrücke sind hier drauf?«

Von Weinstein nickte. »So ist es.«

»Und wer ist das? Ist der irgendwo gespeichert?«

Von Weinstein schüttelte den Kopf. »Nichts. Aber ich würde sagen: Genau das ist unser Phantom.«

»Sonst noch eine gute Nachricht?«

»Ja, wir konnten den Namen von dem früheren Personalchef des Heims entziffern.« Er schaute Clara an. »Friedhelm Winkler.« Er stand auf. »Fragen Sie ihn am besten. Vielleicht weiß er, wer damals dabei war und wer Ingo M.s Komplize ist.«

Kapitel 21

Berlin, Oktober 2018,
Hauptquartier des Xanadu, *Kurfürstendamm*

Das große Büro am Kurfürstendamm mit Blick auf den Olivaer Platz ließ kaum darauf schließen, dass der Besitzer dieses Büros, Lukas Wynn, eines der größten Bordelle in Berlin betrieb. Vor seinem Büro war ein riesiger Balkon, von dem aus man den Ku'damm und den Olivaer Platz überblicken konnte. Unten eine riesige Bankfiliale, dahinter der Walter-Benjamin-Platz. Definitiv eine der schönsten Orte für ein Büro in Berlin. Das schönste Büro für das größte Bordell Berlins.

Größter Puff Berlins. Das war schon ein Superlativ. Denn Berlin selbst war der größte Puff Deutschlands. *Arm, aber sexy*, hatte der frühere Bürgermeister Wowereit zur Hauptstadt gesagt. *Arm und abgefuckt* traf es besser. Offiziell gab es zweitausend Prostituierte in Berlin. Mehr als achttausend traf es besser. Die meisten sprachen kein Deutsch, nicht mal das Wort für »Ficken«. Sie schlugen eine flache Hand auf die geschlossene. Jeder wusste, was das hieß. Oder führten die geschlossene Hand zum Mund. Auch das war klar. Drei Finger erhoben hieß *dreißig Euro*. Für zwanzig machten es die meisten auch.

Das Geschäft war für die Schlepper und Zuhälter extrem profitabel. Es fielen Kosten für ein wenig Essen, Trinken, Drogen, Kleidung und Transport an. 60 bis 70 Prozent der Einnahmen aber, steuerfrei verstand sich, blieben bei den Zuhältern hängen.

Grassoff wusste, wo die Frauen herkamen. Aus Moldawien, Weißrussland, Rumänien, Bulgarien oder der Ukraine. Dann wurden sie auf einem illegalen Sklavenmarkt in Athen, Istanbul oder Moskau für tausendfünfhundert Euro versteigert. Jeder verdiente am Weiterverkauf weiter. Die Ware Mensch garantierte Mehrwert. Denn die Ware Mensch war eine variable Ressource. Sie ließ sich immer wieder einsetzen. Die Frauen ließen sich immer wieder von einem Land in ein anderes verschieben, von einem Bordell ins nächste. Die Bordelle behaupteten dabei, dass die Kunden immer neue Huren wollten. Das wollten aber nicht primär die Kunden. Das wollten vor allem die Betreiber. Denn so flog nichts auf. Niemand war lange genug irgendwo, dass irgendjemand irgendetwas auffallen konnte oder es irgendwelche Nachforschungen gab. Jeder war eine Woche später schon wieder woanders. LKWs ließen schwarze Planen herunter und fuhren im Dunkel der Nacht los. Für die Frauen ging es dann, nachdem sie eine Weile in Europa gewesen waren, auf weitere Stationen. Osteuropa, Mittlerer Osten, irgendwann Asien. Einige endeten irgendwann als Organspender oder auf dem Straßenstrich in den Ländern, aus denen sie eigentlich geflohen waren oder mit falschen Versprechungen von Schieberbanden herausgelockt worden waren. Und von einigen sagte man, sie wurden, wenn ihre Karriere vorbei war, in Snuff-Movies oder Red Rooms entsorgt.

Grassoff hatte auch Wynn im Griff. Denn Grassoff wusste von Wynns Schwarzgeld, wusste, wo einige der Frauen herkamen und besonders wie und von den Bedingungen, unter denen sie arbeiteten. Wynn wusste nicht, was Grassoff alles wusste. Das würde er erst feststellen, wenn er Zicken machen würde. Doch Wynn sah nicht aus wie jemand, der Zicken machte. Genauso, wie sein Büro nicht aussah wie das eines

Zuhälters. Einzig ein gerahmtes Gedicht neben seinem Schreibtisch ließ darauf Rückschlüsse zu. Denn das Gedicht hieß genauso wie das riesige Bordell, das Wynn gehörte: *Xanadu*.

Grassoff überflog die Zeilen.

In Xanadu did Kubla Khan
A stately pleasure-dome decree:
Where Alph, the sacred river, ran
Through caverns measureless to man
Down to a sunless sea.[4]

»Samuel Taylor Coleridge«, sagte Wynn, der einen schwarzen Anzug und ein schwarzes Hemd trug, »kennen Sie ihn?«

»Engländer, oder?«, fragte Grassoff.

»Ganz recht. Romantik.« Wynn ging zu einem anderen Bild, einer Reproduktion von Botticellis »Geburt der Venus«. Wynns Sekretärin kam herein und brachte zwei doppelte Espresso und einige Kekse, dazu zwei Gläser stilles Wasser. Die Frau war etwa Mitte fünfzig und trug ein hochgeschlossenes Kleid. Die Sekretärin des größten Zuhälters von Berlin hätte man sich sicher anders vorgestellt. Aber Wynn war auch kein typischer Zuhälter mehr. Er spielte in einer eigenen Liga. Seine Vorbilder waren nicht die schmutzigen Puffs in den Hinterhöfen, sondern die riesigen Casinos in Las Vegas. Weshalb er sich auch umbenannt und den Nachnamen von einem der größten Casino-Mogule der Welt angenommen hatte.

»Venus«, sagte Wynn und zeigte auf das Bild, »die schönste aller Göttinnen, wurde gewaltsam gezeugt. Uranos, der Urgott, wollte Gaia, die Mutter der Erde, vergewaltigen. Doch

---

4 »Kubla Khan« von Samuel Taylor Coleridge https://www.poetryfoundation.org/poems/43991/kubla-khan

sein Sohn Kronos ging dazwischen und schnitt seinem Vater mit einer Sichel die Geschlechtsteile ab.«

»Interessant«, sagte Grassoff. »Wurde nicht aus der Sichel irgendwann die Sense?«

»Richtig, Sie kennen sich aus. Und Kronos wurde gleichbedeutend mit dem Tod.« Er ging vom Bild zum Fenster. »Jedenfalls warf Kronos die abgeschnittenen Genitalien ins Meer, und aus dieser Mischung aus Samen, Blut und Salzwasser entstand Venus oder Aphrodite, die *Schaumgeborene*. Die älteste Göttin des Olymps und Göttin der Schönheit.«

»Ihr Gewerbe ist fast genauso alt ...«, begann Grassoff.

»Das ist richtig.«

»Aber nicht immer schön.«

»Wie bei Venus. Sie war mit Hephaistos, dem hässlichen Gott des Feuers, verheiratet. Und ging mit dem Kriegsgott Ares fremd. Für den Trojanischen Krieg sorgte sie auch noch. Das Schöne ist oft im Hässlichen zu finden.« Er war bei einer Nachbildung von Caravaggio angelangt. »Caravaggio suchte sich die Modelle für seine Heiligenfiguren in den schmutzigsten Elendsvierteln von Rom. Er malte die Mühsamen und Beladenen, und Jesus hätte das bestimmt gefallen. Dem Vatikan aber nicht. Denen sahen die Figuren nicht heilig genug aus.« Er schaute Grassoff an. »Kommen wir zu Ihrem Anliegen. Wer ist der Mann?«

Grassoff reichte ihm ein Foto.

»Privatwirtschaft oder öffentlicher Dienst?«

»Öffentlicher Dienst. Beamter.«

»Vorlieben?« Grassoff wusste, dass Wynn wusste, was das hieß. Kameras mussten in jeden Winkel des Raumes.

»Die, die er im *Xanadu* ausleben will, sind eher normal. Kompromittierend sind sie trotzdem. Zusammen mit seinen anderen Vorlieben haben wir dann einen schönen Cocktail.«

»Und was macht er noch?«, fragte Wynn. In seiner Position war er natürlich immer an bizarren Vorlieben interessiert. Es könnte ja ein Geschäftsmodell daraus werden, es könnte sich ja um eine Nachfrage handeln, aus der er ein Angebot machen konnte.

»Er macht noch … andere Dinge. Aber die macht er nicht in Etablissements wie Ihrem.«

»Sondern wo?«

»Eher … auf dem Land.«

»Welche Mädchen bevorzugt er da?«

»Wer spricht von Mädchen?«

»Okay. Welche Menschen bevorzugt er?«

Grassoff blickte ihn an. »Wer spricht von Menschen?«

Kapitel 22

Berlin, Oktober 2018, LKA 113

Mittlerweile war es später Abend. Nach gefühlten fünf Stunden war es den Kollegen endlich gelungen, die Handynummer von Friedhelm Winkler herauszufinden. Clara hatte es mehrfach versucht, doch niemanden erreicht. Immer nur die Mailbox. Wahrscheinlich war der Mann auch längst in Pension. In Australien. Neuseeland. Am Ende der Welt. Oder tot. Laut Einwohnermeldeamt wohnte er aber in Teltow, am Rande von Berlin. Wahrscheinlich würden sie zu ihm nach Teltow fahren müssen und das Haus belagern. Aber nicht mehr heute.

Clara packte ihre Sachen zusammen und ging zum Aufzug. MacDeath hatte bereits die kleine Victoria von der Kita abgeholt und wollte zu Hause noch etwas arbeiten. Sie wollte gerade auf den Knopf drücken, als Bellmann ihr entgegenkam, offenbar auch auf dem Heimweg. Es war 23:30 Uhr, was bei Bellmann eher einem normalen Feierabend entsprach.

»Frau Vidalis«, sagte er.

»Guten Abend, Herr Bellmann.«

»Hören Sie, ich habe gehört, was die letzten Tage für Sie gebracht haben.« Er kniff den Mund zu, versuchte, gleichzeitig teilnahmsvoll und streng zu erscheinen, was beides misslang.

Clara nickte. »Kann man so sagen.« Was sollte sie auch sonst erwidern?

»Passen Sie auf«, sagte Bellmann, als sie beide den Fahrstuhl betraten. »Ich weiß, dass Sie mit vollem Eifer dabei sind.

Ich weiß aber auch, dass ich eine Fürsorgepflicht für Sie habe, und ich weiß auch, dass die Vorschriften eigentlich vorsehen, dass Sie in keinem Fall ermitteln dürfen, in den Sie persönlich involviert sind.«

»Bin ich das?«

»Das sind Sie. Ich muss Ihnen nicht erläutern, warum.«

Das musste er wirklich nicht. Was Ingo M. mit Claras Schwester gemacht hatte, wusste jeder. Clara erst recht.

Clara beschloss, Tacheles zu reden. »Worauf wollen Sie hinaus?«

»Sollte ich merken, dass Ihnen die Sache zu sehr zu Kopf steigt, dass Sie die Sache sogar krank macht, werde ich handeln müssen. Ich hoffe, Sie nehmen mir das dann nicht übel?«

»Beurlaubung?«

Bellmann nickte. »Wir haben Sie wegen dem Suizid von Künzel wieder zurückgeholt. Das war auch richtig. Dass wir damit aber das Fass mit Ingo M. aufmachen, dass Sie, verständlicherweise, an Ihre psychischen Grenzen bringt, damit hat natürlich keiner gerechnet.« Er schaute sie an. »Wir sind damit ehrlich gesagt vom Regen in die Traufe gekommen.«

Out of the pan into the fire, wie die Engländer sagten, dachte Clara. Oder die Amerikaner: *From Hell into Texas.*

»Mache ich einen gestörten Eindruck?«, fragte Clara. Sie bevorzugte jetzt den direkten Weg.

»Das nicht. Aber ich weiß, dass Dinge manchmal Zeit brauchen, bis sie ausbrechen. Und darauf muss ich aufpassen. Und wenn Sie nicht auf sich aufpassen, muss ich das halt tun.«

Von wegen, dachte Clara. Der will nur keine Zeitungsmeldung: *Bellmann hat seine Truppen nicht im Griff. Gestörte Psycho-Kommissarin schießt um sich.* Vielleicht hatte Bellmann auch recht. Vielleicht wurde sie wirklich langsam wahnsinnig. Aber was sollte sie machen? Wo kam diese verdammte

DNA her? Und warum passten dann die Fingerabdrücke nicht zusammen? Und wer war dieser seltsame Dritte? Oder war sie, Clara, jetzt selbst kurz davor, genauso wahnsinnig zu werden wie die Psychopathen, die sie jagte?

»Gut«, sagte Clara. »Und nun?«

»Nun werden wir hoffen, dass wir alle gemeinsam den Fall schnell gelöst kriegen. Wenn ich aber sehe, dass das zu Lasten Ihrer Gesundheit geht oder dass Sie den Fall als persönlichen Rachefeldzug sehen, dann werde ich einschreiten.« Er hob die Augenbrauen. »Haben wir uns verstanden?« Falls von Bellmann gerade eine Frage gestellt hatte, war sie rein rhetorisch.

Die Aufzugtür zur Tiefgarage öffnete sich zischend und rumpelnd.

»Ja, Dr. Bellmann, das haben wir.«

»Schönen Abend, Frau Vidalis.«

»Schönen Abend, Herr Bellmann.«

Sie verabschiedeten sich, und jeder ging zu seinem Auto. Clara blickte sich kurz um und sah, wie Bellmann einen Augenblick stehen blieb und sie betrachtete. Wie ein Arzt einen Patienten. Oder ein Tierpfleger ein Tier.

Kapitel 23

Berlin, Neunzigerjahre,
Kinderheim der Thomas-Crusius-Stiftung

Irgendwann waren die ersten Beschwerden über Ingo M. beim Direktor des Kinderheims eingegangen. Auch Vladimir hatte sich beschwert. Der Direktor des Heims hatte sich seine Geschichte angehört, aber kaum etwas darauf gegeben. Er wusste zwei Dinge: Das Heim war ein rechtsfreier Raum, weit schlimmer als Kindergärten und Schulen. Und er wusste, dass Kinder sich dauernd beklagten. Auch über sexuelle Übergriffe von Pflegern, das kam öfter vor. Genauso, wie es immer die Storys aus Pflegeheimen gab, dass alte Menschen von den Pflegern verprügelt worden. Oder sie wurden von den sogenannten *Todesengeln* gleich ins Jenseits befördert. Das konnte alles sein, aber was sollte er, der Direktor, mit seinem winzig kleinen Scheißbudget tun? Pflegekräfte wurden beschissen bezahlt, und offenbar waren diese rechtsfreien Räume in dieser Form, wie es sie nun einmal gab, mindestens geduldet. Es war dem Direktor im Grunde egal, aber das, was von seinem Gewissen noch übrig war, fragte sich dennoch, ob man so etwas tolerieren könne.

Er kannte Ingo M. – er hatte ihn eingestellt. Denn Ingo war jemand, der auch mal hart durchgriff. Manchmal schien er zu gerne zu hart durchzugreifen. Schien es fast zu genießen, die Kleinen zu schlagen. Da war etwas, was man Sadismus nennen konnte. Nein, musste. Gefallen hatte es dem Direktor nicht. Aber konnte ein Unfallchirurg in der Notaufnahme sich über jede Wunde Gedanken machen? Über jeden Knochenbruch, über jeden einzeln gefühlten Schmerz? Nein. Und er, der Direktor des Kinderheims, genau genommen der Notaufnahme der Gesellschaft, der Resterampe für die, die keiner haben wollte, er konnte es erst recht nicht. Dass aufgrund solcher Gedanken Kinderheime ein Hort für Sadisten werden konnten, wusste er. Dass er keine Lösung für dieses Problem hatte und dass es auch eigentlich nicht sein Job war, wusste er auch. Er musste sich nur um eines kümmern: Dass die Kinder einen einigermaßen geregelten Tagesablauf und ein Bett zum Schlafen hatten und dass sie zur Schule gingen. Dann gab es Mittagessen, Hausaufgaben, Abendessen, Fernsehstunde, etwas Sport. Und dann Schlafen. Für manche in Mehrbettzimmern, für die meisten aber in einem riesigen Schlafsaal, der wie ein Auffanglager aussah. Und wichtig war auch noch, dass möglichst wenige wegliefen und dann in den umliegenden Dörfern irgendeinen Mist veranstalteten. Abstriche musste man immer machen. Bei der alten Gutmenschen-Tante, die vorher das Heim geleitet hatte, dachte er, hätte so einer wie Ingo M. wahrscheinlich nie einen Job bekommen; die Dame war eher eine Vertreterin der Kuschelpädagogik gewesen. Doch mit Leuten wie Ingo M., denen auch mal die Hand ausrutschte, herrschte jetzt Ruhe und Ordnung im Heim. Nicht Wohlfühl-Anarchie wie zuvor. Ruhe und Ordnung. Besonders für den Direktor. Das war das Wichtigste. Er war schließlich der Chef.

Womöglich stimmte die Story mit der sexuellen Belästigung sogar, die der blasse, verängstigte Junge namens Vladimir erzählt hatte. Er, der Direktor, würde wohl mit Ingo M. sprechen müssen. Feuern aber würde er ihn ganz sicher nicht. Denn er wusste, wer bei Ingo M. im Hintergrund stand, welche Menschen das waren. Was diese Leute wussten und konnten. Das

244

hatte das Zeug, sehr unangenehm zu werden. Denn auch wenn es dem Direktor keiner gesagt hatte, die Arbeitsstelle im Kinderheim war für Ingo M. eine Möglichkeit, nach außen einen Anschein des Bürgerlichen zu wahren. Damit Ingo das machen konnte, was er eigentlich machen wollte. Was dieses *Das* war, das mochte sich selbst der Direktor nicht ausmalen.

Er hatte Andeutungen darüber gehört, was Ingo sonst machte. Es hatte auch mit Kindern zu tun, mit Filmen, mit Masken. Und wohl auch mit Leichen. Aber jemand anders hatte ihm gesagt, dass er keine Fragen stellen sollte. Dass er an die Spenden für das Heim denken sollte. An die Rechnungen, die einige Firmen um einige Tausend Euro zu hoch ansetzten und bei denen der Direktor dann die Hälfte per Barausgleich privat einstrich. All das wäre dann vorbei. War es das wert? War so ein kleiner Hosenscheißer das wert? Sicher nicht. Wer war hier schließlich der Boss? Dieser Vladimir, Ingo M. oder er?

Er würde mit dem Pfleger sprechen, aber er würde ihn sicher nicht feuern. Niemals. Abgesehen von dem Kleinkrieg, den das auslösen würde: Womöglich musste dann jemand anderes eingestellt werden, der sich vielleicht als Softie erwies und nicht die nötige Härte besaß, auch mal zuzuschlagen, wie Ingo M. es tat – was zwar nicht den Richtlinien entsprach, aber hier nötig war, denn in diesem Bürgerkriegsgebiet des Heims half kein gutes Zureden. Die älteste und einzige Form der Autorität war nun einmal die Gewalt, und Gewalt war ohnehin die einzige Sprache, die dieser Unterschichten-Nachwuchs verstand. Die meisten würden sowieso als krimineller Abschaum enden. Würden zu blöd zum Verhüten sein und ebenfalls Kinder bekommen, die niemand wollte. Kinder, die dann wieder misshandelt wurden, mit Stöcken geschlagen, in kochendes Wasser gelegt, mit Zigaretten gequält. Die dann

245

kriminell wurden, irgendwann vom Jugendamt verwaltet wurden, wegen ihrer Verhaltensauffälligkeit keine Adoptionsfamilie fanden und dann hier landeten. Von der Plattenwohnung ins Heim und sobald sie volljährig waren, von dort direkt in den Knast. Das war die Karriere dieser Leute. Am besten wäre es wohl, man würde diese Kinder gleich nach der Geburt erschießen. Aber dann gäbe es gar keine Heime und der Job des Direktors wäre überflüssig. Wie immer man es wendete, es war schlecht, und es würde schlecht bleiben.

Dieser kleine Schwanzlutscher, dachte Ingo M. Dieser kleine Schwanzlutscher, dieser Vladimir, hatte doch tatsächlich beim Direktor gepetzt! Der Direktor hatte ihn zwar abgespeist mit den Worten: *Ich werde mit dem Pfleger sprechen. Wenn du dich schlecht fühlst, melde dich auf der Krankenstation.* Dennoch: Was bildete sich dieser kleine Drecksack ein?

Er würde ihm auflauern. Unten in der Wäscherei. Dort hatte er schon einige aufmüpfige Jungen hingebracht. Einem hatte er sogar einmal die Nase gebrochen. Hatte dann einfach behauptet, der andere habe sich mit einem anderen Jungen geprügelt. Dem anderen hatte er ebenfalls eine reingehauen, damit es nach einer echten Prügelei zwischen den Kindern aussah.

Er würde diesem Vladimir zeigen, dass es für ihn richtig schlimm werden könnte, falls er noch einmal zum Direktor ging. Falls er weiterhin glaubte, dass es in diesem Heim noch eine andere Autorität gab außer ihm, Ingo M.

Vladimir würde in die Augen seines Peinigers schauen. Und er würde nichts dagegen tun können. Er, Ingo, würde die Panik und die Todesangst darin sehen, würde sehen, wie das Unheil und der Schrecken und der Schmerz näher kamen, so wie sich ein Tsunami einer Küste nähert, langsam, todbringend und unvermeidlich.

Er würde ihn ins Gesicht schlagen. Seinen Mund aufdrücken. Und ihm ekelhaften, fauligen Speichel in den Mund laufen lassen. Eine klebrige, schleimige Mischung aus Fäulnis, Kaffee und Hühnerfrikassee. Dann würde er ihm den Mund zuhalten, schauen, wie der Kleine würgte, und es genießen. Und dann würde er noch einmal zuschlagen. Und vielleicht noch einmal. Und dann etwas mit ihm *machen*. Etwas, das er schon einmal mit ihm gemacht hatte. Und er würde es wieder genießen. Denn da war etwas in ihm, etwas Großes, Schwarzes, Böses. Etwas, das ihn beherrschte, aber auch etwas, dem er dienen wollte.

Er würde niemals einen richtigen Beruf haben, wenn man mal von diesem Scheißjob hier in dem Kinderheim absah. Er würde niemals akzeptiert sein, und er würde niemals eine Frau oder gar eine Familie haben. Doch das war egal. Es war das Große, Schwarze und Böse, dem er diente, das ihn mit immer neuer Erregung erfüllte, das seine Droge war und ohne das sein Leben keinen Sinn haben würde. Ohne dieses Große, Schwarze, Böse, das war ihm ganz klar, hätte er sich schon längst umgebracht. Ohne das Böse war das Leben sinnlos. Jedenfalls sein Leben. Mit dem Bösen aber konnte er sich nichts Besseres vorstellen als das Leben, das er jetzt führte.

Er beherrschte das Heim, weil das, was in ihm war, ihn beherrschte.

Denn da war etwas, was noch viel größer war als er. Etwas, das viel größer und viel schlimmer als er selbst war. Und ihn darum mehr faszinierte als alle anderen Dinge auf der Welt.

Das Andere.

Das Fremde.

Das *Böse*.

Kapitel 24

Berlin, Oktober 2018, Monbijouplatz

Clara trug die kleine Victoria in der Wohnung hin und her. Das Kind weinte, weil in der Kita alles so anders und so ungewöhnlich war. Warum musste sie ihr Kind überhaupt weggeben, fragte sich Clara, und es in die dunkle und böse Welt werfen? Warum konnte es nicht für immer bei ihr bleiben?

Das Kind weinte, und sie weinte. Es waren grauenhafte Tage gewesen, bei denen an einem der Tage der Wecker morgens um vier Uhr im Courtyard Marriott in Bremen geklingelt hatte, weil sie mit Winterfeld um 5 Uhr morgens bei einer Exhumierung sein musste. Eine Zeit, zu der es im Hotel natürlich noch kein Frühstück gab und beide sich am Bahnhof bei einem Bäcker, umringt von zwielichtigen Gestalten – denn wer hält sich um 4:20 Uhr schon am Bahnhof und dann auch noch in Bremen auf –, zwei Croissants und einen Kaffee holen mussten. Obwohl Clara sowieso kaum etwas heruntergekriegt hatte.

Sie ging mit der Kleinen ins Wohnzimmer. MacDeath saß am Wohnzimmertisch, hatte einige Akten auf dem Tisch liegen und den Kopf in die Hände gestützt. Die Sache mit Ingo M., der DNA und dem Fingerabdruck verursachte auch ihm Kopfzerbrechen. Die Wahrheit über Claudias Grab ohnehin. Damals, vor einigen Jahren, als sie gemeinsam den Namenlosen gejagt hatten, hatte Clara die Videobotschaft bekommen, in der der Namenlose Clara gesagt hatte, dass Ingo M. die Leiche Claudias aus ihrem Grab entwendet hatte. Damals schien es klar gewesen zu sein, dass Ingo M. tot war. Das war es jetzt leider nicht mehr. MacDeaths Brille lag auf dem Tisch, daneben standen zwei Whiskygläser. Clara war nichts anderes eingefallen, als MacDeath zu bitten, einen seiner besten Whiskys aufzumachen. Das vertrug sich zwar nicht gut mit dem Beruhigungsmittel, das sie vor zwei Tagen auf der Rückfahrt von Bremen in Winterfelds Auto genommen hatte, aber heute war ihr ohnehin alles egal.

»Die DVD liegt ja immer noch hier herum«, sagte Clara. Sie zeigte auf die »Face Off«-DVD.

»Ja … wie gesagt«, knurrte MacDeath gereizt. »Allein in den Keller laufen kann sie nicht.« MacDeath war offenbar, wie bei Männern üblich, der Meinung, dass derzeit ein paar andere Dinge wichtiger waren als die Frage, ob irgendeine DVD irgendwo auf dem Tisch herumlag. Bei Clara, wie bei den meisten Frauen, war es allerdings genau umgekehrt. Wenn schon alles chaotisch und aus den Fugen geraten war, dann sollte es wenigstens in der Wohnung, dem Rückzugsraum par excellence, angenehm und ordentlich aussehen.

Sie hielt Victoria auf dem Arm, die sich langsam etwas beruhigte, und nahm teilnahmslos die DVD-Hülle in die Hand. »Ist das der Film, den du neulich angeschaut hast, als du nicht schlafen konntest?«

»Ja, genau. Nach wie vor ein klasse Film.« MacDeath sah gar nicht auf, sondern war weiter in die Akten vertieft.

Clara las den Text auf der Rückseite der DVD:

Seit einem Mordversuch an ihm – bei dem aber sein Sohn ums Leben kam – jagt der FBI-Agent Archer den Terroristen Troy. Nachdem ihm schließlich die Festnahme von Castor und seinem Bruder Pollux gelungen ist, liegt der ältere Castor im Koma und muss künstlich am Leben erhalten werden, während Pollux ins Hochsicherheitsgefängnis Erehwon eingewiesen wird.

Clara sah MacDeath an. »Erehwon?«

MacDeath blickte etwas genervt auf. »Das ist ein Anagramm. Heißt umgedreht *Nowhere.*«

Clara zog die Augebrauen hoch. »Was du alles weißt.« Wahrscheinlich war es verrückt. Das Grab ihrer Schwester war leer, Ingo M. wahrscheinlich noch am Leben und in diverse Morde verstrickt, und sie diskutierte hier über Wortspiele bei Actionfilmen. Aber vielleicht war das auch genau die richtige Therapie: sich abzulenken, indem man über irgendetwas nachdachte, das eigentlich nicht zu ihren typischen Themen gehörte.

»Die Namen sind also an die Zwillinge Castor und Pollux angelehnt, wie in der antiken Mythologie?«, murmelte Clara.

»Ja, richtig.« MacDeath nickte, war aber nicht ganz bei der Sache.

»Und der eine nimmt die Gesichtshaut des anderen, um sich als den anderen auszugeben? Wie symbolisch ... und schrecklich!«

Clara setzte sich.

MacDeath sah sie verwundert an. »Warum interessiert dich das auf einmal?«

Clara wiegte Victoria auf ihrem Schoß hin und her. »Er muss tatsächlich die Gesichtshaut des anderen nehmen?«

»Ja, das muss er, weil er sich sonst nicht für den anderen ausgeben kann.« Er blickte kurz auf. »Zwillinge sehen sich ja nicht notwendigerweise ähnlich. Das ist nur der Fall, wenn sie eineiige Zwillinge sind.«

»Okay.« Clara wiegte ihre Tochter weiter auf dem Schoß.

MacDeath aber blickte in die Akten, schaute dann nach oben, blickte noch einmal hinein. Dann sah er Clara an, als hätte er ein Gespenst gesehen.

»Verdammt, sind wir blöd!«, sagte er, schlug sich gegen die Stirn und sprang auf. Victoria glucktste auf Claras Schoß. »Ingo hatte gar keinen Komplizen. Er hatte etwas anderes!«

»Ja, und was?«

»Das, was wir hier auch haben! In dem Film.« Er tippte auf die DVD. »Und hier!« Dann tippte er wie wahnsinnig auf die Akten.

»Und was heißt das?« Clara verstand noch immer nicht, worauf MacDeath hinauswollte.

»Zwillinge«, sagte MacDeath und zeigte auf die DVD. »Hier sind es normale Zwillinge. Und hier«, er tippte auf die Akten, »sind es eineiige Zwillinge!«

Jetzt verstand auch Clara. »Unterschiedliche Fingerabdrücke ...«

»... aber die gleiche DNA.« MacDeath nickte und sah Clara an. »Ingo M. gibt es zweimal!«

BUCH 3

Endure the pain
You know my name
I am your soul insane

I am no one
No one who cares
I am your soul despair

Slayer, »Gemini«[5]

---

5 Aus dem Album »Undisputed Attitude«, 1996

Kapitel 1

Berlin, in den Neunzigerjahren

So ein Tumor mit Zähnen«, sagte der Mann zu dem anderen, »kann auf ganz unterschiedliche Weise entstehen.« Er streichelte dem anderen Mann über den Kopf. »Es war ein Tumor mit Zähnen und Haaren, der irgendwo tief unten im Bauch des anderen Mannes lag. Ein Tumor, der die Hand gebissen hat, die nach ihm greifen will. Weißt du, wie so ein Tumor entsteht?«

Der andere Mann schüttelte den Kopf.

»Willst du es wissen?«

Er nickte.

»Viele Frauen sind mit Zwillingen schwanger. Doch manchmal verstirbt einer von den beiden Zwillingen. Er kommt aber nicht als Fehlgeburt zur Welt. Er bleibt auch nicht im Mutterleib. Weißt du, was mit ihm passiert? Bei eineiigen Zwillingen, die gemeinsam in einer Fruchthöhle sind, umschließt der eine Zwilling den toten Zwilling, schließen sich beide Zwillinge als Zellklumpen zusammen. Der tote Zwilling wächst also im Körper des anderen. Er kommt als Tumor des anderen zur Welt.«

Er schaute nach unten.

»Und er wächst weiter. Er bekommt Haare. Und Zähne. Obwohl er eigentlich gar nicht lebt. Er wächst im Leib seines Zwillingsbruders. Zuerst sieht es aus, als habe der Zwilling ein Baby in sich. Und irgendwann kommen die Ärzte. Und holen dem Zwilling seinen toten Zwillingsbruder aus dem

Körper heraus. Der sieht natürlich nicht aus wie ein menschliches Wesen. Es ist vielmehr ein Tumor. Ein Tumor, in dem alle Gewebearten eines Menschen vereint sind. Zähne, Knochen, Fleisch und Haare. Natürlich nicht geordnet, nicht symmetrisch, nicht *schön*. Sondern als Klumpen. Der Zwilling lebt ja nicht mehr, auch wenn er ein wenig wie ein Fötus aussieht. Ein Fötus, der nie gelebt hat. Ein Fötus, der auch nicht leben soll. Der aber trotzdem wächst. Wächst, obwohl er nichts weiter ist als widerliches, abgestorbenes Fleisch. Fleisch, auf das der andere Zwilling gut hätte verzichten können. Fleisch, das wegoperiert gehört. Fleisch …«, er schaute nach unten, »genauso wie du. Widerliches, abgestorbenes Fleisch.« Er blickte dem anderen Mann in die Augen.

»So ähnlich wie bei uns. Denn eigentlich habe ich dich geboren, Ingo. Du bist mein Tumor.«

Ingo schaute ängstlich, aber auch irgendwie mit einem Gefühl von Geborgenheit nach oben zu dem großen Mann.

»Ich habe dich geboren, Ingo. Und darum gehörst du mir!«

Kapitel 2

Berlin, Oktober 2018, Monbijouplatz

Was heißt das?« Clara wäre am liebsten aufgesprungen, aber das konnte sie nicht, denn die kleine Victoria war soeben auf ihrem Arm eingeschlafen.

MacDeath trank von seinem Whisky. Clara ärgerte sich schon wieder ein wenig. Während MacDeath sonst immer unruhig durchs Wohnzimmer lief, was Clara wahnsinnig machte, saß er nun stocksteif auf der Couch, anstatt ihr zwischendrin einmal das Kind abzunehmen. »Das heißt, Ingo M. gibt es zweimal!«

»Zweimal?«, fragte Clara. »Was soll denn das heißen?«

»Ich bin eben darauf gekommen, als wir von Castor und Pollux gesprochen haben! Eineiige Zwillinge sehen sich nicht nur wie aus dem Gesicht geschnitten ähnlich.«

»Sondern?« Clara beugte sich nach vorn.

»Sondern haben außerdem dieselbe DNA.« MacDeath schüttelte den Kopf, als könnte er gar nicht verstehen, dass er selbst nicht vorher auf diesen Sachverhalt gekommen war. »Dies verhält sich medizinisch in der Tat so, da sich eineiige Zwillinge, wie es der Name schon sagt, aus nur einer Eizelle, die sich teilt, entwickeln. Darum haben sie die gleiche DNA. So wie hier.«

Langsam dämmerte es auch Clara. »Die DNA ist also die gleiche, muss aber nicht von Ingo M. sein …«

»… der ja tot ist, richtig! Deswegen kann sie gar nicht von ihm sein. Nein, sie ist von seinem Zwillingsbruder!«

Clara blickte MacDeath entsetzt an. Erst jetzt verstand sie den Gedanken. »Ingo M. hat einen Zwillingsbruder? Und die beiden sind eineiige Zwillinge? Und bei denen sind die Fingerabdrücke unterschiedlich?«

»Genauso ist es«, sagte MacDeath. »Es gab da mal einen einzigartigen Fall in der deutschen Kriminalgeschichte«, er griff nach seinem Tablet, »einen einzigen Fall: Bei den Berliner KaDeWe-Räubern, es muss 2009 gewesen sein, handelte es sich um eineiige Zwillinge. Da von einem nur ein Schweißtropfen am Tatort war und keine Fingerabdrücke, konnte man keinem von beiden die Schuld nachweisen, da die Unschuldsvermutung gilt.« Er wischte auf seinem Tablet herum. »Hier«, er zeigte Clara den Artikel, »hier steht es sogar in der Zeitung. Von 2009. *KaDeWe-Räuber wieder frei. Weil sie eineiige Zwillinge sind!*«

Clara las den Text auf MacDeaths iPad: »*Pech für die Berliner Staatsanwaltschaft: Obwohl sicher ist, dass mindestens einer der Zwillinge Abbas und Hassan O. beim Einbruch ins Juweliergeschäft des Kaufhauses KaDeWe dabei war, bei dem im Januar Schmuck und Luxusuhren im Millionenwert gestohlen wurden, kommen die zwei jetzt wieder auf freien Fuß. Das Problem: Die gefundene DNA konnte nicht eindeutig zugeordnet werden, da die Tatverdächtigen eineiige Zwillinge sind.*« Nachdem Clara fertig gelesen hatte, nickte sie MacDeath zu. Er ließ das Tablet sinken. »Darum galt die Unschuldsvermutung«, sagte er. »Weil es beide gewesen sein könnten, es aber nur einer von beiden war, konnte die Schuld bei keinem der beiden eindeutig nachgewiesen werden.« Er setzte sich wieder und legte das iPad auf den Tisch. »Jede DNA ist einzigartig. Nur bei eineiigen Zwillingen ist sie gleich. Das könnte hier doch genauso sein.«

»Und man hat keine Möglichkeit, festzustellen, dass es die

Person zweimal gibt? Die DNA ist wirklich zu hundert Prozent gleich?« Clara konnte das nicht glauben.

»Je tiefer man gräbt, desto mehr Unterschiede findet man«, sagte MacDeath. »Man könnte eine komplette Aufschlüsselung des menschlichen Genoms machen und würde dann vielleicht irgendwann die Unterschiede sehen. Nur kostet das einen Riesenhaufen Geld und ist in Europa auch nicht legal.«

»Und technisch wahrscheinlich gar nicht möglich.«

»Natürlich nicht. Da müssen schon Craig Venter und seine Jungs ran.«

»Und jetzt ist es wahrscheinlich eh zu spät.«

»Erraten.«

»Okay, die DNA von beiden ist also zu hundert Prozent gleich?«

»Exakt. Der Ursprung ist ja auch eine einzige Zelle.«

»Und die Fingerabdrücke …« Clara schaute halb zu MacDeath, halb aus der Balkontür hinaus auf die Spree und auf die Museumsinsel, »die sind unterschiedlich …«

»Klar«, sagte MacDeath. »Und langsam frage ich mich, warum wir nicht gleich darauf gekommen sind! Pass auf! Jeden Fingerabdruck gibt es nur einmal auf der Welt! Der Fingerabdruck entwickelt sich aus der Fingerknospe und die ist auch bei eineiigen Zwillingen unterschiedlich. Die DNA kann es aber wie gesagt zweimal geben, wenn es eineiige Zwillinge sind.«

Clara schaute MacDeath noch immer ungläubig an, sah dann auf ihre schlafende Tochter in ihren Armen, als habe sie für einen Augenblick gar nicht daran gedacht, dass sie sie immer noch hielt. »Das ist also die Erklärung? Darum war der Fingerabdruck auf den Fotos nicht von Ingo M.?«

»Was er auch nicht sein konnte, denn er war von seinem Zwillingsbruder.«

»Verstehe«, murmelte Clara. »Der Fingerabdruck war von Ingo M.s Zwilling. Die DNA aber war die gleiche wie von Ingo M., weil beide eineiige Zwillinge waren.«

Clara stand auf, ging zum Balkon und starrte lange in die schwarze Nacht. Dann drehte sie sich zu MacDeath um. »Dann gibt es dieses Monster also zweimal? Und genau deshalb nimmt dieser Albtraum kein Ende?«

MacDeath nickte. Clara seufzte und starrte in die Nacht. Dann drehte sie sich wieder zu MacDeath.

»Wer?«, fragte sie. »Wer ist der Zwillingsbruder von Ingo M.? Und vor allem: Wo ist er?«

Kapitel 3

Berlin, Oktober 2018, Alexanderplatz

Grassoff schaute auf seine Uhr. Er blickte erst auf das geschäftige Treiben unten am Alexanderplatz, das riesige Gebäude der Landesbank Berlin, die Alexa Shopping Mall, das Park Inn Hotel und all die anderen Hochhäuser, die alle noch zur Zeit der DDR gebaut worden waren. Er schaute auf die zahlreichen Straßenbahnen, die wuselig den Platz umfuhren wie Stöckchen tragende Ameisen in einem Ameisenhaufen. Dann schaute er auf das Bild auf seinem Monitor. Das kantige und blasse Gesicht eines Mannes. Eines Mannes, der unzufrieden war und der deshalb ein Helfer von Grassoff geworden war. Ein Helfer und ein »Klient«. Nur noch fünfzehn Minuten, dann würde er seinen nächsten »Klienten«, wie er sie immer nannte, zum Essen treffen.

Essen war immer gut. Menschen stimmten nach dem Essen eher zu, Dinge zu tun. Ein feuchtfröhliches Mittagessen konnte eine Menge bewirken. Etwa, dass jemand im Taxi einschlief und erst wieder aufwachte, nachdem er mit dem Kopf auf die Fußmatte gesackt war. Grassoff aß gern, aber er aß mittags absichtlich wenig, um angriffslustig und hellwach zu bleiben. Und trinken tat er nur, wenn es etwas zu feiern gab. Und das gab es leider viel zu selten und mittags schon gar nicht.

Klaus Lanza war sein Klient. Er würde ihm ein paar schöne Stunden im *Xanadu* bescheren. Und er würde ihm vielleicht noch ein paar andere Dinge ermöglichen. Lanza arbeitete für den Staat. Er war sogar ein Anwalt des Staates. Entsprechend mies wurde er als Staatsanwalt bezahlt, und entsprechend oft hatte er sich schon bei Grassoff beschwert. Dass kein Geld mehr zu machen war, weil es kaum mehr Strafen gab. Was nicht hieß, dass es keine Straftaten gab. Aber was half es, wenn er irgendwelchen Araber-Clans half, keine Strafe aufgebrummt zu bekommen, wenn sie auch so keine Strafe bekamen? Früher musste man die Ermittlungsbeamten noch bestechen, damit sie bei gewissen Delikten ein Auge zudrückten, aber die Berliner Polizei schaute auch ohne Bestechung weg, weil sie niemanden wegen seiner Herkunft stigmatisieren wollte. Als ob die Araber-Clans irgendein Problem mit ihrer Herkunft hätten. Die schämten sich eher fremd für die Deutschen, die keine Eier in der Hose hatten. Das wusste Grassoffs Klient Lanza, und das wusste auch Grassoff. Dass sie gestohlene Autos einfach als Leasingwagen anboten und damit noch einmal Geld verdienten und keiner etwas sagte. Dass damit all die Drogengelder gewaschen wurden, mit einigen Strohmännern dazwischen.

Meist holte sich ein Clanmitglied die Generalvollmacht von Verwandten im Ausland. Damit konnte der Mann dann bei jeder deutschen Bank ein Konto eröffnen. Verwandte aus dem Libanon oder sonst wo, die hinter dem Konto standen, waren frei erfunden. Nachprüfen konnte es ohnehin niemand, der deutsche Staat, der informationstechnisch im Vergleich zu anderen Ländern noch mit Hammer und Meißel unterwegs war, am wenigsten.

Lanza hatte weggeschaut. Aber ausreichend belohnt hatten sie ihn nicht.

Die Familien räumten ganze Baumärkte aus, wenn in den Villen der Clanlords in Grunewald und Zehlendorf etwas gebaut werden musste. Kinder räumten währenddessen Supermärkte aus. Keiner griff ein. Auch Lanza hatte nicht hingesehen. Doch belohnt worden war er dafür nicht.

Klaus Lanza hatte versucht, Schmiergelder zu bekommen. Aber auch die bekam er nicht. Und das war erbärmlich. Selbst fürs Schmieren wurde er nicht bezahlt. Manche konnten nur durch Betrügereien Geld verdienen, aber nicht einmal das konnte Klaus Lanza.

Befördert wurde er schon gar nicht. Er wartete seit ewiger Zeit auf die Beförderung zum Oberstaatsanwalt, doch die kam nicht. Er hatte ewig gewartet bis zur Erprobung bei der Generalstaatsanwaltschaft, doch das Einzige, was passierte, war, dass alle, die nach ihm gekommen waren, an ihm vorbeizogen wie Sprinter an einem Langstreckenläufer, der immer langsamer wurde, während die hinter ihm immer schneller wurden und ihn irgendwann weit hinter sich ließen.

Klaus Lanza, das wusste Grassoff, war in keiner Spezialabteilung. Nicht Raub, nicht Mord. Er war in einer sogenannten »Buchstabenabteilung«, dort, wo man jeden Fall bearbeiten musste, der gerade kam. »Buchstabenabteilung« hieß die Abteilung, weil es nur um den ersten Buchstaben des Nachnamens des Beschuldigten ging. Lanza war zuständig für »M«, »N« und »O«, sodass alle Schwarzfahrer, Diebe und Verkehrssünder, deren Nachnamen mit »M«, »N« oder »O« anfingen, bei ihm landeten. Nicht nur Meier, der klaute, sondern auch Milovic, der schwarzfuhr, und Murat, der ohne Führerschein einen Unfall baute. Daher hatte Lanza immer sehr viel zu tun und fühlte sich chronisch unterbezahlt.

Grassoff konnte förmlich spüren, wie der Frust und die Enttäuschung in Lanza kochten.

Darum würde er ihn treffen.

Denn wenn Lanza etwas für Grassoff tat, dann würde er belohnt werden. Grassoff belohnte Treue und Loyalität. An-

ders als bei den Araber-Clans, bei denen er ein Auge zuge-
drückt hatte. Anders als bei seinem Dienstherrn, der ihn nicht
befördern wollte.

Grassoff würde einiges für ihn tun. Aber vorher würde er
wieder so viel Material wie möglich ansammeln. Belastendes
Material natürlich.

Grassoff zog sein Sakko an und zupfte seine Krawatte zu-
recht. Dann verließ er sein Büro und trat in den Aufzug.

Kapitel 4

Berlin, Oktober 2018, LKA 113

Friedhelm Winkler war früher Personalchef des Kinderheims der Thomas-Crusius-Stiftung gewesen. An diesem Morgen hatte Clara ihn endlich erreicht. Er war zum Glück weder nach Australien ausgewandert noch tot. Er war zu Hause in Teltow und erfreute sich guter Gesundheit. Er erinnerte sich sogar an die Vertragsunterzeichnung. Da ihn der Ruhestand offenbar langweilte, genoss er die Aufmerksamkeit der Polizei und hatte Clara während des Telefonats sofort zu sich nach Hause eingeladen. Als Clara die Einladung ausgeschlagen und ihn gebeten hatte, doch bitte ins LKA zu kommen, war er erst recht begeistert, so als würde eine Weltreise vor ihm liegen. Er hatte sich sofort ins Auto gesetzt und sogar Anzug und Krawatte angezogen.

»Ja, ich war damals dabei«, sagte er mit einer leisen und etwas heiseren Stimme, als er genau eine Stunde nach dem Telefonat eingetroffen war. »Ich war ja sozusagen Arbeitsdirektor von dem Heim. Da musste ich bei Vertragsunterzeichnungen dabei sein. Heute wäre das mit der dünnen Personaldecke gar nicht mehr möglich, aber in den guten alten Zeiten ging das noch.«

»Wie kommt es, dass Sie sich noch so gut daran erinnern?«

Winkler hielt einen Moment inne. »Mir war dieser Mann, dieser Meiwing …«

»Ingo Meiwing?«, ergänzte Clara.

»Genau der. Der war mir … unsympathisch. Und unheimlich. Ich habe Sachen von ihm gehört, die mir und wahrscheinlich jedem mit gesundem Menschenverstand sagten, dass dieser Meiwing überall hingehört, aber nicht in ein Kinderheim.«

»Haben Sie Ihre Bedenken dem Direktor gegenüber geäußert?«

»Ich …« Winkler machte eine Pause. »Das hier ist doch unter uns? Sie zeichnen nichts auf und verwenden das auch nicht irgendwo?«

»Wir dürfen ohne Ankündigung gar nichts aufzeichnen«, sagte Clara. »Aber wir haben uns auch schon gedacht, dass damals nicht alles mit rechten Dingen zugegangen ist.«

»So war es auch. Ingo Meiwing wurde von einem Mann begleitet. Ich habe ihn nur kurz gesehen. Der damalige Heimleiter beauftragte damals diesen Verwandten zu Baumaßnahmen am Heim und zahlte absichtlich hohe Rechnungen an ihn, von denen er einiges in bar zurückbekam, was dann in die eigene Tasche des Heimleiters floss.«

»Klassische Korruption.«

»Ja.« Winkler lachte kurz. »Aber in Berlin ja nicht unüblich. Und in der DDR, wo ich aufgewachsen bin, war es das auch nicht.«

»Das ist wahr. Wissen Sie, wer dieser Begleiter war?«

»Nein, keine Ahnung. Ich habe mal gehört, dass er ein hohes Tier bei der Stasi war. Und dass man sich mit dem nicht anlegen sollte.«

»Und wie heißt er? Irgendjemand hat noch *GG* unter die Unterschrift von Ingo Meiwing gekritzelt. War er das?«

Winkler machte eine kurze Pause. »Tja, das fand ich damals auch komisch. Aber genau, das war er.«

»Und wie lautet sein Name?«

»Sie werden es nicht glauben, aber das weiß ich nicht. Er wurde mir nicht mit Namen vorgestellt, sondern der Direktor sagte nur: *Das ist ein guter Freund von mir.* Mit einem Blick in den Augen, der besagt: *Stell keine dummen Fragen*. Das, ähm, das habe ich dann auch nicht gemacht.«

»Okay.« Clara machte sich eine Notiz. »Das ist alles, was Sie wissen? Dieser *GG* war ein hohes Tier bei der Stasi, und der Mann war irgendwie zusammen mit Ingo Meiwing vor Ort?«

»Ich fürchte ja. Es ist halt schon Jahrzehnte her.«

»Das ist wahr. Herr Winkler, vielen Dank erst einmal. Meine Nummer haben Sie ja. Sie melden sich, falls Ihnen noch etwas einfallen sollte?«

»Das mache ich.« Auf dem Weg zur Tür zögerte Winkler.

»Ist Ihnen noch etwas eingefallen?«, fragte Clara.

Winkler nickte »Wissen Sie, die Männer hatten zwar unterschiedliche Frisuren und einen unterschiedlichen Kleidungsstil, aber ihre Gesichter und ihre Augen …«

»Sahen sie sich ähnlich?«

Winkler schüttelte den Kopf. »Nein, nicht ähnlich. Die waren quasi gleich, als wäre es zweimal der gleiche Mann.«

Ingo M., dachte sie. *Und GG*. MacDeath hatte recht.

Dieser GG musste der geheimnisvolle Zwilling von Ingo M. sein. Aber wer war er? Und vor allem: Wo war er jetzt?

Kapitel 5

Berlin, Oktober 2018,
Einwohnermeldeamt Friedrichstraße

Das zentrale Einwohnermeldeamt von Berlin lag in der Friedrichstraße in Berlin-Kreuzberg, unweit vom Checkpoint Charlie. Unten war auch die Polizeidirektion 53 untergebracht, und Clara und MacDeath hatten vorher kurz unten im Revier vorbeigeschaut, einen schlechten, schwarzen Kaffee getrunken und zwei der Kollegen Guten Tag gesagt.

Nun schauten sie dem Beamten des zentralen Einwohnermeldeamtes zu, als er einen Stapel Unterlagen auf den zerkratzten Tisch knallen ließ.

»Digital haben wir es leider noch nicht«, sagte der Mann, der sich als Erwin Kehrstein vorgestellt hatte.

»Hatten wir auch nicht erwartet.« MacDeath lächelte kurz und ließ dann seinen Blick über die Unterlagen schweifen.

»Was genau brauchen Sie?«, fragte Kehrstein.

»Das hier«, sagte Clara, »ist eine Kopie der Geburtsurkunde von Ingo Meiwing.« Sie fasste das Papier mit spitzen Fingern an, so als könnte selbst eine Kopie einer Geburtsurkunde von Ingo M. ihr schaden.

Kehrstein blätterte durch den Ordner und murmelte vor sich hin. »Geboren 1950. Dann sollte sein Zwillingsbruder im gleichen Jahr geboren sein.«

MacDeath hob die Augenbrauen. »Höchstwahrscheinlich sogar am gleichen Tag.«

»Tja, wenn es keine schwere Geburt war, dann schon.«

Kehrstein blätterte durch die Akten. »Da ist nichts, da ist nichts, und da ist auch nichts ...«

»Kein Zwillingsbruder?«, fragte Clara. Sie konnte es noch immer nicht fassen, dass Ingo M. einen eineiigen Zwillingsbruder hatte, aber sie hatte gelernt, dass die Realität normalerweise wenig Rücksicht darauf nahm, was die Menschen für möglich hielten und was nicht. Dinge geschahen einfach.

»Doch«, sagte Kehrstein plötzlich. »Hier!«

»Zeigen Sie her!«

Sie beugten sich zu dritt über das vergilbte Papier, das fast zerbröselte. Es war in ähnlich schlechtem Zustand wie der Arbeitsvertrag von Ingo M. aus dem Kinderheim.

»Gregor Meiwing«, sagte Kehrstein. »Und hier ist auch die Geburtsurkunde der Mutter. Ulla Meiwing, geborene Jeschke. Und der Vater hieß Erich Meiwing.«

»Gregor Meiwing«, sagte Clara. »Das muss er sein.« Sie schaute Kehrstein an. »Ingo M. hat also einen Zwillingsbruder?«

»Ingo Meiwing hat einen Zwillingsbruder, nämlich Gregor Meiwing, völlig richtig.«

»Und wo ist der jetzt?«

Kehrstein sah sich um. »Tja, hier ist er nicht.« Er räusperte sich. »Ähm, kleiner Scherz ...« Er blätterte weiter durch den dicken Ordner, nahm dann noch einen zweiten zur Hand, bei dem er ebenfalls die staubigen Seiten durchblätterte.

»Sie sind mal umgezogen«, sagte Kehrstein. »Von Hohenschönhausen nach Köpenick.«

»Und wo in Köpenick?«

»Tja, das steht hier nirgends.« Kehrstein griff zum Telefon, das auf dem Tisch stand. »Ich rufe schnell meinen Kollegen an, der soll in den Computer schauen.«

Nach dem zweiten Klingeln meldete sich eine Stimme am anderen Ende. »André«, begann Kehrstein, »Erwin hier. Ich habe gerade Kollegen vom LKA hier. Schaust du mal, ob es noch eine Familie Meiwing in Köpenick gibt? Ja, Treptow Köpenick. Was? Niemand? Sicher? Danke dir.«

»Sie haben es gehört?«, fragte er, als er Clara und Mac-Death ansah.

»Tja, leider. Also keine Spur, wo die jetzt sind?« Kehrstein durchblätterte einige Ordner. Clara war genervt von seiner zähen Art, verkniff sich aber einen Kommentar. Plötzlich stockte Kehrstein, runzelte die Stirn und blätterte ein Stück zurück. Dann ergriff er zwei weitere Ordner und blätterte hektisch durch die Seiten.

»Haben Sie etwas?«, fragte Clara ungeduldig.

»Nein. Aber eine Sache ist komisch …«

»Nämlich?«

»Ich habe hier nur Unterlagen bis zum Jahr 1990 zu Gregor und Erich Meiwing. Seit der Wende existieren weder Unterlagen zu Gregor Meiwing, dem Bruder von besagtem Ingo, noch zu dem Vater der beiden, Erich Meiwing. Ab 1990 gibt es nur noch Unterlagen zu Ingo Meiwing und seiner Mutter. Der Rest ist verschwunden.«

»Könnte es sein, dass der Bruder und der Vater nach der Wende ihre Namen geändert haben?«, schaltete sich Mac-Death ein.

»Möglich. Aber dann haben sie die Änderung nicht aktenkundig gemacht.«

»Das war wohl auch nicht ihr Interesse«, sagte Clara.

Kehrstein wiegte den Kopf. »Es war in der Tat nicht ganz unüblich«, sagte er, »sich nach dem Mauerfall oder spätestens nach der Wende die Weste reinzuwaschen und noch einmal komplett neu anzufangen. Einige Stasi-Leute haben das gemacht.«

»Stasi-Leute«, sagte Clara zu MacDeath. »Winkler, der

frühere Personalchef vom Kinderheim, hatte doch etwas von einem hohen Stasi-Tier erzählt, das Ingo M. begleitet hatte.«

Kehrstein wackelte auf einmal wieder mit dem Kopf. »Hm … was ist das?« Er zog noch einmal die Akte von Gregor Meiwing hervor. »Schauen Sie mal hier. Wie sieht das aus?«

»Wie TippEx oder weiße Farbe«, sagte MacDeath.

»Ja«, ergänzte Clara und musterte das vergilbte Papier, »als wäre ein Teil der Urkunde übermalt worden. Als hätte da noch etwas gestanden, was dann gelöscht wurde. Hilft uns das weiter?« Sie schaute MacDeath an.

Der zuckte die Schultern. »Wir können es ins Labor bringen. Vielleicht erkennen die etwas. Es zeigt aber in jedem Fall, dass hier irgendetwas verwischt werden sollte, was zu der Theorie mit den geänderten Namen von Vater und Sohn passt.«

»Was wir also wissen«, sagte Clara, »ist, dass Ingo M. einen Zwillingsbruder namens Gregor Meiwing hatte. Oder hat. Und dass der seit dem Mauerfall offenbar eine neue Identität hat, von der niemand etwas weiß.« Sie schaute Kehrstein an. »Nicht einmal Sie.«

»Da haben Sie recht«, antwortete Kehrstein, »nicht einmal ich.«

»Was machen wir jetzt?«, fragte Clara.

»Wir geben die Probe einem der Beamten mit.« MacDeath machte eine Kopfbewegung nach unten. »Wilstedt sagte doch, dass er gleich ins LKA fährt. Dann soll er die bei der Kriminaltechnik vorbeibringen.«

»Und was machen wir?«

»Mittagessen«, schlug MacDeath vor. »Lass uns doch ins *Lungomare* gehen, da waren wir schon seit Wochen nicht mehr. Vielleicht fällt uns beim Essen etwas ein.«

271

Kapitel 6

Berlin, Oktober 2018, Xanadu *Großbordell*

Grassoff schaute zusammen mit Lukas Wynn durch die Scheibe auf den Korridor, die Scheibe, die auf der anderen Seite verspiegelt war. Zwei Männer liefen dort entlang. Einer von beiden war Klaus Lanza. Mit Gummisandalen an den Füßen und in einen weinroten Bademantel gehüllt.

»Sie werden dafür sorgen, dass er sich gut amüsiert«, ließ sich Grassoff vernehmen.

Wynn nickte, während sie durch die Scheibe schauten.

Mehr als hundert junge Frauen waren gleichzeitig auf den Korridoren mit den roten Tapeten, den dicken Teppichen und den abgedunkelten, kerzenähnlichen Leuchtern unterwegs.

Ein Augenkontakt, ein erstes Zwinkern, dann nahmen sie die Freier an die Hand, zusammen mit den Schlüsseln, und gingen zu den Zimmern, die *Cleopatra, Violet Night* oder *Sahara* hießen. Jeder, der in den Club wollte, musste achtzig Euro bezahlen. Die Frauen auch. Die bekamen dann aber später ein Vielfaches von den achtzig Euro, die jeder Mann zahlen musste. Denn die Männer mussten die Frauen einzeln bezahlen. Das hier war kein Flatrate-Bordell. Hier hatte alles seinen Preis und der war gepfeffert. Einzig das Buffet und die Softdrinks waren kostenlos. Alkohol kostete extra. Und das nicht zu knapp. Die Drei-Liter-Flasche Champagner gab es für tausend Euro.

Hinter dem Eingang waren die Schließfächer. Und davor mehrere Geldautomaten. Die meisten Frauen wollten Bargeld.

Und die meisten Männer wollten keine Zahlungen an das *Xanadu* oder was auch immer auf ihrer Kreditkartenabrechnung. Die eine Hälfte der Einnahmen ging an den Club, die andere Hälfte behielten die Frauen. Das Geschäft war derart lukrativ, dass sogar schon Private-Equity-Investoren und Hedgefonds bei Lukas Wynn einsteigen wollten.

»Er wird zuerst eine ganz spezielle Frau kriegen«, sagte Wynn. »Eine, die nur ganz wenige an diesem Wochenende bedient.«

»Weniger als fünf«, sagte Grassoff. »Das hatten wir vereinbart. Sie soll möglichst unverbraucht sein.«

Wynn nickte. »Manche«, sagte er, »schaffen an einem Wochenende zwanzig Freier. Wir haben hier bis zu hunderttausend Gäste im Jahr, allein aus dem Ausland.«

Grassoff kannte die Zahlen. Auch wenn Wynn das nicht wusste. Der Jahresumsatz des *Xanadu* bewegte sich im hohen, zweistelligen Millionenbereich. Und auch wenn Prostituierte oder Sexarbeiterinnen, wie man sie neuerdings nannte, mittlerweile auch Steuern und Sozialabgaben zahlten, wusste Grassoff, wie sehr hier immer noch getrickst wurde. Da die meisten Kunden in bar zahlten und somit die Einnahmen kaum nachprüfbar waren, veranschlagte das Finanzamt circa dreißig Euro Steuern pro Arbeitstag. Wenn eine Dame zwölftausend Euro pro Monat einnahm, was bei den besseren Huren schnell passieren konnte, dann zahlten diese Frauen verglichen mit ihrem Einkommen prozentual etwa so viel Steuern wie Apple oder Google.

»Schauen Sie hier«, sagte Wynn, »unser Freund stärkt sich erst einmal.« Auf den Korridoren waren überall Kameras. Lanza war beim Buffet angelangt. Es gab Brötchen, Eier und Buletten, zudem Grillwürstchen und Kartoffelsalat.

Lanza sah sich unsicher um. Er wusste, wohin er gleich musste, wollte sich aber vorher noch stärken. Er hatte sich das Eintrittsband ums Handgelenk gebunden. Das absolute VIP-Band. Das Band, mit dem alles inklusive war. Ohne noch extra bezahlen zu müssen.

Zwei der Mädchen unterhielten sich neben ihm am Buffet. Sie hatten beide einen osteuropäischen Akzent.

»Sie ist schwanger«, sagte die eine.

»Wirklich?«

»Ja. Bescheuert, dass ihr das passiert. Pickel hat sie jetzt auch.«

»Dann wird es ein Mädchen.«

»Was?«

»Wenn es dich kneift und du Pickel kriegst, bist du mit einem Mädchen schwanger. Mädchen sind immer giftig zu ihren Müttern, schon in der Schwangerschaft.«

»Hat er dich wieder geschlagen?«

»Ja. Konnte es aber überschminken. So lange mich da keiner anfasst.«

In dem Moment fühlte Lanza die Hand in seinem Schritt.

»Klaus …?«, fragte eine Stimme hinter ihm. Die Stimme war nahe an seinem Ohr. Er spürte den Luftzug. Er roch Parfüm, drehte sich um. Die Frau war jung und dunkelhaarig. »Kommst du mit mir, Klaus?«

Klaus Lanza nickte nur.

»Ich bin Candy«, sagte die Frau.

Candy, zuckersüß, dachte Lanza. *Das war sie.* Doch er sagte nichts. Sein Mund war trocken. Er würde in dem Zimmer erst einmal etwas trinken müssen.

Candy nahm seine Hand und zog ihn sanft über den Korridor. Dann nahm sie eine Schlüsselkarte zur Hand und öffnete die Tür zu ihrer Rechten. Ein riesiger Salon, eine Anrichte mit gekühltem Champagner. Ein Ledersofa, in einer der Ecken des Raumes eine große, goldene Badewanne, in der anderen Ecke ein Bett mit einem Teppich aus Tigerfell auf dem Boden davor.

Candy ging zum Tisch und schenkte zwei Gläser Champagner ein. »Auf uns«, sagte sie.

Sie stießen an.

Grassoff und Wynn blickten auf den Bildschirm.

»Die Kamera zeichnet alles auf?«, fragte Grassoff und trank von seiner Cola light.

»Natürlich. Ist alles im Kasten. Wenn Sie nach Hause fahren, haben Sie alles auf einem USB-Stick.«

»Wann kommt Nummer zwei?«

Wynn kniff die Lippen zusammen. »Gleich.«

»Wir sind nicht allein«, sagte Candy und trank einen Schluck Champagner. »Warum machst du es dir nicht etwas bequem?« *Etwas bequem machen* hieß in Bordellen so viel wie sich auszuziehen. Doch Candy hatte schon die Initiative ergriffen und einfach den Gürtelknoten an Lanzas Bademantel geöffnet. Der Gürtel fiel zu Boden. Und dann der Bademantel. Lanza wollte die Hand über seinen Schritt halten, entschied sich dann aber dagegen.

»Du musst dich nicht schämen«, sagte Candy. »Im Gegenteil. Charlene möchte, dass du ihr alles zeigst. Und natürlich alles gibst.«

»Wo ist denn Charlene?«

»Im Nebenraum«, sagte Candy. »Sie leistet uns erst Gesellschaft, wenn wir mit unserem Drink fertig sind.« Sie trank von ihrem Champagner. »Sie darf nämlich noch keinen Alkohol trinken.«

»Das ist also Charlene«, sagte Grassoff, als beide auf den Monitor schauten. Eine zweite Dame hatte den Raum betreten, schlanker und zierlicher.

»Ja, das ist sie. Ich hoffe, das passt alles?« Wynn schaute Grassoff etwas unsicher an.

Grassoff grinste. »Passt alles.«

»Jetzt legen sie los«, sagte Wynn.

»So wie es sein soll.«

»Hören Sie«, sagte Wynn. »Ich hab so was zwar schon gesehen, muss mir das aber nicht ansehen. Macht es Ihnen etwas aus, wenn ich hier kurz meine Runde drehe?«

»Überhaupt nicht«, sagte Grassoff und trank sein Glas leer. »Ich habe so was auch schon gesehen.« Und dann fügte er sehr leise hinzu: »Und sehr viel schlimmere Dinge.«

Kapitel 7

Berlin, Oktober 2018, Italiener Lungomare, *Krausenstraße*

Clara und MacDeath saßen am Tisch im Inneren des italienischen Restaurants *Lungomare* in der Krausen-/Ecke Charlottenstraße und hatten beide das bestellt, was sie dort immer bestellten. Früher waren sie mindestens einmal pro Woche hier essen gewesen, meist nach der Arbeit, um den Feierabend einzuläuten, oder auch am Wochenende. Seit sie ihre kleine Tochter hatten, schafften sie es oft nur noch am Wochenende, und dann auch nur kurz, solange ein Babysitter da war, sodass das Essengehen meist ein feierlicher Akt war und kein Arbeitsgespräch, so wie heute. Clara hatte wie immer eine Pasta Puttanesca und MacDeath eine Pizza Diavolo bestellt. Danach, so sagte er, würde er im Büro wohl erst einmal ein Nickerchen halten, aber genau dafür habe er dort ja seine Sigmund-Freud-artige Couch stehen. Clara ärgerte sich ein wenig, denn sie hatte in ihrem Büro kein solches Möbelstück stehen.

Eben hatte das Labor der Kriminaltechnik wegen des Dokuments vom zentralen Einwohnermeldeamt angerufen. Der Text unter dem TippEx war mit einem Messer abgekratzt worden, und das TippEx sollte lediglich verdecken, dass dort etwas gestanden hatte. »Nichts zu machen«, hatte der Kollege gesagt. Und Clara und MacDeath standen schon wieder vor einer Reihe von Fragen, ohne eine einzige Antwort zu haben.

MacDeath trank von seiner Cola light und hatte die Hände in den Kopf gestützt. »Hohes Tier bei der Stasi. Verdammt, wie kommen wir an den ran …?«

»Vor allem, wenn wir gar nicht wissen, wer das ist?« Clara schaute nach draußen.

In einiger Entfernung erhob sich das Axel-Springer-Hochhaus; Werbung und aktuelle Meldungen flackerten über die große Anzeigetafel.

»Ist diese Werbung eigentlich noch erlaubt?«, fragte Clara, als das Essen gebracht wurde. »Ich dachte, derart großflächige Werbung wäre in Deutschland verboten, damit es nicht aussieht wie am Piccadilly Circus.«

»Steht wohl unter einer Art Denkmalschutz«, sagte Mac-Death kauend. Clara nahm erstaunt zur Kenntnis, dass Mac-Death sogar seine scharfe Pizza Diavolo noch mit scharfem Öl nachwürzte. War sie die Einzige, die einen normalen Geschmackssinn hatte?

»Denkmalschutz?«

»Ja, die von Springer haben das vor der Wende extra gemacht, dass sie West-Nachrichten in den Osten projiziert haben. Aus diesem Grund stehen diese Ost-Wolkenkratzer dort.« Er zeigte auf die Hochhäuser an der Leipziger Straße, die man vom Inneren des Restaurants aus sehen konnte.

»Die? Als Sichtschutz?«

»Genau.«

»Aber die, die drin wohnten, konnten doch alles lesen.«

»Stimmt«, sagte MacDeath, »aber das waren wohl ganz systemtreue Typen. Die konnten das ab. Obwohl auch deren Wohnungen angeblich komplett verwanzt waren.«

»Hohe Tiere«, fragte Clara kauend. »Wie von der Stasi?«

»Ja. Genau wie die, die wir suchen.« MacDeath schaute nach draußen. »Architektonisch ist das jedenfalls interessant. Es gibt einige dieser Anordnungen von typischer DDR-Architektur in Berlin, die in diesem Sinne aber auch Herrschaftsarchitektur ist. Hier die Leipziger Straße, der Alexanderplatz und dann Marzahn-Hellersdorf, Allee der Kosmonauten zum Beispiel.«

»Allee der Kosmonauten?« Clara vergaß zu kauen. »Da haben wir doch mal diesen alten Herrn besucht wegen der Kampfdrogen aus dem Dritten Reich?«

»Stimmt.« MacDeath nickte. »Das war der Fall mit dem Drachen. Wir dachten, der Drache würde seine Opfer durch Pervitin gefügig machen, was sich aber als Irrtum herausstellte. Andererseits war die Vermutung schon naheliegend, weil viele Kulte Drogen benutzen. Denk an die Davidianer in Waco Texas, die ...«[6] MacDeath sprach weiter, aber in Claras Kopf war gerade ein Schalter umgelegt worden.

»Wie hieß der noch?«, unterbrach ihn Clara. Der alte Mann, den sie damals besucht hatten, war plötzlich vor ihrem inneren Auge. Wo wohnte der noch? Allee der Kosmonauten?

»Wer?« MacDeath schien irritiert. MacDeath schien heute eine sehr lange Zündschnur zu haben.

»Der alte Typ, den wir damals getroffen hatten«, knurrte Clara ungeduldig.

»Der Mann, der in der Allee der Kosmonauten wohnte? Kremmer oder Kremmen oder so?«

Clara hörte auf zu essen. »Und wo hat der noch gearbeitet vorher?«

»Bei der ... Stasi!« MacDeath sprang fast von seinem Stuhl auf. »Verdammt, du hast recht.« Er wischte sich den Mund ab. »Ich glaube, ich habe den Kontakt sogar noch hier.« Er nahm sein Smartphone zur Hand. »Ja, das ging damals über diesen Freese, der ihn noch von der Treuhand kannte. Hier!« Er hatte offenbar den Kontakt in seinem Handy gefunden. »Joseph Kremmer, Ex-Stasi-Mann. Er hat auch mal Vorlesun-

6   siehe Clara Vidalis Band 2: »Seelenangst«, erschienen 2013

gen zu Kriminalistik an der Humboldt-Uni gehalten, sowohl vor als auch nach der Wende. Der Bereich Kriminalistik an der Humboldt war lange Zeit eine Unterabteilung der Stasi oder des Ministeriums für Staatssicherheit, des MfS, wie das eigentlich genannt wurde. Und was viele nicht wissen, ist, dass die ersten Ideen zum Profiling auch aus der DDR kamen. Lange vor John Douglas und dem FBI.«

»Was hat dieser Kremmer noch bei der Stasi gemacht?«

»Habe hier nicht so viel notiert. Er war im Bereich Staatssicherheit, Inland. War für die sogenannte Aufdeckung feindlicher Zersetzungstätigkeit zuständig. Und da war in seinem Bericht noch die Sache mit den Scharfmacherdrogen, weswegen wir ihn damals kontaktiert haben.«

»Damals hat er sich doch sofort mit uns getroffen.« Clara stocherte in ihrer Puttanesca.

»Ja, er schien gern mit der Polizei zu sprechen. Hat in uns wohl so eine Art Verbündete gesehen.«

»Soweit ich weiß, hatte er auch kein allzu großes Unrechtsbewusstsein, was die Dinge angeht, die er bei der Stasi gemacht hat?«

»Nein, und deswegen waren die Stasi und die Polizei für ihn wohl auch natürliche Verbündete. Beide sorgen für Ruhe und Ordnung.«

»Schön«, sagte Clara. »Schon mal nicht die schlechteste Idee. Fahren wir zu ihm?«

»Ich rufe ihn mal an«, sagte MacDeath. »Erst mal müssen wir wissen, ob er dort noch wohnt, die Nummer noch gilt und ob er überhaupt Zeit hat.«

»Gehetzt erschien er mir damals nicht. Denke doch, dass er noch Zeit hat.«

»Das stimmt. Die Frage ist, ob er noch lebt. Der Jüngste war er schon damals nicht mehr.«

Kapitel 8

Berlin, Oktober 2018, Allee der Kosmonauten

Joseph Kremmer lebte noch. Und er schien sich gefreut zu haben, dass sich *die Polizei* wieder mit ihm treffen wollte. Er hatte Clara und MacDeath aufgefordert, doch zu ihm nach Hause zu kommen. Dort spreche es sich gemütlicher und man wisse ja am Telefon nie genau, ob nicht jemand mithöre. Gerade er als Ex-Stasi-Mann wisse, wovon er da rede.

Clara lenkte den Wagen angestrengt an Hunderten von halb vollendeten Baustellen vorbei, wo auch heute, wie an allen anderen dreihundertfünfundsechzig Tagen des Jahres, kein einziger Bauarbeiter zu sehen war und die Bagger und Sandschieber allein und verwaist in der Gegend herumstanden.

Immerhin hatte gerade die Sonne die Wolkendecke durchbrochen und es sah alles danach aus, als würde der Rest des Tages ein sogenannter goldener Oktobertag werden.

Während sie Kurs auf die Wohnung von Kremmer nahmen, rief Hermann an. Die Ermittler hatten weitere Videos von Udo Schilling gefunden, in irgendeinem Bordell aufgenommen, das man kaum zuordnen konnte. Die Mädchen waren ebenfalls jung.

Zu jung, dachte Clara. *Genauso wie bei Künzel.*

»Wo genau kamen die Aufnahmen her?«, fragte sie. »Wisst ihr, wo die aufgenommen wurden?«

»Das kann überall gewesen sein«, sagte Hermann. »Aber eine Sache ist interessant: Schilling kam zwar aus dem Osten«, fuhr Hermann fort, »war aber aus dem Osten übergelaufen

Richtung Westen, um dort Spionage zu betreiben. Ich hab euch ja schon von ihm erzählt. Kurz vor der Wende kam er wieder in die DDR zurück, so als wäre nichts gewesen. Er hat dann nach der Wende für die BWG Bank in Berlin gearbeitet und war sogar kurz in New York bei einer Investmentbank.«

»Kennt man die Bank?«, fragte Clara.

»Silverman & Cromwell, ziemlich großer Fisch. Und dann war er dort auch noch in der New Yorker Filiale der BWG.«

Clara lächelte. »Ist doch schon einiges. Wir treffen gleich einen interessanten Kontakt. Den werden wir dazu auch befragen.«

Die mehrspurige Allee der Kosmonauten war noch ganz die Alte und verband die Berliner Bezirke Lichtenberg und Marzahn-Hellersdorf. Sie sollte an den russischen Weltraumflug zur Raumstation Saljut 6 im Jahre 1978 erinnern. Die Russen waren in der Raumfahrt zunächst sehr viel schneller als die Amerikaner gewesen. 1957 war der Sputnik in die Umlaufbahn geschossen worden, 1961 der erste Mann im All. Allerdings noch nicht auf dem Mond. US-Präsident Kennedy holte dann mit seiner Mondmission gewaltig auf, als er verkündete, er wolle einen Mann auf den Mond bringen und sicher wieder zurückbefördern. MacDeath hatte einmal gesagt, dass das wohl der Unterschied der Amerikaner zu den Russen gewesen sei. Die hätten vielleicht gesagt: *Wir wollen einen Mann auf den Mond bringen* ... Ob er wieder zurückkommt, wäre dabei erst einmal egal, Hauptsache, es wäre ein russischer Mann auf dem Mond.

Die riesige Allee der Kosmonauten durchschnitt Ostberlin bis zum Horizont. Plattenbauten säumten rechts und links die Straße, als Clara und MacDeath vor der Nummer 33 aus dem Wagen stiegen.

Das Erste, was sie hörten, war wieder das Bellen eines Hundes. Es schien das gleiche Bellen zu sein, das Clara schon damals gehört hatte.

»Ruhig, Wotan«, hörten sie wieder die heisere Stimme. Das Bellen hörte abrupt auf. Die Tür öffnete sich einen Spalt, mit einer Kette gesichert. Clara sah die gelbliche Brille und die Augen dahinter. »Sind Sie die Ermittler?«

»Sind wir«, sagte Clara. »Clara Vidalis und Dr. Martin Friedrich.«

»Na, dann kommen Sie mal kurz rein«, sagte Kremmer. Jetzt sahen sie ihn. Sein Gesicht wirkte noch immer wie ein verblichener Buchrücken, der in einem Regal stand, auf das immer die Sonne geschienen hatte. Die Augen wasserblau und müde hinter der Brille, die Haare aber noch exakt gescheitelt. Wieder trug er ein blaues, schlecht gebügeltes Hemd, darüber eine speckige Strickjacke und Filzhausschuhe. Die gelbliche Brille, die er auf der Nase trug, war weiterhin mit einer Kette um seinen Hals gesichert. Aus dem Inneren der Wohnung drang der Geruch von Wodka und Zigaretten. Clara konnte einen kurzen Blick in das Wohnzimmer erhaschen, in dem sie damals gesessen hatten.

Clara fiel erneut das Wappen der Stasi auf, das wie selbstverständlich an der Wand hing. Darunter die Worte *Schild und Schwert der Partei* und das Gründungsdatum. 8. Februar 1950. Etwas rechts davon hing das Schwarz-Weiß-Foto mit der etwa dreißigjährigen Frau, das Clara schon beim letzten Mal aufgefallen war. Mit dem lateinischen Satz *Tempus fugit, amor manet* darunter. Die Zeit vergeht, die Liebe bleibt. Wann diese Liebe wohl aus Kremmers Leben geschieden war, kam es Clara damals in den Sinn. Sie würde es nie erfahren. Sie hatte damals nicht gefragt und fragte auch diesmal nicht.

Clara streichelte den Labrador, der sie offenbar wiedererkannte.

»Tja«, sagte Kremmer, »mein Wotan vergisst niemanden. Vor allem keine freundlichen Leute.«

»Interessant, dass er Wotan heißt«, sagte Clara, während sie dem Labrador, der sich sofort auf den Rücken gedreht hatte, den Bauch kraulte. »Ein Kollege von mir hat einen Mantrailer-Hund, der heißt Odin.«

»Tja, Wotan ist die germanische Fassung des Göttervaters«, sagte Kremmer. »Aber was ist ein *Mantrailer?*«

»Äh, ein Hund, der sehr gut darin ist, die Spuren von Menschen aufzunehmen.«

»Verstehe«, sagte Kremmer, »mein Englisch ist etwas rostig. Hatte Latein und Griechisch in der Schule, und dann mussten alle Russisch lernen.«

»Sie hatten vorher mal einen Schäferhund, richtig?«

»Hatte ich davon erzählt beim letzten Mal?« Kremmers Miene hellte sich auf. »Sie haben gut aufgepasst. Ja, mein Erich. Hieß Erich wie Mielke, mein Chef. Leider schon seit einigen Jahren tot. Hoffe, dass mein Wotan noch eine Weile durchhält.« Er schaute beide an. »Konnte ich Ihnen damals eigentlich helfen mit den Scharfmacherdrogen? Pervitin und das ganze Zeug aus der Wehrmacht?«

»Es war sehr hilfreich, ja«, sagte MacDeath, »aber wir dürfen ...«

»Verstehe«, Kremmer lächelte. »Sie dürfen nichts über Ermittlungsverfahren verraten. Darum ...« Kremmer legte die Hände zusammen und schien nach Worten zu suchen.

»Darum?«, fragte Clara.

»Darum wäre es mir ganz recht, wenn wir einen kleinen Spaziergang machen. Ich bin manchmal nicht sicher, ob ...«, er blickte sich um und schien seine eigene Wohnung kritisch zu betrachten, »... ob hier nicht auch abgehört wird.« Er schaute MacDeath an. »Darum war ich bei dem Namen am

Telefon auch so kurz angebunden und wäre Ihnen dankbar, wenn wir den erst draußen erwähnen.«

»Selbstverständlich«, sagte Clara. »Wollen wir rausgehen?« Kremmer warf einen Blick durchs Fenster.

»Ich habe gesehen, dass Sie ein Auto dabeihaben? Können wir zur Stalinallee fahren? Die ist so schön. Da würde ich gern mal wieder spazieren gehen. Und ich komme da mit der Straßenbahn immer schlecht hin, und Taxi ist mir zu teuer.«

»Klar. Die heißt jetzt aber Karl-Marx-Allee.«

»Was für ein Schwachsinn«, sagte Kremmer und legte sich einen Schal um den Hals. »Wer hat denn den Bau in Auftrag gegeben? Stalin oder Marx?«

»Ich denke, Stalin«, sagte MacDeath.

»Sehen Sie.«

Sie hatten den Wagen am Straußberger Platz abgestellt und sich entschlossen, einen kleinen Spaziergang entlang der Karl-Marx-Allee bis zu den Türmen des Frankfurter Tors zu machen. Die Architektur war eine Mischung aus Plattenbauten, preußischer Schinkel-Schule und dem sozialistischen Klassizismus, den man auch als »Zuckerbäckerstil« bezeichnete. Am 21. Dezember 1949, dem siebzigsten Geburtstag von Josef Stalin, war die ganze Allee in »Stalinallee« umbenannt worden. Die Gebäude waren dann in den Fünfzigerjahren gebaut worden.

Wotan schnupperte an den Resten eines Döners.

»Aus«, rief Kremmer mit einer Schärfe in der Stimme, die Clara dem alten Mann gar nicht zugetraut hatte. Wotan ließ den Döner liegen und kam sofort zu Kremmer zurück.

»Erziehung ist alles«, sagte Kremmer. »Wenn er irgendeinen verfaulten Mist frisst, habe ich den Ärger. Einem gut erzogenen Hund muss man ins Maul greifen können, um irgendetwas Vergiftetes oder Verfaultes sofort rausholen zu können, ohne dass er einen beißt. Erziehung. Das ist mit Hunden so wie mit Menschen. Wenn jeder macht, was er will, bricht auch der beste Staat auseinander.« Er schaute sich um. »Haben eure hochintelligenten westlichen Politiker allerdings nach wie vor nicht begriffen.« Er lachte kurz auf, und Clara erinnerte sich an dieses Lachen, das es schon damals nicht bis zu Kremmers Augen schaffte. »Sie fragten nach Gregor Meiwing?«

»Sie kennen ihn?«, fragte MacDeath.

»Ihn kaum. Aber seinen Vater. Hieß Erich Meiwing. Wie seine großen Chefs. Erich Mielke und Erich Honecker. Meiwing ist 1930 geboren.«

»Lebt er noch?«

»Nein.« Kremmer schüttelte den Kopf. »Aber er war einer der ganz großen Tiere bei der Stasi. Sie nannten ihn *Den Klempner.*«

»Den Klempner?«

»Ja, sein Job war es, die Leitungen und Rohre frei zu machen, im übertragenen Sinne natürlich.« Er zog kurz die Lippen zu einer Art Lächeln hoch, ließ sie dann aber sofort wieder fallen. »Widerstand zu ersticken, Demonstrationen platt zu machen, Andersdenkende verschwinden zu lassen. Und, wenn es sein musste, auch mal eine Menge Scheiße das Klo runterzuspülen. Auf Nimmerwiedersehen natürlich.« Er zuckte die Schultern. »Das musste er am Ende ziemlich oft machen.«

»Ins Klo runterspülen hieß …«, fragte Clara.

»Genau was Sie denken.« Kremmer führte einen Finger an den Kopf und drückte ab. »… ja. Je schwieriger es mit der DDR wurde, desto mehr Leute mussten ein paar Stockwerke tiefer verlegt werden.«

»Und Erich Meiwing kannten Sie gut?«, fragte MacDeath.

»Ja, ich kannte ihn. Und seine Frau Ursula, genannt Ulla. Sie war eine geborene Jeschke. Seine Frau hat den alten Namen Meiwing beibehalten, aber Erich hat sich nach der Wende umbenannt.«

»Welchen Namen hat er angenommen?«

»Hören Sie, viel interessanter ist doch, was er gemacht hat. Darüber werde ich Ihnen etwas erzählen. Es dauert gar nicht lange. Und gestatten Sie einem alten Mann währenddessen seinen Spaziergang an der Stalinallee?«

Clara und MacDeath sahen sich an. »Also gut. Fangen Sie an.«

Kapitel 9

Berlin, in den Neunzigerjahren

Früher hatte er Kopfschmerzen gehabt. Und früher hatten sie ihm gesagt, wie er sich verhalten sollte. Er sollte sich immer so verhalten, als wären Eltern im Raum. Eltern von den Kindern. Er sollte nicht auf Kindergeburtstage gehen. Niemals Fantasien über ein Kind zu haben, das er kannte.

Die Kopfschmerzen hatte er immer noch oft, aber alles andere war ihm egal. Heute war er nicht mehr der verklemmte junge Mann, dem alle vorschrieben, was er zu tun hatte. Heute war er der König seines eigenen Reiches.

Heute war er wie John Wayne Gacy, der als Pogo der Clown den kleinen Kindern Bibelverse vorlas, bevor er sie erwürgte. Doch anders als John Wayne Gacy würde er niemals erwischt werden.

Aber das andere, das klang verlockend. *Pogo der Clown.* Den Kindern etwas vorlesen, bevor er sie umbrachte.

Vielleicht würde er das auch machen?

Vielleicht würde er die kleinen Jungen verwandeln? Den kleinen Jungen den Penis abschneiden, um aus kleinen Jungen kleine Mädchen zu machen?

Geschlechtsumwandlung. Ganz einfach.

Ein Drittel aller Straftaten gegen Kinder, das hatte ihm mal jemand erzählt, wurden von anderen Kindern begangen, auch Missbrauch. Doch wenn das andere Kinder machten, war das kleine richtige Straftat, weil sie noch nicht volljährig waren. Das war doch bei ihm auch so. War er nicht ein großes Kind

geblieben? Wurde es nicht immer von allen als vorteilhaft beschrieben, dass man auch als Erwachsener *ein Kind bleiben*
sollte?

War da nicht dieser Spruch? *Nur wer erwachsen wird und
ein Kind bleibt, ist ein Mensch?*

War er denn kein Mensch?

Er wusste, warum er es tat. Er mochte die glatte, weiche
Haut. Er mochte die weichen Konturen. Doch er mochte keine
Frau. Und er mochte nicht die Rundungen von Frauen. Wenn
er also weiche Haut wollte ohne die Rundungen von Frauen –
dann musste er sich Kinder suchen.

Wenn er es tat, dann ging es ihm besser.

Diese Kopfschmerzen hörten nur dann auf, wenn er tötete.

Und wenn er sie küsste.

Doch um sie küssen zu können, musste er erst eine Sache
machen.

Um sie küssen zu können, musste er sie erst einmal töten.

Kapitel 10

Berlin, Oktober 2018, Karl-Marx-Allee

Erich Meiwing«, sagte Kremmer und zündete sich eine filterlose, russische Zigarette an, »Erich Meiwing war der Vater von Gregor Meiwing und Ingo Meiwing. Er war sehr gut bei der Schaffung qualifizierter IM, also inoffizieller Mitarbeiter der Stasi.« Kremmer stieß Qualm aus. »Er war ganz zu Beginn der Stasi-Gründung einige Male in Moskau gewesen. Das Ministerium für Staatssicherheit wurde 1950 direkt unter Anleitung des russischen Geheimdienstes gegründet.«

»Der KGB wollte das?«, fragte MacDeath.

»Halb und halb. Die SED-Führung drängte bei Stalin darauf, damit sie ihr Volk besser bespitzeln konnten. Dagegen hatte Stalin nichts. Das sowjetische Ministerium für Staatssicherheit, also der Vorläufer des KGBs, hatte allerdings schon etwas dagegen, die wollten keine Konkurrenz. Doch Stalin hatte das trotzdem durchgeboxt. Er war sich sicher, wenn die Stasi streng nach sowjetischer Anleitung aufgebaut wird, kann nichts schiefgehen.«

»Ist es ja auch nicht, oder?« Das war Clara.

»Bis 1989 nicht. Es hat halt niemand niemandem vertraut. Die Stasi nannte sich *Schild und Schwert der Partei.* Nicht des Volkes oder des Landes, sondern der Partei. Die Partei stand im Mittelpunkt. Ähnlich wie in China. So eine Art *Staat im Staat,* der alles unter Kontrolle hat und von dem niemand weiß, ob es nicht *er* ist, der wirklich regiert.«

»So eine Art *Deep State?*«, fragte MacDeath.

»Ja, so in der Art.« Kremmer schlug den Mantelkragen hoch. »Und in höchstem Maße paranoid. Stasi-Chef Erich Mielke hatte ständig seinen berühmten roten Koffer im Panzerschrank. Bis 1990. Da sollen angeblich Akten über Honecker aus der NS-Zeit drin gewesen sein, die von nicht allzu sozialistischen Taten zeugten; wenn überhaupt, dann nationalsozialistischen. Mit diesem Material wollte sich Mielke vermutlich für den Fall absichern, dass er mal in Schwierigkeiten geriet, um ein Druckmittel gegen Honecker zu haben.«

»Wo ist der Koffer jetzt?«

»Wie vom Erdboden verschluckt.« Kremmer räusperte sich und pfiff Wotan herbei, der an einem Mülleimer schnüffelte. »Die Stasi war Ermittlungsbehörde und Auslandsnachrichtendienst in einem. Und Erich Meiwing hatte überall seine Finger drin. Er war dafür zuständig, sowohl inoffizielle Mitarbeiter als auch offizielle Agenten für die Stasi zu rekrutieren. Am Ende hatte die Stasi über neunzigtausend Mitarbeiter. Und die inoffiziellen kamen noch hinzu. Auf einen DDR-Bürger kam manchmal im Durchschnitt ein inoffizieller Mitarbeiter.«

»Das ist ja mal eine gute Abdeckung«, sagte MacDeath.

»So kann man das sehen.« Kremmer nickte.

»Die Sache nahm schnell Fahrt auf. Meiwing baute die Auslandsspionage aus, Westberlin war das Ziel. Westdeutsche Wirtschaft und Technik. Auch bei Günter Guillaume, dem Spion, der bei Willy Brandt geschnüffelt hat, hatte er wohl seine Finger im Spiel. Er half den Geheimdiensten in Osteuropa gegen Oppositionelle. Lieferte denen nicht nur Geheimdienst- und Sicherheitstechnik, sondern auch Waffen, Munition und Handschellen. Vom deutschen Panzer Leopold haben sie auch einige Pläne erbeutet und die dann direkt nach Moskau weitergeleitet.«

»War Meiwing dann auf das Ausland spezialisiert?«

»Auch, aber nicht nur. Der wollte nichts dem Zufall überlassen. Bei dem UEFA-Cup-Rückspiel HSV gegen Dynamo Dresden im Dresdner Fußballstadion haben die fast dreißigtausend Plätze überwacht. Mit Erfolg.«

»Wie waren seine Methoden?«, fragte Clara und versuchte, unauffällig auf die Uhr zu blicken. Sie waren zwar den Deal eingegangen, dass Kremmer etwas spazieren gehen durfte, aber allmählich zog es sich ganz schön in die Länge, dachte sie.

»Es gab harte und weiche Formen in der Stasi«, sagte Kremmer und stellte den Mantelkragen wieder hoch. »Die harten Formen waren Folter und Auftragsmord, die weichen waren Devisenbeschaffung, Häftlingsfreikauf und die Abschiebung von unerwünschten Bürgern in den Westen. Meiwing war für Dinge zuständig, die weich waren, aber hart werden konnten.« Er schaute beide an. »Kennen Sie die Honigtöpfe?«

»Waren das nicht Lockmittel, um unvorsichtige Männer in unvorteilhafte Situationen zu locken?«, fragte MacDeath. »Meist mit schönen Frauen?«

Clara musste sofort an Künzel und Schilling denken.

Kremmer nickte. »In den Siebzigerjahren ging das los. Manipulationen, Gerüchte. Oder halt Kameras in Hotelzimmern mit den schon besagten schönen Frauen. Aber davon erzähle ich Ihnen gleich noch etwas. Das ging von der Wirtschaft bis zur Politik. Wurde besonders bei den sogenannten Bonzen aus dem Westen angewandt, denen man etwas abpressen konnte. Westliche Politiker wurden mit abgehörten Telefongesprächen öffentlich diskreditiert.« Er deutete in den Himmel. »Die haben den halben Westen mit der sogenannten Stasi-Moschee abgehört, diesem riesigen Radarmonstrum auf dem Brocken im Harz. Das war das Gegenstück zum Teufelsberg, wo sich die NSA breitgemacht hatte. Bei dem Misstrauensvotum der

CDU/CSU gegen Willy Brandt 1972 bestach das MfS angeblich zwei Unionsabgeordnete und verhinderte damit einen Regierungswechsel.«

»Angeblich?«, fragte Clara. »Sie müssten das doch wissen.«

Kremmer lächelte. »Sagen wir mal *angeblich* und belassen es dabei.«

»Haben Sie Meiwing nach der Wende noch einmal gesehen?«

Kremmer nickte. »Ist lange her. Muss 2005 gewesen sein. 2010 ist er gestorben. Er hat es nie richtig verwunden, wie es '89 zur Revolution kommen konnte. Er dachte, die Führung hätte aus dem 17. Juni 1953 gelernt. Hat sie aber offenbar nicht.« Er schnaubte verächtlich. »17. Juni. Der Tag, nach dem ihr sogar eine Straße benannt habt.« Er zeigte nach vorne auf die Allee. »Fast so schön gerade wie diese.« Er stopfte die Hände in die Manteltaschen. »Der 17. Juni war das Schreckgespenst, das sich niemals wiederholen durfte. Doch es hat sich wiederholt. Und darum hat Meiwing seinem Sohn beigebracht, es muss der vernünftigere der beiden Söhne gewesen sein, niemals jemandem zu vertrauen und immer gegen jeden etwas in der Hinterhand zu haben.«

»Gemäß dem Satz von Lenin?«, fragte MacDeath. »Vertrauen ist gut, Kontrolle ist besser?«

Kremmer schüttelte den Kopf. »Für Meiwing war das zu beliebig.« Er schaute MacDeath an. »Eher so: *Vertrauen ist schlecht. Kontrolle ist gut.*«

Kapitel 11

Berlin, Oktober 2018, Alexanderplatz

Das Gute hielt immer nur kurz. Das Böse hielt für immer. Wenn Klaus Lanza als Staatsanwalt eines wusste, dann das.

Er hatte sich gut amüsiert. In dem Bordell. Und auch dort ... auf dem Land.

Die Frau in dem Bordell, dem *Xanadu*, war eigentlich zu jung gewesen. Doch das andere, das hatte ihn noch mehr erregt. Weil es noch verbotener, noch tabuisierter, noch ... kranker war.

Er wusste nicht, warum es bei ihm Tiere sein mussten. Vielleicht, weil sie ihn unvoreingenommen betrachteten? Vielleicht, weil er sie komplett zum Objekt machen konnte? Vielleicht, weil einige von ihnen keinen Namen hatten und nie einen haben würden? Vielleicht auch nur, weil er einfach pervers war?

Er kannte alles über seine Neigung. Zoophilie nannte man das. Es gab sogar Tierbordelle. Im Spreewald und auch nördlich von Pankow. Auch in Skandinavien und den USA gab es solche Orte, wo sich Menschen gegen Geld mit Tieren vergnügen konnten. Er war damals im Urlaub auf den Geschmack gekommen. In Asien. Da waren diese Orang-Utans, denen sie die Krallen und die Zähne gezogen hatten. Sie waren gefesselt. Und er hatte es einfach mal ... probiert. Sodomie nannte man das früher. Und das hatte es schon im alten Rom gegeben. Dort waren die Bordelle nach den Tieren benannt, die es dort gab.

Dann hatte Lanza im Chat einen Mann kennengelernt. Der hatte seinen Hund vermietet. Das war schön, aber es war zu riskant. Es könnte alles auffliegen. Dann war er auf die Profis gekommen. Sie machten alles anonym. Nur Bargeld. Keine Namen. Und er konnte die Masken tragen. Obwohl er darunter so schlecht Luft bekam. Deshalb hatte er sie einmal nicht aufgesetzt. Vielleicht war dieses eine Mal das eine Mal zu viel gewesen. Es war immer ein Mal, was dann zu viel war. Was das Fass zum Überlaufen brachte. Es war wohl dieses eine Mal, wo man sein Gesicht gesehen hatte.

Im Spreewald gab es Hunde, Pferde, Ziegen und Rinder. Katzen gab es selten. Manche standen allerdings auf Großkatzen. Fast 90 Prozent der deutschen Zoophilen mochten am liebsten Pferde und Hunde. Auch diesen Tieren wurden die Zähne und die Krallen gezogen. Und sie wurden betäubt. In Asien wurden Hühner missbraucht. Er hatte mal gefragt, wie man denn mit einem Huhn Sex haben kann. Ob da überhaupt ein Schwanz reinpasst? *Wenn da ein Ei rausgeht, geht da auch ein Schwanz rein,* hatte der Mann geantwortet und mit Daumen und Zeigefinger das Volumen eines Eis gezeigt. Lanza hatte verstanden. In China waren es manchmal auch Fische und Mäuse. Es galt dort als große Kunst, wenn das Tier während des Geschlechtsaktes starb. Die Todeszuckungen verstärkten die Stimulation und den Orgasmus.

Sodomie, dachte er. Diesen Strafbestand gab es schon lange nicht mehr. Seit 1969 war der Tatbestand der Sodomie im Strafgesetzbuch gelöscht. Also war es eigentlich egal. Einzig das Handeln mit Sodomie-Filmen war nicht erlaubt. Das war typisch deutsch. Gewalt war immer vom Gesetz gedeckt, Geld verdienen aber nicht. Einzig das deutsche Tierschutzgesetz ging gegen Sodomie vor. Es drohten fünfundzwanzigtausend

Euro Strafe, wenn man erwischt wurde. Aber wer wurde in Deutschland schon erwischt?

Eigentlich war das Netz viel zu löcherig, dass jemals einer erwischt werden konnte. Eigentlich konnte man sich gar nicht so dumm anstellen, dass man erwischt werden würde.

Aber nun war er, Klaus Lanza, doch erwischt worden. Klaus Lanza, der zu blöd war, durch Bestechung Geld zu kriegen. Und der zu blöd war, sich nicht erwischen zu lassen.

Von dem, der ihn in all dies hineingetrieben hatte, nur um etwas gegen ihn in der Hand zu haben. Wie die Chinesen sagten: *Um etwas zu fangen, musste man es erst einmal entkommen lassen.*

Der bullige Mann breitete die Fotos vor ihm auf dem Tisch auf. Er schaute ihn an, zeigte dann auf die Fotos. Es waren Bilder von ihm im *Xanadu* mit dem Mädchen, das viel zu jung war. Viel schlimmer aber waren die Bilder mit den anderen … Lebewesen.

»Das sind doch Sie, Herr Lanza?«, fragte der Mann.

Lanza nickte.

»Wer die anderen sind, die mit den vier Beinen, weiß ich nicht. Sie haben sich nicht namentlich vorgestellt. Ich nenne sie einfach mal Fury, Lassy, Goofy. Fehlt noch Flipper, oder?« Der Mann grinste. »Das ist ein Säugetier, da könnten Sie das eigentlich auch machen. Oder sind Sie wasserscheu?«

Lanza sagte nichts.

Der Mann sprach weiter. »Stimmen Sie mir zu, Herr Lanza, dass es besser wäre, wenn diese Bilder niemals jemand zu sehen bekommt?«

»Ja.«

»Stimmen Sie mir auch zu, dass Sie dafür etwas tun müssen, damit das auch so bleibt?«

»Ja.«

Der bullige Mann grinste. »Gut. Dann werde ich Ihnen sagen, was ich brauche, und Sie werden das veranlassen. Haben wir uns verstanden, Herr Lanza?«

»Ja, Herr Grassoff, das haben wir.«

Kapitel 12

Berlin, Oktober 2018, Karl-Marx-Allee

Kremmer zog eine Packung Zigaretten aus der Tasche, steckte sich eine weitere filterlose, bräunliche Zigarette in den Mund und rauchte. Clara betrachtete die exotische Zigarette interessiert. Solche hatte er beim letzten Mal schon geraucht, wenn sie sich nicht irrte.

»Aus Moskau. Habe ich noch Hunderte von.« Er schaute nach vorne. »Vertrauen ist gut, Kontrolle ist besser ... So hatte die SED auch gedacht. Und die Stasi. Aber sie hatten zu viel vertraut und zu wenig kontrolliert. Der 17. Juni 1953 hätte ein Weckruf sein sollen. War er aber nicht genug. Als am 9. November die Mauer fiel, konnte die Stasi nichts machen. Obwohl sie bis an die Zähne bewaffnet war. Dienststellen wurden besetzt und irgendwann das Ministerium geschlossen. Erich Mielke sagte am 13. November 1989 dann noch vor der Volkskammer, *er liebe doch alle Menschen.* So ähnlich hat das euer Boris Becker auch gesagt, wenn ich mich nicht irre. Da hätte ich mehr von Mielke erwartet. Am 3. Dezember trat das Politbüro zurück. Da waren schon eine Menge Akten vernichtet worden. Am 3. Oktober 1990, passend zum Tag der Einheit, gab es einen Sonderbeauftragten der Bundesregierung für die Unterlagen des Staatssicherheitsdienstes. Das MfS wartete auf Anweisungen der Parteiführung zum Eingreifen. Doch da kam nichts. Am 13. Januar 1990 wurde dann die Stasi aufgelöst. Ähnlich wie im Fall von Nazi-Deutschland. Die Sieger bestimmen, was mit den Besiegten geschieht. Jetzt durfte Westdeutschland auch mal die Moralkeule schwingen, nachdem es vorher wegen der Nazi-Vergangenheit jahrzehntelang Prügel bezogen hat. Und die Besiegten brauchten lange, bis sie überhaupt aufgewacht sind.«

Er schüttelte den Kopf und sprach weiter, mehr zu sich selbst als zu Clara und MacDeath. »So funktionierte Krieg schon immer. Nimm den Leuten ihre Monumente weg, ihre Kultur, ihre Identität. Im Palast der Republik haben sie dann ja auch angeblich Asbest gefunden, nur um einen Grund zu finden, um den abzureißen. Weitere Sitzungen verstießen dann plötzlich gegen die Arbeitsschutzverordnung der BRD. Die BRD-Verordnung, die plötzlich in der DDR gilt. Das war natürlich Absicht. Wer seinen Sitzungssaal verliert, kann auch keine Entscheidungen mehr treffen. Es war eine feindliche Übernahme der BRD. Und wir hier waren so blöd, das zu schlucken.«

Er zeigte auf die Türme am Frankfurter Tor. »Nur einer hat davon gelernt.«

»Sie können aber nicht Stalin meinen?«

»Nein. Aber auch einen aus Russland. Er war damals junger Offizier beim KGB, war in Dresden stationiert und sprach fließend Deutsch. Ich habe ihn ein paarmal getroffen. Er sagte mir, dass sich mit ihm so etwas niemals wiederholen würde.«

»Und das war wer?«

»Vladimir Putin.« Kremmer stieß Rauch aus. »Putin und der KGB wussten, dass der Bundesnachrichtendienst die Stasi seit den Siebzigerjahren unterwandert hatte. Schalck-Golodkowski (Codename *Schneewittchen*) und seine KoKo, die *Kommerzielle Koordinierung,* war durchsetzt von BND-Leuten. Die Stasi hat zurückgeschlagen. Hat 1980 zehn Aussteiger aus der RAF aufgenommen. Und als es aus Krisenländern und aus dem Ostblock Flüchtlinge nach Deutschland gab, hat die Stasi massenhaft Agenten in den Flüchtlingsstrom reingeschmuggelt. Einige davon sind dann für die RAF aktiv geworden und haben in der BRD Terroranschläge durchgeführt. Passiert ja heute genauso, nur der *-ismus* dahinter ist anders. Neu ist das alles nicht.«

»Allerdings. So ähnlich macht das der Islamische Staat ja heute auch«, sagte MacDeath.

»Tja, Westdeutschland bleibt halt doof.« Kremmer schüttelte den Kopf. »Und seine Feinde bleiben schlau. Damals hatte die BRD nur Glück, dass die DDR im Moment, als es drauf ankam, noch dümmer als sie war. Wobei die BRD auch deutlich dümmer geworden ist über die Jahre.«

Clara brannte eine Frage auf den Lippen. »Kennen Sie Udo Schilling?«

Kremmer sah sie erstaunt an. »Klar kenne ich den. Der war genau genommen auch bei der Stasi. Kam aus dem Westen zu uns und hat dann von uns aus wieder im Westen spioniert. War Bankier, lernte in der Staatsbankfiliale der DDR in Schwerin und ging dann nach New York. Dort dann zur BWG Bank, wenn mich nicht alles täuscht. Da hat er einige gute Deals hinbekommen. Hundertzwanzig Bankfilialen der Staatsbank in bester Lage gingen nach der Wende an die BWG Bank. Kostenlos natürlich, es hieß nur, die BWG solle in die Infrastruktur der Bank investieren. Ein dicker Bonus ging aber natürlich auf Schillings Konto.«

»Hatte er mit Meiwing zu tun?«, fragte MacDeath.

Kremmer nickte. »Ja. Der hat vorher viel mit Meiwing gemacht. Waren geschmuggelt. Deutsche Waffentechnik nach Russland und manchmal sogar russische Technik nach Israel. Weil die wussten, dass der Irak russische Waffen importiert und auf was sie sich einstellen müssten, falls es mal zum Krieg kommt.« Er schaute in den Himmel. »Schilling … War ein interessanter Überläufer, aber so ähnlich habe ich das ja auch gemacht. Damals, 1990. Darum laufe ich hier noch frei herum.«

»Was haben Sie getan?«, fragte MacDeath.

Kremmer grinste kurz. »Tja. Erinnern Sie sich, was ich Ihnen das letzte Mal schon erzählt habe? Die Hauptverwaltung Aufklärung, die HVA, Markus Wolf, der Stellvertreter Mielkes. Dadurch, dass er mich kannte und schätzte, hatte ich Zugriff auf einige Mobilmachungs-Karteien, an denen die CIA großes Interesse hatte. Die sie ohne mich nie bekommen hätten. Also habe ich damals etwas nachgeholfen.« Er inhalierte Rauch. »Sie wissen ja: Dafür hat die CIA bei der Gauck-Behörde Immunität für mich erwirkt und im Gegenzug einen Teil der Akten der Bundesregierung überlassen.« Er zog eine undeutbare Grimasse. »Wie ich schon sagte, man muss manchmal wissen, wann man die Seiten wechseln muss. Wo waren wir stehen geblieben?« Kremmer schien es zu genießen, sich mit anderen Leuten mal wieder über sein Lieblingsthema unterhalten zu können.

»Udo Schilling.«

»Ich habe lange nichts mehr von ihm gehört.«

»Er hat sich erhängt«, sagte MacDeath. »Vor einem Jahr.«

Kremmer nickte, als habe er so etwas befürchtet. »Erstaunt mich nicht.«

»Wegen Meiwing?«, fragte Clara.

Kremmer nickte wieder. »Ich kann mir sehr gut vorstellen, dass er einiges über Meiwing wusste und damit gedroht hat, das auffliegen zu lassen. Dann hat Meiwing wiederum damit gedroht, einiges über Schilling auffliegen zu lassen.«

»Was könnte das sein?«

Kremmer verzog das Gesicht. »Sagen wir mal so: Er hatte

gewisse Vorlieben.« Er warf seine Zigarette weg. »Und dabei belassen wir es.«

»Darf ich Ihnen noch eine vertrauliche Frage stellen?«, fragte Clara.

»Ich dachte, hier ist alles vertraulich?« Kremmer grinste kurz und zündete sich gleich noch eine der bräunlichen Zigaretten an. »Und keine Sorge: Erich Mielke kann ich nichts mehr erzählen. Der ist tot.«

»Kennen Sie Jörg Künzel? War ein hochrangiger Manager am neuen BER-Flughafen.«

»Neu hieße ja, dass er mal fertig wird. Und ihr Westler habt uns Ossis immer erzählt, dass bei euch alles schneller geht.«

»Tja, da haben wir wohl gelogen, denn fertig wird er wohl nie mehr.« Clara zuckte die Schultern. »Jedenfalls hatte sich Jörg Künzel ebenfalls erhängt. Und das hängt wohl auch mit Meiwing zusammen.«

»Den Künzel kenne ich nicht«, sagte Kremmer, »aber ich kann mir vorstellen, dass Künzel irgendwas auffliegen lassen wollte. Vielleicht, dass der Flughafen niemals fertig wird und am besten abgerissen werden sollte? Und Meiwing hat andere Interessen vertreten. Nämlich von den Firmen, die hervorragend daran verdienen, wenn an der Baustelle noch hundert Jahre weitergearbeitet wird. Der Traum für jedes Bauunternehmen. Ständig Rechnungen stellen können, ohne dass etwas fertig werden muss. Das gab es in der DDR auch.«

MacDeath kniff die Augen zusammen. »Klingt nachvollziehbar.« Auch Clara nickte. Etwas Ähnliches hatte ihr ja auch Ingrid Künzel gesagt.

»Schilling ist aber der Interessantere von beiden«, sagte Kremmer. »Schilling hat zusammen mit Meiwings Sohn große Teile der ostdeutschen Industrie in den Neunzigerjahren den Japanern angeboten. Die Japaner hatten damals richtig Geld.

Nomura Corporation zum Beispiel, die haben hier über die Citibank eingekauft. Die BWG Bank war da auch dick drin. Den Japanern gehörte damals schon halb New York, jetzt wollten sie in Europa einkaufen, und zwar durch die ostdeutsche Hintertür, damit es nicht so offensichtlich aussieht.« Er schaute beide an. »Kennen Sie die Geschichte von Wilhelm dem Eroberer?«

»Der hat 1066 England eingenommen«, sagte MacDeath.

Clara schaute ihn an. »Was du alles weißt.«

»Er hat England eingenommen«, fuhr MacDeath fort, »und das Ganze so schlau, dass alles, was er nach England brachte oder womit er zu tun hatte, zu britischen Nationalheiligtümern wurde. Der Tower of London, Westminster Hall, das House of Parliament, der Langbogen. Deswegen spricht man noch immer von den drei großen 66, wenn es um englische Geschichte geht.«

»Und was waren die?« Das war Kremmer.

»1966, der Sieg Englands gegen Deutschland in der Fußball WM, 1666, das große Feuer von London und 1066, die normannische Eroberung.«

Kremmer lächelte in sich hinein. »Immer schön, wenn die Besiegten glauben, sie hätten selbst gesiegt. Wilhelm der Eroberer führte das Domesday-Buch ein, das alle Besitzverhältnisse regelte. Und das machten die Westdeutschen mit der DDR dann auch. Allerdings hieß es nicht Domesday-Buch. Es ging nicht darum, Besitz, den es im Sozialismus eigentlich gar nicht geben durfte, zu privatisieren. Es ging darum, die gesamte ostdeutsche Industrie so billig wie möglich zu verschleudern.«

Kapitel 13

Berlin, Oktober 2018, Karl-Marx-Allee

Die Treuhand?«, fragte MacDeath.

»Die alles war, aber nicht treu«, ergänzte Kremmer. »Fast 90 Prozent des ostdeutschen Industrievermögens gingen an private Investoren.«

»Und dabei spielte Meiwing eine Rolle?«

»Ja, Meiwing half den Firmen im Westen dabei, billig Ostfirmen zu kaufen.«

»Obwohl er selbst aus dem Osten kam?«

»Die Geschichte wird von Siegern geschrieben«, sagte Kremmer. »Die Volkskammer der DDR beschloss mit Wirkung vom 3. Oktober 1990, dass die DDR der BRD beitritt. Und Meiwing junior wusste, woher der Wind wehte. Die Ossis waren ab dann die neuen Neger.«

Clara schaute Kremmer verwundert an, aber an dem war die politische Korrektheit offenbar komplett vorübergegangen. Er zuckte die Schultern, während er weitersprach.

»Aber ja, solange er sich in seine eigene Tasche wirtschaften konnte, war Meiwing ziemlich egal, wen er übers Ohr haute, ob Ost oder West. Die Methoden, die er einsetzte, waren die gleichen Methoden wie die von KGB und Stasi. Er hatte früher die Kontakte der KoKo genutzt, um Technik aus dem Westen einzukaufen. Jetzt nutzte er seine Stasi-Methoden, damit westliche Firmen Ostfirmen kaufen konnten. Für einen Spottpreis. Die Treuhand hat ihm dabei geholfen. Die wollten ja alles loswerden. So schnell es nur ging.«

»Politischer Druck?«, fragte MacDeath.

»Ja. Es sollte alles so schnell wie möglich privatisiert werden. Die Frage war nur, wie?« Kremmer klemmte die Zigarette zwischen die Zähne, um die Hände in die Taschen stecken zu können. »Die Ostfirmen hatten keine Gewinne, die schöpfte der Staat komplett als Steuern ab. Dafür zahlten die Bürger nur sehr geringe Steuern. Wenn die Firmen aber investieren wollten, mussten sie Kredite aufnehmen. Die Kredite der DDR-Staatsbank waren mit dem Ersparten der Bürger abgesichert. Wenn die Firmen pleitegegangen wären, wären die Bürger auch pleite, weil dann die Ersparnisse als Sicherheit weg wären. Das wollte man nicht. Also wurde verkauft auf Teufel komm raus.«

»Alles?«

»Es gab drei Dinge, die auf keinen Fall untergehen durften: die Leipziger Messe, Meißener Porzellan und Zeiss Jena. Ansonsten«, Kremmer blickte missmutig zum Himmel, »hat die Treuhand nach heutigem Stand sicher dreihundert Milliarden Euro an Volksvermögen vernichtet. Da war nur Hitler schlimmer. Nur sechs Prozent von dem gesamten Vermögen gingen an DDR-Bürger.«

»Aber große Revolutionen gab es nicht?«

»Es hatte ja gerade eine gegeben. 1989. Leipzig und der ganze Mist. Aber glücklich war das Volk nicht. Erst riefen sie: *Kommt die D-Mark, bleiben wir, kommt sie nicht, gehen wir zu ihr.* Als dann die D-Mark kam, war es auch nicht recht. Da riefen sie: *Gestern Honecker und Konsorten, heut wieder betrogen an allen Orten.*«

»Und man konnte nichts dagegen tun?«, fragte Clara. »Gab es da keine Prozesse?«

Kremmer lachte ein heiseres Lachen. »Nein. Veruntreuung von Volkseigentum konnte nicht mehr angeklagt werden, weil

305

die frei gewählte Volkskammer diesen Paragrafen vorher abgeschafft hat.« Er kniff ein Auge zu. »Warum wohl?« Er schüttelte den Kopf. »Helmut Kohl höchstpersönlich hat das damals Lothar de Maiziere erklärt. Während er zwölf Stück Kuchen verschlungen hat. De Maiziere hat keinen Bissen runterbekommen.«

»Zurück zu Meiwing«, sagte Clara. Sie hatte vorher unauffällig auf die Uhr geschaut. »Er hat die Ostfirmen gefügig gemacht?«

»Vor allem deren Chefs. Hat diese Honigtöpfe eingesetzt, von denen wir vorhin gesprochen haben. Verwanzte Hotelzimmer mit Kameras, Frauen, die eine Linse mit Kameras in der Mitte ihres Büstenhalters hatten. Der KGB hatte eigene Sexschulen, wo die Frauen ausgebildet wurden, die die Männer bei laufender Kamera verführen sollten. Und die Stasi hatte das schließlich auch.«

»Und ganz besonders Meiwing junior?«

»Ganz besonders Meiwing junior. Er sammelte damals schon Geheimnisse. Genau wie sein Vater. Wie eine Bank, die an alle Kredite rausreicht. Und irgendwann werden diese Kredite fällig. Irgendwann werden die Menschen mit ihren Geheimnissen konfrontiert.« Er steckte die Hände in die Taschen. »Die, von denen man etwas wollte, wurden mit Frauen erpresst. Doch die, wo richtig viel auf dem Spiel stand und wo es viel Schaden anrichten würde, wenn sie nicht sprangen … mit Kindern. Diese Kinder«, seine Stimme wurde tiefer, »besorgte sein Bruder Ingo.« Er holte Luft. »Gregor hatte Meiwing senior vorher noch dabei geholfen, verbotene Waren zu schmuggeln. Jetzt gab es ein viel besseres Betätigungsfeld. Unternehmen zu privatisieren und damit sehr viel Geld verdienen. Und wenn die früheren Kombinate nicht wollten, dann …« Kremmer zögerte.

»Was war dann?«

»Dann baute er Erpressungspotenzial auf. Manche mochten bestimmte Frauen. Manche mochten Kinder … Und die besorgte ihm sein Bruder. Gregor Meiwing war der Strippenzieher, der Leute erpresste. Sein Bruder Ingo sorgte für die Bilder und für das Material, damit diese Leute überhaupt erpresst werden konnten.«

»Der alte Meiwing war der Klempner, sein Sohn Gregor klempnerte ebenfalls, und Ingo war der Henker?«, fragte MacDeath.

»Das haben Sie schön gesagt«, sagte Kremmer. »Und Sie haben recht. Ingo hat die Opfer entführt, hat die Männer mit ihnen in einen Raum geführt. Und das Ganze gefilmt.« Selbst Kremmer schien dieses Kapitel bei all seinem Zynismus sehr unangenehm zu sein.

»Wissen Sie, ob er noch lebt?« Clara musste das fragen. »Ich meine, Ingo Meiwing?«

»Ich habe gehört, dass er vor ein paar Jahren auf recht unschöne Art und Weise zu Tode gekommen ist.« Er zuckte die Schultern. »Würde ihm recht geschehen. Er war ein übler Kerl. Ganz übel!«

»Hat er seinen Namen geändert?«

»Er nicht. Er hieß bis zum Ende Ingo Meiwing. Wie gesagt, nur der Vater, Erich Meiwing, hat sich nach der Wende umbenannt. Obwohl das gar nicht mehr nötig war, denn sein Sohn Gregor hat fast alles übernommen.«

»Und der Sohn hat sich auch umbenannt?«

»Sein Sohn? Meiwing junior? Ja, hat er. Aus Gregor wurde Georg.«

»Und der Nachname?«

»Grassoff. Georg Grassoff. Und der Alte hat sich Eberhard genannt, auch Grassoff.«

»GG«, murmelte Clara kaum hörbar. »Wir haben ihn.«

307

Kapitel 14

Berlin, Oktober 2018, LKA 113

Im LKA hatten Clara, Hermann und MacDeath sofort alle Daten zusammengetragen, die es zu Georg Grassoff gab. Sie saßen zusammen im großen Konferenzraum. Die Tischplatte des Konferenztisches konnte man unter lauter Ordnern, Papieren und Memos nicht mehr erkennen. Auf einer großen Metaplanwand an der Stirnseite des Raumes waren diverse Post-its und Notizen geklebt.

»Der Vater hat einen neuen Namen angenommen«, sagte Clara. »Und der Sohn hat das auch getan.«

»Das erklärt«, sagte MacDeath, »warum beide nach der Wende quasi verschwunden waren; im Gegensatz zu Ingo und seiner Mutter.«

»Hier«, sagte Hermann. »Ein Foto von Grassoff.«

Der Drucker summte und spuckte ein Schwarz-Weiß-Foto aus. Ein bulliger Mann mit raspelkurzen Haaren. Er erinnerte Clara an einen Stier auf zwei Beinen. Mit dem gleichen Gesicht wie Ingo M.

»Und dann noch was«, fuhr Hermann fort. »Kommt vom zentralen Einwohnermeldeamt. Hat das BKA gerade freigegeben.« Er saß vor seinem Laptop.

»Was?«

»Mehrere Wohnungen, vor allem in Berlin«, sagte Hermann, »die alle einem Georg Grassoff gehören.«

»Wo?«

»Leipziger Straße. In den Hochhäusern.«

Clara blickte MacDeath an. »Über die haben wir doch vorhin noch gesprochen.«

Der lächelte. »So schnell kann es gehen.« Er schaute Hermann an. »Und wo in der Leipziger Straße?«

»Na ja, in den Hochhäusern. Wo genau steht hier nicht.«

»Das sind ziemlich viele Hochhäuser. Steht da keine Hausnummer oder so etwas?«

»Nein.«

»Dann sollen die Einsatzbeamten das prüfen«, sagte Clara. »Die Klingelschilder checken und mit dem Foto von Grassoff die Nachbarn befragen.« Sie schaute Hermann an. »Wir schicken am besten dreißig Mann oder mehr los.«

»Wenn überhaupt der richtige Name an den Klingelschildern steht. Selbst wenn der Name Grassoff im Grundbuch eingetragen ist – wenn er über Scheinfirmen, Immobilienholdings oder anderes operiert, werden wir die Wohnungen nur schwer zuordnen können.«

»Egal, machen müssen wir irgendwas!« Clara griff zum schwarzen Telefon, das sich aus dem Papiergewirr auf dem Schreibtisch erhob, und sprach mit den Kollegen.

»Hier ist noch etwas zu Schilling und Grassoff«, sagte Mac-Death, der sich durch einen weiteren Papierstapel wühlte. »Geschäfte mit Angola. Die haben denen Öl unter dem Weltmarktpreis abgekauft, dann die Menge heruntergerechnet. Die Differenz ist auf irgendwelchen schwarzen Kassen gelandet.«

»Technik aus Japan haben sie auch eingekauft«, sagte Hermann. »Toshiba. Dann wollten die Japaner doch nicht mehr mitmachen und zahlten den DDR-Leuten acht Millionen Euro, wenn sie die japanische Technik vor ihren Augen zerstören.«

»Haben sie das gemacht?«

309

»Ja. Nur keine Technik, sondern irgendein Gerümpel, das so ähnlich aussah. Die Technik haben sie behalten.«

»Und die acht Millionen?«

»Die auch. Dieser Betrug war wohl auch Grassoffs Idee.«

»Hat er wahrscheinlich von seinem Vater gelernt«, murmelte Clara.

»Und bei der Treuhand waren sie dick drin«, sagte Hermann. »Haben geholfen, dass die Leitungen frei sind und alles *durchflutscht* und sich die Ostunternehmen nicht so anstellen, wenn sie zu Schleuderpreisen oder kostenlos an den Westen vertickt werden. Erst waren sie für die DDR. Und dann dagegen. Je nachdem, woher das Geld kam.« Hermann blätterte durch ein paar Unterlagen. »Hier steht auch der Spitzname von Grassoff. Der, den euch auch Kremmer gesagt hat. *Der Klempner II.* Guter Name.« Hermann musste grinsen.

»Der *Klempner I* war sein Vater«, sagte Clara. »Nummer zwei dann wohl der Sohn.«

»Der Treuhand wurde damals oft vorgeworfen, sie würde das Tafelsilber verschleudern.« Hermann hatte ein weiteres Papier aus dem Drucker geholt. »Dafür gab es die Bundesanstalt für vereinigungsbedingte Sonderaufgaben. BvS.«

»Super Name«, sagte MacDeath. »So ähnlich wie Steuerbegünstigungsabbaugesetz.«

»Das war Absicht. Der Erfinder des Namens, der sich den auf irgendeiner Klausur in Potsdam ausgedacht hat, war richtig stolz darauf, dass der Name überhaupt nicht eingängig ist und den sich kein Schwein merken kann.«

»Umso sperriger der Name, umso weniger Klagen gibt es?« Das war MacDeath.

Hermann nickte. »So war es wohl gedacht.«

»Und gleichzeitig versuchte Grassoff, unwillige Leute zu erpressen.« MacDeath nahm zwei Zettel zur Hand und klebte sie an die Metaplanwand. »Um die Ecke von dem berühmten alten Café-Restaurant Kaffeebaum in Leipzig gab es ein Hotel, das gern als sogenannter Honigtopf verwendet wurde. Da hat schon August der Starke seinen Mokka getrunken. Und Grassoff hat dort irgendwelche Industriellen von Stasi-Frauen verführen lassen, was dann alles gefilmt wurde. Mata Hari auf Ostdeutsch.«

Mata Hari, dachte Clara. Die Holländische Nackttänzerin, die im Ersten Weltkrieg als Spionin mit den Waffen der Frau gegen Deutschland kämpfte und 1917 in Paris erschossen wurde.

Clara hörte dem Gespräch zwischen Hermann und Mac-Death zu, aber sie sagte nichts. Sie hörte Wortfetzen von Ingo M. Von den furchtbaren Dingen, die er tat. Den Bunkern, den Masken, den Spielen. Clara wurde schlecht. Die Gesprächsfetzen zogen durch den Raum. Die Minuten vergingen, während Clara merkte, wie die Müdigkeit sich immer mehr in ihr ausbreitete, wie ein schwarzer Ballon, der in ihrem Inneren aufgeblasen wurde.

Das Telefon riss sie aus ihren Gedanken.

»Ich geh schon«, sagte Hermann. Er nahm den Hörer ans Ohr. Sagte nichts. Dann hellte sich seine Miene auf.

»Gute Nachrichten?«, fragte Clara.

»Allerdings. Das war das Einsatzteam Leipziger Straße.« Hermann legte auf. »Nachbarn in der Leipziger Straße haben Grassoff auf dem Foto wiedererkannt.« Er schrieb die Nummer auf.

In dem Moment flog die Tür auf und Kriminaldirektor Winterfeld kam herein. Er hatte noch das Handy am Ohr und die Zigarillopackung in der anderen Hand. »Komm in die Gänge«, raunzte er den Anrufer am anderen Ende an. »Sonst sitzen wir Weihnachten noch da dran.« Er steckte das Handy in die Tasche und ließ seinen Blick über den Raum, den Tisch, die Papiere und die Metaplanwand schweifen.

»Und?«, fragte er.

»Wir haben eine seiner Wohnungen«, sagte Hermann.

»Wo?«

»Leipziger Straße, Höhe Jerusalemer Straße.«

»Lobet den Herrn«, sagte Winterfeld und schaute auf die Uhr. »17 Uhr. Schlage vor, wir fahren mal zum Tee vorbei. Und bringen das SEK als Ehrengäste mit.« Er schaute Clara an. »Was meinen Sie, Señora?«

Claras Müdigkeit war verschwunden. »Nichts dagegen!«

Kapitel 15

Berlin, Oktober 2018, Leipziger Straße

Clara und MacDeath waren wieder in der Nähe des Ortes, wo sie vor Kurzem erst beim Italiener gesessen hatten. Allerdings diesmal in Begleitung der schwarz gekleideten Beamten des SEK.

Clara schaute auf die Hochhausansammlung. Die Bauarbeiten für die Hochhäuser an der Leipziger Straße hatten 1969 begonnen. Zweitausend Wohnungen waren in dem Komplex. Damals wollte man den typischen Stadtzentren kapitalistischer Prägungen etwas entgegensetzen und Wohnen und Arbeiten in einer gewissen Form verbinden. Dass es auch darum ging, das Axel-Springer-Hochhaus und dessen Werbefläche zu verdecken, wurde damals nur hinter vorgehaltener Hand zugegeben. »Springerdecker« nannte man sie damals im Volksmund.

Die Hochhäuser erhoben sich vor Clara in den Himmel. Mindestens zwanzig Stockwerke, schätzte sie. Für Berlin ziemlich hoch. Die »Wohnung« von Georg Grassoff, wenn es denn seine Wohnung war, befand sich östlich der Jerusalemer Straße, dem Teil des Gebäudekomplexes, der besonders große Wohnungen bot und für kinderreiche Familien vorgesehen worden war. Auch diplomatische Mitarbeiter und Journalisten, die Gäste der DDR waren, wurden früher hier untergebracht. Und natürlich die ganze Zeit bespitzelt.

Das Einsatzteam agierte wie eine Maschine. Fußgänger glotzten ehrfürchtig von weitem. Der Vorgang war der gleiche wie immer. Unten Beamte, die den Aufzug sicherten. Das SEK mit Marc und Philipp an vorderster Front. Hinter ihnen Clara und Winterfeld.

»Polizei, machen Sie die Tür auf«, rief Marc, als sie im zehnten Stock angekommen waren.

Keine Reaktion.

»Gut«, sagte Marc, »dann machen wir auf.«

Ein dumpfer Knall mit dem Rammbock.

Dann hing die Tür in den Angeln.

Sie betraten die Wohnung.

»Wohnzimmer sicher«, rief Philipp.

»Küche gesichert«, rief Marc.

Nachdem die Elitetruppe in allen Räumen gewesen war, konnten auch Clara, MacDeath, Hermann und Winterfeld eintreten.

»Scheint bis vor Kurzem bewohnt gewesen zu sein«, sagte Winterfeld.

Ihr Blick fiel auf einen großen Schreibtisch. Dahinter ein riesiges Regal.

»Alles durchsuchen«, sagte Winterfeld, »was wir hier nicht abschließend sichten können, nehmen wir mit.«

Kapitel 16

Berlin, Oktober 2018, Leipziger Straße

Nicos Boss hatte schon recht früh gemerkt, dass die Ermittler ihn im Visier hatten. Nico kannte seinen Boss. Herr Grassoff war von Natur aus misstrauisch und paranoid. Er rechnete immer mit dem Schlimmsten. Wer mit dem Schlimmsten rechnete, konnte nicht enttäuscht werden. Er konnte nur positiv überrascht werden.

Der Optimist, sagte Grassoff immer, *genießt im Virtuellen und leidet im Realen. Der Pessimist aber leidet im Virtuellen und genießt im Realen.*

Diesmal hatte es nicht lange gedauert, bis das Frühwarnsystem von seinem Boss angesprungen war. Spätestens, als die Recherchen über die weiteren Suizidopfer begonnen hatten, war Grassoff aufmerksam geworden.

Nico war in einem der Gebäude auf der anderen Straßenseite der Leipziger Straße, zwischen der Markgrafenstraße und der Jerusalemer Straße. Das Stativ mit dem Fernrohr war aufgebaut. Er sah die Ermittler. Die schwarz gekleideten SEK-Beamten.

Nico und sein Boss hatten erwartet, dass sie irgendwann kommen würden. Irgendwann kamen sie immer. Wie Motten, die das Licht suchten. Er hätte aber nicht erwartet, dass sie so schnell kamen. Sonst hätten Nico und seine Leute noch die Wohnung ausgeräumt. Dafür war es jetzt zu spät.

Er griff zum Telefon und rief Grassoff an.

»Sie sind da«, sagte er.

»Ziemlich früh«, sagte die Stimme am anderen Ende. »Eigentlich zu früh.«

»Was machen wir jetzt?«

Grassoff zögerte einen Moment. »Bleib an ihnen dran. Wenn sie zu frech werden, ziehen wir andere Saiten auf.«

Kapitel 17

Berlin, Oktober 2018, Köpenick

Sie hatten die Unterlagen in der Wohnung der Leipziger Straße gefunden und dort tatsächlich die Adresse des Hauses in Köpenick gefunden, auf das Kehrstein sie gebracht hatte. Von dem er aber nicht gewusst hatte, wo es war.

Sie waren mit mehreren Einsatzwagen, SEK-Beamten und einer Hundestaffel unterwegs.

Bis zur Verwaltungsreform 2001 galt Köpenick als eigenständiger Bezirk, und auch heute noch fühlte man sich dort als Bürger von Köpenick, nicht von Treptow-Köpenick. Der Hochhausturm der Allianz bei Treptow, auch genannt *Treptowers,* erhob sich in einiger Entfernung. Köpenick war an der Mündung von Dahme und Spree gelegen. Die Spree verband Köpenick mit dem Müggelsee und der Berliner Innenstadt. Davor lag die Schlossinsel mit dem Köpenicker Schloss. Die Slawen, die hier ursprünglich wohnten, hatten die Stadt daher auch *Copnic* genannt, was so viel wie *Inselort* hieß. Und daraus war dann *Köpenick* geworden.

Das Haus, von dem die Unterlagen von Grassoffs Wohnung in der Leipziger Straße kündeten, lag auf der Insel *Entenwall,* die kaum besiedelt war. Nahe der Müggelspreewiesen mit einem Blick auf den Wald und den See.

Abgelegen und doch zentral. Eine perfekte Mischung für jeden, der etwas Böses tun wollte, was nicht jeder mitkriegen sollte.

Winterfelds Mercedes und die Transporter mit den Ermittlern hielten mit quietschenden Reifen. Matsch spritzte.

»Rein mit den Hunden«, sagte Winterfeld. Marc öffnete den Transporter. Und Clara, Hermann und MacDeath hörten das Winseln und Bellen der Hunde bereits von dem Transporter aus. Marc und Philipp hatten zwei Hunde an der Leine, die die beiden SEK-Beamten vor sich herzogen. So als gingen die Hunde mit den Herrchen spazieren statt umgekehrt. Es waren Leichenspürhunde, und sie schlugen an diversen Stellen an.

Während Drogenspürhunde und Zollhunde sich *ablegten,* um keine Aufmerksamkeit zu erregen, bellten Leichenspürhunde aus vollem Hals. Und diese hier taten es auch. Die Hunde bellten an diversen Sträuchern, zogen dann aufgeregt weiter, um dann einige Meter weiter erneut anzuschlagen.

»Irgendetwas muss hier sein«, sagte Clara und beobachtete die Hunde.

»Allerdings«, sagte Marc und hielt die Leine. »Odin ist auch ganz kirre.« Die Hunde wussten tatsächlich nicht, wohin. Sie schlugen alle an. Marc schüttelte den Kopf. »Die Hunde wittern einiges auf einmal, scheint ein bisschen so was wie Reizüberflutung zu sein.«

»Wahrscheinlich«, sagte MacDeath, »werden wir die Reste von mehreren Leichen finden.«

Clara musste an den US-Serienkiller John Wayne Gacy denken, der bis zu seiner Hinrichtung bestritten hatte, dreiunddreißig junge Männer getötet zu haben, weil er dies bei seiner Achtzigstundenwoche als Unternehmer *zeitlich gar nicht geschafft* hätte – wobei sich dann allerdings die Frage stellte, woher er die Zeit genommen hatte, sich auf Straßenfesten als Pogo der Clown herumzutreiben und vor allem: woher die mehr als zwanzig halb verwesten Teenager-Leichen kamen, die unter dem Keller seines Hauses gefunden wurden. Hier war es ähnlich. Nur gab es hier offenbar nur die Leichen. Ohne den Mörder. Das Haus schien leer.

Der Garten des Hauses war wunderschön, mit vielen teilweise exotischen Sträuchern. Vielleicht hatte sich auch irgendein Gärtner bereits mehrfach gefragt, warum in diesem Garten all die Sträucher so gut wuchsen. Vielleicht einfach deswegen, weil sie über all die Jahre und vielleicht sogar Jahrzehnte den besten Dünger bekommen hatten, den es gab.

»Die Hunde sollen nach Leichen suchen«, sagte Marc und sah sich um. »Und das können sie und können es gleichzeitig nicht. Denn die Hunde finden zu viele Spuren, das verwirrt sie. Deshalb müssen wir systematisch vorgehen.«

»Und wie?«, fragte Clara.

»Das Einfachste ist, wenn wir den Garten mit Seilen in Quadrate aufteilen. Die Hunde kommen nacheinander in jedes der Quadrate, und dann wird jedes der Quadrate einzeln mit einem Bagger ausgehoben.«

Hermann zog sein Handy. »Okay, das hört sich nach Exhumierung und Erdarbeiten mit Baggern an. Aber im großen Stil.« Er schaute Winterfeld an. »Richtig?«

Winterfeld nickte »Richtig. Wobei Exhumierungen eigentlich nur auf Friedhöfen stattfinden und nicht im Garten. Und einen vernünftigen Bagger werden wir in der Tat brauchen.«

Hermann ließ demonstrativ sein Handy sinken. »Sollen die Jungs nun kommen oder nicht?«

»Natürlich sollen sie kommen, verdammt!« Winterfeld fletschte die Zähne.

Hermann wählte die Nummer.

Clara sagte nichts.

Kapitel 18

Berlin, in den Neunzigerjahren

Du bist mein Tumor, Ingo«, sagte Gregor, der ab jetzt Georg hieß.

»Du bist die Axt, während ich das Gehirn bin. Du bist all die hässlichen Sachen, die im Hintergrund ablaufen. Dich muss es geben, damit es meine Ideen geben kann.« Er hielt inne.

»Manche sagen«, fuhr Georg fort, »ich wäre wie Gott. Weil ich alles weiß und gegen jeden etwas in der Hand habe. Aber das stimmt nicht. Gott hat die Welt erschaffen, wie das Meer die Kontinente erschafft. Indem er sich zurückzieht. Bei all dem, was Gott kann und weiß, bei all der Macht, die er angeblich hat, ist es doch verwunderlich, wie passiv und untätig er ist. Ein alter, seniler, impotenter Rentner.« Er schaute seinen Zwillingsbruder an. »Ich aber möchte alles wissen, ohne mich zurückzuziehen. Ich bin wie die antiken Götter. Wie bei der Belagerung von Troja. Ich mische mich ein! Und dafür brauche ich dich. Du wirst den Leuten das bringen, was sie mögen. Einiges davon wird auch das sein, was du magst.«

»So wie in dem Heim?«, fragte Ingo.

»Ja. Vielleicht schaut Gott dir dabei zu. Vielleicht gefällt es ihm auch. Und falls es ihn nicht gibt, weil er tot ist oder weil es ihn nie gegeben hat, dann gibt es einen, dem das, was du machst, gefällt. Weil es uns beiden hilft. Und dieser Jemand, das bin ich.« Er streichelte seinem Zwillingsbruder den Kopf. »Ich brauche dich, Ingo«, sagte er. »Ich brauche das Böse in dir, um die anderen in Versuchung zu führen. Damit sie das tun, was du tust. Und ich davon weiß. Wir teilen alle ein furchtbares Geheimnis. Und ich habe die Möglichkeit, das Geheimnis der anderen jederzeit zu verraten. Wenn sie nicht zahlen. Und wenn sie zahlen, bedeutet das viel Geld für uns beide. Geld, von dem du dir auch etwas Schönes oder *jemand Schönen* kaufen kannst. Gefällt dir das?«

Ingo nickte.

»Mein Tumor«, sagte Georg und streichelte Ingo über den Kopf. »Wir werden viel Spaß miteinander haben.«

Kapitel 19

Berlin, Oktober 2018, Köpenick

Der Garten war der reinste Horror. Selbst von Weinstein, der gerade aus dem Auto gestiegen war, hatte so etwas noch nicht gesehen. Ein Pandämonium des Todes und der Verwesung.

Es waren mindestens zehn vollkommen verrottete Sargreste. Einige der Leichen waren damals nur in einfachen Mülltüten oder auch einfach ohne irgendetwas in der feuchten Erde verscharrt worden. Sie lagen dort, wie sie irgendjemand einmal hineingestoßen hatte. Jetzt waren nur noch angefaulte Knochen übrig.

In der Erde lagen angerostete Metallschilder mit Namen. Bernd, Torben, Nadine. Von einigen fand sich noch die Kleidung, die sich teilweise über die Jahrzehnte hinweg erhalten hatte. Das war der Vorteil von Kunststoff. Besonders die Sportschuhe waren auf eine verstörende Weise komplett und erhalten geblieben.

»Alle Knochen haben Wachstumsfugen«, sagte von Weinstein. »Also alles junge Menschen, Kinder und Jugendliche, bei denen die Knochen noch wachsen. Oder besser, wachsen sollten, wären sie nicht in jungen Jahren ermordet worden.«

Der Garten war aufgewühlt, die feuchte Erde nach oben gekehrt, ein dumpfer, süßlicher Geruch erfüllte die Luft. Und in der feuchten Erde ein Reigen von toten Kindern und ihren Skeletten. Die nebeneinanderlagen, die sich teilweise derart verschoben hatten, als würden sie Händchen halten oder im Liegen unter der Erde tanzen.

MacDeath fiel das Gedicht wieder ein, das Alfons de Groot, der schräge Mitarbeiter des Krematoriums, vor sich hin gesummt hatte:

Hinter den Gräbern aus morschem Gebein,
Da wo Gedanken als Geister erscheinen ...
Lachen die Toten und trinken den Wein
Den wir vor Schmerz ob Verlusten verweinen.

Clara war es halbwegs gelungen, diesen Schrecken nicht allzu nah an sich heranzulassen, doch sie merkte, wie die Verteidigungslinien ihres Bewusstseins langsam bröckelten, ähnlich wie es die brüchigen Holzwände der Särge in der feuchten Erde schon vor Jahren getan hatten.

»Denkst du, dass Claudia hier auch ist?«, fragte Clara MacDeath. Einerseits fürchtete sie es, aber irgendwie hoffte sie es auch, damit dieser Horror irgendwann endlich vorbei war.

»Ich weiß es nicht genau«, antwortete MacDeath.

»Irgendwie müssen wir sie erkennen.«

»Können wir auch«, sagte jetzt von Weinstein. »Wir nehmen die DNA von jedem der Skelette und gleichen die mit den Angehörigen der Vermissten ab. Erst einmal ordnen wir die Skelette nach Geschlecht und Alter. Und dann machen wir den Cross Check mit der DNA der Angehörigen.«

»Also auch meine DNA?«, fragte Clara.

»Natürlich«, sagte von Weinstein. »Claudia ist Ihre Schwester. Wenn die DNA Ihrer Schwester hier dabei ist, werden wir das sehr schnell herausfinden. Ich nehme gleich ihre DNA in Moabit.«

Clara sank in der nassen Erde auf die Knie, und Tränen füllten ihre Augen.

Das Gefühl war furchtbar. Aber es war auch ein Gefühl des Unabwendbaren, des Endgültigen und der Erlösung.

Claudia.

Sie spürte, wie die Tränen über ihr Gesicht liefen.

Bald würde sie es wissen. Ob sie wollte oder nicht.

Kapitel 20

Berlin, Oktober 2018, LKA 113

Der DNA-Check war positiv verlaufen.

Es waren Claudias Überreste, die dort in dem Garten in Köpenick gelegen hatten.

Dr. Alexander Bellmann, Chef des LKA, saß hinter seinem Schreibtisch. Vor ihm die Akten und die Fotos. Besonders die Fotos von dem Garten und von den Exhumierungen.

Sein Büro sah aus wie eine Kommandozentrale. Der Blick hinaus auf den Tempelhofer Damm und die riesige Fläche des ehemaligen Tempelhofer Flughafens, davor der wuchtige Schreibtisch mit dem großen Ledersessel, hinter dem Schreibtisch Regale und einige wenige Fotos. Auf den Fotos Bellmann mit seinem hageren Gesicht und den grau melierten Haaren neben berühmten Persönlichkeiten wie dem Bundespräsidenten, dem Chef von Scotland Yard und dem Direktor des FBI. Ein Foto von ihm und Bill Bratton, der unter Rudy Giuliani in den Neunzigerjahren in New York Polizeichef war und die *Zero Tolerance*-Politik umgesetzt hatte. Bis auf die aktuellen Akten war der Schreibtisch wie leergefegt. Zwei Fotos von seiner Frau und seinen beiden Töchtern, die ihn wohl nur aus der Zeitung kannten, ein großer Monitor, ein Laptop mit Dockingstation und zwei Telefone und ein Smartphone. Auf dem Tisch noch ein Ordner und ein Eckspanner, ein Block und ein Stift. Sonst nichts. Kein Schnickschnack, wenig Persönliches, keine Aktenstapel wie in Winterfelds Büro. Hier saß ein Mann, der nur Augen hatte für das, was im Moment wichtig war.

Fakten und Resultate.

Und vor allem keine Mutmaßungen. Und auch keine Gefühle.

»Ihre Schwester«, sagte er, ließ die Akte sinken und schaute Clara an. »Es tut mir leid.«

Clara sagte nichts. Neben ihr saß Winterfeld. Sie wusste nicht, ob es Bellmann wirklich leidtat, und wenn ja, *was genau* ihm leidtat. Ob es ihm leidtat, dass Clara verarbeiten musste, dass ihre Schwester seit Jahrzehnten in einem Garten in Köpenick gelegen hatte, oder ob es ihm leidtat, was das für die Abteilung und die Ermittlungen bedeuten konnte.

Der Bericht der Rechtsmedizin war gerade gekommen. Sie hatten noch genügend DNA an den Leichen identifizieren können. Claudias DNA war bereits seit ihrem Verschwinden gespeichert und konnte daher problemlos mit der DNA auf dem Skelett abgeglichen werden. Sie war zu hundert Prozent identisch gewesen. Claudia Vidalis, Claras Schwester, hatte für Jahre, wenn nicht Jahrzehnte in der feuchten Erde von Köpenick gelegen. Der Gedanke daran überstieg die Vorstellungskraft. Und vielleicht konnte Clara es sich wirklich nicht vorstellen. Jedenfalls noch nicht jetzt. Und reagierte ruhig. Erstaunlich ruhig.

»Georg Grassoff«, sagte Bellmann und blätterte durch die Akten. »Vormals Gregor Meiwing. Er ist der eineiige Zwillingsbruder von Ingo Meiwing, dem Mörder Ihrer Schwester?« Er schaute Clara an. Dann blätterte er weiter. »Sein Vater und er waren eine große Nummer bei der Stasi, was sie nach der Wende genutzt haben, um Ostfirmen dazu zu zwingen, sich über die Treuhand billig an Westfirmen zu verkaufen. Und was sie heute noch nutzen?« Er schaute beide über den Rand seiner Brille hinweg an. Frau Bories, Bellmanns chronisch schlecht gelaunte Sekretärin, hatte Kaffee und Kekse gebracht, Bellmann hatte ungelenk Kaffee eingeschenkt, aber bisher hatte noch niemand seinen Kaffee angerührt; Bellmann auch nicht. Der fuhr fort: »Und Sie glauben, dass er sich im Rahmen dieser Transaktionen kompromittierende Bilder und Geheimnisse der Leute beschafft und diese Kenntnis eingesetzt hat, um sich die Menschen gefügig zu machen? Künzel beim Flughafen und Schilling wegen den Cum-Ex-Geschäften?« Er beugte sich über die Papiere, als würde er an ihnen schnuppern. Oder sie essen wollen.

»Ganz recht«, sagte Winterfeld. »Schilling war ja selbst ein Stasi-Informant, der als Banker dann später tatkräftig bei der Privatisierung geholfen hat.«

»Und warum fängt dieser Grassoff dann an, in Schillings Dreck herumzuwühlen und ihn bloßzustellen?« Bellmann lehnte sich zurück.

»Wir nehmen an, Schilling wollte irgendetwas öffentlich machen, um sich vor den Cum-Ex-Vorwürfen der Staatsanwaltschaft Düsseldorf zu schützen. Das wiederum hätte Grassoff geschadet, und das konnte er nicht zulassen.«

»Dann, meinen Sie, hat er so viel Schmutz gegen den Ventilator geschmissen, dass Schilling nur Suizid begehen konnte?«

Clara nickte. »Genauso wie bei Künzel. Dem Manager vom neuen Flughafen.«

»Was sollte es bei dem gewesen sein?«, fragte Bellmann.

»Laut Information von Künzels Frau war er eine der treibenden Kräfte, die dafür plädierten, sofort einen Baustopp einzulegen und das bisherige Gebäude abzureißen«, sagte Clara. »Er war nur das Sprachrohr einer immer größeren Anzahl von Experten, die dafür plädieren, dass es viel billiger ist, wenn man diese Milliardenruine abreißt, anstatt ständig Löcher zu stopfen und dabei nur immer neue Löcher aufzureißen.«

»Und wer könnte daran ein Interesse haben, dass es weitergeht?«

»All die Baufirmen, Subunternehmer und Politiker, die an dem Chaos grandios verdienen. Denn bezahlt werden die ja alle«, sagte Winterfeld. »Sonst würde die Scheißbude da unten ja nicht von Jahr zu Jahr teurer werden.«

Bellmann verzog das Gesicht und trank zum ersten Mal von seinem Kaffee. »Das ist sehr spekulativ. Die einzigen Beweise, die Sie haben, sind die Ergebnisse der Spurensicherung, der Rechtsmedizin und die Aussagen von diesem Ex-Stasi-Mann, diesem ...«

»Kremmer«, sagte Clara. »Joseph Kremmer. Die Aussage eines absoluten Insiders.«

»Von dem ich allerdings keineswegs weiß, ob er das auch unter Eid wiederholen würde.« Bellmann atmete geräuschvoll aus. Er sortierte die Papiere. »Nächster Punkt. Und jetzt wird es, ich muss es so sagen, exotisch.«

»Ah ja?« Winterfeld hob die Augenbrauen.

»Ja.« Bellmann nickte zur Bestätigung. »Ingo Meiwing, der ein pädophiler Mörder war, wurde von seinem Zwillingsbruder dafür eingesetzt, Kinder und Sexsklaven für die bestochenen Personen zu finden, bei denen Georg Grassoff, ehemals Gregor Meiwing, eine ähnliche Neigung wie bei seinem Bruder vermutete und hoffte, sie mit einem solchen Geheimnis erpressbar zu machen.«

»Exakt.« Clara und Winterfeld nickten.

»So exakt ist das leider nicht.« Bellmann schüttelte den Kopf. »Es gibt weder schriftliche Beweise noch Mitschnitte von Gesprächen noch irgendetwas. Alles hoch spekulativ.«

»Sobald wir Grassoff hier haben und ihn verhören, werden sich schon einige Beweise finden.«

»Bevor wir jemanden festnehmen, verehrte Kollegen Hauptkommissarin und Kriminaldirektor, müssen wir vorher etwas gegen ihn in der Hand haben und nicht hoffen, dass sich das im Verhör schon irgendwie in die richtige Richtung biegen wird. Wenn wir keinen Haftbefehl haben, haben diese Personen leider das Recht, ihren Anwalt anzurufen und ab dann ihren Mund geschlossen zu halten. Und wir erfahren gar nichts. So sind die Gesetze. Wir sind eben nicht die Stasi.«

»Mit anderen Worten: Sie halten die Beweislage für nicht ausreichend?« Das war Winterfeld. Bellmann aber schaute Clara an.

»Ich glaube, dass Sie, Frau Vidalis, das Ganze sehr persönlich nehmen, etwas, das ich vor dem grausamen Hintergrund mit Ihrer Schwester bestens verstehen kann, aber auch etwas, vor dem ich Sie vor dem Hintergrund der gebotenen Professionalität als Polizeibeamtin bereits früh gewarnt habe. Und ich habe Sie gewarnt, dass Sie offenbar versucht sind, daraus eine gut klingende Story zu machen, die für Sie so gut klingt, dass Sie darüber die Fakten vergessen. Genau das ist offenbar eingetreten.«

Clara wäre am liebsten aufgesprungen, blieb aber sitzen. »Dann fragen Sie doch den Staatsanwalt, was der dazu sagt«, fauchte sie.

»Oder gleich den Oberstaatsanwalt«, knurrte Winterfeld.

»Der Oberstaatsanwalt«, knurrte Bellmann zurück, »ermittelt wegen des Anschlags am dritten Oktober. *Versuchten Anschlags* glücklicherweise. Das wissen Sie so gut wie ich. Und den Staatsanwalt habe ich schon informiert.«

»Und?« Clara beugte sich vor.

»Er sieht es leider differenzierter.«

»Mit anderen Worten«, sagte Winterfeld, »er mauert.«

Bellmann faltete die Hände. »Die Beweise fehlen.«

»Dann eskalieren Sie es doch zum Oberstaatsanwalt«, knurrte Winterfeld.

»Hören Sie schlecht? Ich sagte doch gerade, dass Rathenow voll unter Wasser ist wegen der Nagelbombe am Pariser Platz.

Und wir müssen die Hierarchie einhalten, da kann ich leider auch nichts dran ändern.«

»Mein Gott, lassen Sie sich mal Eier wachsen«, murmelte Clara, gerade noch leise genug, dass Bellmann es nicht hören konnte.

»Wie bitte?«

»Was meine Kollegin sagen will«, sagte Winterfeld, der näher an Clara saß und sie genau verstanden hatte, »ist, dass wir noch etwas weitersuchen, bis wir alle Beweise haben. Wir wären Ihnen allerdings sehr dankbar, wenn Sie die Inhalte unseres Gesprächs dem Staatsanwalt noch einmal zurufen. Vielleicht ändert er dann seine Meinung.«

Bellmann erhob sich. Ein Zeichen, dass er gern gab, wenn er das Gespräch für beendet sah. »Das tue ich gern. Ich fürchte aber, dass wir weder genügend Beweismittel für ein Gewaltverbrechen noch für die Erpressung haben.«

»Keine Hinweise auf ein Gewaltverbrechen?«, fragte Clara. »Dann wiederholen Sie doch gegenüber dem Staatsanwalt einmal, dass die DNA von Grassoff sowohl an Künzels Leiche als auch an den Seilen von Schilling zu finden war. Und an den Fotos.«

Bellmann machte ein Gesicht, als würde ihm das auch als Beweis reichen. Doch dann wurde seine Miene wieder die des LKA-Direktors. Der Mund zugekniffen wie zugenäht, die Augen wie Amtsstempel. »Das werde ich.« Er nickte Winterfeld zu. »Ich rufe Sie dazu gleich an.«

»Wenn man lange genug wühlt«, sagte Winterfeld, »findet man immer etwas.«

330

Kapitel 21

Berlin, Oktober 2018, LKA 113

Clara stand mit Winterfeld am offenen Fenster bei der Kaffeeküche. Winterfeld hatte einen Zigarillo entzündet und paffte nach draußen in die kalte Herbstluft. Hermann hatte sich dazugesellt, er stand dort in einem schwarzen Kapuzenpulli mit irgendeinem Fantasy-, Science-Fiction- oder Death-Metal-Logo, so genau konnte Clara das nie auseinanderhalten, und zupfte an seinem Ziegenbart, den er sich seit ein paar Tagen hatte wachsen lassen. Seiner Freundin gefiel der Bart nicht, Clara auch nicht, nur zwei Leuten aus der IT-Abteilung, die nicht gerade als Stilgötter bekannt waren, hatten Zustimmung geäußert.

Wann immer Hermann an seinem Bart zupfte, schien er zu überlegen, ob er den Bart eigentlich selbst mochte oder ihn wieder abrasieren sollte. Gerade hatten sie ihm von dem Gespräch mit Bellmann erzählt, was ihn dazu verleitete, noch stärker an seinem Bart zu zupfen.

»Und er wollte nicht?«, fragte Hermann.

»Er schon«, sagte Winterfeld. »Aber dem Staatsanwalt ist die Beweisdecke zu dünn. Und die Staatsanwälte sind in diesem Land nun mal unabhängig und keine Kettenhunde der Polizei. Genauso wenig wie die Rechtsmediziner. Da haben es die Israelis besser.«

Clara sagte nichts. Sie hatte die Sache mit Claudia noch nicht verarbeitet. Claudia, ihre Schwester, oder besser, ihre Überreste, lagen jetzt in einem weißen Plastiksack im Kühlraum in Moabit und wurden von Weinstein oder seinen Assistenten mit Skalpell, Rippenschere und oszillierender Säge bearbeitet.

Für einen Moment flackerte das Gesicht von Victoria vor ihren Augen auf. Würde sie bei ihrer Tochter genauso versagen, wie sie es bei ihrer Schwester Claudia getan hatte? Konnte sie in dieser kranken, brutalen und tödlichen Welt überhaupt irgendjemanden retten?

»Tja, die bei der Staatsanwaltschaft sind alle unter Wasser.« Hermann ließ seinen Bart los und vergrub die Hände in der Tasche seines Kapuzenpullis. »Wegen dem Anschlag und allem möglichen Scheiß. Aber die Beweislage ist doch klar. Wenigstens die DNA-Sache. DNA gibt's nur einmal, Ingo M. ist tot, der hat einen Zwillingsbruder, und das ist Grassoff. Kann also kein anderer sein.«

»Denke ich auch, aber ...« Winterfelds Handy klingelte, bevor er weitersprechen konnte.

»Bellmann«, sagte Winterfeld, als er die Nummer sah. Dann nahm er den Anruf an. »Winterfeld ... Ja ... Trotzdem nicht? Aber die DNA? ... Gut, wir diskutieren später.«

Er ließ das Handy sinken, stieß Rauch aus und warf die Zigarillokippe aus dem Fenster. Das Handy hätte er offensichtlich am liebsten hinterhergeschmissen.

»Kein Verfahren?«, fragte Clara.

»Nein. Nicht genügend Beweise.« Winterfeld steckte das Handy ein. »Bellmann hat eben noch mal mit dem Staatsanwalt gesprochen. Der will nicht.«

»Wer ist denn da zuständig?«, fragte Clara.

Winterfeld zuckte die Schultern. »Hätten wir mal fragen sollen. Habe ich eben aber auch nicht dran gedacht. Asche auf mein Haupt.«

»Oder auch nicht«, sagte Clara. »Wenn wir nachfragen,

glaubt Bellmann sofort, wir würden es beim Staatsanwalt durch die Hintertür versuchen, ohne ihn. Und wenn er sich ausgeklammert fühlt, kann er sehr unangenehm werden.«

Winterfeld sah Clara erstaunt an. »Gerade von Ihnen hätte ich dabei nicht so viel Gleichmut erwartet.«

»Müssen Sie auch nicht.« Clara war eine Idee gekommen. »Was sagten Sie bei Bellmann beim Rausgehen?« Sie sah Winterfeld an. »Wenn man lange genug wühlt, findet man immer etwas?«

»Ja, sagte ich. Stimmt ja meistens wirklich.«

»Denke ich auch.« Sie schaute Winterfeld und Hermann an. »Ich muss etwas mit Hermann besprechen. Könnten Sie mal kurz weghören?« Sie schaute Winterfeld an.

»Klar kann ich das. Ich war zweimal verheiratet. Wenn ich irgendwas kann, dann weghören.« Er zog noch einen Zigarillo aus der Packung und zündete ihn mit seinem störrischen Benzinfeuerzeug an.

»Hermann«, sagte Clara leise. »Kannst du rausfinden, welcher Staatsanwalt zuständig ist?«

Hermann lächelte. »Ohne ihn anzurufen, nehme ich an?«

»Ja, frag die Bits und Bytes. Und knack zur Not ein paar Passwörter.«

»Ich nehme an, nicht hier drin, sondern draußen mit öffentlichem WLAN und einem privaten Laptop?«

Clara lächelte. »Erraten.«

»Okay. Und dann?«

»Wenn du weißt, wer der Staatsanwalt ist, dann versuch irgendwas über ihn herauszufinden.«

»Etwas, was nicht jeder wissen soll?«

»Ja, vielleicht hat er auch irgendwelche Interessen, die nicht öffentlich sein sollen. Kriegst du das hin?«

Hermann nickte. »Erst sein Mail-Account, dann die IP-Adressen, WLAN, Proxys und von da aus mal schauen, was Internet und Dark Web so hergeben.«

»Ihr wollt schauen, ob der Staatsanwalt Dreck am Stecken hat?«, fragte Winterfeld leise.

»Dafür, dass Sie nicht zugehört haben, haben Sie es gut erfasst.« Clara nickte. »Auf diese Weise haben wir nicht nur ein Druckmittel gegen den Staatsanwalt, um ihm ein bisschen Beine zu machen. Vielleicht finden wir dabei auch heraus, dass möglicherweise jemand anderes dasselbe Druckmittel gegen ihn hat. Und dieser Jemand nutzt es vielleicht bereits, um die Ermittlungen zu blockieren.«

»Grassoff«, sagte Winterfeld. Er schaute abwechselnd Clara und Hermann an. »Und wenn Hermann nichts findet?«

»Dann haben wir Pech. Und der Staatsanwalt Glück.«

»Ich wühl mal ein bisschen«, sagte Hermann beruhigend. »Ein bisschen Dreck findet man immer.«

Kapitel 22

Berlin, Oktober 2018, LKA 113

Clara ging mit gemischten Gefühlen in ihr Büro. Sie war nicht sicher, ob Hermann etwas herausfinden würde. Vielleicht würde es ihnen helfen. Aber wenn er nichts fand, würde Bellmann auch nichts unternehmen. Und dann waren die ganzen Ermittlungen umsonst gewesen. Was hatten sie alles erreicht in diesem Fall! Und was tat Bellmann? Tat so, als wäre das alles nicht da. Winterfeld hatte wirklich recht, wenn er sagte: *Wenn Wasser bergauf fließt, bedankt sich jemand für einen Gefallen.* Sie schaute auf die Uhr. Heute, dachte sie, könnte sie auch einmal rechtzeitig Feierabend machen.

Ihr Handy klingelte.

Wahrscheinlich Hermann, dachte sie. Vielleicht hat er schon etwas gefunden. Doch es war eine unbekannte Nummer. Clara nahm den Anruf an.

»Clara Vidalis«, sagte die tiefe Stimme, als Clara den Hörer ans Ohr hielt.

Clara stockte, allerdings nur einen Moment. Die Stimme sprach weiter. »Was wollen Sie denn noch?«, fragte die Stimme. »Sie haben doch jetzt alles.« Sie wusste, wem die Stimme gehörte.

»Grassoff«, sagte Clara.

»Richtig. Und Grassoff bleibt nicht lange genug dran, als dass Sie irgendetwas zurückverfolgen könnten. Abgesehen davon ist das ein Voice over IP Code über drei VPN-Tunnel. Das knackt nicht mal die NSA.« Clara hatte, während er sprach, schon das Diktiergerät aktiviert.

»Ich habe nicht alles«, sagte sie und versuchte, das Gespräch möglichst in die Länge zu ziehen. »Ich habe *Sie* noch nicht.«

»Sie haben die Skelette. Sie haben Ihre Schwester. Und Sie haben Ihren Frieden.« Er machte eine Pause. »Für eine derart unsichere Zeit wie heute ist das schon ziemlich viel. Und in meiner Wohnung waren Sie auch. Ohne Durchsuchungsbefehl.«

»Es ist noch nicht zu Ende.« Claras Stimme war vollkommen tonlos.

»Es sollte zu Ende sein«, sagte Grassoff. »Ich biete Ihnen an, das Spiel zu beenden, wenn Sie mich ab jetzt in Ruhe lassen. Ab jetzt und für immer.«

»Und wenn ich das nicht tue?« Claras Stimme wurde noch kälter. »Sie in Ruhe lassen? Es ist unser Job, Sie nicht in Ruhe zu lassen.«

»Sie haben nichts in der Hand«, sagt Grassoff.

Clara merkte, wie die Wut in ihr hochstieg. Der Kerl argumentierte wie der Staatsanwalt. Ganz sicher hatte er den auch an der kurzen Leine. Das war gewiss der Grund, warum es keine Ermittlungen gab. »Was glauben Sie denn, was ich alles habe?«, entgegnete Clara. »Ich habe die Toten, ich habe die Beweise … und bald habe ich auch Sie!«

Grassoff sagte nichts. Doch dann hörte sie seine Stimme noch einmal. Dunkler, tiefer. Weiter entfernt.

»Und ich habe ein Kind«, sagte die Stimme. »Ihres!«

Dann legte er auf.

Kapitel 23

Berlin, Oktober 2018, LKA 113

Ich habe ein Kind ... Ihres.
Clara musste sich setzen. Musste diese furchtbare Nachricht sacken lassen. Ihr Kind. Entführt. Von Grassoff.

Clara Vidalis war Hauptkommissarin, jagte Serienkiller, befreite Opfer. Aber ihre eigene Schwester und jetzt sogar ihre eigene Tochter, die konnte sie nicht beschützen.

Das Telefon klingelte noch einmal. War es noch einmal Grassoff? Würde er ihr jetzt Bedingungen diktieren? Sie drückte auf den Annahmeknopf.

»Ja?«

»Clara?« Es war eine weibliche Stimme.

»Sophie?«

»Ja, wer denn sonst?«

»Was Wichtiges?« Sie wollte die Leitung freihalten, falls gleich noch ein anderer Anruf kommen würde. Von dem, der ihre Tochter entführt hatte. Seine Worte hallten in ihrem Gehirn wider.

Ich habe ein Kind.

Ihres.

Ihre Tochter. Entführt. Von diesem Scheusal. Sie spürte ihre schweißnassen Hände und merkte, wie ihr Mund komplett trocken wurde.

»Nicht so ganz«, sagte Sophie. »Ihr hättet mir nur sagen sollen, dass ihr Victoria selbst bei der Kita abholt.«

»W...was?« Clara konnte nicht mehr richtig denken.

»Wir hatten doch ausgemacht, dass ich sie heute abhole, weil du vorhattest, länger zu arbeiten. Liegt eh auf dem Weg.«

Mit einem Mal war Clara hochkonzentriert.

»Und?«

»Ich wollte sie abholen, aber sie war nicht da.«

»Was sagst du da?«

»In der Kita sagten sie, jemand anders hätte sie abgeholt.«

»Weißt du, wer das war?«

»Nein, ich selbst hab niemanden gesehen. Da war Victoria schon weg. Ich kann aber die Leute in der Kita fragen und …«

Jetzt schien es Sophie zu dämmern. Und ihr schien klar zu werden, dass da etwas gehörig schiefgegangen war. »Verdammt, dann hat sie keiner von uns abgeholt.«

»Richtig.« Clara atmete tief ein. Immerhin waren jetzt einige Dinge etwas klarer geworden.

»Sophie, hör zu«, sagte Clara. »Frag die Leute in der Kita und bleib dort. Wir sind sofort da.«

Sie beendete die Verbindung, packte ihr Handy in die Tasche, zog ihren Mantel an. Sie wollte gerade losrennen, als das Telefon noch einmal klingelte.

Sie kannte die Nummer.

Frau Bories, die Sekretärin von Dr. Bellmann.

Sie ließ das Telefon klingeln und rannte nach draußen.

338

Kapitel 24

Berlin, Oktober 2018, Mohrenstraße

Der Kindergarten lag zwischen Tempelhof und Mitte, sodass sie Victoria dort vor der Arbeit hinbringen und nach der Arbeit abholen konnten, jedenfalls, wenn alles gut ging.

MacDeath steuerte Claras Wagen, während sie zitternd auf dem Beifahrersitz saß. Sie hatten noch überlegt, Hermann mitzunehmen, doch der sollte erst einmal herausfinden, was der Staatsanwalt für ein doppeltes Spiel spielte – falls er ein solches Spiel spielte.

Claras Handy klingelte. Es war Winterfeld. »Wo sind Sie?«, fragte er.

Clara stellte das Handy auf laut und erklärte Winterfeld, was gerade geschehen war.

»Verdammt, braucht ihr Hilfe?«, fragte er.

»Kann durchaus sein. Wir sind jetzt auf dem Weg zum Kindergarten. Sophie wartet dort. Die sollte unsere Tochter eigentlich abholen.«

»Gut, dann machen Sie weiter und melden sich, sobald Sie was brauchen. Inoffiziell natürlich.«

»Inoffiziell?«

»Bellmann hat Sie suspendiert.«

Clara glaubte, nicht richtig gehört zu haben. Sie versuchte, ihre Gefühle im Zaum zu halten. Gefühle zu zeigen, schadete in ihrem Job eigentlich immer. Gefühle, die man freiließ, waren wie Blut, das die Haie anlockte. Egal, ob man sich freute oder ärgerte. Gefühle waren schlecht. Doch jetzt brüllte sie dennoch. Auch wenn Winterfeld der Letzte war, der etwas dafür konnte. »Was?«, schrie sie. »Wegen der Entführung suspendiert mich dieses Arschloch?« Sie dachte an den Telefonanruf, den sie nicht angenommen hatte, kurz bevor sie aus dem Büro gestürmt war.

»Von der Entführung weiß er noch gar nichts. Ich glaube, er hat Angst, dass Sie das zu persönlich nehmen.«

»Tue ich ja auch«, schrie Clara bockig. »Wie sollte ich die Entführung meines Kindes nicht persönlich nehmen?«

»Und das mit den Eiern hat er, glaube ich, doch gehört.« MacDeath sah sie erstaunt an.

Clara dachte an den Spruch von vorhin. *Lassen Sie sich mal Eier wachsen.*

»Dumm gelaufen.« Sie schaute MacDeath an. Der nickte ihr zu. Sie waren am Kindergarten angekommen. »Wir checken das mit dem Kindergarten. Kann aber sein, dass wir ziemlich schnell Verstärkung brauchen.«

»Alles klar«, sagte Winterfeld, »ich steh hier Gewehr bei Fuß.«

Meike Schiller war Erzieherin in der Kita in der Mohrenstraße in Mitte. Das braune Haar zu einem Zopf gebunden, ein Rolling-Stones-T-Shirt am Körper, darüber eine Art offenes Holzfällerhemd, das eher zu Nirvana passte. »Da war ein Herr«, sagte Schiller, »groß, gepflegt, Anzug, wenig Haar. Der hat sie abgeholt.«

»Und das ging einfach so?«

Meike Schiller hielt einen Zettel in die Höhe. »Mit einem Berechtigungsschreiben? Klar. Sonst würden wir das auf keinen Fall machen.«

Clara und MacDeath schauten beide auf das Schreiben. »Jürgen Hinrichs«, knurrte Clara. »Der Name ist mit Sicherheit gefakt, aber ich frage Hermann, ob er was weiß.« Sie schauten sich um. »Sie wissen nicht, wo der hingefahren ist?«, fragte Clara dann.

»Oder kennen das Nummernschild?«, ergänzte MacDeath.

»Nein.« Sie schaute Clara an. »Sie sind von der Polizei, richtig?«

»Ja. Und wir brauchen Sie wahrscheinlich gleich für ein Phantombild.« Sie schaute sich um. »Überwachungskameras gibt es hier natürlich keine?«

»Sagen Sie mir, was Sie brauchen. Ich denke, ich kann ihn noch gut beschreiben«, sagte Meike Schiller. Sie schaute in einige Entfernung. »Falls es hilft: Er ist dort hinten bei der Bankfiliale in seine schwarze Limousine gestiegen.«

»Überwachungskameras«, murmelte MacDeath. »Wir haben hier keine. Aber der Parkplatz der Bankfiliale hat vielleicht eine.«

Clara war schon losgerannt. Doch heute war die Bankfiliale bereits um 15:30 Uhr geschlossen. *Typisch Bank,* dachte sie. *Wollen, dass Kunden in ihre miefigen Filialen kommen, um sich irgendwelche miesen Fonds andrehen zu lassen, aber haben noch schlimmere Öffnungszeiten als die Bürgerämter.* Sie trottete zurück. »Die Filiale ist zu. Wir …« Sie musste sich sammeln, musste das alles ordnen und musste den Schrecken, dass ihre Tochter entführt worden war, wenigstens für eine kurze Zeit verdrängen.

MacDeath aber war erstaunlich cool. »Die miefige Bankfiliale«, sagte er, »hat aber offenbar eine Kamera. Da!« Er zeigte auf die Kamera an der Ecke der Fassade, die den Parkplatz überblickte.

Clara sah ihn an. »Dann müssen wir nur noch wissen, was sie aufgenommen hat.«

»Und dafür müssen wir an den Film kommen«, ergänzte MacDeath. »Auf dem kurzen Dienstweg fällt mir nur einer ein, der das kann.«

Clara nickte. »Hermann!«

Clara griff zum Handy.

»Hermann«, sagte sie, »du musst schnell etwas dazwischenschieben. Kameraauswertung privat und Halteranfrage. Das hat absolute Priorität.«

Hermann knurrte irgendetwas, das wie eine Antwort klang.

Sie wollte gerade ins Auto einsteigen, als Meike Schiller ihr zuwinkte. »Frau Vidalis«, sagte sie.

»Was gibt's?«

»Ich hätte stutzig werden müssen, als der Mann, der sie abgeholt hat, Victoria ohne ihr Schnuffeltier mit zum Auto nahm.«

»Ihr Schnuffeltier?« Dann begriff sie, was die Erzieherin meinte. Den kleinen Affen, Fips, mit der roten Latzhose, ihr Kuscheltier, das sie knuddelte, auf dem sie herumkaute, an dem sie herumzog, das sie boxte und durch die Luft warf. Bei der Polizei würde man das »Misshandlung« nennen.

»Hier!« Meike Schiller drückte ihr den Stoffaffen in die Hand.

Clara schaute auf das Kuscheltier. Damit hatte Victoria gespielt. Sie hatte es angefasst. Und jetzt war sie weg. Und nur das Tier war noch da. Das Kuscheltier, das eigentlich nur ein Gegenstand war. Der schönste und schrecklichste Gegenstand zugleich.

Kapitel 25

Berlin, Oktober 2018, Mohrenstraße

Hermann hatte die Kameradaten erhalten. Die Kamera der Bank hatte das Nummernschild der Limousine gefilmt.

»Halteranfrage hat eine Firma in der Leipziger Straße ergeben«, sagte Hermann, als Clara und MacDeath im Auto saßen.

Clara schaute zu MacDeath. »Dann fahren wir zur Leipziger Straße?« MacDeath zuckte die Schultern, was wohl so viel wie ein *Ja* heißen sollte. »Okay, Hermann«, sagte Clara. »Sag Winterfeld, dass wir Einsatzkräfte an der Leipziger brauchen. Und SEK. Da ist schließlich eine der Wohnungen von diesem Grassoff und das Auto kommt auch irgendwo daher.«

»Mache ich. Was ist mit Köpenick?«

»Richtig. Da brauchen wir auch Leute. Kann sein, dass Grassoff dort ist. Und Hermann, ganz wichtig …«

»Was?«

»Von mir hast du diese Anweisungen natürlich nicht. Du weißt ja, was Bellmann gemacht hat.«

»Von wem habe ich welche Anweisungen nicht?«, fragte Hermann. »Wer bist du überhaupt?«

»Schön, wenn Männer und Frauen ohne Komplikationen reden können.«

»Kommt selten genug vor. Dann würde ich mich mal wieder an die Arbeit mit unserem Staatsanwalt machen. Ich glaube, unsere amerikanischen Freunde nennen das *shit stirring*.«

Clara nickte, ohne dass es Hermann sehen konnte. »In der Scheiße rühren, genau.«

Dreißig Minuten waren vergangen. Winterfeld hatte einen Trupp Beamte mit SEK in die Leipziger Straße beordert. Die Limousine, mit der Victoria aus dem Kindergarten *abgeholt* worden war, hatten sie nahe dem Gendarmenmarkt vor der Tiefgarage des Hilton Hotels gefunden. Der Firma, auf die sie gemeldet war, hatten die Beamten kurz darauf einen Besuch abgestattet. Es schien eine Briefkastenfirma in der Markgrafenstraße zu sein, und das Büro war natürlich nicht besetzt. Wenn es überhaupt irgendwo ein Büro gab.

Claras Handy klingelte, als Clara und MacDeath ihren Wagen an der Leipziger Straße Ecke Jerusalemstraße geparkt hatten. Es war Winterfeld.

»Was gibt's?«

Winterfeld schnaubte. »In Köpenick ist niemand. Genauso ausgestorben wie zuvor. Die Kollegen haben gerade angerufen. Jetzt sind nicht mal mehr die Leichen da.«

Clara überhörte den geschmacklosen Hinweis auf die Leichen und schaute sich hektisch um, so als könnte sie ihre Tochter irgendwo in einem Winkel der Straße entdecken. Ihr Job hatte es allzu oft von ihr verlangt, dass sie cool blieb. Oft war ihr das gelungen. Nur in manchen Fällen, wenn die Taten zu grauenhaft, zu schrecklich oder auch zu absurd waren, war ihr das schwergefallen. Bei Menschen, die ihr Baby in die Mikrowelle steckten, die ihre Kinder als Sexsklaven verkauften, die ihren Opfern den Bauch aufschlitzten und sie zwangen, ihre eigenen Eingeweide zu essen. All das hatte sie gesehen und irgendwie doch ertragen. Aber das hier, das ging über alles hinaus. Claudia, ihre Schwester, war ermordet worden. Ihr erstes Kind hatte ihr der Tränenbringer aus dem Leib getreten. Und jetzt ihre Tochter Victoria. Entführt. Sie schaute auf die Uhr. Man sagte, dass ein Kind, das entführt wurde, nach etwa ein bis zwei Stunden unwiederbringlich verloren war. Hier allerdings wussten sie genau, *wer* das Kind entführt hatte. Die Frage war nur, ob das die Sache besser oder noch viel schlimmer machte.

Sie sah die Ermittler und die SEK-Beamten vor einem Hochhaus in der Leipziger Straße. Einige Männer aus der Elitetruppe tranken Wasser aus Plastikflaschen. Sie zogen ihre schwarzen Sturmhauben nach oben, um die Flaschen zum Mund zu führen. Marc war auch dort, wenn sie seine Statur und sein Gesicht aus der Entfernung richtig erkannte.

»Was ist mit der Wohnung von Grassoff in diesem Haus?«, fragte sie.

»Die, in der wir waren?«, knurrte Winterfeld. »Die ist verplombt. Es waren aber eben Kollegen da. Niemand da. Genauso leer wie Köpenick. Der hätte aber Nerven wie Drahtseile, wenn er Ihre Tochter genau dort gefangen hält.«

»Vielleicht hat er da noch andere Wohnungen?«

»Kann sein.« Winterfeld schien nachzudenken. »Nur was sollen wir machen? Bei all den Hunderten von Wohnungen hier in den Hochhäusern klingeln, mit einem Durchsuchungsbefehl?«

»Wäre das möglich?«

»Kann ich versuchen. Aber der Staatsanwalt mauert ja jetzt schon.«

»Soll meine Tochter etwa ewig verschwunden bleiben?« Clara war den Tränen nahe. Sie näherte sich mit MacDeath dem Trupp von Ermittlern vor den Hochhäusern. Jetzt fiel Clara auf, dass Odin hinter Marc stand. Der Hund trug sein Geschirr, was für den Hund hieß: Jetzt wird gearbeitet. In dieser Phase würde man ihn nicht mit einem Keks oder ein paar Streicheleinheiten verführen können. Jetzt war er der Polizeihund, der seinen Job machte. Und sonst nichts. So wie seine Kollegen auch.

345

»Hören Sie, ich sehe, was ich tun kann«, sagte Winterfeld.

»Alles klar.« Sie schluckte. Und steckte das Handy in ihre Handtasche. Es war wie so oft. Sie war allein in ihrem Kampf gegen das Böse. Sie musste irgendetwas tun. Sie konnte nicht warten, bis die Polizei irgendeinen Einsatz genehmigt bekam. Sie spürte, wie ihr wieder die Tränen in die Augen stiegen, und wühlte nach einem Taschentuch in ihrer Handtasche. Da fiel ihr der kleine Stoffaffe auf. Das »Schnuffeltier«. Sie sah den zerrupften und plattgedrückten Affen in ihrer Handtasche.

Dann sah sie Marc.

Und Odin. Mit seinem Geschirr.

Und dann sah sie Marc und Victoria. Den Affen Fips, das Schnuffeltier und den Hund. Victoria und Odin.

Und dann kam ihr eine Idee.

Kapitel 26

Berlin, Oktober 2018, Potsdamer Platz

Die Kanzlei Henninger, Schulz & Partner war auf eine ganz spezielle Dienstleistung eingestellt: den Verkauf von Pässen.

Daniel Henninger, einer der Gründungspartner der Kanzlei, ließ die Mappe durch seine Finger gleiten und schaute nach unten auf den Potsdamer Platz. Das Sony Center, das schon längst nicht mehr Sony gehörte, den Leipziger Platz, die kanadische Botschaft und weiter hinten das Spionagemuseum. *Wie passend,* dachte er.

Seine Kanzlei verkaufte zwar keine Spionage, aber schon so etwas wie alternative Identitäten. Denn wer woanders war, der war für viele Leute auch einfach weg. Der Klient der Kanzlei Henninger, Schulz & Partner konnte sich aussuchen, wo er hin wollte. St. Kitts oder Nevis, Vulkaninseln, Cayman Islands. Weit weg. Und dann noch weiter.

Immobilienkauf und Kontoeinrichtung inklusive Geldtransfer wurden mit angeboten. Manchmal schlug man dadurch sogar zwei Fliegen mit einer Klappe. Denn auf vielen dieser Inseln mussten neue »Staatsbürger« ein bestimmtes Vermögen mitbringen, investieren oder in Immobilien anlegen. Und das war ideal, um verdächtiges Geld ganz schnell zu waschen.

Henninger kannte die Daten. Weltweit wurden über dreihundert Milliarden Dollar durch Passverkäufe verdient. St. Kitts, wo Henningers Kanzlei ebenfalls eine große Niederlassung hatte, war der wichtigste Umschlagplatz für Pässe aller

Art. Henninger kannte die Bedingungen und die Eintrittsbarrieren, wie man sich ein sorgenfreies Leben und das Desinteresse der westlichen Finanzverwaltungen sicherte. Ebenso einen visafreien Eintritt in mehr als hundertdreißig Staaten. Antigua und Barbuda wollten vierhunderttausend Dollar für Immobilien oder eine Spende von zweihunderttausend Dollar. Eine Investition von anderthalb Millionen Dollar in eine Firma war auch gern gesehen. Doch die Kanzlei war auch in anderen globalen Zentren vertreten, überall dort, wo Menschen mit viel Geld und Fluchtgedanken lebten. In Zürich, Malta, Dubai und Hongkong. Malta war die Einflugschneise nach Europa, denn hier konnte man einen Pass kaufen, der einem den Zugang in die Europäische Union bescherte. Das Ganze für etwa eine halbe Million Euro. St. Kitts wollte dafür zweihundertfünfzigtausend Euro, das EU-Mitglied Zypern, das freimütig Pässe verkaufte und dies auch auf Internetseiten der Regierung anpries, wobei die EU tatenlos zuschaute, wollte zwei Millionen Euro.

Dennoch war der deutsche Pass angeblich der wertvollste der Welt. Der Pass durfte nicht verkauft werden, er wurde vom deutschen Staat verschenkt. An Menschen, die oft schon woanders einen Pass hatten. Von dem gleichen Staat, der seinen deutschen Staatsbürgern verbot, eine zweite Staatsbürgerschaft zu bekommen. Dafür bekam man mit dem deutschen Pass auch die visafreie Reise in hundertsiebenundsiebzig Länder gleich mit dazu. Das schaffte sonst kein anderer Pass. Vielleicht sonst noch ein Ausweis des Vatikanischen Staatssekretariats, der diplomatischen Vertretung des Heiligen Stuhls.

Henninger schaute noch einmal durch die Mappe, betrachtete die Ausweisdokumente und wählte dann die Nummer seines Klienten. Der nahm nach dem zweiten Klingeln ab.

»Herr Grassoff«, sagte Henninger, »wir wären so weit. Treffen in einer guten Stunde?«

Kapitel 27

Berlin, Oktober 2018, Leipziger Straße

Sie sah Odin.

Dann sah sie ihre Kollegen. Hermann, Marc, MacDeath. Bei sich zu Hause. An dem Abend vor ein paar Tagen, als sie wegen Nancy vom Dienst suspendiert worden war und MacDeath alle zu ihnen nach Hause eingeladen hatte. *Suspendiert ...* Damals war es nur falscher Alarm gewesen. Jetzt war sie wirklich suspendiert.

Der Hund hatte sich auf der Stelle in Victoria verliebt.

Sie hörte ihre eigene Stimme noch in ihrem Kopf.

Dem Kind tut er ja wohl nichts?

Er könnte sie höchstens totkuscheln. Das hatte Marc gesagt. Und da hatte sich Odin schon vor das Laufheck von Victoria gelegt. Wie ein Beschützer oder ein Maskottchen.

Baba, hatte Victoria gebrabbelt. Und der Hund hatte sie aufmerksam angeschaut.

»Marc«, rief Clara außer Atem. »Dein Hund, Odin ...«

»Ja, der ist hier.«

»Ist der wirklich so gut? Also beim Mantrailing und so weiter? Hast du doch damals gesagt, als ihr bei uns wart.«

Marc nickte. »Der hat die beste Nase von Berlin. Der kann auch noch nach Stunden feststellen, welchen Weg ein Mensch durch einen Park zurückgelegt hat, einfach von den Duftspuren, die alle Lebewesen immer hinterlassen.« Er tätschelte Odin. »Darum finden diese Hunde auch immer nach Hause zurück.«

»Dann kann er doch bestimmt meine Tochter suchen.«

Marc überlegte kurz. »Wenn sie hier in der Nähe ist, ja.« Er schaute sich um. »Er braucht nur irgendetwas, das nach ihr riecht. Habt ihr etwas da?«

»Ja!«, sagte Clara. »Hier!« Sie zog den Affen hervor.

Marc hielt Odin den Affen vor die Nase. Der schaute Marc konzentriert an. Schnüffelte an dem Affen. Machte augenblicklich den Eindruck, als würde er sich an irgendetwas erinnern. Er spannte die Muskeln, hob den Kopf.

»Baba«, sagte Clara. Und dann noch einmal. »Baba!«

Odin hatte verstanden. Er drehte sich um und zerrte mit einer solchen Kraft an seinem Geschirr, dass Marc beinahe umgefallen wäre. Odin preschte voran, und Marc stolperte hinterher.

»Bingo!«, rief Marc.

Clara fiel ein Stein vom Herzen.

Immerhin ein kleiner.

Kapitel 28

Berlin, Oktober 2018, Leipziger Straße

Odin preschte nach in den Hausflur, wie von einer Tarantel gestochen. Clara, MacDeath, Marc und Philipp mit dem Rammbock kamen kaum hinterher. Der Hund zögerte an den Fahrstühlen, dann schlug er an. Sie drückten auf den Fahrstuhlknopf. Fuhren in die erste Etage. Nichts. Die zweite. Nichts. Die dritte … Das Warten war unerträglich. Der Fahrstuhl öffnete sich, schloss sich, Nachbarn wollten einsteigen, blieben dann aber ängstlich vor dem Fahrstuhl stehen.

Eine unendliche Fahrt.

Schließlich schlug Odin an.

Dreizehnte Etage. Das Schicksal hatte Sinn für Humor.

Sie jagten hinter dem Hund her.

An einer Tür machte er halt.

Schnüffelte an der Türspalte. Schaute Marc an.

»Hier oder nirgends«, flüsterte der.

»Dann los, oder?« Philipp hatte einen Rammbock in der Hand. »Haben wir einen Hausdurchsuchungsbefehl?«, flüsterte er.

Marc schüttelte den Kopf.

»Machen wir es trotzdem?«

Marc nickte. Grinste kurz. »Ich habe einen Schrei gehört. Ihr etwa nicht? Da ist Gefahr im Verzug!«

Sekunden später krachte der Rammbock. Die Tür flog aus den Angeln.

Odin blieb hinter ihnen. Marc und Philipp bildeten die Vorhut. Vor ihnen lagen zwei Korridore. Einer ging in den hinteren Teil der Wohnung, der andere bog nach rechts ab.

Im hinteren Teil der Wohnung befand sich ein Wohnzimmer. In dem Wohnzimmer saßen zwei Männer. Einer mit einer schwarzen Lederjacke.

Mit der einen Hand hielt der Mann mit der Lederjacke ein Kind gepackt.

In der anderen Hand ein Messer.

Mit einer kräftigen, unheilvoll aussehenden Klinge.

Das Kind war Victoria.

»Keinen Schritt weiter«, sagte der Mann mit der Lederjacke und bewegte das Messer hin und her.

Marc und Philipp wichen ein Stück zurück, die Gewehre erhoben. Clara spürte einen furchtbaren Stich im Magen, als sie zwei Dinge sah, die absolut nicht zusammengehörten. Nicht zusammengehören durften: Ihre Tochter. Und das Messer.

Victoria erkannte Clara sofort, ihr Gesicht war tränenverschmiert. Aber sie lebte. »Mama …«, brachte sie nur hervor. Clara schossen die Tränen in die Augen.

»Geben Sie das Kind her«, sagte Marc, »dann verschwinden wir.«

»Dass ich nicht lache«, sagte der zweite Mann, ein untersetzter Kerl mit schütteren Haaren. »Und zu Weihnachten kriegen wir ein schönes Geschenk.«

»Wir sagen Ihnen, was Sie tun«, sagte der, der das Kind hielt. »Sie legen sich alle auf den Boden, lassen sich die Hände fesseln. Wenn wir verschwunden sind, sagen wir Ihren Kollegen Bescheid. Dann werden Sie befreit. Die hier aber«, er zeigte mit der Messerspitze auf das Kind, »nehmen wir zur Sicherheit mit.«

»Wenn Sie ganz brav sind«, sagte der Dicke und schaute Clara an, »bekommen Sie Ihre Tochter irgendwann zurück. Vielleicht sogar lebendig.« Jetzt fiel Clara auf, dass er eine Pistole in der Hand hielt. Einer hielt ein Messer und einer eine Pistole in der Hand. Und zwischen Messer und Pistole war – ihre Tochter.

Clara sah, wie es in Marc und Philipp arbeitete. Beide waren Profis. Sie könnten dem Messerträger in den Kopf schießen. Dann wäre sein zentrales Nervensystem ausgeschaltet, und er hätte nicht einmal mehr die Zeit, das Messer zu heben. Andererseits hatten Marc und Philipp beide ein Heckler & Koch MP7 in der Hand. Das war eine Mitteldistanzwaffe, mit der man mal nicht eben aus der Hüfte schießen konnte. In der Sekunde konnte der Mann schon sonst was mit dem Messer anstellen.

»Game Over«, sagte der Mann, der Victoria hielt. »Entweder ihr verschwindet oder … sie.«

Die Spannung war geradezu mit Händen greifbar. Alle verharrten, schauten sich an. Marc, Philipp, Clara, MacDeath, Victoria. Und die beiden Männer.

Kapitel 29

Berlin, Oktober 2018, Leipziger Straße

Auf einmal zuckte hinter den Männern ein dunkler Blitz hervor. Clara hörte ein Knurren, und da hatte sich Odin schon in die Hand des dicken Mannes verbissen. Der ließ das Messer los. Es fiel klirrend zu Boden.

Zwei Schüsse fauchten. Marc und Philipp hatten sogleich das Feuer eröffnet. Die Schüsse trafen die beiden Männer in die Schulter. Blut spritzte in einem grotesken Muster nach vorne und nach hinten, und beide wurden, wie von einem Eisenhammer getroffen, von ihren Füßen geschleudert, krachten zwischen Glastischen, Sesseln und einem Zeitungsständer zu Boden.

Victoria entglitt dem zupackenden Griff des Mannes und fiel zu Boden. Claras Augen weiteten sich vor Schreck, für den Bruchteil einer Sekunde fürchtete sie den dumpfen Aufprall ihrer Tochter, dann landete Victoria auf dicken Lagen Papier in dem Zeitungsständer. Marc sprang einige Schritte nach vorne, hob das Kind in die Höhe, drehte sich um und reichte es Clara.

Odin stand vor den blutenden Männern und knurrte noch immer. Clara blickte mit großen Augen abwechselnd auf ihre Tochter und dann auf Odin.

»Er ist über den Korridor nach rechts gelaufen«, sagte Marc, »und dann von hinten gekommen.« Er schüttelte den Kopf. »Der Bursche überrascht mich immer wieder.«

»Er hat uns alle gerettet«, sagte Clara.

Philipp warf einen schnellen Blick auf die beiden Männer, die keuchend am Boden lagen. Er war nicht nur Elitekämpfer, sondern auch Sanitäter. »Nur Fleischwunden, keine Gefäße oder Knochen getroffen«, sagte er. Er blickte sich um und kniff ein Auge zu. »Sie werden's überleben. Wir wissen halt, wie man schießt.« Dann wandte er sich wieder den Männern zu. »Wo ist Grassoff?«

»Weg …«, keuchte der Dicke mit gepresster Stimme.

»Weg?«

»Für immer.«

»Wir können euch gern etwas Tabasco aus der Küche in eure Wunden reiben«, sagte Philipp, »vielleicht fällt es euch ja dann wieder ein.«

Clara wiegte Victoria auf ihrem Arm. Allmählich hörte sie auf zu weinen. Sie schaute MacDeath an. »Baba«, brabbelte sie. Odin spitzte die Ohren.

»Für die Tabasco-Nummer bin ich auch«, sagte Clara, »aber dann kriegen wir Ärger mit Bellmann. Bin ja eh schon suspendiert.«

»Jetzt bestimmt nicht mehr«, sagte Marc.

»Ich hol die Kollegen hoch«, sagte Philipp, »und 'nen Krankenwagen.« Er griff zum Funkgerät.

Claras Handy klingelte.

»Martin, nimm du das mal aus meiner Tasche. Ich kann gerade nicht.« In wirklich ernsten Situationen nannte sie MacDeath Martin und nicht MacDeath. Der fingerte umständlich in Claras Tasche nach ihrem Handy. Er erkannte die Nummer.

»Hermann!«

MacDeath hörte aufmerksam zu. Dann schaute er Clara an. »Er hat was zu dem Staatsanwalt gefunden.«

»Was Schlimmes?«

»Was *Hilfreiches*«, sagte er.

355

Clara setzte sich ihre Tochter auf die Hüfte. »Wir holen Hermann ab und nehmen den Staatsanwalt hoch.« Sie schaute Marc und Philipp an. »Ihr kommt hier klar?«

Marc grinste. »Wir sind ja in guter Gesellschaft.« Die beiden Männer am Boden grunzten vor Schmerz. Draußen waren schon die Sirenen des Rettungswagens zu hören.

Sie umarmte Marc, so gut das mit dem Kind auf dem Arm ging. »Danke! An dich und an Odin! Das vergesse ich euch nie.«

Marc grinste. »Schon in Ordnung. Und jetzt schnappt diesen Grassoff!«

Zwei Sekunden später waren sie im Aufzug auf dem Weg nach unten.

Kapitel 30

Berlin, Oktober 2018, Park Inn Hotel, Alexanderplatz

MacDeath fuhr den Wagen, während Clara die kleine Victoria hastig in ihrem Kindersitz angeschnallt hatte. Clara wusste nicht, was sie mit ihr machen sollte. Sie wusste aber, dass sie ihre Tochter heute keine Sekunde mehr aus den Augen lassen würde. Am liebsten würde sie die Kleine die ganze Zeit auf dem Schoß behalten. Also musste sie mitkommen. Sie hielt das Handy ans Ohr.

»Was hast du herausgefunden?«, fragte sie.

Man hörte an seiner Stimme, dass Hermann sich freute. »Klaus Lanza heißt unser Staatsanwalt. Ich habe ein paar delikate Dinge über ihn entdeckt. Ich habe die Mail-Accounts und das Handy gehackt.«

»Und?«

»Er scheint von Grassoff erpresst zu werden. Die gleiche Tour wie sonst. Junge Mädchen, Minderjährige und Drogen. Und jede Menge Kameras, von denen der Ärmste nichts wusste.« Er machte eine Pause. »Das ist aber noch nicht alles.«

»Was mag er denn noch?«

»Tiere!«

»Tiere?«

»Und zwar nicht nur zum Streicheln.«

Selbst MacDeath hob die Augenbrauen.

»Und jetzt will er kooperieren?«, fragte Clara.

»Ja. Wenn wir ihn komplett raushauen, mit neuer Identität und allem.«

»Das können wir nicht versprechen.«

»Weiß ich. Ihr könnt es aber behaupten. Wollen wir ihn nun treffen oder nicht?«

»Natürlich wollen wir! Wo?«

»Park Inn am Alex. Dachterrasse. In zwanzig Minuten.«

»Okay. Wir treffen uns dann dort.«

Clara und Hermann standen auf der Dachterrasse des Park Inn. Sie sahen die Hochhäuser des Alexanderplatzes, das Haus des Lehrers, die Alexa Shoppingmall. Weiter hinten den Bahnhof, Galeria Kaufhof, das rote Rathaus. In östlicher Richtung die Karl-Marx-Allee, wo Clara noch vor Kurzem mit Kremmer und MacDeath einen hoch aufschlussreichen Spaziergang gemacht hatte.

Lanza kam ihnen entgegen. Auf der Nase eine Sonnenbrille, die Hände in einem dunklen Mantel vergraben. Er erkannte sie sofort. Und sie ihn.

»Sie haben alles über mich rausgefunden«, sagte Lanza leise. »Und Sie haben gedroht, dass Sie das, was ich getan habe, auffliegen lassen.«

»Sie haben nicht sauber gespielt«, sagte Clara, »dann tun wir es auch nicht.«

»Hauen Sie mich raus?«, fragte er.

»Wenn wir können.«

»Das ist kein Ja.«

»Aber schon mal besser als ein Nein.« Clara fixierte Lanza. »Wenn wir nichts für Sie tun, haben Sie gar nichts.«

»Nur fair«, sagte Lanza und griff in die Tasche. »Hier ist der Haftbefehl gegen Grassoff. Versuchen Sie damit Ihr Glück. Aber seien Sie schnell.«

»Will Grassoff fliehen?«

»Ihm wird es hier zu heiß. Ich habe ihm etwas Zeit erkauft,

358

indem ich den Haftbefehl verzögert habe, obwohl wir die Griffspuren und alles hatten.«

»Also eigentlich ist die Beweislage klar?« Clara hatte es von vornherein geahnt.

»Sicher, wir hätten gleich ermitteln müssen. Schlechte Personaldichte hin oder her. Und wäre Ihr Kollege nicht so ein guter Hacker, würde es noch immer keinen Haftbefehl geben.«

»Was plant Grassoff?«, fragte Clara.

»Er versucht, sich abzusetzen. Er hat mir von einem Anwalt erzählt, der Pässe verkauft. Möglicherweise will er sich auch nach Chile absetzen, so wie Honecker vor vielen Jahren. Ich denke aber eher, es geht nach St. Kitts oder Nevis. Vielleicht auch Malta. Und dann irgendwohin, wo niemand nach Deutschland ausliefert.«

»Woher wissen Sie das?«

»Ich war auf einer Party, wo die beiden auch waren. Grassoff und sein Anwalt. Soweit ich weiß, will sich Grassoff noch heute mit dem Anwalt treffen. Grassoff bringt einen Geldkoffer, der Anwalt bringt die Papiere. Und dann ist Grassoff weg.«

Er griff in die Tasche. Clara fürchtete schon, er würde eine Waffe ziehen, und ihre Muskeln spannten sich. Doch Lanza führte nur ein weiteres Stück Papier zutage. »Das ist der Anwalt. Und hier ist der Treffpunkt. Seien Sie schnell.«

Clara nahm das Stück Papier. »Ich verstehe, dass Sie uns helfen mussten«, sagte sie. »Nach allem, was mein Kollege über Sie herausgefunden hat. Aber das ist mehr, als ich erwartet habe.«

»Ich habe das gesagt, was ich sagen musste«, sagte Lanza. »Jetzt fühle ich mich besser.« Er schüttelte den Kopf und schaute sich um. Der kalte Wind blies durch seine Haare, als er seinen Kopf in Richtung der schweren, tief hängenden Wolken reckte. »Mein Leben war ein Irrtum. Ich habe Dinge getan, die ich nie mehr rückgängig machen kann. Das Einzige, was ich tun kann, ist, etwas zu tun, um den Schmerz zu lindern. Ihnen zu helfen.« Er schaute Clara und Hermann an. »Auch wenn es zu Ende ist.«

»Zu Ende?«, fragte Clara. »Was?«

»Mein Leben.«

»Ihr Leben?«

Lanza nickte. »Auch wenn ich Ihnen helfe und Sie Grassoff so schnell wie möglich festnehmen: Er hat seine Leute, die dafür sorgen werden, dass ich bestraft werde. Entweder Sie bringen meine Geschichte in alle Zeitungen. Oder er tut es.«

»Das ist nicht gesagt.«

Lanza nickte wieder. Wie ein Lamm, das gerade zustimmt, zur Schlachtbank geführt zu werden. »Doch. Das ist es. Ich kenne ihn besser als Sie. Er hat die Bilder. Die von den Mädchen. Dem Kind. Und den ... Tieren.«

Er schloss kurz die Augen. Als würde in seinem Kopf etwas einrasten. Dann blickte er nach vorne.

Mit einer Geschwindigkeit, die Clara ihm nie zugetraut hatte, sprang er über die Barrikade, hielt sich einen Moment an der Absperrung fest.

Sekundenbruchteile später stürzte er in die Tiefe.

Clara und Hermann sahen eine lodernde dunkle Wolke, die in die Tiefe raste.

Hörten dann einen dumpfen Knall.

Ein schwarzer Schatten, der reglos am Boden lag.

Und eine dunkle Flüssigkeit, die sich um den Schatten herum ausbreitete.

Kapitel 31

Berlin, Oktober 2018,
Nationaldenkmal auf dem Kreuzberg

Grassoff musterte den Anwalt prüfend.

Daniel Henninger sah heute nervöser aus als sonst. Was war nur mit ihm los?, dachte Grassoff. Die Sache gefiel ihm nicht. Sonst nannte man Henninger doch immer *den Mann, der nie schwitzt?* Oder war er, Georg Grassoff, der Einzige, der noch cool blieb, während alle anderen das Arschflattern bekamen und wie aufgescheuchte Hühner herumflatterten? Er wartete auf einen Anruf von Nico. Nico hatte die Tochter von Vidalis entführt und wollte Grassoff so schnell wie möglich kontaktieren. Er sollte dieser Vidalis sagen, wie es weitergehen würde. Und zwar nach welcher Pfeife hier wer tanzen würde. Aber warum meldete Nico sich nicht? Waren heute alle zum Scheißen zu blöd? Dann würde er ihn halt anrufen. Aber nachher vom Wagen aus. Erst einmal brauchte er die Unterlagen.

Sie standen direkt auf dem Kreuzberg, dem Berg, durch den das Viertel seinen Namen bekommen hatte. Das Denkmal auf der Spitze des Berges sah heute kaum mehr wie ein Denkmal aus. Umgeben von Müll und beschmiert mit Graffitis hatte es sich der neuen Umgebung Kreuzbergs perfekt angepasst, und kaum jemand ahnte noch, dass das Denkmal aus der Zeit der Befreiungskriege gegen Napoleon stammte. Viele Straßen waren damals nach diesen Kriegen benannt worden, wie die Blücherstraße, die Yorckstraße, die Gneisenaustraße oder das

Waterloo-Ufer. Der Architekt Karl Friedrich Schinkel war ursprünglich beauftragt worden, auf dem Berg eine riesige neugotische Kathedrale im Stil von Notre-Dame zu bauen. Dann allerdings war das Geld knapp geworden, und es blieb nur noch ein Budget für eine Miniaturversion dieser Kirche mit einem gotischen Kreuz übrig. Auf diesem sechsundsechzig Meter hohen Berg, der damals noch *Tempelhofer Berg* hieß, hatte man also nach Entwürfen von Schinkel ein Denkmal in der Grundform eines Eisernen Kreuzes errichtet. Dieses Kreuz stand auf dem Gipfel des Berges. Und verlieh dem Viertel seinen Namen: Kreuzberg. Wolken zogen über dem Monument dahin, dessen gotische Pfeiler sich spitz und scharfkantig in den Himmel erhoben.

»Sie haben die Papiere?«, fragte Grassoff.

»Auch …«

»Wieso auch?«

Henninger wusste offenbar nicht, wie er fortfahren sollte. »Ich habe leider noch etwas anderes …«

Dann sah Grassoff die Polizeibeamten.

Einen älteren Kommissar, der offenbar den höchsten Rang hatte.

Einen weiteren Mann.

Und eine Frau.

Es musste die Frau sein, deren Tochter er entführt hatte.

Kapitel 32

Berlin, Oktober 2018,
Nationaldenkmal auf dem Kreuzberg

Grassoff spürte, wie die Handschellen klickten.
Der Anwalt, Daniel Henninger, *sein Anwalt,* stand da und tat nichts.

»Georg Grassoff alias Gregor Meiwing«, sagte Clara Vidalis, »Sie sind festgenommen wegen Beihilfe zum Mord, Auftrag zum Mord, Verdacht auf Mord, Freiheitsberaubung, Erpressung und Bestechung. Und da habe ich bestimmt noch einiges vergessen!«

Claras und Grassoffs Blicke trafen sich für eine Sekunde. Sie sah ihm in die Augen. Konnte es nicht glauben.

Das war das Monster, das Ingo M. gesteuert hatte. Das war der Albtraum, von dem sie geglaubt hatte, dass er wieder von den Toten auferstanden war. Das war der Mann, von dem sie geglaubt hatte, er wäre ein unsterblicher Dämon. Doch er war nur ein Mensch. Und jetzt hatten sie ihn.

Sie sah keinen Teufel, keinen Dämonen, keinen Unsterblichen. Sie sah einen großen, breiten Menschen, aber nur einen Menschen. Mehr nicht.

»Es tut mir nicht leid, auch wenn das mancher jetzt sagen würde«, sagte Grassoff. »Aber all das, was ich getan habe, habe ich nur wegen des Geldes getan.«

Clara schüttelte den Kopf. »Das macht es keinesfalls besser.« Sie nickte den anderen zu. »Abführen.«

Die Beamten führten Grassoff in Handschellen durch den Park nach unten. Grassoff trottete neben ihnen her.

Clara stand oben auf dem Gipfel des kleinen Berges, ein wenig wie der Wanderer über dem Nebelmeer auf Caspar David Friedrichs berühmtem Gemälde.

Clara Vidalis hatte es geschafft. Sie schaute nach unten, dann in den Himmel und dann noch einmal nach unten. Und es dauerte ein wenig, ehe sie es begriff. Sie hatte es wirklich geschafft. Sie hatte ihren größten Albtraum besiegt. Und wie immer, wenn etwas Großes erledigt war, war dieser Moment überraschend unspektakulär. Der größte Sieg, den man kaum mehr für möglich hielt, hatte im Moment seiner Erfüllung oft etwas Banales. MacDeath war noch unten im Wagen bei ihrer Tochter. Hermann stand neben ihr. Und Winterfeld.

Winterfeld zündete sich einen Zigarillo an und blickte auf das Denkmal. »Von Schinkel, richtig?«

Hermann nickte. »Das ist Berlin. In jedem Winkel steht ein Schinkel.«

»Romantik«, murmelte Winterfeld.

»Romantik?«, fragte Hermann.

»Ja.« Winterfeld nickte. »So nennt man diesen Stil. Du dachtest wahrscheinlich, Romantik heißt Kuschelrock und Kerzensets von Aldi.«

Hermann verzog das Gesicht.

»MacDeath sagt, Romantik ist die heitere Ansicht des Todes.« Das war Clara.

»*Heitere Ansicht des Todes* ... Das können wir gebrauchen, bei unserem Job!« Winterfeld warf dem Monument einen letzten Blick zu. Dann legte er Clara den Arm auf die Schulter. »Glückwunsch, Señora. Sie haben's geschafft. Ich weiß nicht, ob Sie offiziell immer noch suspendiert sind, aber an Ihrer Stelle würde ich mich über ein paar freie Tage freuen.«

Clara nickte. »Wahrscheinlich haben Sie recht.«

»Mach was Romantisches.« Hermann grinste.

»Gehen wir«, sagte Winterfeld und paffte Rauch in den diesigen Himmel. »Wir müssen uns um unseren Freund kümmern.« Er nickte mit dem Kopf nach unten Richtung Polizeiwagen. »Für den wird's eher unromantisch.«

Clara schaute ihren Chef an. »Der LKA-Dreiklang?«

»Genau!« Winterfeld nickte. »Böse Fragen, harte Stühle und schlechter Kaffee.« Er schaute Clara an. »Fahren Sie nach Hause, und legen Sie die Füße hoch. Ich melde mich.«

»In jedem Fall müssen wir das feiern«, sagte Clara. »Ich überlege mir was.«

»Da sind wir dabei«, antwortete Winterfeld, »stimmt's, Hermann?«

Der nickte. »So lange wir nichts vorbereiten müssen.«

Clara musste lachen. Das erste Mal seit langer Zeit. »Keine Sorge, das übernehme ich. Vor allem, wenn ich ein paar Tage frei habe.«

»Feiern ist immer gut.« Winterfeld schaute nach oben auf das kirchenartige Monument, als sie den Berg hinunterliefen. »Wie sagte meine Oma immer: Berge von unten, Kirche von draußen, Kneipe von innen …«

Kapitel 33

Berlin, Oktober 2018, Wilmersdorf

Eigentlich zu kalt zum Grillen«, sagte Sophie, als sie eine Schüssel mit Würstchen nach draußen brachte, wo die Kohlen bereits glühten. »Aber Gegrilltes schmeckt halt am besten.«

»Allerdings«, sagte Winterfeld und trank von seinem Bier. »Und cooler ist es auch.«

»Die Würstchen sind super«, sagte Hermann kauend.

»Die haben am wenigsten Arbeit gemacht«, sagte Sophie, fast ein wenig vorwurfsvoll.

»Ist ja oft so«, sagte Deckhard. »Was wenig Aufwand und Bohei macht, ist meist das Beste.«

MacDeath nickte. »Ein Baum, der fällt, macht mehr Lärm als ein ganzer Wald, der wächst.«

»Ah, unser weiser Zitatemeister.« Winterfeld grinste.

Sie hatten sich bei Deckhard getroffen, in seiner Erdgeschosswohnung in Wilmersdorf mit Terrasse und Garten, wo Sophie übergangsweise untergekommen war und dort etwas Gemütlichkeit hereingebracht hatte, wie sie sagte. Clara und MacDeath waren dort, Winterfeld und Hermann, Hermanns Freundin Dorothea, genannt Doro, sowie Marc und Philipp. Und natürlich Hauptkommissar Frank Deckhard und Sophie.

»Grassoff sitzt in U-Haft«, sagte Winterfeld zu Clara. »Für den wird es ungemütlich. Das BKA ist auch an ihm dran, und die haben sogar das FBI zurate gezogen wegen der Sache mit Schilling und den US-Banken.«

Clara sagte nichts.

»Alles Weitere läuft erst mal über mich.« Winterfeld schaute Clara an. »Und Sie genießen ein paar ruhige Tage. Versprechen Sie mir das?«

Clara nickte. »Mache ich.«

Winterfeld blickte auf. Dann wandte er sich an MacDeath. »Und Sie passen gut auf sie auf?«

»Ja, Herr Kriminaldirektor!« MacDeath grinste breit und hob sein Weinglas. »Auf unseren gelösten Fall!«

Alle erhoben ihre Gläser oder Bierflaschen.

»Hermann, was hast du da eigentlich?«, fragte Winterfeld.

Hermann hatte eine große Tüte dabei. Es war Samstag. Hermann war gerade bei seinem Lieblings-Spieleladen gewesen und hatte sich dort wieder irgendetwas gekauft.

»Was ist das?«, fragte Marc.

»Ein Space Marine Codex. Ist für ein Science-Fiction-Spiel.«

»Sieht wie ein Kriegsspiel aus.«

»*Konfliktsimulation* nennt man das heute«, sagte Hermann.

Marc schaute sich die Bilder in dem sogenannten »Codex« an. »Und das sind diese kleinen Figuren, mit denen man das spielt?«

Hermann nickte.

»Und die sehen so toll aus, wenn man sie kauft?«

»Nein, die muss man noch zusammenkleben und anmalen.«

»Hört bloß auf«, sagte Doro. »Dauernd sitzt er da und malt diese Figuren an.«

»Früher hast du dich beschwert, wenn ich Egoshooter auf der Xbox gespielt habe.«

»Das machst du ja immer noch.«

»Aber nicht mehr so oft.«

»Das stimmt.« Doro nickte. »Aber ich weiß nicht, ob ich

das so viel besser finde. Vor allem, wenn du alles mit diesen Farben vollschmierst.«

»Und wie spielt man das?«, fragte Marc, der das Ganze offenbar interessant fand. Auch MacDeath rückte näher an das Buch heran.

»Auf einer großen Platte, mit Gelände darauf und allem Möglichen«, erklärte Hermann. »Da das mit dem Kind bei uns nicht geklappt hat, hatten wir ein Kinderzimmer frei. Das ist jetzt mein Hobbyraum.«

MacDeath blinzelte durch seine Brille hindurch auf das Buch. »Diese Figuren haben schon eine sehr morbide Ästhetik, das muss ich sagen.«

»Wehe«, sagte Clara, »wenn du mit dem Quatsch auch noch anfängst. Außerdem haben wir gar keinen Raum dafür frei.«

»Wenn wir umziehen, was wir ja eh vorhaben, vielleicht schon.«

»Schluss mit der Diskussion«, ging Sophie dazwischen, »die erste Fuhre ist fertig.«

»Darf ich mal schnell?« Clara ging zur Fleischplatte und schnitt ein riesiges, rohes Filet in kleine Streifen.

»Wer soll das denn so geschnitten auf dem Grill balancieren?«, fragte Winterfeld.

»Wieso Grill?«, fragte Clara. »Das kriegt der Held der Geschichte.« Sie schaute Marc kurz an. Der nickte.

Dann gab sie die rohen Fleischstücke Odin, der sich sofort darüber hermachte.

Epilog

Bremen, November 2018,
Kirche vom Heiligen Kreuz zu Horn

Der riesige, jahrhundertealte Baum vor der Kirche erhob sich mit kahlen Ästen in den Himmel, während zerrupfte Wolkenfetzen über einen schwarzgrauen Himmel zogen wie einsame Geister aus verlorener Hoffnung, die kamen, gingen und nicht blieben.

Wolfgang, der Priester, der bereits die kleine Victoria getauft hatte, hatte die Beerdigungszeremonie abgehalten.

Wieder stand Clara vor dem Grab, mit MacDeath und Winterfeld. Sie schaute auf den Grabstein. Sah das Zitat von Paulus. *Wach auf, der du schläfst, und steh auf von den Toten.* Auf Claras Arm die kleine Victoria. Wieder wurde ein Sarg in die Erde herabgelassen. Dort, wo Clara schon vor zwei Jahren gestanden hatte, als sie den Sarg ihres ungeborenen Kindes zu Grabe getragen hatten. Damals hatte sie noch nicht gewusst, dass das Grab von Claudia leer war. Heute wusste sie es.

Und seit dem heutigen Tag würde es nicht mehr leer sein.

Wach auf, der du schläfst, und steh auf von den Toten.

Doch wollte man das überhaupt?, fragte sich Clara. Wiederauferstehen? In eine neue Welt aus Verzweiflung, Schmerz und Grauen?

Der Sarg senkte sich langsam in die Erde.

Ein furchtbares Kapitel ihres Lebens war zu Ende.

Wie ein Vampir, der seines Grabes beraubt war, war Claudia zwischen den Welten gefangen gewesen. Wie ein Ghul, der den

Leichen auch die letzte Ruhe nimmt, hatte Ingo M. ihre Schwester Claudia weit entfernt von der Heimat in seinem Haus in Köpenick verscharrt.

Jetzt war sie zu Hause.

Sie war es wirklich.

Sie dachte wieder an die Worte des Namenlosen.

Die Zukunft ist ein blinder Spiegel.
Ich werde das Licht sein, das die Nebel durchschneidet.
Das Skalpell, das die Wahrheit freilegt.
Der Hammer, der die Spiegel zerbricht.

Die Worte, die er ihr geschrieben hatte. Der Namenlose hatte Clara nichts getan. Jedenfalls nicht so lange, bis sie ihn aufgesucht hatte. Im Gegenteil. Er hatte den Mann getötet, der Claudia gequält, missbraucht und ermordet hatte. Er hatte Ingo M. getötet und war damit fast ein Verbündeter von Clara. Ingo M., der Mann, von dem Clara dachte, er sei wiederauferstanden. Er sei unsterblich. Er sei kein Mensch, sondern ein Dämon. Vielleicht der Teufel selbst.

Auch wenn ich sterbe, es wird nicht zu Ende sein.
Auch aus dem Grab hinaus wird man mich hören.
Auch ohne Körper wird man mich fürchten.

Ich bin der Sensenmann, ich bin der Untergang.
Ich bin der Namenlose.

Das hatte der Namenlose gesagt.

Der Tod war die letzte Gerechtigkeit. Er traf alle und jeden. *Ich bin bereits tot,* hatte der Namenlose gesagt. *Doch das Chaos geht weiter.*

Clara hoffte, dass das Chaos zu Ende war. Claudia war tot. Ihr ungeborenes Kind war tot. Endgültig. Doch auch Ingo M. war tot. Ebenso endgültig. Und sein Bruder war hinter Gittern. Für sehr, sehr lange Zeit.

Auf einmal spürte sie die Hand von Victoria an ihrer Hand. Sie wandte sich ihrer Tochter zu.

Victoria sah sie seltsam fragend an, beinahe so, als denke dieses kleine Wesen darüber nach, ob ihre Tante Claudia im Himmel sei, schoss es Clara durch den Kopf. Sie schaute ihrer Tochter in die Augen. Sah dort Verstehen, viel mehr, als sie es bei ihrer kleinen Tochter erwartet hatte. Tränen stiegen ihr in die Augen.

»Tante Claudia ist im Himmel«, sagte sie einfach.

Sie wischte sich die Tränen ab und schaute nach unten in die Tiefe des Grabes und nach oben in das riesige Geäst des Baumes, das den ganzen Himmel einzunehmen schien.

Wieder waren da die Worte des Namenlosen.

Ich bin bereits tot, doch das Chaos geht weiter.

War das Chaos wirklich zu Ende?

Oder war nur eine Etappe des Grauens zu Ende, um die Menschen in naivem Optimismus zu wiegen, damit sie der nächste Schicksalsschlag umso schwerer traf?

War der Tod das Ende oder der Beginn eines besseren Lebens? Oder der Anfang von etwas viel Schlimmerem? Wo immer etwas aufhörte, fing etwas Neues an, doch wer sagte, dass dieses *Etwas* in irgendeiner Weise besser war als das, was hinter einem lag? Denn diese furchtbare Kreatur, die das Universum geschaffen hatte, dieser größte Verbrecher des Kosmos, hatte nicht nur diese Welt, sondern auch alle weiteren Welten erschaffen. Alle früheren Welten und alle kommenden. Wo ein Grauen aufhörte, fing ein neues an. Und so taumelten die

Menschen von einer zerstörten Hoffnung in die nächste, von einem Leben aus Verzweiflung und Schmerz und Tod in ein nächstes, betrachtet von einem Gott, der im Zentrum des Universums an den Hoffnungen und Wünschen der Menschen nagte wie ein Ghul an den schmierigen Knochen einer faulenden Leiche.

Nagte und nagte.

Hungrig, blind und voller Hass.

Gestern, heute und für immer.

Wo ein Schrecken endete, fing ein neuer an.

Und dann noch ein neuer.

Und noch einer.

Eine Welt ging unter. Eine andere Welt bestand. Eine neue Welt ging auf. Eine, die noch dunkler, grauenvoller und tödlicher war.

Denn auf eine bessere Welt zu hoffen, war der erste Schritt zur Enttäuschung.

Vielleicht gab es die Hoffnung. Und die Liebe. Und die Erlösung.

Doch ganz sicher gab es die Angst. Den Schmerz. Und den Tod.

In diesem Leben. Und im nächsten.

Im Heute und im Morgen.

In der Gegenwart und in der Zukunft.

Die Angst. Den Schmerz.

Und den Tod.

Sonst nichts.

Dankwort

In »Schmerzmacher« schließt sich ein Kreis. Ingo M., der Schrecken in Claras Leben, der auch im ersten Clara-Vidalis-Thriller »Final Cut« von 2012 eine wichtige Rolle spielt, kehrt zurück. Der sechste Band der Clara-Vidalis-Reihe schien mir dafür besonders geeignet, denn in der sumerischen Mystik war die Zahl Sechs die Zahl, die sich in einem unendlichen Kreis dreht und somit auch für die Wiederkehr steht.

Der erste Dank geht auch diesmal an meine Frau Saskia für hervorragende Tipps und Feedback zum Text, ebenso an Roman Hocke und Markus Michalek von der AVA Autoren- und Verlagsagentur und seinem Team, Claudia von Hornstein, Gudrun Strutzenberger, Cornelia Petersen-Laux und Lisa Blenninger, für die super Zusammenarbeit und die tolle Vorbereitung von »Schmerzmacher«.

Nach den Agenten kommen die Verlage: Ein großer Dank geht daher an Steffen Haselbach, Verlagsleiter Belletristik bei Droemer Knaur, an meine Lektorin und Programmleiterin Paperback bei Droemer Knaur, Michaela Kenklies, für ihren unermüdlichen Einsatz, tolle Ideen, spannende Stunden und unterhaltsame Diskussionen über das Manuskript sowie an Antje Steinhäuser für das grandiose finale Lektorat. Und natürlich an die Geschäftsleitung von Droemer Knaur, Doris Janhsen, Josef Röckl und Bernhard Fetsch, an Bettina Halstrick und Antje Buhl für das tolle Marketing und den Kontakt zu den Buchhandlungen, ebenso Beate Riedel, Kristina Brand, Katherina Danner sowie Katharina Ilgen und Monika Neudeck,

Hanna Pfaffenwimmer, Christina Schneider sowie Dietmar Masuch und die Kollegen von Thalia für die schöne Kooperation bei diversen Lesungen. Ein Dank geht ebenfalls an Christian Meyer, der mich sehr oft sicher zu Lesungen und zurück gefahren hat! Und natürlich an das ganze Vertriebsteam von Droemer Knaur, die für die Buchhandlungen und für die Nebenmärkte, wo meine Bücher offenbar auch gern gesehen sind, alles geben.

Ein letzter Dank geht wieder an meine Schwiegereltern Renate und Thomas Guddat für die tolle Wohnung in Grömitz an der Ostsee. Die finale Durchsicht des Textes habe ich allerdings an einem düsteren, stürmischen Tag in einem ICE der Bahn vorgenommen, wo mich bei der Fahrkartenkontrolle eine freundliche Schaffnerin fragte, ob ich »der Veit Etzold« sei und ob wir nicht ein Selfie machen könnten.

Ihnen allen wünsche ich spannende Unterhaltung und freue mich auf ein Wiedersehen!

Besuchen Sie mich auf www.veit-etzold.de oder auf facebook.de/veit.etzold oder schreiben Sie mir an info@veit-etzold.de.

Dezember 2017
Herzlich
Ihr Veit Etzold
Auf einer Zugfahrt von Frankfurt nach Berlin

Veit Etzold

STAATS FEIND

(WHAT IF) THRILLER

Erscheint am 1. März 2019

➢ **LESEPROBE** ◂

Der Naturzustand ist der Krieg aller gegen alle.
Der künstliche Zustand aber ist der Frieden.
Um diesen Frieden zu erreichen, geben die Menschen einen
Teil ihrer Freiheit an den Herrscher, den Leviathan ab, der
die Menschen im Gegenzug vor sich selbst schützt.

Thomas Hobbes, Leviathan

PROLOG

9. November 1989

Alle Menschen liefen Richtung Westen.
Die zwei Männer gingen Richtung Osten.

Wer an diesem Tag in Berlin war, erlebte Weltgeschichte. Das wussten die beiden Männer, die sich entgegen dem Strom Richtung Osten bewegten und die offene Stelle in der Berliner Mauer am Brandenburger Tor Richtung Pariser Platz durchquerten. Sie wussten auch, dass die Geschichte diejenigen belohnte, die mutig genug waren, in die andere Richtung zu laufen. Zumindest der Ältere der beiden wusste es, und der Jüngere würde es lernen. Tausende von Menschen drängten an ihnen vorbei Richtung Westen. Auf dem Weg zur Straße des 17. Juni.

»Alle wollen raus, wir wollen rein«, sagte der Ältere der beiden. Hermann von Stahleck musste über achtzig Jahre alt sein, doch er bewegte sich immer noch mit der aufmerksamen Angespanntheit eines Mannes, der überall Feinde erwartete. »Noch am 7. Oktober hat alles anders ausgesehen. 40. Jahrestag der DDR, im Palast der Republik hörten sie den ›Wach auf‹-Chor aus Wagners ›Meistersingern‹. Aber niemand ist aufgewacht.«

Die vergangenen Wochen waren noch derart präsent, als wären erst ein paar Stunden vergangen. Der 7. Oktober 1989. Sobald Gorbatschow nach den Feierlichkeiten des 7. Oktobers abgereist war, hatte Stasi-Chef Erich Mielke das Ruder übernommen. »Jetzt ist Schluss mit dem Humanismus«, hatte er gesagt und seine Schlägertrupps gegen die Demonstranten losgeschickt, die schon den ganzen Tag auf dem Alexanderplatz protestiert hatten.

»Manches kann man ahnen, aber manches nicht«, sprach von Stahleck weiter. »Nur: Gegen den Strom zu schwimmen hat sich schon oft ausgezahlt, meinen Sie nicht, Cohagen?«

Carl von Cohagen war etwa Mitte dreißig. Seine schwarzgrauen Haare waren genauso kurz wie sein Bart, der sein Gesicht umrahmte. Seine Augen so schwarz wie der Rahmen seiner Brille. Er zuckte die Schultern, als würde ihm keine passende Antwort einfallen, die gleichzeitig bestätigend und ehrfürchtig genug klang. Denn Ehrfurcht hatte er vor Stahleck, das musste er zugeben. Vor seinem Wissen, seinen Verbindungen in höchste Kreise und all den Geschichten, die man über ihn erzählte.

Es war bereits geraume Zeit her, dass ein leichter Regen auf den Pariser Platz niedergegangen war. Der nachtschwarze Himmel wie ein dunkles Laken, das nur an einigen Stellen von Lichtstrahlen unterbrochen wurde. Davor Schatten von Menschen, die auf der Mauer tanzten. Ansonsten wenig Wolken an diesem 9. November 1989. Nachts würde es auf 2 Grad abkühlen und am 10. November würde den ganzen Tag die Sonne scheinen.

Cohagen blickte sich um. Ein Mann um die vierzig mit Wollpullover und Schirmmütze schaute verwundert durch das Loch in der Mauer am Brandenburger Tor. Überall waren Breschen in den Stein geschlagen worden. Hier, am Checkpoint Charlie und an der Bernauer Straße. An der Bornholmer Straße, zwischen Prenzlauer Berg und Wedding, so hieß es, war der Andrang am größten. Die Leute wollten »rüber«, und nichts konnte sie aufhalten. Auch die Grenzsoldaten nicht, die ohne Befehle von oben ratlos die Tausenden von Menschen gen Westen passieren ließen. *Schlagbaum hoch*, lautete dann auch der einzige Befehl, der von Seiten des Stasi-Oberleutnants an diesem Abend gegeben wurde. Der Mann mit Wollpullover und Schirmmütze schaute durch das Loch, ein scheuer Blick auf die andere Seite, ein Blick in ein verbotenes Zimmer, das vorher das Ende der Welt gewesen war. Für achtundzwanzig Jahre. An der Mauer hörte alles auf. Und jetzt war die Mauer gefallen. Sektkorken knallten, Trabants und Wartburgs fuhren über die Straße des 17. Juni Richtung Ku'damm. Weiter im Westen, so sagte man, rund um die Gedächtniskirche, solle es ein riesiges Open-Air-Spektakel geben.

Cohagen schaute nach Süden Richtung Potsdamer Platz. Dort waren ganze Menschenscharen, unterstützt von Volkspolizisten und Mitgliedern der Nationalen Volksarmee, dabei, mit Hammer und Meißel Breschen in die Mauer zu schlagen. *Mauer muss weg*, schallte es aus tausend Kehlen durch die Nacht. Und die Mauer kam weg. Stück für Stück. Stein für Stein.

Fahrzeuge mit Sirenen zerschnitten den Verkehr wie ein Messer, schwarze Limousinen kreuzten durch die Nacht. Außenminister Hans-Dietrich Genscher und seine Staatssekretäre waren für erste Verhandlungen auf dem Weg zum Staatsratsgebäude, dorthin, wo einmal das Berliner Residenzschloss der Hohenzollern gestanden hatte, das im Zweiten Weltkrieg beschädigt worden war und das das Zentralkomitee der SED unter Walter Ulbricht hatte sprengen lassen.

Jugendliche mit Gorbi-Stickern liefen an den beiden Männern vorbei. Alles, was mit Russland zusammenhing, war auf einmal cool in der DDR. *Perestroika* hieß wörtlich übersetzt *Umbau,* und der Umbau der DDR ging vielen ihrer Bürger zu langsam. Fraglich war allerdings, ob das schon arg morsche, sozialistische Haus nicht unter dem von Gorbi verordneten Umbau zusammenbrechen würde. Genau das fürchtete die SED-Führung. Den Jugendlichen mit den Gorbi-Stickern aber war das egal. Hinter den Männern liefen Soldaten der Nationalen Volksarmee, auch sie waren auf dem Weg nach Westen, gingen durch die Breschen in der Mauer. Eben hatten sie die Öffnungen selbst in den Stein geschlagen. Einige Tage vorher hatten sie dieselbe Mauer noch mit Waffengewalt verteidigt.

»Schauen Sie sich die Uniformen an«, sagte von Stahleck und zeigte auf die NVA-Männer. »Sehen die aus wie die von der Bundeswehr?«

Cohagen musste nur kurz hinschauen. »Nein. Der Stahlhelm ist der 44er Stahlhelm von der deutschen Wehrmacht. Dünner Stahl, der abgeschrägt ist, nachdem im Verlauf des zweiten Weltkriegs die Verluste durch Kopfschüsse zu hoch waren.«

Stahleck nickte anerkennend. »Und der Schnitt der Uniformen?«

»… ist preußisch«, sagte Cohagen.

Stahleck nickte wieder. »Genauso preußisch wie damals die Uniformen der Wehrmacht. Das war Absicht.« Ein Lächeln zog über von Stahlecks Gesicht. »Stalin wollte, dass sich die NVA an der Wehrmacht orientiert, nicht an den GIs, wie es die Bundeswehr getan hat. Die NVA war eine deutsche Armee und sollte deutsche Uniformen tragen.«

»Aus Respekt?«

Stahleck nickte. »Stalin wusste, zu was die Wehrmacht fähig war. Etwa fünfzehn Millionen tote russische Soldaten. Stalin war klar, dass das nicht jeder Gegner schafft.«

»Wobei Stalin ja selbst nachgeholfen hat.«

Von Stahleck nickte. »Klar. Die NKWD, der Vorläufer des KGB, bestand aus Terrorgruppen. Geheimdienstbataillone, die den Truppen hinterherzogen und Deserteure exekutierten oder in Arbeitslager verfrachteten. Einige der Kämpfer in den zweiten und dritten Reihen hatten nicht einmal Gewehre. Die sollten sie sich von den Toten nehmen, die gerade eben gefallen waren. Jedenfalls fürchtete und schätzte Stalin die Wehrmacht. Und er zeigte damit schon einmal seine Verachtung für die USA.«

LESEPROBE

»Die Vorboten des Kalten Krieges?«, fragte Cohagen.

»Kein Krieg bricht einfach so aus«, sagte Stahleck. »Die ersten schwachen Signale sind lange vorher zu sehen.«

Die beiden gingen schnellen Schrittes aus dem Gedränge und standen auf dem Pariser Platz, während rechts und links die Menschenmassen weiter unvermindert Richtung Westen strömten. »Meinen Sie«, begann Cohagen, »es hat Bestand? Das, was hier passiert?«

Von Stahleck nickte. »Vorläufig schon. Der Vater hat sein Kind verstoßen. Und so wird es bleiben.«

»Die Sowjetunion?«, fragte Cohagen. »Glasnost und Perestroika?«

Links von ihm trampelten einige Jugendliche auf einer DDR-Fahne herum. Noch vor ein paar Tagen hätte man sie dafür für lange Zeit in eine Zelle in Hohenschönhausen verfrachtet.

»Ja. Die Russen wollen die DDR loswerden. Die machen das aber nicht aus Idealismus. Die sind pleite.« Von Stahleck schaute Richtung russischer Botschaft Unter den Linden. »Es gibt kaum mehr Erdöllieferungen für die DDR, schon seit 1982 läuft das so und jetzt erst recht. Und es gibt kein Geld mehr und kein Verständnis. Russland muss sich öffnen. Sonst ist es pleite. Das hat die CIA gut gemacht.«

Cohagen hob die Augenbrauen. »Die CIA?«

Von Stahleck lächelte wieder sein Lächeln, in dem sich eine leichte Spur von Überheblichkeit mit einem Schuss von Sadismus mischte. Es war die Mimik von jemandem, der nicht nur wusste, dass etwas schiefgeht, sondern sich auch darüber freute, wenn der naive Optimismus anderer enttäuscht wurde. Es war die Mimik von einem Menschen, der sogar darauf wettete und Geld verdiente, wenn etwas schiefging. »Die CIA war der Ansicht, dass Russland ein eigenes Vietnam braucht. Ein Krisenherd, der sie lange beschäftigt hält und Geld kostet. Viel, viel Geld. Die haben den Russen einen Ring hingehalten. Und die Russen sind gesprungen.«

»Afghanistan?«

»Genau.« Von Stahleck nickte. »Die Russen haben zwei Probleme. Moskau ist gegenüber Europa durch keine Gebirgskette geschützt, und im Winter sind die Häfen gefroren. Der Zugang zu einem Warmwasserhafen sollte über Afghanistan gehen. Sie wollten, so lautete der alte russische Traum, ihre Stiefel im warmen Wasser des Indischen Ozeans waschen.«

»Also marschierten die Russen ein?«

»Ja. Wobei der Hindukusch auch noch im Weg stand. Das Gebirge ist nicht gerade klein. Aber ja, sie marschierten ein. Allerdings erst, nachdem die CIA bei den unterschiedlichen Clans in Kabul durch Bestechung für maximales Chaos gesorgt hat. Russentreue Kommunisten gegen US-freundliche, muslimische Guerilla-Truppen. Die Russen mussten einmarschieren. Mussten eingreifen. Für Ordnung sorgen. Gegen die Mudschaheddin. Die russentreuen Kommunisten sind aber zu hart gegen die Afghanen vorgegangen, dann kam es zum Bürgerkrieg, und man hatte Angst, dass auch der muslimische Süden Russlands in den Krieg hineingezogen wird. Die Russen schickten Truppen, die noch härter zuschlugen als die Kommunisten zuvor. Ansonsten wäre nicht nur ihr Traum von einem Warmwasserhafen geplatzt, sondern der Krieg hätte sich nach Norden hinaufgefressen. Vielleicht sogar bis nach Moskau. 1979 marschierten russische Truppen in Afghanistan ein. Von da an ging es abwärts.« Er schaute Cohagen an. »Noch niemand hat jemals Afghanistan erobert. Darum ist der zweite Name von Afghanistan auch *Graveyard of Empires.*«

»Friedhof der Großreiche.« Cohagen wiegte den Kopf hin und her, als wüsste er nicht, ob diese Bezeichnung nun dichterisch oder zynisch klang. »Und wie ging es weiter?«

»Moskau konnte es sich immer weniger leisten, die DDR durchzufüttern. Sie standen selbst mit dem Rücken zur Wand. Der Riesenkredit, den die DDR mit der BRD 1983 verhandelt hatte, hat den Niedergang vielleicht aufgehalten. Aber nicht verhindert. 1985 kam Gorbatschow. Er musste handeln. Und Honecker musste sich neue Freunde suchen.«

»China?«, fragte Cohagen.

Von Stahleck nickte, sichtlich erfreut, dass sein Adlatus verstanden hatte, worauf er hinauswollte. »China. Die Kommunistische Partei hatte den Studentenaufstand am 4. Juni 1989 auf dem Platz des Himmlischen Friedens brutal niedergeschlagen.« Cohagen hatte die Berichterstattung noch im Kopf, als wäre sie gestern gewesen. Das Foto mit dem einsamen Demonstranten, der vor dem chinesischen Panzer stand, war um die Welt gegangen. Cohagen sprach weiter. »Und Honecker verkündete, dass für die DDR die chinesische Lösung die richtige wäre, nicht die russische. Er entsandte sogar Delegationen nach Peking.

Doch irgendwann gab es kein Halten mehr. Spätestens als der Politbüro-Sprecher Günter Schabowski seine legendären Worte sprach.

Jeder kann ausreisen.

Ab wann tritt das in Kraft?

Das tritt nach meiner Kenntnis ... Ist das sofort, unverzüglich.

Mit diesen Worten brach nicht nur die Mauer zusammen. Sondern auch das Ende des Kalten Krieges und des Sozialismus war gekommen.

»Und die BRD?«, fragte Cohagen, als beide vor der bröckeligen Fassade des Hotels Adlon standen. »Glauben Sie, es wird eine Wiedervereinigung geben?«

LESEPROBE

»Die BRD wird schnell eingreifen müssen. Sonst haben wir ein Rennen zwischen dem Kapital, das von der BRD nach Osten geht, und den Menschen, die von Osten nach Westen gehen. Und wahrscheinlich werden die Leute schneller sein.«

»Werden die Alliierten einer Wiedervereinigung zustimmen?«

»Unter Bedingungen, ja. Vorausgesetzt, die Deutschen geben ihre Atombombe auf.«

Cohagen wusste, was von Stahleck meinte. Die britische Premierministerin Margaret Thatcher hatte die *D-Mark* immer »Deutschlands Atombombe« genannt.

»England und Frankreich werden einem vereinigten Deutschland nur zustimmen, wenn es die D-Mark aufgibt. Und dann gibt es eine europäische Währung.«

»Und damit einen europäischen Superstaat?«

»Vielleicht. Und der wird vielleicht wieder eine Art Sowjetunion, und das ganze Spiel beginnt von Neuem. Und dabei ...« Von Stahleck blieb stehen und tippte Cohagen mit dem Zeigefinger auf die Brust, »gewinnen wir immer dann, wenn etwas passiert. Wie an der Börse. Wenn Kurse steigen oder fallen, gibt es Geld. Unser Feind ist der Stillstand.«

»Dann stehen wir nicht vor einem Zeitalter des Friedens?«, fragte Cohagen. »Einem Ende der Geschichte?«

Von Stahleck schüttelte den Kopf. »Mit Sicherheit nicht. Es ist ein ständiger Kreislauf«, sagte er. »Aktion, Reaktion. Evolution, Revolution. Kriege schaffen den Umsturz, der ein neues System hervorbringt. Das bringt kurzzeitig Stabilität, bringt dann aber neue Kriege hervor.«

»Und den Umsturz wollen Sie schaffen?«

»Wir müssen. Wie sagen es die Chinesen so schön: *Um etwas zu fangen, muss man es erst einmal entkommen lassen.*« Er drehte sich zu Cohagen. »BRD und DDR sind zwei riesige Tanker. Die Frage ist, ob sie auf dem richtigen Kurs sind. Und ob nicht eines Tages die Revolution von anderer Seite wiederkommt.«

»Wer könnte das sein?«

»Der Feind, den noch keiner auf dem Radar hat.« Von Stahleck grinste. »Die Sowjetunion wird vielleicht untergehen. Und auch die DDR. Aber nicht Afghanistan.« Er vergrub die Hände in den Manteltaschen. »Die CIA hat den Russen eingeredet, dass sie über Afghanistan den Zugang zur See brauchen. Dann hat sie für ausreichend Chaos in Kabul gesorgt, sodass die Russen eingreifen mussten. Und ihnen damit ihr eigenes Vietnam geschenkt. Ein Vietnamkrieg, der die Russen fast ausgeblutet hat. Afghanistan wird bleiben. Und auch die Mudschaheddin.« Er schaute Cohagen an. »Sie sind Krieger des Heiligen Krieges. In dem Wort *Mudschaheddin* steckt das Wort *Dschihad.* Sie haben da etwas aufgeweckt, das so schnell nicht zur Ruhe kommen wird.«

»Was werden sie tun?«

»Die Mudschaheddin? Sie werden weiter das System bekämpfen. Vielleicht in anderer Form. Aber sie werden es bekämpfen. Die CIA hat da etwas geweckt, was wir nicht mehr einschläfern können. Sie werden kämpfen. Egal, ob es nun die Sowjetunion ist oder die USA oder Europa. Ihre Waffe wird keine Armee sein. Keine Panzer. Sondern etwas anderes. Wahrscheinlich Schlimmeres.«

»Klein und gefährlich?«, fragte Cohagen. »So wie die RAF?« Es war noch nicht allzu lange her, dass die Rote Armee Fraktion in Deutschland Terror und Schrecken verbreitet hatte. »Ist das der Preis für die Freiheit? Der Preis für den Sieg der westlichen Demokratie über den Kommunismus?«

»Was immer es ist und wie immer wir es nennen. Wenn es ein Sieg ist, dann wird der Preis für den Fall des Eisernen Vorhangs …«, er ließ seine Worte eine Weile wirken. »… der Terror sein.« Von Stahleck drehte sich um. »Lassen Sie uns zurückgehen. In den … Westen.«

Sie durchschritten wieder das Brandenburger Tor, gingen durch die Öffnung in der Mauer und wurden fast gezogen von den Menschenmassen um sie herum, die alle nur eine Richtung kannten. Raus. Nach Westen. Überall schlugen Hämmer und Meißel. Der Hammer, der sowohl auf dem Wappen der Sowjetunion prangte als auch auf dem der DDR, half dabei, das Symbol ihrer einstigen Macht zu zerstören.

Cohagen wiederholte die Worte von Stahlecks in seinem Kopf. *Der Preis für den Fall des Eisernen Vorhangs wird der Terror sein.*

»Und diese Menschen?«, fragte Cohagen. »Sind die jetzt frei?«

Von Stahleck lächelte wieder.

»Sie sind frei … Jedenfalls für eine Weile.«

BUCH 1

Souverän ist, wer über den Ausnahmezustand entscheidet.

Carl Schmitt

Kapitel 1

19. Dezember 2018, Constanta, Rumänien

Er fuhr den Mann auf dem Stuhl in den weißen Raum.
Sie nannten ihn Molotok.

Auf russisch *Der Hammer.*

Der Name kam noch aus der Zeit, als Molotok meistens rohe Gewalt anwandte, um das zu bekommen, was er brauchte. Er holte es sich mit reiner Körperkraft. Was er brauchte, waren Informationen. Und die bekam er nun einmal am besten mit roher Gewalt. Früher hatte er den Menschen Nadeln in die Oberschenkel gebohrt. Die Reaktionen waren immer gleich gewesen. Die Männer rissen die Augen auf. Ihre Münder öffneten sich abrupt. Erst still. Wie eine Katze, die das Maul öffnet, ohne zu miauen. Irgendwie verzögert. Dann kam der Schrei. Er hallte an den feuchten Steinen und Fliesen des Kellers wieder. Hallte und verhallte ungehört. Denn dieser Keller in einem ehemaligen Gebäude der früheren rumänischen Geheimpolizei Securitate hatte schon viele Schreie gehört. Vielleicht zu viele. Und auch heute würde der Keller die Schreie gleichgültig zur Kenntnis nehmen.

Der Mann auf dem Stuhl schrie noch nicht. Dafür blickte er sich verwundert um. Sah den weiß gekachelten Raum.

»Ich höre?«, fragte Molotok.

Der Name des Mannes auf dem Stuhl war Abu Bakr. Er war stolz darauf, dass er den gleichen Namen hatte wie Abu Bakr al-Baghdadi, der Anführer des Islamischen Staates. Jedenfalls war er stolz darauf gewesen, bevor er die Kollegen von Molotok kennengelernt hatte. Jetzt war er nur noch ein zitterndes Bündel von Angst, das sich schon dreimal in die Hose gemacht hatte. Zweimal Urin und dann noch … na ja, halt noch etwas mehr. Molotok roch den Gestank, aber das war nun einmal Teil des Jobs. Die anderen hatten ihn noch auf die altmodische

Art angefasst. Nur hatte es nichts gebracht. Und darum war jetzt Molotok mit seiner neumodischen Methode dran. *Weiße Folter,* nannte er das. Schwarze Folter hinterließ Spuren, so wie es seine dummen Kollegen gemacht hatten. Oft auch bleibende Schäden. Ein Finger, der abgehackt wurde, blieb ab. Dann konnte jeder sehen, was mit dem Gefangenen passiert war, und man konnte ihn dann nicht mehr so schnell umdrehen und als Doppelagenten losschicken. Graue Folter war schon nicht ganz so schlimm. Und weiße Folter war unsichtbar, aber nicht unbedingt leichter zu ertragen. Nicht umsonst war Weiß in Asien die Farbe des Todes. Passend dazu war der Raum blitzend weiß. Ganz anders als der Gefangene. Abu Bakrs schwarzer Bart war verfilzt, das Gesicht übersät von Platzwunden und Hämatomen. Es war nicht das erste Mal, dass der Mann auf dem Stuhl Bekanntschaft mit irgendwelchen Folterknechten gemacht hatte. Und jetzt würde er Bekanntschaft mit Molotoks weißem Raum machen. Das funktionierte meist am besten. Waterboarding dauerte viel zu lange, alle anderen Formen der Folter waren zu umständlich. Doch das, was auf ihn warten würde, das würde Molotok, *der Hammer,* seinem Kunden erst beim nächsten Schritt zeigen.

Molotok hieß eigentlich Alexey. Oder Alex. Doch das war unwichtig. Er war *Contractor.* Ein Profi, der für Geheimdienste arbeitete. Einer der vielen, die irgendwann mit vierzig Jahren nicht mehr fit genug für eine der Eliteeinheiten waren, in denen sie vorher gearbeitet hatten. Speznas, Navy SEALs, KSK oder was immer es gab. Die irgendwann einen Job suchten und meistens in der Nähe ihrer früheren Auftraggeber blieben. Sie machten einen Job auf Honorarbasis. Basierend auf einem Honorarvertrag. Oder Kontrakt. Daher *Contractor.* Ein Contractor machte die Drecksarbeit, von denen Geheimdienste nicht zugeben durften, dass sie genau so etwas machten. Dafür brauchten sie Leute wie Alexey, genannt *der Hammer.*

Warum nennt man Sie den Hammer?, fragten die Auftraggeber dann immer. Alexey zeigte ihnen dann immer ein Foto. Auf dem Foto ein Kopf. Oder das, was davon übrig war. Viel rosa. Viel rot. Gehirnmasse und Blut. *Darum* nannten sie ihn den Hammer. Dann hatten die Auftraggeber meist keine Fragen mehr und wussten, dass Alexey der Richtige für ihren Job war.

Es lief immer ähnlich ab. Irgendjemand von der CIA oder NSA hörte irgendwelche Gespräche ab. Die NSA entschlüsselte dann die Chats zwischen Terroristen, die sich über Xboxes oder verschlüsselte Apps wie Threema unterhielten. Manchmal kam NSA oder CIA dann zu der Ansicht, dass sich in Deutschland eine Person aufhielt, die zum Beispiel Abdul hieß und die eine Gefahr für die nationale Sicherheit darstellte, weil sie Anschläge plante oder davon wusste. Dann stellten sich die US-Behörden eine wichtige Frage: War die Gefahr, die von Abdul ausging, wirklich groß? Lautete die Antwort Nein, gab man die Information an die deutschen Behörden. War die Gefahr hingegen groß, kümmerte man sich lieber selber darum, da die deutschen Ermittlungsbehörden nur Falschparker und Steuerhinterzieher erfolgreich jagten und Abdul normalerweise wieder freigelassen wurde, nach drei Tagen Waheed hieß, mit neuer Identität in drei Städten Hartz IV beantragte und mit diesem Dschihad-Stipendium genug Zeit und Geld hatte, um weiter an seinem geplanten Anschlag zu basteln. Wenn also Abdul wirklich gefährlich war, dann rief die CIA einen wie Molotok an. Der lauerte Abdul dann auf, unterstützt von ein paar CIA-Leuten, betäubte ihn und fuhr mit ihm nach Ramstein, zur US-Luftwaffenbasis, dem größten Militärstützpunkt der USA außerhalb der USA. In der Mitte Europas. Dort wartete schon eine Militärmaschine, die Molotok und Abdul in irgendeinen Folterkeller im ehemaligen Ostblock brachte. Zum Beispiel im rumänischen Constanta und dort in den Keller der Securitate. Denn die CIA durfte nicht auf US-Territorium und auch nicht auf deutschem Boden operieren, und foltern durfte sie dort schon gar nicht. Das musste sie aber auch gar nicht, denn der nächste Ort, an dem so etwas möglich war, lag ja eben meist nur anderthalb Flugstunden entfernt. Jedenfalls in Europa.

An diesem Ort presste Molotok die Wahrheit aus diesen Leuten heraus. Wenn sie geplaudert hatten, wurde alles dokumentiert. Wenn Abdul noch irgendwelche Mitwisser verpfeifen oder in die Falle locken konnte, blieb er noch eine Weile am Leben. Wenn nicht, wurde er erschossen, die Leiche in ein Fass gesteckt, mit Benzin übergossen, angezündet, und die Reste wurden dann in eine tiefe Grube geworfen, die ein Bagger zuschüttete. Manchmal steuerte Alexey selbst den Bagger. Das konnte er. Er hatte sogar einen Führerschein für Baumaschinen und LKW, schließlich wusste er nicht nur, wie man professionell Leute tötete, sondern auch, wie man sie bestmöglich verscharrte. Wer Müll produzierte, musste ihn schließlich auch fachmännisch entsorgen. Das hatte er von den Deutschen mit ihrem Mülltrennungsfimmel gelernt.

Was die Jungs von CIA und NSA allerdings nicht wussten, war, dass Molotok eigentlich für jemand anderen arbeitete. Diesen Jemand würde Molotok nach dem Verhör anrufen, und dieser Jemand würde überlegen, ob Molotok die Informationen, die er aus dem Mann herausgepresst hatte, an die Sicherheitsbehörden weitergab. Oder nicht.

»Redest du?«, fragte Molotok. Freundlich und leise.

Der Mann sagte keinen Ton.

»Gut«, sagte Molotok. »Wenn du still bleibst … Andere bleiben nicht still.«

Damit ließ er den Mann in der Mitte des Raumes stehen. Ging nach draußen. Und schloss die Tür. Dann stellte er die Musik an.

Für einige war es vielleicht Musik. Grindcore, Blastbeats, Death Metal. Und zwar von der absolut unmelodischen Sorte. Er hatte seiner Sammlung eine neue CD beigefügt. *Embalmer* hieß die Band. Der Titel des Albums *There Was Blood Everywhere*. Auf dem Cover ein seltsamer Zombie auf einem Berg von zerstückelten Leichen, der einen abgehackten Finger als Pinsel nutzte, mit dem er die blutigen Worte schrieb. Manche hörten sich solche Musik gern an. Die Frage war, ob sie das auch noch in einem gekachelten Raum bei 130 Dezibel taten. 130 Dezibel waren die Grenze. Von da an waren bleibende Schäden möglich.

Molotok stellte die Musik ab. Zehn Minuten waren vergangen.

»Und?«, fragte er.

Abu Bakr schwitzte, das Gesicht blass, Speichel und Schaum liefen ihm aus dem Mund.

»Dieser Idiot von Amri hat damals alles versaut«, stieß Abu Bakr keuchend hervor. »Hat allein losgelegt, statt sich abzustimmen. Sonst wäre es viel größer geworden!«

»Anis Amri? Der Anschlag auf den Berliner Weihnachtsmarkt am 19. Dezember 2016? Der Breitscheidplatz?« Molotok sah auf die Uhr. »War das nicht vor genau zwei Jahren?«

»Ja.«

»Und?« Molotok beugte sich vor.

»Nichts und …«

»Du willst mir nichts mehr sagen?«

Abu Bakr presste den Mund zusammen. Offenbar war ihm gerade eingefallen, was seine Auftraggeber mit ihm machen würden, wenn er hier alles verpfiff. Doch Molotok kannte solches Verhalten. »Wir sind hier nicht im Kloster! Wir machen hier keine Schweigeexerzitien! Mach den Mund auf, sonst redet die Musik wieder!«

»Mehr weiß ich nicht!«

»Sicher?« Molotok machte Anstalten, auf dem Absatz umzudrehen. Die Tür zu schließen. Und die Musik wieder anzustellen.

»Nein!«, schrie Abu Bakr. Sein Schrei hallte an den gekachelten Wänden wider.

»Gen- … Gendarmenmarkt«, keuchte er.

Alexey senkte seinen Kopf und blickte dem Mann direkt in die Augen. »Der Gendarmenmarkt? Der Weihnachtsmarkt auf dem Gendarmenmarkt?«

Abu Bakr nickte schmerzverzerrt. »Viel besser als der verdammte … Breitscheidplatz.«

Kapitel 2

Helikopter von Masar-i-Scharif nach Kabul, April 2002

Ivo Retzick hörte das Rauschen der Rotorenblätter, die immer etwas Einschläferndes hatten. Seit November waren sie jetzt hier. Am 7. Oktober hatte der Einsatz begonnen. *Afghanistan,* dachte er. *Das Land ohne Wiederkehr.*

Vielleicht würde es ihnen genauso gehen wie den Israelis, die nach dem Sechstagekrieg im Jahr 1967 selbstsicher geworden waren. Vielleicht zu selbstsicher. Er kannte den Witz mit den zwei israelischen Soldaten.

Was machen wir heute?, fragte der eine.

Lass uns doch einfach Kairo erobern, sagte der andere.

Gut, aber was machen wir nach dem Mittagessen?

Er schaute in die Gesichter seiner Kameraden. Philipp war da. Hendrik war da. Nur Tom fehlte. Vielleicht würden sie ihn finden. Vielleicht auch nicht.

Sie waren von Masar-i-Scharif nach Kabul unterwegs, in Helikoptern, die noch nicht einmal der Bundeswehr, sondern einer ukrainischen Vertragsfirma gehörten. Drei der Mi-17-Hubschrauber donnerten über die Berge. Die Gipfel waren zum Greifen nahe. Die Luken des Helikopters waren geöffnet, die MGs schussbereit. Wind wehte durch den Transporter. Kühlte in der Hitze. Der Wind hielt wach, dennoch waren einige schon eingeschlafen. Die Ausrüstung war so schwer, dass niemand im Schlaf von den Sitzen rutschen würde. Sie waren zwar auch angeschnallt, doch allein durch die fünfzehn Kilo Ausrüstung saßen sie dort wie festgetackert.

Tom Schneider, dachte er. *Sie durften ihn nicht zurücklassen. Sie mussten ihn finden.*

Doch erst einmal mussten sie etwas anderes erledigen. Sie mussten nach Kabul. Wo ein Wassertransporter explodiert war. Ein LKW, der in seinem Tank kein Wasser, sondern Sprengstoff geladen hatte. Direkt auf dem Marktplatz war er explodiert, direkt in der Mittagszeit im Diplomatenviertel. Die Explosion hatte über hundert Menschen in den Tod gerissen. Die Täter hatten gewusst, wann wo am meisten los war. Hätten die Terroristen, die am 11. September die Flugzeuge in die Twin Towers gesteuert hatten – was der Grund war, warum Retzick und seine Kameraden jetzt hier saßen und nicht in der Kaserne in Calw –, in New York auch die Mittagszeit gewählt, die Zahl der Toten wäre sehr viel höher gewesen.

Ivo schaute nach unten. Wüste und Felsen. Irgendwo dahinter vielleicht Stammeskrieger. Taliban, die damals Osama bin Laden bei sich aufgenommen hatten, auch wenn sie mit ihm vielleicht erst einmal gar nichts anfangen konnten. Denn er kam aus einer reichen, saudischen Familie, seine Herkunft wollte erst einmal gar nicht zu den derben Nomadenvölkern am Hindukusch passen.

Ein Brigadiergeneral aus Kabul hatte sich mit Retzick angefreundet. Und er mit ihm. Der Mann hatte gesagt, dass er viel gelernt habe von den Deutschen. Taktik, Logistik und Operationen.

Vielleicht hatten Retzick und die anderen Deutschen jetzt auch etwas gelernt. Das Gleiche, was auch schon die Russen unter großen Schmerzen hatten lernen müssen. Dass man einen Guerilla, der zu allem bereit ist und der in seiner Heimat kämpft, nicht unterschätzen darf. Die Mudschaheddin hatten aber alle unterschätzt. Die Mudschaheddin und Afghanistan. Den *Graveyard of Empires*.

Auch Retzick und seine Kameraden hatten Afghanistan zunächst nicht ernst genommen.

Hoffentlich spannender als Jugoslawien. Und nicht schon wieder Kosovo. Und Bosnien ist auch zu langweilig. Da kann ich ja meine Oma hinschicken.

Bekommen hatten sie Afghanistan.

Sei vorsichtig mit deinen Wünschen, sagte man, *sie könnten in Erfüllung gehen.*

Er schaute sich um. Langsam fielen alle Augen hinter den Sonnenbrillen zu.

Tom Schneider, dachte er. *Sie konnten ihn doch nicht alleinlassen.*

Der Wind pfiff durch seinen Helm wie ein Wiegenlied.

Dann schlief auch Retzick ein.

Kapitel 3

Berlin, 30. Dezember 2018,
zwischen Tempelhofer Damm und Hermannplatz

D*ie Geschichte wiederholt sich nicht,* hatte Judith einmal gehört. *Aber sie reimt sich.*

Judith saß im Wagen. Ihre Augen brannten, sie hatte schlecht geschlafen. Im Hintergrund knisterte der Polizeifunk. Morgen war Silvester. Und heute stand noch eine Razzia an. Mit Sondereinsatzkommando, Festnahmen, Hausdurchsuchungen und dem ganzen Zirkus. Das SEK hatte gerade angerufen: Der Ort war gesichert, die Gefährder in Gewahrsam. Jetzt konnte der Staatsschutz kommen. Also Judith und ihre Kollegen. So hatte sie sich das Jahresende nicht vorgestellt.

Razzia, SEK und Staatschutz. Das volle Programm. Und das Ganze einen Tag vor Silvester. Sie hatte vorhin noch in ihr Horoskop in irgendeiner Frauenzeitschrift geschaut, die sie doch häufiger las, als sie sich eingestehen wollte. »Im neuen Jahr wird es Überraschungen geben«, hatte ihr Horoskop ihr gesagt. Das klang irgendwie ein bisschen bedrohlich. So ähnlich wie *Das neue Jahr wird interessant werden.* Denn in ihrem Job gab es keine guten Überraschungen. Nur schlechte. Darum sagten die Chinesen auch zu Menschen, die sie nicht mochten: *Mögen ihre Kinder in interessanten Zeiten leben.*

An der roten Ampel klappte Judith den Spiegel herunter und schob die Abdeckung des kleinen Schminkspiegels zurück. Sie blickte in ihre grünen Augen. Gleichzeitig müde und durchdringend, dachte sie. Vielleicht auch nur müde? Vielleicht nur erschöpft? Sie atmete aus. Blickte noch einmal prüfend in den Spiegel. Das eher runde, aber herbe Gesicht, die blonden Haare, die sie eben zu einem Pferdeschwanz zusammengebunden hatte. Judith war eine der Frauen, die attraktiv waren, aber nicht unbedingt klassisch schön. *Heute ist dein Aussehen egal, du gehst ja noch nicht zu einer Silvesterparty, sondern zu einem Einsatz,* sagte sie sich, als sie den Spiegel wieder nach oben klappte und am Mehringdamm Gas gab. Wobei sie sich überlegte, ob sie überhaupt zu irgendeiner Silvesterparty gehen wollte. *Silvester.* Morgen war es mal wieder so weit. Das alte Jahr ging vorbei, ein neues Jahr fing an. Sie wusste nicht, ob 2019 besser werden würde als 2018. Sie wusste nur, dass sie Silvester hasste. Der Dreck, der Lärm und die bescheuerte Hoffnung darauf, dass im neuen Jahr alles besser werden würde und dass man das auch irgendwie hinbekommen werde, wenn man nur genug in sich hineinkippte und genügend Böller anzündete.

Dass zu Silvester 20 Prozent des Feinstaubs eines gesamten Jahres in die Luft gepustet wurde, war den sonst so umweltbewussten Deutschen völlig egal, genauso wie die Tiere, die wahrscheinlich jedes Jahr den Schrecken ihres Lebens bekamen. Was für ein Schwachsinn. Vielleicht war Silvester die einzige Möglichkeit, wie eine ideologisch-pazifistische Nation doch noch irgendwie Krieg oder besser Bürgerkrieg spielen konnte. Die Dinge wurden anders, aber die Dinge wurden nicht unbedingt besser. Sie kannte das Facebook-Posting, das immer zum Ende des Jahres herumgeschickt wurde. Dort stand dann: *10 Kilo abnehmen.* Im nächsten Jahr stand dort: *15 Kilo abnehmen.* Oder: *Gehaltserhö-*

hung durchsetzen, dann: *Boss die Meinung sagen,* und dann: *Neuen Job suchen.* Eine Freundin hatte ihr per WhatsApp einen Spruch zugeschickt: *Wollte dieses Jahr 10 Kilo abnehmen. Fehlen noch 13.* Von Januar bis Ostern waren die Fitnessstudios immer gerammelt voll, es wurde für das Personal Urlaubssperre verhängt. Und spätestens um Ostern wurde es leer, und die Studios freuten sich, denn die neuen Mitglieder hatten für mindestens ein Jahr bezahlt, waren aber nur knapp drei Monate aufgetaucht, wenn überhaupt.

Die meisten schafften das, was sie sich vorgenommen hatten, ohnehin nicht, waren es nun Vorsätze oder irgendwelche anderen Lippenbekenntnisse. Und auch Judith war seit dem Ausspruch der Kanzlerin »Wir schaffen das« nicht mehr dieselbe. Alle hatten dasselbe gefragt: Wer ist eigentlich »wir«? Am Ende waren es Menschen wie Judith, die hinter anderen herräumen mussten. Die im September 2015 an der Grenze standen und diese Grenze erst sichern sollten. Und dann doch nicht. Sie hatte lange nicht gemerkt, wenn es zu viel war, hatte einfach weitergemacht und konnte eines Tages nicht mehr aufstehen und war heulend den ganzen Tag im Bett geblieben. Denn der Zusammenbruch kam. Er war nicht der Blitz aus heiterem Himmel. Es war eher wie der Frosch im heißen Wassertopf, der gar nicht merkte, dass er allmählich verbrühte und starb. Doch auch diese Zeit war vorbei. Denn jetzt spürte sie es deutlich. Irgendwann war es zu viel. Es war so, wie es der Hobbit Bilbo Beutlin in ihrem Lieblingsroman »Herr der Ringe« beschrieben hatte: *Zu wenig Butter über zu viel Brot verstrichen.* Als die Flüchtlingswelle ab dem September 2015 nach Deutschland rollte, sprang eine bürgerliche Hilfsbereitschaft ohnegleichen für den hilflosen Staat ein. Eine Überraschung war es dennoch nicht, denn die Bundeskanzlerin hatte schon in der Weihnachtsansprache 2014 darauf hingewiesen, dass eine große Zahl Menschen vor der Tür stehen würden. Verschwörungstheoretiker gingen davon aus, dass hiermit auch die Zumutbarkeit der deutschen Bevölkerung getestet werden sollte: Wie viel lässt der deutsche Untertan mit sich machen? Steht er mit Care-Paketen am Bahnhof, begrüßt er die Neuankömmlinge frenetisch, bürgt er finanziell für sie und nimmt sie auch bei sich zu Hause auf? All das war eingetreten, aber irgendwann war die Stimmung dann doch gekippt. Viele Polizisten auf der Straße waren dankbar gewesen, doch viele Leiter in den Behörden hatten sich schon geschämt, dass die Sicherheitskräfte in einem Zustand waren, in dem sie den Bürger um Hilfe bitten mussten. Doch der Staat konnte sich nicht immer auf Freiwillige verlassen, wozu nahm er schließlich Steuern ein und das zunehmend in Rekordhöhe, ohne dass der Staat seinen Bürgern dafür irgendeine Gegenleistung brachte. Das Wort *Staatsversagen* traf es da in Judiths Augen durchaus.

LESEPROBE

Es war vieles anders geworden und nur wenig besser. Früher einmal Polizistin mit Leib und Seele, spürte Judith immer mehr, wie die vielen Einsätze, die Anfeindungen und die Veränderungen in der Gesellschaft ihre Ideale ausgehöhlt und zudem noch ihre Ehe ruiniert hatten. Sie hatte schon ein paarmal überlegt, sich von ihrem Mann Joachim scheiden zu lassen, doch am Ende hatte sie es nicht getan. Sie hatte sogar ein paarmal ernsthaft überlegt, zur Dienstwaffe zu greifen. Hatte einmal tränenüberströmt an ihrem Spind gestanden, die Sig Sauer in den zitternden Händen. Die Waffe war fertig geladen, wie man es nannte. Schussbereit. Sie hatte sie in den Mund gesteckt. Und einmal auf das Metall gebissen. Wie eine Mutprobe. Den Finger hatte sie nicht am Abzug gehabt. Es wäre ein hässlicher Tod gewesen. Sich erhängen sollte besser sein, hatte ihr jemand aus der Rechtsmedizin erzählt. Oder einfach ganz weit weg abhauen. Sie hatte den Mund wieder geöffnet, die Waffe rausgezogen, entladen und das Magazin entfernt. Und dabei gehofft, dass sie niemand dabei gesehen hatte. Denn am Ende hatte sie sich gesagt, dass sie eine Familie hatte. Na ja, vielleicht keine Familie, aber immerhin noch einen Sohn, der sie doch irgendwie brauchte. Vielleicht nicht gerade sie, aber ihr Geld. Auch wenn sie zu Finn eigentlich auch keinen Zugang mehr fand und der oft den ganzen Tag vor seinem Computer saß, Death Metal hörte und nur das Nötigste mit ihr redete. Vielleicht war es auch völlig unmöglich, gleichzeitig eine Familie zu haben und Polizistin zu sein. Dass Joachim, ihr Noch-Ehemann, Kriminaloberrat war und somit eigentlich ihr Vorgesetzer, machte nicht nur ihr Privatleben, sondern auch ihren Arbeitsalltag zur Hölle. *Kriminaloberrat*, dachte sie kurz. Das klang steif, preußisch und gravitätisch. So wie der Herr Studienrat, der Herr Pfarrer und der Herr Professor. Doch es gab wohl keinen korrupteren Menschen als Joachim Richter, ihren Mann.

Morgen ist erneut Silvester, dachte sie, während sie die Sonnenallee in Neukölln entlangfuhr.

Die Silvesternacht in Köln 2015 wurde damals als die längste Nacht Deutschlands bezeichnet. In den Folgejahren hatten die Ordnungskräfte die Symptome einigermaßen in den Griff bekommen, aber nicht die Ursachen. »Feiern weitgehend friedlich. Ausgelassene Stimmung ...«, stand am 1. Januar 2016 im Polizeibericht. Einigen war aufgefallen, dass der Kölner Dom mit Raketen beschossen worden war. Warum wohl gerade der, hatte sich nicht nur Judith gefragt. Einige Sozialpädagogen hatten den Frauen, die begrapscht worden waren, gesagt, dass sie den Grapschern ja sozial überlegen seien. Als ob das ein Trost wäre. Mit der gleichen Logik, dachte Judith, hätte man damals den Zwangsarbeitern in den Konzentrationslagern auch sagen können, dass sie den

SS-Wachen moralisch und bildungstechnisch überlegen waren, da viele von den Gefangenen, im Gegensatz zu den Nazischergen, einen Studienabschluss hatten.

Aber eigentlich, dachte Judith, war auch Silvester 2015 in Köln nicht so viel anders als sonst gewesen. Silvester war in Deutschland eigentlich immer Anarchie. Sie fragte sich, warum das eigentlich so war? Warum gerade in Deutschland, wo man doch so pazifistisch und umweltfreundlich war? Vielleicht weil es wirklich noch einmal die letzte Möglichkeit war, um politisch korrekt Krieg spielen zu dürfen.

Judith war Hauptkommissarin im Staatsschutz in der Abteilung 5 im LKA Berlin. Verhinderung und Bekämpfung politisch motivierter Straftaten im Rechts- und Linksradikalismus im In- und Ausland. Und dann auch noch Bekämpfung von Islamismus und Terrorismus, als würden die anderen beiden Aufgabengebiete noch nicht reichen. Und falls dann noch Langeweile herrschte, durften es auch gern noch Delikte geheimdienstlicher Agententätigkeit und ein paar Sprengstoffdelikte sein.

Vor knapp zwei Jahren hatte Judith einen Abschluss an der Deutschen Hochschule der Polizei in Münster-Hiltrup für den Aufstieg in den höheren Dienst gemacht.

»Geh in den höheren Dienst«, hatte man ihr gesagt. »Du willst doch nicht ewig in der Schutzpolizei bleiben und dich mit Flaschen bewerfen lassen?«

Nein, das wollte sie nicht. Doch von selbst befördert wurde man heute nicht mehr. Bei ihrem Chef war das noch anders gewesen. Der war ursprünglich Polizeimeister und dann plötzlich Obermeister, was in Berlin so viel wie Kommissar hieß. Einfach so, per Handschlag, ohne Lehrgang, ohne Abitur, ohne irgendetwas dafür zu tun.

Hiltrup. In der Nähe von Münster. Sie hatte viel gelernt. Aber dort auch viel gefeiert. Und es genossen. Sie hatte dort in einer Band Gitarre gespielt. Coversongs, »Summer of 69« und so etwas. Hatte von den Stahlsaiten Hornhaut an den Fingern der linken Hand bekommen. Wenn sie Gitarre spielen konnte, war sie glücklich gewesen. Hiltrup lag jetzt knapp zwei Jahre zurück. Im Oktober letzten Jahres war sie auf ihre neue Position gekommen. Die Gitarre stand noch bei ihr im Wohnzimmer, doch sie spielte selten darauf. Und hatte kaum mehr Hornhaut an der linken Hand. Wenn die Hornhaut da war, war sie glücklich. War sie verschwunden, war sie unglücklich. Sie brauchte etwas, was sie ablenkte. Etwas, in dem sie versinken konnte und die Zeit vergaß. Aber das gab es nicht. Oder nicht mehr. Die Hornhaut auf ihren Fingern war dafür wie eine Art Seismograph.

Sie fuhr die Sonnenallee entlang. Dutzende von Läden, in denen es auf einmal Feuerwerkskörper zu kaufen gab, so als wollten alle noch schnell ein Geschäft mit dem Böller-Kaufrausch machen. Es gab diese Orte, an denen man spürte, dass dort jederzeit etwas schiefgehen konnte. Und würde. Trotzdem änderte sich nichts. Laut BKA-Kriminalstatistik waren die Kriminaldelikte bundesweit im Sinkflug, nur Judith und ihre Kollegen merkten davon nichts. *BKA-Kriminalstatistik,* dachte sie. Die Verbrechensrate geht runter. Von wegen. Berlin war gefährlich und blieb gefährlich. Warum gingen denn die Politiker nicht mal am Kottbusser Tor spazieren oder fuhren mal zwischen Schönleinstraße und Hermannstraße nachts um ein Uhr U-Bahn? Am besten noch mit der U8, der gefährlichsten U-Bahn-Linie Berlins und damit wahrscheinlich auch Deutschlands. Ohne Personenschützer, versteht sich. Aus der gepanzerten Limousine heraus, die man sich, wie der Berliner Bürgermeister, mal eben für fast vierhunderttausend Euro zugelegt hatte, konnte man sehr bequem Durchhalteparolen und salbungsvolle Appelle an seine Wähler, die für viele eher Untertanen waren, durchgeben.

Nein, viele Dinge änderten sich nie. Die seit Jahrzehnten vorprogrammierte Randale am 1. Mai, wo sie mit Kollegen bei fast 40 Grad ohne Klimaanlage in voller Montur stundenlang im Einsatzwagen gesessen hatte. Die Prügeleien, das Geschrei, die Respektlosigkeit. Am schlimmsten aber war es um drei oder vier Uhr morgens am Wochenende. Dann kamen die Kerle aus den Clubs, die keine Frau abgekriegt haben. Dann hatten die Webcams Hochkonjunktur und die Straßennutten an der Kurfürstenstraße. Und wenn beides nichts half, wurde sich halt geprügelt.

Besonders der Alexanderplatz war dafür sehr beliebt, wo sich beim Burger King an jedem Wochenende ab Mitternacht immer irgendwer prügelte. *Würger King* nannte man das Restaurant nicht wegen der Qualität des Essens, sondern weil dort nicht nur geprügelt, sondern auch gewürgt wurde. Das Essen, so fand Judith, war bei Burger King jedenfalls besser als bei McDonald's.

Polizist sein hieß, Unsicherheit zu akzeptieren. Man wusste nie, was einen erwartete. Ging man in eine fremde Wohnung, wusste der Bewohner, wo die Waffen lagen oder besonders die Messer, ob der Hund, der bellt, in der Wohnung war oder nicht, und ob er abgerichtet war oder nicht. Einmal war sie in einem Einsatz irgendwo in Neukölln einem solchen Hund begegnet. Das war Jahre her, aber ihr kam es so vor, als wäre es erst heute Morgen gewesen, so präsent war die Erinnerung. Dieser Hund, ein Pitbull, hatte sie angefallen. Und sie hatte geschossen. Sie hatte ihn am Hals getroffen. Das Blut war aus der Wunde gespritzt, der Hund hatte kehrtgemacht und war mit letzter Kraft in sein Körbchen gelaufen. Dort hatte er sich blutend hingelegt. Und war gestorben. Sterben war auch für Tiere mit Ritualen verbunden, das wusste Judith.

Doch wo ein gefährlicher Hund war, das wusste sie nicht. Alle anderen, die in der Wohnung waren, wussten es. Die Polizei nicht.

Jochen und Stephan zum Beispiel hatten es bei einem anderen Einsatz nicht gewusst. Einem Einsatz, der ihr letzter werden sollte. Mit ihnen war sie damals öfter nach Dienstschluss ein Bier trinken gewesen. Und jetzt lagen sie auf dem Friedhof Friedrichsfelde. Zusammen mit Rosa Luxemburg, die dort schon etwas länger lag, falls es tatsächlich ihre Leiche war, die dort lag, und sie nicht im Keller der Charité in der Rechtsmedizin gelandet war. Ebenfalls gewaltsam gestorben, so wie Jochen und Stephan.

Sie hatte die Weserstraße erreicht. Das Minarett der Moschee ragte vor ihr auf. Ein schwarz gekleideter SEK-Beamter kam zu ihrem Wagen.

»Judith Richter«, sagte sie, nachdem sie das Fenster heruntergefahren hatte. »Staatsschutz.« Sie zeigte ihren Ausweis.

Der Mann nickte. Das G36-Gewehr hing mit der Mündung zum Boden am Körper, den Finger nicht am Abzug. Die Waffe parat, aber gesenkt.

Judith fuhr weiter.

Die Moschee sah gepflegt aus. Die meisten Wohnhäuser in der Nähe waren zwar mit Graffiti vollgeschmiert, aber man sah, dass die Gegend im Kommen war. Die meisten Morde, das wusste sie, fanden meist im sozial schwachen Milieu statt. Von wegen Derrick und Morde in Villen. Und Männer mordeten viel häufiger als Frauen. Von Kindstötung einmal abgesehen, was besonders tragisch war. Auch dafür war Berlin berühmt.

Sie stieg aus dem Wagen.

Ihr Kollege Tahir kam ihr entgegen. Tahir Nadar, Ägypter und seit zehn Jahren bei der Berliner Polizei, verbreitete irgendwie immer gute Laune. Aus seinen dunklen Augen blitzte etwas Spitzbübisches hervor, so als würde er niemals einen guten Witz auslassen, selbst wenn er dafür den guten Geschmack auf der Strecke lassen musste. Zwischen seinen Lippen, die ein kurzer, schwarzer Bart umrahmte, steckte eine filterlose Zigarette. Er war in Zivil. Genau wie Judith.

»Na, Kollegin, noch nicht im Silvesterurlaub?«, fragte er. Wenn noch ein Rest Akzent in seiner Stimme war, konnte man ihn nicht mehr zuordnen.

»Hör bloß auf«, sagte Judith, doch sie musste lächeln. »Gehen wir rein.«

Kapitel 4

19. Dezember 2018, Constanta, Rumänien

Der Gendarmenmarkt, dachte Molotok. *Es war also eigentlich ein viel größerer Anschlag auf den Weihnachtsmarkt auf dem Gendarmenmarkt geplant gewesen.*

»Warum?«

Abu Bakr antwortete nicht.

Molotok näherte sich seinem Ohr und zischte. »Warum?«

Der Mann antwortete stockend. »Man kann von der Leipziger Straße auf den Hausvogteiplatz fahren ... Mit einem ... riesigen Sattelschlepper. Achthundert PS. Mit Anhänger.«

»Und dann?«

»Dann über die Markgrafenstraße und die Taubenstraße runter. Geht über hundert Meter. Die ganze Zeit geradeaus. Ideal zum Beschleunigen. Direkt in den Weihnachtsmarkt rein. Im Dezember 2016 gab es da noch keine Betonblöcke. Nichts. Man hätte direkt reinfahren können. Da war nur ein ...«

»Ein was?«

»Ein Schild.«

»Was für ein Schild?«

»Ich ... ich habe ein Foto davon. In dem Ordner.«

Alexey drehte sich um und schaute auf den aufgeklappten Laptop, den sie Abu Bakr vorher abgenommen hatten. Ebenso wie die Passwörter. Die Blutergüsse an Abu Bakrs Kopf waren entstanden, als Molotoks Vorgänger wiederholt mit Nachdruck nach dem Passwort gefragt hatte. Er klickte durch die Fotos. Dort waren Bilder vom Hausvogteiplatz, von der Taubenstraße und dem Eingang des Weihnachtsmarktes auf dem Gendarmenmarkt. Es gab nicht einmal einen Bordstein. Dort, wo es von der Taubenstraße aus direkt in den Weihnachtsmarkt ging, war der Bordstein abgesenkt. So als *sollte* dort ein LKW hineinfahren können. Dann sah er das Foto, das Abu Bakr meinte. Ein Hinweisschild. Am Eingang des Weihnachtsmarktes.

Das Mitbringen von Koffern, Trolleys und großen Rucksäcken ist nicht gestattet.

Molotok musste grinsen. Von *keine LKW mitbringen* stand dort nichts. Aber typisch deutsch, dachte er. Hoffen, dass ein Verbotsschild ausreicht. Denn bis zu diesem schrecklichen 19. Dezember 2016, als es auf dem Breitscheidplatz gekracht hatte, hatte es so gut wie keine Absperrungen gegeben, die verhindert hätten, dass LKW oder auch PKW in Fußgängerzonen oder Märkte rasen konnten. Auch Warnungen von Ländern wie Israel, die mit so etwas Erfahrung hatten, oder der LKW-Anschlag in Nizza hatten an der sturen deutschen Haltung irgendetwas verändert. In allen anderen europäischen Metropolen, und in Ländern wie Israel sowieso, gab es Poller, die man aus dem Boden fahren konnte und die selbst einen Acht-Tonner mit achtzig Stundenkilometern aufhalten konnten. Viele der Poller in Europa stammten vom deutschen Qualitätshersteller ACOTEC. Die Firma machte die besten Poller. Die US-Luftwaffenbasis Ramstein war mit solchen Pollern abgesichert, auch die Britische Botschaft in Berlin. Aber diese Poller waren nicht billig, zwanzigtausend Euro kostete so ein Poller. An öffentlichen Plätzen, auf denen Straßenfeste und Weihnachtsmärkte stattfanden, gab es sie nicht. Denn sie waren Deutschland zu teuer. Obwohl der Staat 2016 einen Überschuss von zwanzig Milliarden Euro erzielt hatte. Man hoffte stattdessen, dass ein Verbotsschild ausreichen würde, so als würden sich Terroristen davon ins Bockshorn jagen lassen, auch wenn das bei Deutschen vielleicht funktionieren mochte.

Molotok musste kurz lächeln. Dummerweise waren die Islamisten keine Deutschen, und ein gewisser Respekt vor Verbotsschildern, vermischt mit Untertanengeist, wollte sich bei ihnen auch nicht so recht einstellen. Die Mudschaheddin hatten Mutter Russland fast in die Knie gezwungen. Die hielten sich nicht an Verbotsschilder. Verbote waren für diese heiligen Krieger dazu da, um gebrochen zu werden. Die Deutschen, dachte Molotok. Auch wenn er ihre Sprache sprach, auch wenn er die Befehlskette und die Zuständigkeiten der Behörden besser kannte als mancher Staatssekretär, hatte er sie nie verstanden. So gut die Deutschen bei Technik und Autos waren, so dumm waren sie bei der inneren Sicherheit. Was die Absicherung von Weihnachtsmärkten vor dem 19. Dezember 2016 anging, lag die Zuständigkeit bei den lokalen Behörden. Die verwiesen auf das Bundesinnenministerium und das Verkehrsministerium. Und die verwiesen auf die Städte. Die wieder auf die Länder. Und die zurück auf die lokalen Behörden. Bis eines Tages ein Terrorist einen polnischen LKW kaperte, der gerade bei Thyssen Krupp in Moabit abgeladen hatte, den Fahrer erschoss und in den Weihnachtsmarkt an der Gedächtniskirche raste und dann, ohne von irgendjemandem gesehen zu werden, Deutschland verlassen konnte. Der erste, große Terroranschlag in Deutschland seit den Tagen der RAF.

Dass Nizza nur das Präludium war, konnte jeder feststellen, der nicht farbenblind war. Der LKW in Nizza war weiß gewesen. Der in Berlin war schwarz. Weiß und Schwarz. Die Farben des Islamischen Staates. Der weiße LKW aus Nizza war von Kugeln der Sicherheitskräfte durchsiebt gewesen, aus dem deutschen LKW hingegen schaute aus der geborstenen Windschutzscheibe nur ein krummer Tannenzweig und etwas Lametta hervor. *So war Deutschland,* dachte Molotok. Die Konzerne waren knallhart, aber der Staat ließ alles mit sich machen.

»Also in der Taubenstraße beschleunigen?«, fragte Molotok.

»Ja, auf achtzig Stundenkilometer. Das wäre schon möglich. Das sind mehr als hundert Meter. Und wir hätten Funker gehabt, die gecheckt hätten, ob die Straße frei wäre. Hätten im Hilton Hotel gesessen. Oder auf dem Dach des Konzerthauses. Da kann man raufklettern. Reinigungskräfte, die dort gearbeitet haben und auch für den Heiligen Krieg kämpfen. Die haben für alles Schlüssel. Die können da auch aufs Dach. Die hätten geschaut, ob es Gegenverkehr gäbe. Wenn es keinen gibt, hätte der LKW beschleunigen können. Volles Rohr. Und dann rein in den Weihnachtsmarkt.« Abu Bakr nickte. Er schien ein bisschen stolz zu sein. »Mit dem Anhänger dahinter wäre da richtig Rumms drin.«

»Hat doch Anis Amri auch gemacht?«

Abu Bakr nickte. »Der hatte Stahl geladen. Wir hätten auch etwas Schweres. Mit noch mehr ... Rumms.«

»Sprengstoff?«

»Unser Mann wäre durch die Menschen gefahren. Sonntagabend, 19 Uhr. Wenn richtig viel los ist.«

Molotok sah die Bilder vor seinem Kopf. Riesige Reifen, blutige Stoßstangen, zerplatzte Köpfe, verbogene und abgetrennte Glieder, zerstörte Buden, offene Brüche, Gehirnmasse in den Zwillingsreifenprofilen. Blut, Schreie ... Matsch. Menschlicher Matsch.

»Und dann?«

»Dann Lenkrad nach rechts und rein ins Konzerthaus. Ein Teil der Fassade wäre sicher eingestürzt. Und der Rest wäre ... gesprengt worden. Der ganze Anhänger wäre voll TNT gewesen.«

TNT, dachte Molotok, *Trinitrotoluol. Einer der heftigsten Sprengstoffe. Wenn davon ein ganzer Anhänger voll gewesen wäre, wäre nicht nur das Konzerthaus, sondern der ganze Gendarmenmarkt in einen einzigen Parkplatz verwandelt worden. Statt Krankenwagen hätte man die Müllabfuhr rufen müssen.*

»Also ein Selbstmordattentäter?«, fragte Molotok. Die Helfer auf dem Dach des Konzerthauses wären dann sicher auch tot, aber das war denen wahrscheinlich genauso egal wie dem Fahrer.

Abu Bakr nickte.

»So in etwa.«

»Wieso in etwa?« Molotok war kurz davor, ihn wieder in den weißen Raum zu schieben, doch der Mann sprach schon weiter.

»Kennen Sie Carspotter?«

»Was soll das? Willst du vom Thema ablenken?«

»Nein, verdammt.« Abu Bakr atmete schwer. »Die Typen, die am Ku'damm in Berlin Porsches und so fotografieren. Wir hatten da einen. Der wollte erst zur Polizei, ist da aber in der Probezeit wieder rausgeflogen. Hat dann Supermärkte und Flüchtlingsheime bewacht. Der stand auf schnelle Autos. Hatte einen Mercedes. SL oder so.«

»SL? Die kosten doch hundert Riesen? Bisschen viel für einen beim Wachschutz, oder?«

»Hat er sich geleast. Sind dann knapp tausend pro Monat. Für Behinderte ist es fast 20 Prozent billiger. Er hat seine Oma mitgenommen. Die humpelte. Hat den Wagen auf sie ausgestellt. Dann waren es nur achthundert pro Monat. Das konnte selbst der sich leisten.«

Mit Leasing konnte sich jeder alles leisten, das wusste Molotok. Dann wurde auch eine Luxuslimousine so erschwinglich wie ein iPhone. Er hatte von der Raser-Szene gehört, die sich besonders in den Shisha-Bars traf, wo die Typen bis morgens um 4 Uhr herumhingen und von ihren Autos sprachen. Hauptsache schnell, mit viel PS. *Drücken* nannten die das. Wer ein gutes Auto hatte, der galt etwas. Und wer *drücken* wollte, galt noch mehr. Mit einem Auto, mit dem man das auch konnte. Drücken. Aufs Gas treten. *Wenn du nicht drücken willst, kannst du auch Twingo fahren,* hieß es dort.

»So ein Raser? Mit einem brandneuen Mercedes?«, fragte Molotok.

»Ja. Mercedes SL. Fast vierhundert PS. Spitzengeschwindigkeit zweihundert Stundenkilometer.« Abu Bakr nickte. Er schien auch ein Autofan zu sein. Kurz war da etwas Euphorie in seiner Stimme, bevor die Angst wieder die Oberhand gewann. Die Angst und der Schmerz. Molotok roch seinen Angstschweiß. Und den anderen Gestank von der Folter zuvor. »Seine Freundin durfte sich auf den Ledersitzen in seinem Wagen nicht mal schminken.«

»Und der wäre mit seinem Mercedes in den Markt gefahren?« Der Hammer fletschte die Zähne und hätte am liebsten zu den Nadeln von vorhin gegriffen. Doch er beruhigte sich. Hier wollte er schließlich anders vorgehen. »Du verarscht mich doch?«

Abu Bakr schüttelte den Kopf. »Nicht mit dem Mercedes. Mit dem LKW.«

»Und sterben wollte der auch? Der wäre doch bei der Explosion mit hochgegangen?«

»Erst nicht. Dann schon.«

»Warum?«

Der Mann blieb stumm.

»Warum?«, fragte Molotok. Er machte mit dem Finger eine Geste, so als würde er einen Volumenregler nach oben fahren.

LESEPROBE

»Weil ... weil wir seiner Familie viel Geld geboten haben, wenn er es tut. Und weil wir wussten, dass er gut fahren kann.«

»Und warum war er bereit zu sterben?«

»Weil wir ihm ... ein paar Medikamente gegeben haben. Die das Leben sinnlos machen.«

»Drogen? Habt ihr ihm Drogen gegeben, die Depressionen auslösen?«

»Ja. Er wollte sterben. Es hätte ... so schön werden können. Doch dann kam dieser Idiot von Amri. Und dann kamen die Betonblöcke. Dann ging es nicht mehr. Nie mehr ...«

Molotok streckte die Arme nach oben und ließ die Schultergelenke knacken. »Gut«, sagte er. »Das war Thema Nummer eins. Die Vergangenheit. War ja 'ne schwere Geburt.« Er beugte sich zu Abu Bakr herunter. »Jetzt kommt Thema Nummer zwei: Die Zukunft ...«

Abu Bakrs angstgeweihte Miene war sturem Trotz gewichen. »Ich habe ... ich habe alles gesagt, was ich sagen konnte. Mehr weiß ich nicht ...«

»Na schön ...« Molotok verließ den Raum, knallte die Tür zu und drehte die Musik wieder an. Fünf Minuten, sieben Minuten, acht Minuten.

Er hörte die Schreie zwischen der Musik. Der Mann auf dem Stuhl schrie, bis sich seine Stimme in einem heiseren Diskant überschlug.

Nach acht Minuten stellte Molotok die Musik ab. Betrat den Raum.

Der Mann saß zitternd auf dem Stuhl. Erbrochenes sickerte zwischen seinen Lippen hervor. Der Fleck in seiner Hose wurde größer.

»Na schön«, sagte der Hammer. »Dann eben doch auf die alte Tour.« Er ärgerte sich, dass seine weiße Folter offenbar Grenzen hatte. Aber es ging ja nicht darum, ein Lehrbuch abzuarbeiten, es ging darum, die Informationen zu bekommen. Das war das Ziel. Der Weg zu diesem Ziel war eher zweitrangig. Er ging ein paar Schritte in eine Ecke des Raumes. Holte zwei lange Nadeln aus einem Karton. Schob mit dem Fuß einen schweren Gegenstand auf den Stuhl zu. Dann befestigte er zwei Klemmen mit Kabeln an dem schweren Gegenstand. Dann eine Klemme an der ersten Nadel. Er hob die zweite Klemme mit dem Kabel. Schaute auf das Kabel. Und dann auf den Gegenstand unten. Abu Bakr folgte seinem Blick.

Auf dem Boden lag eine Autobatterie. Lang. Groß. Schmutzig. *Vor allem groß*, dachte Molotok. *Damit könnte man auch einen LKW aufladen. Egal, ob er schwarz oder weiß war.*

»Ich kann auch anders«, sagte Molotok, der Hammer.